# ESTA NOCHE
# DIME QUE ME QUIERES

Planeta Internacional

Federico Moccia

# ESTA NOCHE
# DIME QUE ME QUIERES

Traducción de Maribel Campmany

 Planeta

Obra editada en colaboración con Editorial Planeta - España


Título original: *L'uomo che non voleva amare*


© 2011, Federico Moccia
© 2012, Maribel Campmany, por la traducción
© 2012, Editorial Planeta, S. A. – Barcelona, España

Derechos reservados

© 2012, Editorial Planeta Mexicana, S.A. de C.V.
Bajo el sello editorial PLANETA M.R.
Avenida Presidente Masarik núm. 111, 2o. piso
Colonia Chapultepec Morales
C.P. 11570 México, D.F.
www.editorialplaneta.com.mx

Primera edición impresa en España: enero de 2011
ISBN: 978-84-08-10938-9
ISBN: 978-88-17-04714-2, Rizzoli, Milán, edición original

Primera edición impresa en México: marzo de 2012
ISBN: 978-607-07-1063-6

Impreso en los talleres de Litográfica Ingramex, S.A. de C.V.
Centeno núm. 162, colonia Granjas Esmeralda, México, D.F.
Impreso en México – *Printed in Mexico*

*A mi principito Alessandro Giuseppe*

La belleza es éxtasis; es simple como el deseo de comer. En esencia, no se puede decir nada más, es como el perfume de una rosa: sólo lo puedes oler.

WILLIAM SOMERSET MAUGHAM

Penoso es luchar con el corazón. Cada uno de nuestros deseos se compra al precio de nuestras almas.

HERÁCLITO

La música es una mujer.

RICHARD WAGNER

# 1

Las golondrinas volaban a baja altura mientras se ponía el sol. De vez en cuando cruzaban el porche de la antigua villa de piedra, de muros fuertes y gruesos. En el interior, una gran escalera de madera oscura llevaba a la planta superior. Un poco más abajo, el jardín, bien cuidado, le confería a la casa el aspecto de estar dibujada entre las colinas de las Langhe. Más allá, entre las hileras de viñedos de Nebbiolo, la uva se veía oscura, tostada por el sol de todo el verano. Tancredi corría con su hermano Gianfilippo; ambos gritaban y reían. Bruno, el jardinero, acabó de cortar el seto con unas enormes tijeras de podar, sonrió al verlos pasar como una exhalación a pocos pasos de él y entró en la casa. Todo olía a romero recién cortado.

Delante del porche, en el centro de la gran mesa de piedra situada entre los dos sauces llorones, Maria, la camarera, colocó el pan recién horneado. Durante un instante, aquel perfume invadió el aire. Tancredi detuvo su carrera, arrancó un pedazo y se lo llevó a la boca.

—¡Tancredi, te he dicho mil veces que no comas antes de cenar! ¡Si no después ya no tienes hambre!

Pero él sonrió y echó a correr de nuevo por el jardín. El joven golden retriever, que estaba tumbado a la sombra de una silla de hierro con un cojín encima, se levantó y lo siguió en su carrera, divertido. Se internaron entre las espigas y, un instante después, su hermano Gianfilippo se lanzó en su persecución.

La madre salió de la casa justo en aquel momento.

—¿Adónde vais? ¡Comeremos en seguida!

Luego sacudió la cabeza y suspiró.

—Tus hermanos... —Se dirigía a Claudine, que acababa de sentarse a la mesa.

La mujer volvió a la cocina. Sobre una mesa de madera antigua había una lámina de pasta fresca recién hecha; un poco más allá, sobre una encimera de mármol llena de cajones, todavía quedaban restos de harina. De la pared colgaban varias sartenes de cobre. Unas cazuelas cocían a fuego lento sobre los fogones de hierro fundido.

La madre habló con la cocinera y le dio instrucciones para la cena. Después les hizo unas cuantas advertencias a las dos camareras. Aquella noche tenían invitados.

Fuera, Claudine permanecía correctamente sentada a la mesa mientras miraba a sus hermanos jugar. Estaban bastante lejos. Los ladridos del perro llegaban hasta ella. Cómo le habría gustado estar con ellos, correr y ensuciarse; pero su madre le había ordenado que no se moviera.

«Yo no puedo levantarme de la mesa.» Entonces oyó aquella voz.

—¿Claudine? —La joven cerró los ojos.

Se mantenía inmóvil en el umbral, con una mirada ligeramente severa. Observó con curiosidad las estrechas espaldas de la niña: el suave cuello brotaba del último bordado del vestido y se perdía entre los mechones de cabello castaño y apenas rizado.

¿Acaso no lo había oído? Entonces, con el mismo tono, del mismo modo, la llamó de nuevo.

—¿Claudine?

Aquella vez la niña se volvió y lo miró. Permanecieron en silencio durante un instante. Luego, él sonrió y extendió la mano hacia ella.

—Ven.

La pequeña se levantó de la mesa y dio unos cuantos pasos hasta llegar a él. Su manita desapareció en la del hombre.

—Vamos, tesoro.

En aquel momento, en la entrada de la gran casa, Claudine se detuvo. Giró lentamente la cabeza. A lo lejos, sus dos hermanos y el perro seguían corriendo entre la hierba. Sudaban, se divertían. De repente Tancredi dejó de correr. Era como si hubiera oído algo: una voz, un grito, tal vez su nombre. Se volvió hacia la casa. Demasiado tarde. Ya no había nadie.

## 2

—Mira qué guapa es esa chica.

—Esa mujer.

Tancredi sonrió a Davide mientras, en la pista de tenis, Roberta llegaba forzada a una bola.

Fabrizio, su marido, respondió desde el otro lado de la pista con un *drive* que acertó en la línea. Roberta arrancó a toda velocidad y recorrió los últimos metros corriendo como una loca. Al final, cuando casi parecía imposible, llegó deslizándose y golpeó la pelota de abajo arriba con un espléndido revés cruzado que sentenció el partido.

—¡Punto! —El pequeño Mattia aplaudía—. Mamá es buenísima.

—Papá también es bueno —le contestó en seguida Giorgia.

—No, mamá es mejor. —Y empezaron a empujarse.

—Venga, dejadlo ya. —Fabrizio los separó inmediatamente. Cogió a Giorgia del suelo y la levantó hacia arriba—. Ya sé que estás de mi parte, pequeña princesa, pero mamá juega muy bien... Y esta vez ha ganado ella.

Roberta se acercó, empapada de sudor. Sus piernas largas y musculosas ya estaban bronceadas gracias al primer sol de mayo. Le revolvió el pelo a Mattia.

—¡Así se habla, cariño, mamá juega muy bien! —Miró divertida a su marido y, con los ojos cerrados, tomó un largo trago de la botella de Gatorade. Cuando acabó de beber volvió a abrirlos. Fabrizio se le acercó y le dio un beso en la boca. Fue una mezcla de dulce y salado. Giorgia tiró de la camiseta de su padre.

—Papá, ¿no podemos pedir la revancha?

—Sí, princesa... Pero otro día. Hoy papá tiene muchas cosas que hacer.

Y, poco a poco, la familia De Luca salió de la pista: el padre, la madre y los dos hijos —un niño de unos ocho años y una niña algo más pequeña—. Se fueron casi abrazados. Pero no cruzaron la puerta todos a la vez. Primero pasaron los niños, luego Fabrizio y por último Roberta, que se volvió para mirar atrás.

Su mirada se cruzó con la de Tancredi y la mujer abrió la boca un instante, tal vez para lanzar un suspiro. Parecía absorta, como molesta o a la espera de algo. Pero fue sólo un momento. Después se puso al lado de la niña.

—Venga, vamos, que mamá tiene que ducharse.

Y de ese modo la familia perfecta desapareció tras la esquina del edificio.

Tancredi se quedó mirándola con curiosidad para ver si volvía a darse la vuelta. Davide interrumpió sus pensamientos.

—Cómo te ha mirado, ¿eh?

—Como una mujer.

—Sí, pero como una mujer que te desea mucho. ¿Qué les das?

Tancredi se volvió hacia él y sonrió.

—Nada. O quizá todo. A lo mejor es eso lo que les gusta, quizá prefieran a los hombres imprevisibles. Fíjate... —Sacó el móvil—. Conseguí su número y le mandé un mensaje. Fingí que me había equivocado y le envié esta frase: «Te miraría millones de veces sin aprenderte nunca de memoria.»

—¿Y después qué hiciste?

—Nada. Esperé toda la tarde. Pensé que, teniendo en cuenta su manera de ser, al final acabaría respondiendo.

—¿Por qué? ¿Cuál es su manera de ser?

—Educada y lineal. Estoy seguro de que cuando leyó el mensaje una parte de ella quería responder por educación y la otra tenía miedo de hacer algo inapropiado.

—¿Y al final?

—Me contestó. Mira: «Creo que se ha equivocado de número.» A continuación yo le escribí: «¿Y si ha sido la fortuna la que ha he-

cho que me equivoque? ¿Y si es cosa del destino?» Me pareció oírla reír.

—¿Por qué?

—Porque era el momento oportuno. Para cualquier mujer, incluso
para la que se siente más realizada, con hijos, con una familia estupenda, satisfecha con su trabajo, siempre llega un momento en el que
se siente sola. Y entonces se acuerda de lo que la ha hecho reír. Y,
sobre todo, de quién lo provocó.

Davide cogió el teléfono de Tancredi. Habían seguido escribién-
dose. Leyó los mensajes que habían intercambiado. El tiempo trans-
curría bajo sus ojos, semana tras semana.

—Para ella te conviertes en una costumbre, en algo que poco
a poco empieza a formar parte de su vida. Cada día recibe una frase, un pensamiento bonito sin ninguna insinuación... —Tancredi sonrió y, acto seguido, se puso serio—. Después, de repente, paras. Durante un par de días, nada, ni un mensaje. Y ella se da cuenta de
que te echa de menos, de que te has convertido en una cita inalte-
rable, en un momento esperado, en el motivo de una sonrisa. Entonces vuelves a escribir y te disculpas, te justificas diciendo que has tenido un problema y le haces una pregunta muy simple: «¿Me has
echado de menos?» Sea cual sea su respuesta, la relación ya ha cambiado.

—¿Y si no contesta?

—Eso también es una respuesta. Significa que tiene miedo. Y si tiene
miedo es porque puede ceder. Entonces puedes arriesgarte y decirle:
«Yo sí te he echado de menos.» Y sigues avanzando.

Le mostró otro mensaje, y otro, y después otro más. Hasta el último: «Quiero conocerte.»

—Pero éste es de hace diez días. ¿Qué pasó luego?

—Nos conocimos.

Davide lo miró.

—¿Y...?

—Y, naturalmente, no voy a contarte nada de hasta qué punto llegamos a conocernos, ni de dónde ni cuándo. Con esto sólo quería que
entendieras que a veces las cosas no son lo que parecen. ¿Has visto a
esa familia? Parecen felices, tienen dos hijos estupendos, no les falta

nada. Y, sin embargo, la vida es así: en un momento... plaf. Todo puede desaparecer.

Tancredi le mostró algunas fotos de la mujer que tenía en el teléfono. Roberta desnuda, con sólo un sombrero en la cabeza y acariciándose el pecho. Luego, otras más atrevidas en las que reía divertida.

—Cuando una mujer cruza esa frontera, ya no se avergüenza de nada, se deja llevar, tiene ganas de sentirse libre.

Davide no respondió en seguida, reflexionó durante un rato.

—Menos mal que nunca has deseado a mi mujer... —Lo dijo en un tono duro, ligeramente seco, sin decidirse a bromear—. O quizá sí que la hayas deseado... Menos mal que no eres el tipo de Sara.

Tancredi se levantó.

—Sí... —Y se alejó pensando que una cosa era cierta: a veces puedes equivocarte mucho con una persona—. Ven, comeremos juntos.

Se dirigieron hacia el gran jardín del Circolo Antico Tiro a Volo. Tenían frente a ellos una panorámica del norte de Roma, con la colina de los Parioli a la derecha; por debajo discurría el largo viaducto de corso Francia hasta perderse en la lejanía, hacia la Flaminia, entre las montañas que hacían de fondo.

Se trataba de una extensión de césped con una piscina y varias mesas cubiertas con sombrillas. Un viento ligero hacía moverse los bordes de los manteles y refrescaba a los socios que ya estaban comiendo.

Tancredi y Davide tomaron asiento. Llegó la familia perfecta y se sentó varias mesas más allá. Giorgia y Mattia seguían fastidiándose el uno al otro:

—¡Venga ya! ¡No cojas nada de mi plato!

—¡Ni que fuera tuyo! Es del bufé, así que es de todos.

Mattia cogió una aceituna del plato de Giorgia y se la metió rápidamente en la boca.

—¡No vale! —Giorgia le dio un golpe en el hombro.

Su madre los regañó:

—¿Ya habéis acabado de pelearos?

El niño robó un trocito de *mozzarella* y la masticó haciendo que la leche fresca le resbalara por la boca.

–¡Mattia, no comas así! –Le pasó impulsivamente una servilleta por los labios para detener el chorrito de leche antes de que acabara en la camiseta. Entonces su mirada de madre se transformó. Se perdió a lo lejos, entre las mesas, hasta cruzarse con la de Tancredi. Él le sonrió, divertido. Roberta se ruborizó recordando algún que otro momento. Después volvió a su papel de madre.

»Si no dejáis de pelearos, no volveré a traeros al club nunca más.

Un camarero se acercó a la mesa de Tancredi y Davide.

–Buenos días, señores, ¿van a pedir?

–¿Tú qué quieres?

–Bueno, tal vez un primero...

–Aquí hacen muy bien los *paccheri* rellenos de tomate y *mozzarella* –le sugirió Tancredi con convicción.

–Vale, pues para mí la pasta.

–Yo tomaré una ensalada fría de sepia. ¿Puede traernos también un vino blanco bien frío? Un Chablis, Grand Cru Les Clos de 2005, por favor.

El camarero se alejó.

–De segundo podríamos pedir calamares a la plancha o una buena lubina en salsa. Aquí el pescado es fresquísimo.

Y permanecieron así, a la espera. Tancredi se volvió hacia el fondo del jardín. Gregorio Savini estaba allí, en la puerta de entrada al club; parecía que no miraba hacia donde estaban ellos. Llevaba el pelo corto y vestía un traje ligero. Su mirada negra e impenetrable seguía a la gente de un modo casi distraído, fijándose en todo y en nada, concentrada en cualquier posible movimiento.

–Nunca te abandona, ¿eh?

Tancredi le sirvió un poco de agua a Davide.

–Nunca.

–Lo sabe todo sobre tu familia. Hace mucho que está con vosotros.

–Sí. Yo era pequeño cuando llegó, pero es como si hubiera estado desde siempre.

El camarero se acercó, sirvió el vino y se retiró.

–Es bonito contar con una persona así. Que no haya nada que él no sepa. Pero debe de ser difícil no tener secretos para alguien, ¿no?

Tancredi bebió un sorbo de agua. Luego dejó el vaso y miró a lo lejos.

—Sí. Es imposible.

Davide sonreía con gesto burlón.

—¿También sabe lo de esa mujer? ¿Lo de Roberta?

—Fue él quien me dio su teléfono y me proporcionó toda la información sobre ella.

—¿En serio?

—Claro. Es quien me informa siempre de todo: las joyas que luce una mujer, las flores que prefiere, su círculo de amistades... De otro modo no habría conseguido hacer todo lo que he hecho en tan poco tiempo.

—Y, para entrar en este club, ¿qué has tenido que hacer?

—Ya ves, ha sido lo más sencillo del mundo: descubrí que tenían que hacer frente a unos gastos y los sufragué todos comprando más participaciones.

Justo en aquel momento, apareció un camarero en la puerta. Miró a su alrededor hasta que reconoció a la persona que estaba buscando.

Atravesó el jardín caminando de prisa y pasó entre algunas mesas. Tancredi lo vio.

—Eso es. No te pierdas esta escena.

Su amigo lo miró con curiosidad. No sabía a qué se refería. El camarero se detuvo ante la mesa de la familia De Luca.

—Perdone...

Fabrizio levantó el rostro del plato. No esperaba a nadie.

Roberta también dejó de comer.

—Esto es para la señora. —Y le tendió una preciosa flor, una orquídea salvaje jaspeada encerrada en una caja cubierta de celofán y acompañada de una nota—. Y esto es para usted, doctor De Luca.

Fabrizio cogió el sobre que sujetaba el camarero. Le dio la vuelta con curiosidad. No iba dirigido a nadie. En aquel instante Roberta abrió la nota: «¿En serio me quieres?» La mujer levantó rápidamente la mirada y se encontró con la de Tancredi. Él acabó de servir el vino blanco y la miró fijamente mientras levantaba la copa como brindando desde lejos. Luego lo probó. Estaba a la temperatura perfecta.

—Sí, es un excelente Chablis.

A poca distancia, en la otra mesa, Fabrizio De Luca palideció de pronto. Había abierto el sobre. No podía creer lo que veían sus ojos. Contenía unas fotografías que no dejaban lugar a duda: eran de su mujer, Roberta, tomada por otro hombre en las posturas más atrevidas y violentas. En las instantáneas se veía el colgante que él le había regalado en su décimo aniversario de boda, lo cual confirmaba que eran imágenes recientes. Aquello había ocurrido a lo largo de las últimas semanas, puesto que hacía sólo un mes que se lo había regalado.

Fabrizio De Luca le mostró las fotos a su mujer y, antes de que ella pudiera recuperarse del estupor, le asestó una violenta bofetada en pleno rostro. Roberta se cayó de la silla. Giorgia y Mattia se quedaron inmóviles, en silencio. Entonces Giorgia empezó a llorar. Mattia, más fuerte, continuó boquiabierto.

—Mamá... mamá...

No sabía qué hacer. Los dos niños la ayudaron a levantarse. Fabrizio De Luca cogió unas cuantas fotos —seguramente a los abogados les resultarían útiles en el juicio de separación— y luego se marchó bajo las miradas atónitas de los socios del club.

Roberta intentó consolar a Giorgia.

—Venga, cariño, no pasa nada...

—Pero ¿por qué ha hecho eso papá? ¿Por qué te ha pegado?

Entonces una foto cayó de la mesa. Giorgia la recogió.

—Mamá... ¡ésta eres tú!

Roberta se la arrancó de las manos y, con las lágrimas resbalándole por el rostro, se la metió en el bolsillo de atrás de los vaqueros. Después cogió a Giorgia en brazos y a Mattia de la mano y empezó a caminar, vacilante, mientras todos la observaban. En la mejilla, marcados en rojo, llevaba los cinco dedos estampados en la piel. Cuando llegó a la mesa de Tancredi, se detuvo.

Davide se sentía incómodo. Roberta estaba de pie frente a ellos, en silencio. Las lágrimas seguían surcándole la cara sin que pudiera contenerlas.

Mattia no podía entenderlo. Le tiró del brazo.

—Mamá, pero ¿por qué lloras? ¿Por qué te has peleado con papá? ¿Se puede saber qué pasa?

—No lo sé, cariño. —Entonces miró a Tancredi—. Dímelo tú.

Él permaneció en silencio. Cogió la copa y tomó un sorbo de vino. Después se secó los labios con la servilleta y, lentamente, se la colocó de nuevo sobre las piernas.

—Quizá te estuvieras cansando de la felicidad. Cuando vuelvas a encontrarla, sabrás apreciarla.

# 3

—Cariño, ¿estás en casa?

En el mismo instante en que dijo aquellas palabras, a Sofia se le encogió el corazón. ¿Cómo iba a ser de otro modo? ¿Dónde podría haber ido? Y, sobre todo, ¿cómo? Justo en aquel momento le pareció oír el eco de un frenazo y luego una colisión: cristales rotos, chapa retorcida, una secuencia que pasaba a cámara lenta por su mente.

Dejó la bolsa de la compra sobre la mesa. Se tocó la frente, que estaba sudada. Luego se llevó las manos a las caderas y miró a su alrededor: la mísera cocina, los vasos rayados por el uso y con el cristal gastado. Se vio reflejada en un espejo y casi no se reconoció. Tenía el rostro cansado, el pelo despeinado y, por encima de todo, la mirada apagada. Aquello era lo que le faltaba: luminosidad. La belleza que siempre le habían alabado como si se tratara de su única virtud, a veces hasta el punto de llegar a molestarla, todavía estaba allí en realidad. Pero estaba cansada. Sofia se arregló el pelo. Después se quitó la chaqueta y la puso en una silla. Empezó a colocar la compra en su sitio. Metió la leche en la nevera. Desde muy joven había luchado contra aquella belleza; le habría gustado que sólo la valoraran por su gran pasión, por su increíble talento, por aquel don que tenía desde niña: su amor por la música. El piano era su única razón de vivir. Las notas llenaban sus pensamientos. A los seis años, durante las primeras clases, escogió unas cuantas piezas clásicas, pidió permiso para llevarse las partituras a casa, les hizo unos arreglos y las interpretó de un modo distinto. Se convirtieron en la banda sonora de su vida. Se columpiaba, corría, se zambullía en el mar, miraba la puesta de sol, lo hacía todo con aquellas notas en la cabeza. Todos los momentos de su vida iban acompañados de una pieza musical que añadía la mejor glosa.

Sofia era así. Había elegido *Après une lecture de Dante*, de Franz Liszt, para usarla como himno al amor.

Había decidido que sólo la tocaría para su hombre, el que la hiciera sentir feliz y enamorada. Pero nunca había tenido oportunidad de hacerlo. Hasta que conoció a Andrea, arquitecto y jugador de rugby, bien dotado física e intelectualmente. Igual que ella. Todo pasión y racionalidad. Se conocieron en una fiesta y empezaron a salir. Por primera vez, se dejó llevar y ocurrió. Se enamoró. Al fin podría tocar su himno al amor. Los días anteriores ensayó varias veces para que saliera perfecto, como ella quería, como lo sentía, como quería tocarlo para él, sólo para él, para su Andrea. Y aquella noche estaba preparada, si no hubiera sido...

Acababa de llegar a casa cuando se dio cuenta de que el teléfono estaba sonando. Sofia cerró la puerta, dejó el bolso y fue corriendo a contestar.

—¿Diga?

—¡Por fin! Pero ¿dónde estabas?

—En clase. Acabo de llegar.

—Muy bien, cariño. Oye, te he cogido la pizza con tomates *cherry* y *mozzarella*...

—¡Pero si te había dicho sólo con tomates *cherry*, tomates y nada más!

—Cariño, pero ¿por qué te pones así?

—Porque nunca me escuchas.

—Cuando llegue, la *mozzarella* ya estará fría y podrás quitarla fácilmente. Así sólo quedarán los tomates, y ya está: como tú la quieres.

—El problema no es la pizza, ¡es que no me escuchas! ¿Lo entiendes o no?

—Lo entiendo... Ya estoy llegando.

—¡No te abriré!

—¿Y si doy la vuelta y te llevo la pizza de tomate y *mozzarella*?

—Te he dicho que sólo tomate.

—Claro... ¡Era una broma!

—¡Sí, sí, pero no me escuchas y siempre me tratas como si fuera idiota!

—Cuando te empeñas en discutir no hay manera, ¿eh...?

—¡Pareces mi madre! Me fui de casa en cuanto cumplí los dieciocho precisamente por eso... Y ahora resulta que vivo con alguien que no me escucha y se ríe a mi costa.

Le colgó el teléfono sin más. Andrea se guardó el móvil en el bolsillo, sacudió la cabeza, arrancó la moto y aceleró lleno de rabia; le molestaban aquellas continuas ganas de pelearse por todo. Primera, segunda. «¿Será posible que tengamos que estar siempre discutiendo? Bueno, no me he acordado de que no quería *mozzarella*, ¿y qué? ¿Es necesario darle tantas vueltas?» Tercera, cuarta, cada vez más rápido, cada vez más enfadado, bajando la pendiente otra vez de camino a la pizzería. Ochenta. Cien. Ciento veinte. Ciento cuarenta. A aquella velocidad, la visión de la calle se iba estrechando, y la cólera, además de las lágrimas provocadas por el viento, casi lo cegaban, así que no vio que al final de la bajada había un coche parado en la esquina.

Una mano accionó el intermitente, que parpadeó una, dos veces, y, sin esperar, el vehículo surgió de la oscuridad, avanzó. Penetró en la calle al mismo tiempo que Andrea llegaba a su altura a toda velocidad. Fue un instante. Al volante del coche iba una mujer mayor. En cuanto vio las luces que se acercaban, se asustó. Se quedó bloqueada, sobrecogida, en medio de la calle, sin moverse ni hacia delante ni hacia atrás, incapaz de tomar una decisión.

—Pero...

Andrea no tuvo tiempo de reducir, de frenar; se quedó con la boca abierta, con una mirada de horror en los ojos. Era como si aquel coche, detenido en medio de la calle, se acercara hacia él a una velocidad inaudita.

Ni siquiera pudo gritar. Nada: se aferró con fuerza al manillar y cerró los ojos. No hubo tiempo de hacer nada, ni siquiera de rezar, sólo de reconocer un último pensamiento: «Una pizza de tomates *cherry* sin *mozzarella*.» No volvería a olvidarlo. Nunca más.

Oscuridad.

# 4

—Me preocupa presentártelo.

—¿Por qué?

—Porque podría gustarte más que yo...

—Imposible. —Benedetta rió al tiempo que se llevaba la mano a la boca. Luego bebió un poco del bíter que había pedido y se encogió de hombros.

Gianfilippo la miró con curiosidad.

—¿Por qué imposible? Es más joven que yo... Es más guapo que yo y, sobre todo, es mucho, pero que mucho más rico que yo...

Benedetta se puso seria de repente.

—Entonces me gustará un montón.

Gianfilippo levantó una ceja.

—Ah...

—Sí... En especial porque tú eres idiota. —En aquel momento parecía estar muy irritada—. Pero ¿de verdad crees que puede que me interese porque es más rico que tú?

—He dicho mucho, pero que mucho más rico.

—¡Entonces tú eres mucho, pero que mucho más idiota!

Gianfilippo tomó un sorbo de su Campari. Después sonrió e intentó arreglarlo.

—Cariño, contigo nunca se puede bromear...

—No estás bromeando. —Benedetta se encogió de hombros, decidida, y volvió la cabeza a un lado. Miró hacia el fondo del salón: hacia los cuadros, las estatuas y los huéspedes del Circolo della Caccia, uno de los clubes más exclusivos de la ciudad.

Todos caminaban tranquilamente, seguros. Algunos se saludaban sonriendo. Se conocían desde siempre: eran un círculo reducido, los más poderosos y ricos de toda Roma.

Gianfilippo intentó cogerle la mano.

—Venga, no te pongas así.

Benedetta la apartó con rapidez.

—Ha sido una broma de mal gusto. No entiendo por qué te divierte bromear sobre el hecho de que es más rico que tú...

Gianfilippo extendió los brazos.

—¡Pero es que no estoy bromeando! Lo es... y muchísimo.

Benedetta se volvió y sacudió la cabeza. No había nada que hacer. Nunca lo entendería. En el fondo era inútil discutir. Y, además, lo más probable era que estuviera exagerando. ¿Cómo iba a ser mucho, pero que mucho más rico que él? Gianfilippo era la persona más acaudalada que había conocido en toda su vida. En cuanto se dio cuenta de lo que había pensado, se sorprendió dedicándole una sonrisa un poco incómoda, así que intentó distraerlo en seguida.

—¡Venga, no discutamos! Cuéntame algo más acerca de tu hermano antes de que llegue, tengo curiosidad.

Gianfilippo suspiró.

—Ha sido un temerario durante toda su vida. Desde siempre ha coleccionado accidentes de moto. Hacía surf y viajó por medio mundo para ir a los lugares donde se celebraban las competiciones: Hawái, Canarias... Después le tocó el turno a la canoa, el paracaídas, el parapente. En resumen, no ha renunciado a nada. Creo que ha practicado a propósito todos los deportes más extremos para jugarse la vida...

En aquel momento oyó su voz.

—Así que, en resumidas cuentas, no soy ninguna maravilla. —Benedetta se volvió de golpe. Había un hombre de pie frente a ella—. Si haces caso de sus historias, parece que he intentado matarme y no lo he conseguido.

Era alto, esbelto, delgado; llevaba una camisa blanca perfectamente planchada y con las mangas dobladas de manera que permitían que se vieran unos antebrazos musculosos. Tenía la piel ligeramente tostada y los ojos de un azul intenso, marcados, experimentados. «Lo hacen parecer mayor –pensó Benedetta–. No, mayor no. Si acaso más seguro, más hombre, más... Más todo. –Le sonrió–. No sé si, como dice Gianfilippo, es mucho, pero que mucho más rico que él, pero una cosa es segura: es mucho, pero que mucho más guapo.»

Se sentó delante de ella con gran elegancia. Luego le dio la mano y se presentó.

–Tancredi.

–Benedetta.

A continuación, cruzó las piernas y apoyó los brazos en el sillón.

–Y bien, ¿qué hace una mujer tan guapa con alguien tan... tan...? No se me ocurre nada.

–¿Querías decir tan maravilloso? –le sonrió Gianfilippo.

Tancredi hizo una mueca.

–La verdad es que no era ésa la palabra que estaba buscando.

–Si para no ser aburrido hay que llevar la vida que llevas tú, entonces me alegro de serlo.

–¿Por qué? –Tancredi lo miró haciéndose el sorprendido–. ¿Hay algo de lo que hago que no te guste?

En verdad, su hermano ignoraba la mayor parte de las cosas que hacía y no estaba de acuerdo con las pocas que sabía. Gianfilippo intentó aparentar aplomo.

–Bueno, el hecho de que estés vivo ya me parece un éxito considerable, casi diría que un milagro...

En aquel momento, Benedetta cogió una aceituna, la pinchó con un palillo y la hizo girar en el vaso, en lo que le quedaba de bíter. Después se la comió y notó aquel sabor entre dulce y salado.

Los dos hermanos se miraron. Al final Gianfilippo sonrió. Tancredi bajó la mirada. Benedetta permaneció con la aceituna en la boca, sorprendida por aquel extraño silencio. Gianfilippo la miró y sacudió ligeramente la cabeza, como diciendo: «No pasa nada, luego te lo cuento.» Justo al mismo tiempo, la mujer oyó que alguien la llamaba.

–¡Benedetta, qué haces aquí!

Una chica distinguida se detuvo en la entrada del salón, cerca de donde estaban sentados. Llevaba un traje de chaqueta azul oscuro, un bolso pequeño de Gucci y el rubio cabello recogido. Benedetta se levantó con una sonrisa.

—¡Gabriella! Disculpad...

Dejó a los dos hermanos y corrió hacia su amiga. Ambas se abrazaron y empezaron a charlar.

Gianfilippo miró a Tancredi y le sonrió. Éste levantó el brazo para tratar de llamar la atención del camarero.

—¡Perdone!

Gianfilippo insistió.

—¿Has visto qué extraño?

Tancredi suspiró.

—Sí...

Al final se acercó un camarero.

—Por favor, ¿puede traerme una cerveza?

—Claro, señor.

El camarero pensó que aquello era todo y empezó a alejarse, pero Tancredi volvió a dirigirse a él.

—¿Qué cervezas tienen?

—Todas, señor.

—Entonces querría una Du Demon. —El camarero volvía a alejarse cuando llegó la última indicación—: Que esté helada.

Tancredi quería hacer como si no pasara nada, pero sabía que no podía escabullirse. La mirada de su hermano se cruzó con la suya.

—Es increíble, ¿no?

—Sí. Ha sido raro.

—¿Raro? ¡Ha sido lo más absurdo que hubiera podido imaginar! Ha hecho exactamente lo mismo que ella...

Y fue como si juntos volvieran a recordar la escena.


Claudine le daba vueltas a una aceituna dentro de un vaso. Estaba pinchada en un palillo. Después sonrió, la sacó y, justo cuando la gota roja estaba a punto de caer, puso la lengua debajo. Luego se llevó la aceituna a la boca y jugó con ella, como si fuera una pequeña acróbata, hasta que la hizo desaparecer. Se la tragó.

—Mmm, qué buena.

Se pasó el índice por la mejilla para tomarle el pelo a su hermano más pequeño, Tancredi.

–¡Ya está bien, te las has comido todas! Ésa era mía.

–Es que eres lento, demasiado lento.

Y, tras decir aquello, salió disparada hacia la piscina del gran jardín. Corrió como una gacela entre los rosales, los setos verdes y los árboles.

Tancredi fue tras su hermana rápidamente. Ella se reía y se volvía de vez en cuando.

–No podrás, ¿a que no me pillas...?

Aceleró y, poco antes de llegar a la piscina, se quitó el ligero vestido y lo tiró en el césped. Se detuvo en el borde.

–¿Has visto? Yo he llegado primero.

Y se zambulló con un salto perfecto. Nadó por debajo del agua y emergió un poco más allá, en el centro de la piscina. Se echó todo el pelo hacia atrás, largo, oscuro, y dejó al descubierto el rostro ligeramente bronceado. Después cerró los ojos y sonrió. Mientras, Tancredi todavía se estaba quitando los zapatos.

–Bueno, ¿qué? Lo ves... Eres lento... Demasiado lento.

Incluso Gianfilippo, que estaba en el agua sentado en un sillón hinchable transparente, se rió. Mantenía a su novia, Guendalina, anclada a él por medio de las piernas. Ella estaba boca abajo sobre una colchoneta naranja y, con una mano, se sujetaba a la pierna de Gianfilippo que colgaba del sillón. Guendalina también se echó a reír. Estaba perfectamente bronceada y su bañador azul celeste hacía resaltar incluso la más pequeña de sus curvas. Por fin, Tancredi, ya en bañador, cogió carrerilla y saltó. Recogió las piernas en el aire y cayó de bomba, mojándolos a todos.

–¡Qué haces!

Empezaron a salpicarse. Gianfilippo se cayó del sillón, se agarró a la colchoneta de Guendalina y también la tiró. Ambos acabaron debajo del agua y salieron riendo, pero ella fue muy rápida y empezó a salpicar tan fuerte a Gianfilippo que éste no tuvo otra elección que empujarla hacia el fondo. La mantuvo allí durante un buen rato y, cuando la dejó salir, Guendalina emergió haciendo una profunda inspiración.

–Pero ¿eres idiota? ¡Casi me ahogo!

–¡Anda ya!

—Imbécil... Eres imbécil.

Siguieron luchando un rato más. Al final él la inmovilizó e intentó besarla. Pero ella lo mordió.

—¡Ay!

—Te está bien empleado.

Gianfilippo se tocó el labio para ver si le salía sangre, pero no tenía nada. Entonces reanudó la lucha y volvió a besarla. Sin embargo, aquella vez Guendalina no lo mordió. Fue un beso apasionado, profundo. Tancredi se dio cuenta y se volvió sorprendido hacia Claudine; sacudió la cabeza y agitó la mano como diciendo: «¡Hay que ver! Se están besando...»

Pero a Claudine no le interesaba nada de aquello. De hecho, pareció que le molestaba. Así que dio dos, tres brazadas rápidas, se aferró al borde de la piscina y salió. Se fue hacia la casa aún completamente mojada. Delgada, esbelta, corrió por el césped sin dar ninguna explicación sobre aquella reacción inesperada.

Tancredi, solo en el agua, nadó un poco. Luego notó que estaba de más. Gianfilippo y Guendalina seguían besándose, abrazados contra el borde de la piscina. No sabía qué hacer, así que también él salió del agua y se encaminó hacia la casa. Entró en el salón y subió por la gran escalera que conducía a los dormitorios.

—¿Claudine? ¿Claudine? —Llamó a la puerta de su habitación, pero no obtuvo respuesta. Entonces la abrió lentamente. La puerta chirrió. Su hermana estaba sentada en su gran sillón, con las piernas recogidas y el pelo todavía mojado. La ventana, a su espalda, estaba abierta. Las persianas, medio bajadas, dejaban entrar una luz difusa y las ligeras cortinas, mecidas por el viento, la iluminaban de tanto en tanto.

Tancredi se quedó de pie frente a ella.

—¿Por qué no me contestas?

—¡Porque no me apetece!

Claudine se estaba comiendo un helado de cereza. Le sacó la lengua. La tenía completamente roja, de un rojo intenso, violento. Continuó lamiendo ávidamente el helado mientras se reía.

—Bueno, ¿qué quieres, hermanito?

Tancredi se sintió molesto. No le gustaba que lo llamara así.

—Yo también quiero un helado.

—No quedan.

—No es verdad.

—Sí que es verdad. Mira... —Claudine se levantó y abrió una pequeña nevera—. ¿Lo ves? Está vacía. Era el último.

Tancredi se lo tomó mal.

—¿Quién te lo ha comprado?

—¿A ti qué te parece?

—No lo sé; de ser así no te lo preguntaría.

Claudine volvió a hundirse en el sillón, cruzó las piernas y siguió lamiendo el último helado.

—Me lo ha comprado papá... ¿Y sabes por qué? Porque soy su preferida... Pero no se lo digas a mamá...

Tancredi se sentó en la cama.

—¿Y por qué?

—Porque sí. Algún día quizá te cuente una cosa.

Tancredi insistió.

—Pero ¿por qué no se lo puedo decir a mamá?

Claudine se comió un gran pedazo de helado; lo arrancó con los dientes, luego lo cogió con los dedos y jugó con los labios, chupándolo, mientras toda la boca se le teñía de rojo. Después sonrió con malicia y levantó la ceja, era la única dueña de aquella increíble verdad que había decidido regalarle a su hermanito:

—Porque él sólo quería tenerme a mí y no a vosotros dos...


—Intento no pensar en ello, pero muy a menudo me vienen recuerdos, ¿a ti no te pasa?

Tancredi dejó escapar un largo suspiro. Cada vez que se veían, Gianfilippo terminaba hablando de Claudine.

—Sí. Me pasa de vez en cuando.

Gianfilippo miró a Benedetta, que todavía continuaba charlando con su amiga.

—¿Qué te parece?

—No la conozco lo suficiente.

Gianfilippo ladeó la cabeza como si así pudiera observarla mejor.

—A mí me pone cachondo.

—A ti todas te ponen cachondo.

—No es verdad. Silvia era perfecta, pero al final me cansé de ella.

Por fin llegó la cerveza que Tancredi había pedido. El camarero la dejó en la mesa y se fue sin esperar un «gracias» que, efectivamente, no iba a llegar.

Tancredi le dio un sorbo.

—Creo que, antes o después, eso ocurre con todas las mujeres. Puede que ellas sientan lo mismo respecto a nosotros...

—Tienes una excelente opinión de la vida de pareja. ¿No piensas casarte algún día? Yo sí. Benedetta podría ser la esposa ideal. Además, estoy a punto de cumplir cuarenta y dos años; ella tiene treinta y tres, somos perfectos para convertirnos en una pareja feliz: hay cierta diferencia de edad, nos llevamos nueve años; tenemos muchos intereses en común; los mismos gustos; igual modo de ver la vida; sabemos darnos espacio y libertad.

—¿Por qué no? Quizá incluso funcione. ¿Crees que contar con los ingredientes acertados es suficiente para que una pareja tenga futuro?

—Sí. Y especialmente para que una pareja sea feliz.

—Conocí a una pareja feliz, una familia perfecta. La veía cada día en el club. Un matrimonio atractivo, rico, ambos excelentes jugando al tenis, con dos hijos estupendos... Y después, de repente, ¡paf!

—¿Qué pasó?

—Ella le fue infiel.

—Seguro que es un chisme que te ha contado alguien...

—No, estoy bastante seguro. Lo engañó conmigo.

Tancredi bebió un poco más de cerveza.

Gianfilippo permaneció en silencio. Tancredi continuó:

—Me gustaba ver la perfección de aquella familia, su felicidad... Por eso la destruí. Odio la felicidad. Me resulta hipócrita. No soporto a los que siempre están sonriendo, a los que parece que todo les va siempre bien. Mira, mira a la gente...

Gianfilippo siguió la mirada de Tancredi, que vagaba por el salón del Circolo della Caccia. Hombres y mujeres elegantes y ricos intercambiaban sonrisas, palabras, se saludaban estrechándose la mano, besándose en las mejillas. A veces se reían a carcajadas, se contaban algún chiste, pero siempre en voz baja, con amabilidad y educación, nunca con una palabra de más o en un tono más alto.

—Ahí lo tienes, es un mundo de apariencias... Todos parecen buenos, honestos, tranquilos, sinceros. Y quién sabe cuántos de ellos habrán sido infieles, habrán robado, habrán hecho daño a alguien, habrán causado algún sufrimiento... Y fingen ser felices. Como esa mujer de la familia perfecta: era feliz, lo tenía todo y, sin embargo, en un instante renunció a todo, lo perdió todo, así... —Chasqueó los dedos—. Por un simple deseo...

—¿Cómo lo supo el marido?

—Le envié unas fotos. —Gianfilippo lo miró preocupado. Tancredi le sonrió—. En las que yo salgo de espaldas y se aprecia cómo ella disfruta.

En aquel momento, Benedetta volvió a la mesa con su amiga.

—Perdonad que os moleste... ¿Puedo presentaros a mi amiga Gabriella? Hacía siglos que no nos veíamos.

Tancredi y Gianfilippo se levantaron casi a la vez.

—Mucho gusto.

Luego Benedetta abrazó a Gianfilippo para que no quedara ninguna duda sobre cuál era su hombre.

—Gabriella y yo hemos pensado que esta noche podríamos ir a cenar a Assunta Madre. Dicen que tiene el mejor pescado de Roma. —Mientras lo decía, miraba a Tancredi—. ¿Por qué no vienes con nosotros?

Tancredi observó a Gabriella con tanta intensidad que al final la joven, casi avergonzándose, bajó los ojos. Entonces él sonrió.

—No, lo siento —se excusó—. Ya tengo un compromiso y no puedo aplazarlo.

—¡Qué lástima! —dijo Benedetta.

—Acompaño a mi hermano a la salida.

Gianfilippo se alejó con él.

—No tienes ningún compromiso, ¿verdad?

—Eres perspicaz.

—¿Qué es lo que no te ha gustado de ella? Me parece una chica guapísima.

—El mundo está lleno de chicas guapísimas. Ésta no está casada, no tiene novio, quizá hayan roto hace poco y simplemente le gustaría enamorarse... Y yo podría servirle.

−¿Y qué? ¿Qué tiene de malo? A lo mejor hasta es divertida. Vete a saber las virtudes que puede tener esa mujer, cómo hace el amor, cómo cocina; está todo por descubrir...

−Sí, pero me ha parecido superficial. Como mucho, sabrá hacer bien lo que parece ser innato en todas las mujeres.

−¿El qué?

−Llorar.

Entonces Gianfilippo dejó que se marchara. Se quedó un rato contemplándolo mientras se alejaba por el pasillo. A continuación regresó junto a las dos mujeres y se sentó en medio de ellas. Acarició la mano de Benedetta.

−Un tipo extraño, tu hermano... Pero me gusta. Lástima que tuviera un compromiso...

−Sí...

−Mejor dicho, nos gusta mucho... Precisamente le estaba diciendo a Gabriella que sería estupendo, si hubiera ocasión... Sí, podríamos invitarlos a nuestra casa de campo...

Gianfilippo entendió en seguida a qué se refería.

−Sí, sería estupendo. Sólo que mi hermano tiene un pequeño problema...

Benedetta y Gabriella lo miraron con curiosidad y después con preocupación.

−¿Cuál?

−No quiere ser feliz.

# 5

Andrea tenía puestos los auriculares, escuchaba música con los ojos cerrados. Después los abrió y miró el vídeo en el que aparecía Sofia. Sus manos volaban sobre el teclado, mantenía la cabeza inclinada, cubierta por el cabello que le caía hacia delante y bailaba con ella mientras se movía sentada al piano, atrapada por sus propias notas.

Su pelo castaño estaba más claro de lo habitual, más pálido. Era septiembre, su último concierto.

Andrea la miró. La cámara se acercó a su rostro, que en aquel momento estaba de perfil. Sofia tenía los ojos cerrados y tocaba el final de la pieza. Andrea comenzó a mover la cabeza al mismo ritmo que ella, dejándose llevar por aquel fragmento, por aquellas últimas notas, tan intensas, tan conmovedoras. Y, sin querer, una lágrima le resbaló por el rostro. Siguió moviendo la cabeza; no sabía si el dolor se lo provocaba el recuerdo de aquella filmación que había realizado él mismo desde el palco del conservatorio cuando todavía podía moverse o el hecho de que desde entonces todo se hubiera detenido. Sofia no había vuelto a tocar nunca más. Su increíble y aclamado don había quedado a un lado, abandonado en un desván, olvidado. Como un regalo sin abrir, como un beso nunca dado.

Mientras Andrea escuchaba los aplausos en el vídeo, de pronto se sintió observado y bajó la pantalla del ordenador. Ante él apareció la Sofia de ocho años después.

—Eh... ¿Con quién estás chateando? Estoy celosa.

Andrea se quitó los auriculares.

—Hola, cariño, no te he oído entrar... —Le sonrió y trató de poner el ordenador sobre la mesilla que tenía al lado, pero tuvo que hacer un gran esfuerzo, como si aquel pequeño peso fuera un problema, una dificultad insuperable. Sofia estuvo en seguida a su lado y lo ayudó—. No, déjamelo aquí... Quizá después vuelva a usarlo.

—Te lo dejaré al lado cuando salga.

—Ah...

—¿Qué quieres decir?

—No, decía... que si vuelves a salir...

—Cariño, igual no te acuerdas, pero, como todos los días..., voy a dar clase.

—Me parece absurdo que hagas esto. Podrías ganar mil veces más actuando y dando alguno de aquellos conciertos a los que acudía gente de medio mundo para escucharte. Tú, en cambio, te empeñas en enseñar música en una escuela.

—Dejando a un lado el hecho de que lo hago en una escuela y también en el conservatorio, ya sabes que me gusta mucho enseñar, hay muchas jóvenes promesas.

—Sí, como ese Daniele que te escribió una carta de amor...

—¡Pero si tiene siete años!

—¿Y qué? A lo mejor no tiene prisa y persiste en su sueño.

—¡Sí, salvo por un pequeño detalle: que cuando él tenga dieciocho años yo tendré cuarenta!

—¿Y? Están de moda las parejas en las que él es mucho más joven...

—Cariño... —Sofia le sonrió y le dio un beso en los labios—, ya sabes que a mí me gusta ir al revés de la moda, ¿no?

En aquel momento advirtió que, sin querer, había tropezado con las bolsas de la orina y las heces. Iba a cogerlas cuando Andrea la detuvo.

—No, déjalo estar...

—Pero están llenas.

Andrea contestó con rabia:

—¡He dicho que lo dejes!

Sofia se apartó como asustada por aquel grito inesperado. Andrea se dio cuenta y le habló con más calma:

—Susanna vendrá más tarde. Prefiero que lo haga ella.

–Claro... Tienes razón. –Pero aquello no le pareció suficiente–. Perdóname.

Y a continuación se fue a la cocina, acabó de vaciar las bolsas de la compra una tras otra y, tratando de distraerse, empezó a colocar las cosas en la nevera. Después se detuvo, apoyó las manos en la mesa y cerró los ojos. Exhaló un largo suspiro y, tras volver a abrirlos, miró a su alrededor. De repente todo le pareció viejo; era como si el mundo se hubiera parado y permaneciera inmóvil; como si todo estuviera allí desde hacía demasiado tiempo: la lámpara colgada en el rincón, a la derecha de la nevera; las tostadas sobre la encimera; la tabla de madera; el viejo cuchillo grande. Era como si su vida se hubiera paralizado aquel día.

Miró el reloj.

«No me lo puedo creer, ¡cuánto tarda! Tengo un hambre... Ya son las nueve y media. Pero ¿cuánto tiempo hace falta para cambiar una pizza? De haberlo sabido, no se lo habría pedido. Vaya con la pizza...» Sofia se echó a reír, era absurdo pelearse por algo así. Y, además, últimamente se había sentido muy inspirada. Sin decirle nada a nadie, y mucho menos a Andrea, estaba preparándole una sorpresa, algo que los uniría para siempre: el pasaje de Liszt *Après une lecture de Dante*, para ella la pieza más bonita y sublime de los *Años de peregrinaje*. Era una obra que la conmovía profundamente, como imaginaba –es más, estaba segura de ello– que debió de conmover al propio compositor cuando la escribió. Liszt estaba locamente enamorado de la princesa Carolyne Iwanowska y, ciento cincuenta años más tarde, ella, Sofia, princesa de nada, se la dedicaba a su enamorado, a su príncipe –sí, no se avergonzaba de llamarlo así.

Se sentó al piano y miró el teclado. ¿Cuánto más tendría que estudiar? Quizá un par de semanas y luego... Y luego, en el primer concierto, con sencillez, después del último aplauso del público, diría: «Como bis me gustaría tocar una pieza de Franz Liszt que dedico a una persona muy cercana a mí.» Miraría a Andrea y él, en primera fila, le devolvería la mirada. Se sentaría al piano y empezaría a tocar mientras imaginaba cómo él, con cada pasaje turbulento, convulso y virtuoso, se iba quedando cada vez más boquiabierto.

Aquélla sería su pieza, y nunca, nunca más, volvería a tocarla. Empezó a hacer sonar las notas y se olvidó del mundo que existía allí afuera. No advirtió que no muy lejos de ella sucedía otra cosa: su móvil se encendía continuamente; una tras otra, se sucedían las llamadas; sus amigas del alma, sus amigos y también sus padres; al final, el hospital. Pero Sofia seguía tocando embelesada por la emoción de aquella pieza. La había trabajado durante un año y la tocaría sólo para él, para el hombre al que amaba y amaría toda su vida. Sonrió pensando en las tontas discusiones de siempre, en su carácter algo caprichoso, en su inquietud permanente. Entonces esbozó una gran sonrisa ante aquella única certeza: «La tocaré para ti, Andrea.» Y con aquel último convencimiento, se dejó llevar por completo. Movía las manos por el teclado rápidamente; bajo sus dedos, las notas saltaban impetuosas; golpeaba las teclas con rabia, en ocasiones con dulzura; y, con pasión, acompañó aquella pieza hasta el final. Agotada, no tuvo tiempo de apartarse del piano antes de oír aquel ruido. Golpes en la puerta y luego, otra vez, el timbre. Insistente, continuo, precipitado. Como si alguien se hubiera pegado a él. Una vez más, aquellos golpes en la gruesa madera de la puerta, como si al otro lado hubiera más de una persona. «¿Tan mal habré tocado? —Sonrió para sus adentros mientras iba corriendo a abrir—. ¿Será que es muy tarde? —Miró el reloj—. Podría tocar al menos hasta las diez y media...»

Al abrir se quedó atónita. ¿Qué hacían allí Giorgio y Stefania, los del piso de abajo?

—Pero ¿qué ocurre...? ¿Qué ha pasado?

Stefania la miró a los ojos, indecisa sobre qué decirle y cómo. Escogió una única palabra.

—Andrea...

Sofia se llevó la mano a la boca, desesperada. Después realizó una profunda inspiración que se le atascó en la garganta. Fue como si en aquel instante una catedral de himnos, de coros, de notas, de fragmentos, toda la música que desde pequeña tanto había amado, se hiciera añicos ante sus ojos.

Un poco más tarde se encontró en el hospital, afanada en una desesperada búsqueda por urgencias. Sofia no podía creer lo que veían sus ojos, le parecía estar viviendo una pesadilla; era como un círculo infernal: hombres y mujeres heridos, con el rostro blanco, con expresión de dolor, se movían por la sala. Uno lloraba, otro se desesperaba, y había gente que permanecía en un silencio atónito, como si no quisiera aceptar de ningún modo lo que había ocurrido.

–¿Dónde está? Dígame dónde está... –empezó a gritarle al primero que le pareció que tenía aspecto de médico. Al fin alguien se lo dijo. Así que se halló delante de la sala de operaciones. Estaba sola. Había avisado a su madre, pero estaba de viaje y le había dicho que llegaría lo antes posible. Pasaron los minutos, interminables, y las primeras horas. Un silencio inimaginable. Casi podía oírse cómo transcurrían los segundos: como si hubiera un único reloj en el centro de la Tierra que marcaba el lento, inexorable pasar del tiempo. Sofia estaba acongojada. Se había quedado inmóvil mientras se cubría el rostro con las manos, doblada hacia delante sobre sí misma, acodada en las rodillas. Entonces le llegaron las terribles palabras del único médico que parecía creíble:

–Lo estamos operando, pero no quiero mentirle: no creo que salga de ésta. Y si lo consigue, será muy duro para él. Quizá no pueda volver a caminar nunca más. –Sofia se sintió desfallecer, se habría caído si aquel médico no la hubiera sostenido–. No volverá a caminar...

Aquellas palabras le retumbaban en la cabeza. ¿Qué podía hacer? ¿Qué podía esperar? En el caso de que tuviera que decidir, ¿qué elegiría? Si un médico le preguntara:

«–Dígame, Sofia, ¿qué prefiere para Andrea? ¿La vida... o la muerte?

»–Pero ¿qué vida, doctor? ¿Una vida infeliz? ¿Una vida de paralítico, una vida de inválido? Él, que siempre se ha enorgullecido de su forma física, de su fuerza; él, el chico sin fronteras, el que no conoce el miedo, el de los mil deportes, el de las mil aventuras; él, que parece que nunca tiene sueño, que nunca está cansado; él y sus ganas de amar, él y sus ganas de vivir... ¿Qué me está preguntando, doctor? ¿Que qué elijo? ¿Y si un día volviera a caminar? Los médicos se han equivocado tantas veces...»

Y así, con aquel último y desesperado pensamiento, a Sofia no le quedó más que rezar: «Haz que viva, Señor...»

Lentamente empezó a enumerar las posibles renuncias, una tras otra. Prometía en silencio abandonar todo lo que amaba a cambio de la vida de Andrea.

Estaba amaneciendo cuando el cirujano salió de la sala de operaciones. Sofia levantó el rostro con lentitud y encontró su mirada. Temerosa, cerró los ojos durante un instante: «Te lo ruego, Señor, juro que cumpliré todo lo que te he prometido a cambio de su vida...»

Cuando volvió a abrirlos, vio que el cirujano sonreía.

—Saldrá de ésta. Necesitará tiempo, pero lo conseguirá.

Entonces comenzó a llorar y, en aquella felicidad, notó el silencioso dolor de su promesa: no volvería a tocar nunca más.

Más tarde fue a ver el lugar donde se había producido el accidente. La moto todavía estaba tirada junto a la acera de la calle, completamente retorcida. Había algunos fragmentos de cristales del coche, y otros muchos, más pequeños, del faro de la moto, de los intermitentes y del cuentakilómetros. Entonces Sofia observó con mayor atención. En el suelo no había ninguna marca de frenazo. No le había dado tiempo. Un poco más allá estaba el coche de la señora. Tenía la puerta central deformada, el cristal de la ventanilla destrozado, la chapa partida. Sofia pasó la mano por la portezuela. Sintió entre sus dedos el grito de Andrea, el dolor, el impacto, los sueños que se hacían añicos, los pensamientos que se perdían en el viento. La retiró en seguida, asustada por todo lo que se había malogrado. De repente, un poco más lejos, entre unas matas que había junto a la acera, realizó un doloroso descubrimiento. Se sintió culpable, como si aquella tragedia le perteneciera sólo a ella, como si toda la culpa fuera suya, sólo suya. Abierta, mirando al cielo, teñida por el incipiente amanecer, había una caja de cartón.

Una pizza llena de tierra yacía tirada sobre el asfalto. Las hormigas se estaban comiendo la *mozzarella* y los tomates *cherry* ya fríos.

En aquel momento, Sofia se acurrucó sobre el suelo y se echó a llorar. Se sentía culpable como nunca, y tan sucia como aquella pizza, incluso más.

# 6

—La mayor parte de tus ganancias las has conseguido gracias a él. Quizá ésa sea otra de las razones por las que te cae tan bien.

Sara continuó colocando las camisas que había recogido en la tintorería. Abrió el gran armario blanco del dormitorio y cogió unas cuantas perchas.

Davide, que acababa de llegar de Turín, la siguió por la habitación.

—Siempre me ha caído bien. Desde que íbamos al colegio. Y, por otra parte, no es cierto, nunca he basado mis valoraciones personales o mis sentimientos en los beneficios. Al contrario...

Sara se volvió de golpe.

—¿Al contrario? ¿Acaso quieres decir que no te he hecho ganar dinero o, peor aún, que te lo he hecho perder?

Davide se sentó en la cama.

—No estaba hablando de ti. Hablaba de mis amigos. A veces los he ayudado a hacer buenos negocios. Mira a Caserini: gracias a mí se ha comprado la casa, y la verdad es que no nada en la abundancia... De hecho, no he aceptado mi porcentaje. Lo habría puesto en un apuro.

—Ya... —Sara colgó dos camisas de seda en las perchas y cerró el armario—. Pero, mira por dónde, Tancredi te cae mejor que los demás. Le has comprado casas en Miami, en Lisboa, en Nueva York, en San Francisco y no me acuerdo de en qué más ciudades del mundo; y otras cinco o seis propiedades en los sitios más bonitos de Italia: en Capri, en Venecia, en Florencia, en Roma... Todas ellas enormes y en lugares céntricos y, por si no fuera suficiente, incluso has hecho que se compre una isla...

—Es el hombre más rico que conozco y el menos célebre. Siempre quiere que me ocupe de sus asuntos para que su nombre no aparezca y, sobre todo, para no tener problemas. No entiendo por qué no debería ayudarlo a gastarse su dinero. —Sara se movía de prisa por la casa. Davide la siguió—. Además, si no lo hiciera yo, lo haría otro... Pero él no se fía de nadie y me ha escogido a mí. ¿Qué culpa tengo yo?

Sara se volvió de repente y se le acercó. Se encontraba a pocos pasos de él.

—¿Tú? Ninguna, pero tienes que ser objetivo. El hecho de que te haya llenado los bolsillos influye en que te caiga especialmente bien, así que no le encuentras ningún defecto... claro. Y siempre por esa misma razón.

Sara se fue a la cocina. Al cabo de un momento, Davide se situó a su lado.

—Tú hoy tienes ganas de discutir...

Sara abrió la nevera y se sirvió un poco de agua.

—En absoluto. ¿Quieres un poco?

—No, gracias. —Se sentó frente a ella—. De todas formas, no es verdad, hay muchas cosas que le critico. Como lo que ha hecho hoy, por ejemplo.

Sara acabó de beber y después le preguntó con ironía:

—¿Qué ha hecho que sea tan grave como para que merezca que lo critiques?

Davide comprendió al instante que había hablado con demasiada ligereza. A veces la rabia no permite pensar con claridad. Si le contaba la historia de la mujer del club, de las fotografías que le habían llevado a la mesa delante de sus hijos... bueno, lo más seguro es que tuviera problemas para poder seguir viéndolo. Digamos que la amistad se acabaría, y con ella también las oportunidades de hacer negocios. Intentó distraerla cambiando de tema.

—A propósito, ¿te acuerdas de la familia Quarti? No están pasando por una buena época. Hay una villa de su propiedad, preciosa aunque un poco deteriorada, que Tancredi quiere ver a toda costa. Debe de costar al menos quince millones de euros, pero creo que puede sacarse por doce.

—Y bien, ¿se puede saber la que ha organizado hoy tu amigo Tancredi?

No había conseguido distraerla.

—Ah, sí... —Davide se resignó a retomar el tema—. Prácticamente ha hecho que una pareja acabe separándose. Dos amigos del club, creo...

—¿Eran amigos suyos?

—No exactamente. Ha actuado con ligereza...

—A lo mejor hacen las paces. Ojalá todos los problemas fueran así.

—Sí...

Sara regresó al salón. Davide se encogió de hombros.

«Seguro que hacen las paces... Con esas fotos... Bueno, creo que será el divorcio menos problemático de todos los tiempos.»

Sara empezó a ordenar los periódicos que había sobre el sofá; los puso en la mesita baja delante del televisor.

—Ahora que me acuerdo, no es la primera vez que hace que una pareja se pelee. Ya ocurrió en otra ocasión, en la playa, en Tavolara, cuando estábamos en su magnífico yate.

—Lo ha vendido.

—¿Ah sí? Ha hecho bien. Vete a saber lo que costaba mantenerlo durante el año...

—Trescientos mil euros, me parece. Pero ahora tiene otro más grande.

—Ah... Pues hizo que aquella pareja se peleara. Pareció que los hubiera invitado a propósito. Y pensar que formaban una pareja estupenda. Eran guapos, jóvenes, se los veía enamorados, ella estaba esperando un hijo... ¿Te acuerdas de aquella historia?

—Vagamente...

—Sí, bueno... Sólo te acuerdas de lo que te interesa. Se marcharon del yate después de una violenta discusión. Incluso se pegaron en el camarote.

—¿Y tú cómo lo sabes?

—Lo sé porque estábamos en el de al lado. Cuando bajaron del barco, Tancredi estaba en el puente. Estaba tomando algo y los miró de una manera que me impactó muchísimo.

—¿Qué hizo que fuera tan raro?

—Sonreír.

—¡Venga ya! Tú siempre has querido ver en él lo que no hay.

—Eres tú quien nunca lo has querido ver de la manera adecuada. Es como si gozara con la infelicidad de los demás, como si no quisiera a nadie, como si le molestara que alguien fuera feliz... Y aún más si se trata de una pareja. Es eso, parece que busque la manera de romperla... ¿No te parece raro?

Davide intentó echar un poco de tierra sobre aquella discusión.

—Bueno, mirándolo así, sí...

—No sé verlo de otro modo. Y, mira por dónde, siempre ha tenido aventuras que no han durado nada.

«Sí», pensó Davide. Tancredi había estado con mujeres famosas, actrices, modelos preciosas. Una vez, su amigo había visto en un reportaje televisivo a una sumiller que explicaba las particularidades de sus viñedos de Australia. Era la hija de un magnate que se había metido en el mundo del vino por entretenerse y había alcanzado un enorme éxito. A través de Gregorio Savini, averiguó todo lo que podía interesarle sobre ella. Después se puso en camino y le dio una sorpresa: aterrizó con un helicóptero cerca de su propiedad. En la primera colina donde acababan sus viñedos, preparó una mesa con mantel de lino y las más variadas especialidades italianas, incluyendo, naturalmente, los mejores vinos. Ella llegó hasta allí paseando. Al principio se quedó boquiabierta, después sonrió. Él la hizo reír y al final la conquistó. Al día siguiente se marchó dejándole una rosa y una nota: «Tus vinos son deliciosos y tú eres más que un sueño...» Pero no volvió a verla nunca más.

«Aquella mujer, como todas las que ha tenido —pensó Davide—, tenía tal belleza que era imposible olvidarla.» Pero era mejor que aquello tampoco se lo contara a Sara.

Se sirvió una copa y sonrió para sus adentros. Había llegado a una extraña conclusión sobre las relaciones de pareja: la duración de un matrimonio depende de lo rápido que seas en decidir lo que se puede decir y lo que no. Tomó un sorbo de su Talisker.

—En el instituto sí que tuvo una historia realmente importante...

Sara se fue al dormitorio y empezó a desnudarse.

—Es verdad. ¿Cómo se llamaba?

—Olimpia Diamante.

Ella dejó caer la ropa al suelo y se fue desnuda hacia la ducha acristalada.

—Tienes razón, se llamaba así...

—Y además fue en la época en que nos conocimos —continuó Davide desde el salón—. ¿Qué habrá sido de ella...? —Se levantó y apareció en el umbral del baño—. Tancredi estaba locamente enamorado de ella... Lo recuerdo con claridad, como si fuera ayer...

Sara abrió el grifo y metió la cabeza bajo el chorro. Le habría gustado no oír aquellas palabras. Pero Davide no le dio tregua.

—En aquella época Tancredi incluso te caía bien, ¿verdad? No tenías esta actitud hacia él...

Ella cogió el champú y se lo esparció lentamente por el pelo. Después se lo aclaró y empezó a peinarse.

—¿Qué? No te oigo...

—No, nada. No tiene importancia. —Davide levantó la voz para hacerse oír—: Me voy al salón.

—¡De acuerdo!

No era cierto. Lo había oído sin ningún problema. Pero casi nada de lo que siempre le había dicho a su marido sobre Tancredi era verdad.

## 7

—¿Quién te ha dejado entrar?

—Tengo mis métodos...

Sara sonrió, insinuante y maliciosa. Tancredi siguió nadando. Dio unas cuantas brazadas más en la gran piscina cubierta y después se detuvo donde estaba el *jacuzzi* y lo puso en marcha. En el borde, había una botella de Cristal con una sola copa de champán.

—¿Quieres un poco?

—¿Sabes que anteayer fue mi cumpleaños?

Tancredi sonrió.

—Felicidades con retraso.

—Lo sabías y no me felicitaste a propósito.

—Se me olvidó, en serio; perdóname.

Sara inclinó la cabeza hacia un lado para mirarlo mejor, para averiguar si estaba mintiendo.

—¿Sabes que en psicología me han enseñado a descubrir si alguien miente?

—¿Ah, sí?, ¿cómo?

—Sólo hay que observar el lenguaje corporal: si los ojos miran hacia otra parte, el movimiento de las manos, los cambios de postura en la silla, si se mueve una pierna...

—¡Pero si estoy en una piscina!

—Si se habla demasiado o de forma agresiva...

—¿Y bien?

—Has mentido. Sabías que era mi cumpleaños y no me felicitaste a propósito. Pero quizá lo hayas hecho para atraerme hasta esta piscina.

—Sara, si fuera tan inteligente, sería otro hombre.

—¿Qué quieres decir?

—Nada. A veces digo cosas sin sentido.

—No es verdad, detrás de cada frase siempre hay un porqué.

—¿Eso también te lo han enseñado en psicología?

—¿Lo ves? Te burlas de mí. ¿Hay algún bañador que pueda ponerme?

—Sí, en el vestuario.

Sara se encaminó hacia la puerta que Tancredi le había indicado, al final de la piscina. Antes de atravesarla, se dio la vuelta, lo miró una última vez y le sonrió. Como una niña, incluso con picardía. Como si estuviera tramando algo o quisiera dar a entender que lo estaba haciendo. Después cerró la puerta del vestuario a su espalda. Tancredi salió del agua, se acercó al viejo mueble y sacó otra copa alargada. Sirvió un poco de Cristal y luego volvió a meter la botella en el cubo lleno de hielo.

«¿Quién la habrá dejado entrar?» Miró hacia fuera por el gran ventanal. A lo lejos se veían los viñedos y, alrededor de la finca, algunos campos iluminados. Estaban recién segados; también los rosales estaban perfectamente alineados. Al fondo se distinguían dos grandes robles entre los que discurría un camino de piedras blancas que se perdía detrás de una suave loma. Allí se encontraba la casa de los guardeses. Aparte de ellos, en la villa trabajaban tres camareras, el cocinero, el chófer y, naturalmente, Gregorio, su hombre de confianza. Debía de tener ya casi sesenta años, pero tenía un físico esculpido y esbelto que no dejaba adivinar su edad exacta. De una cosa estaba seguro: él no había sido quien la había dejado entrar. Aquello lo había molestado. Mucho. Tancredi quería vivir en completa soledad. Él decidía cuándo era el momento de quedar con alguien, de ver a gente, de dar fiestas, de divertirse o, simplemente, de aparentarlo.

Se sirvió un poco más de champán y se lo bebió de un trago. Acto seguido, se llenó de nuevo la copa, la puso cerca de la otra en el borde del *jacuzzi*, metió la botella en la cubitera y, poco a poco, se deslizó en el agua. Justo en aquel momento se abrió la puerta del vestuario y salió Sara. Se había recogido el pelo y parecía más joven. Se le veían los ojos violetas y el rostro, entonces ya descubierto, parecía más delicado y, en cierto sentido, más bello. Llevaba un esponjoso albornoz de color azul intenso; le iba ligeramente ancho y la hacía parecer todavía más pequeña.

«Quién sabe qué bañador habrá escogido –fue el primer pensamiento de Tancredi–, ¿un biquini o uno entero? ¿De color oscuro, claro o estampado?» Los había de mil clases y de todas las tallas. Había mandado equipar un armario con prendas de hombre y de mujer, todas rigurosamente nuevas, con la etiqueta todavía colgada. Se los había hecho elegir a Arianna, su estilista personal, que se ocupaba del refinamiento y la exclusividad de todos los detalles de su vida, además de las cenas y las atenciones a los invitados, que naturalmente tenían que ser perfectas.

Arianna era una mujer de unos cincuenta años, elegante y sobria en extremo, casi austera. Le gustaba su trabajo y no quería aparecer en público. Trabajaba, como decía ella, entre bambalinas. Sólo un gran trabajo permite obtener un excelente resultado. Estaba prometida con un riquísimo hombre inglés al que veía de vez en cuando durante los pocos fines de semana libres que tenía y a lo largo de las vacaciones estivales. Sin embargo, Tancredi no creía mucho en aquella relación. Él consideraba que, más bien, le gustaban las mujeres jóvenes. Arianna siempre comentaba de un modo discreto y elegante la manera de vestir de sus conquistas. Pero él se había fijado sobre todo en la manera en que admiraba su belleza. La había descubierto varias veces mirándolas embobada, quizá incluso con una pizca de deseo.

Pero lo más seguro era que no hubiera sido ella la que había dejado entrar a aquella invitada inesperada. Entonces miró de nuevo a Sara. Estaba quieta junto al borde de la piscina, cerca de la pared. Extendió la mano y, al encontrar el interruptor, atenuó un poco las luces. Tancredi se preguntó cómo sería su cuerpo, si tendría los pechos grandes o pequeños, qué aspecto tendrían las nalgas y las piernas. En realidad nunca la había mirado con demasiada atención; no era porque no fuera guapa, que lo era, sino por otro pequeño detalle: estaba saliendo con su mejor amigo. Pero Sara no pensaba de la misma manera. Y en un instante sació toda la curiosidad de Tancredi: dejó caer el albornoz al suelo. Estaba desnuda.

—No he encontrado ningún bañador adecuado.

No se trataba de que no le gustaran o no le fueran bien. Sino de que no había «ningún bañador adecuado». Por lo menos había dado como excusa una frase peculiar. Se había quedado allí, quieta, con las piernas ligeramente separadas y los brazos caídos junto a las caderas. La débil luz exaltaba la perfección de su cuerpo: las piernas torneadas y largas, la cintura estrecha, los pechos de pera, naturales. Más abajo, entre las piernas, el vello rasurado de forma cuidada, un triángulo recortado con mesura. Tancredi advirtió que se había quedado mirando aquel punto; entonces levantó los ojos. Aquella vez Sara le pareció distinta, mucho más mujer.

«No hay nada que hacer, los hombres son todos iguales», pensó ella. Separó las piernas de manera aún más provocativa, se quitó la horquilla y la tiró al suelo. Sacudió la cabeza para soltarse el pelo; luego sonrió y se zambulló. Aguantó la respiración. Con un impulso nadó por debajo del agua y emergió a poca distancia de él.

Las luces de las bombillas, ahora más tenues, resbalaban silenciosas sobre el agua. El eco de la piscina cubierta era el único sonido, aparte de su respiración. Y de su silencio. Sara metió la cabeza de nuevo bajo el agua y, al salir, se echó todo el pelo hacia atrás.

—¿Y bien? —Le sonrió, segura de su completa desnudez—. ¿No me ofreces un poco de champán?

Se acercó al borde de la piscina y apoyó el codo sobre él. Movía las piernas para estar más ligera; desde abajo, la luz se mezclaba con sus movimientos. Tancredi dio unas cortas brazadas hacia atrás y se metió en el *jacuzzi*. Se estiró un poco para alcanzar la copa de Cristal que acababa de llenar, pero, antes de que pudiera volverse, Sara se había situado ya a su lado. Sonrió moviéndose con lentitud en el agua poco profunda; luego se sentó a su lado y cogió la copa.

—Gracias... —Y se la bebió toda de un trago—. Riquísimo. Mmm, y frío, a la temperatura ideal...

Mientras hablaba, deslizó las piernas hacia él y, poco a poco, se le acercó.

—¿Me pones otra, por favor? —Tancredi se volvió y le sirvió un poco más de champán. Entonces notó que las manos de Sara lo abrazaban por detrás—. Tienes unos abdominales perfectos...

Sus dedos se movían lentamente, jugueteaban sobre los peldaños esculpidos del abdomen de Tancredi, que se volvió y le pasó la copa otra vez llena.

—Gracias... Hay cosas tan buenas que es imposible resistirse a ellas.

Le dedicó una larga sonrisa, más larga que la anterior, mientras le daba pausados sorbos a la copa, como para esconder los ojos por momentos. Muy despacio, Sara continuaba recorriendo su vientre con la mano derecha, hacia abajo, cada vez más abajo. Y lo miraba. Finalmente llegó al bañador. Empezó a juguetear con el cordón de la cintura, lo estiró con delicadeza y lo desató. Los dedos se entretuvieron con el ribete, pero lentamente lo abrieron un poco. Primero el dedo índice y después el medio, se introdujeron en el bañador.

Entonces Tancredi le lanzó una mirada de aire desafiante.

—¿Dónde está Davide esta noche?

Sara se detuvo, sacó la mano, tomó un largo sorbo, se acabó todo el champán y dejó la copa en el borde de la piscina al tiempo que ladeaba la cabeza.

—Creo que tu amigo tenía la enésima reunión en Milán, tanto hoy por la tarde como mañana. Nuevas construcciones, nuevos negocios y, por tanto, nuevos compromisos. —Dicho aquello, lo miró con malicia—. Pero eso quiere decir una cosa: que incluso puedo quedarme a dormir.

Salió un poco del agua para mostrar los senos. Avanzó hacia él mirándolo a los ojos. Sus pechos eran redondos y firmes; tenía los pezones turgentes, endurecidos por el agua, pero también por su repentina excitación. Se puso a cuatro patas y, con parsimonia, se fue acercando a Tancredi cada vez más, ocultando las piernas de él bajo su cuerpo. Cuando estuvo muy cerca del rostro del hombre, se dio un impulso para sumergirse y, pausadamente, le bajó el bañador. Pero de repente los fuertes brazos de Tancredi la detuvieron y la obligaron a salir a la superficie. Se apartó de ella. Se situó al otro lado del *jacuzzi*.

—¿Cuántos años hace que estás con Davide?

—Dos. Pero estoy enamorada de ti desde hace al menos cinco.

—A una mujer siempre le gusta sentirse enamorada. A veces incluso aunque no sea correspondida. Hasta diría que mejor si no lo es.

—¿Por qué?

—Le permite ser más puta.

Sara se rió en su cara divertida.

—No me hieres, Tancredi. Me gustas desde que salías con aquella chica tan guapa en el instituto. ¿Cómo se llamaba?

—No me acuerdo.

—No te creo. Pero yo te lo diré: Olimpia. La odiaba y la envidiaba, y no porque fuera guapa: soy presuntuosa y siempre he creído que podría competir con cualquiera. Sino porque te tenía a ti.

—No me tenía. Me la follaba y punto.

—¿Nunca has pertenecido a nadie?

Tancredi permaneció en silencio. Se acercó al borde, se sirvió un poco de champán y se lo bebió a pequeños sorbos. Después sonrió.

—¿Has venido a entrevistarme? ¿Sabes que hay una chica de una televisión holandesa que da el pronóstico del tiempo desnuda? No te has inventado nada nuevo.

Sara se sirvió un poco más de champán y luego se sentó a su lado. Se lo fue bebiendo, ya más tranquila.

—Así que la respuesta es no. No has sido nunca de nadie. Nunca has estado enamorado. Sólo te has tirado a todas esas mujeres preciosas. Entonces, ¿por qué no lo haces conmigo esta noche? Yo te quiero de la misma forma en que te habrán amado ellas, si no más. Mira, incluso creo que empecé a salir con Davide sólo para verte más a menudo.

Sara terminó de beberse el champán, se acercó a Tancredi e intentó besarlo. Él permaneció inmóvil, con los labios apretados y los brazos abiertos sobre el borde de la piscina.

Poco a poco Sara perdió fuerza; su osadía, sus ganas, fueron disminuyendo. Dejó de besarlo. En silencio, se apartó; después, bajó la cabeza y casi en un susurro le dijo:

—¿En qué soy distinta a las demás?

Aquella vez Tancredi respondió:

—En nada. Sólo en Davide.

Sara lo miró una última vez y luego salió del agua. Caminó desnuda, sin volverse. Tancredi la miró marcharse sin experimentar ningún remordimiento y empezó a nadar. Cuando llegó al final de la piscina, hizo un viraje y con una cabriola continuó nadando. A mitad del largo oyó el golpe de una puerta, pero siguió adelante como si nada.

Al día siguiente, a las diez de la mañana, Gregorio ya había averiguado quién había dejado entrar a Sara. Y no sólo descubrió eso, sino que, al registrar la habitación, encontró otros pequeños detalles no carentes de importancia. Era cierto. A Arianna le gustaban las mujeres. El lord inglés que comparecía algún fin de semana que otro sí que existía, pero tan sólo era una tapadera.

—Pensé que se trataba de una amiga a la que le gustaría ver.

—Tancredi no tiene amigos.

—Sí, tiene razón, pero...

—Cuando reprendo a alguien, la única posibilidad de quedarse que tiene es que yo me haya equivocado. ¿Puede usted demostrarlo?

Arianna permaneció en silencio. Después se dio la vuelta, fue a su habitación y empezó a hacer la maleta. Abandonó la villa a las once y cuarto.

A mediodía, Gregorio ya le había encontrado una nueva estilista personal: Ludovica Biamonti, cincuenta y cinco años, casada y madre de dos hijos que vivían en el extranjero. Gregorio había recopilado los datos con facilidad.

A la hora de comer, Ludovica Biamonti ya tenía en sus manos el listado de las personas que significaban algo para Tancredi, la de las que había que evitar a toda costa y la de todas sus propiedades en Italia y en el extranjero. Estaba contenta por haber conseguido el trabajo y el sueldo le parecía de vértigo.

La segunda tarde, Ludovica Biamonti se dio cuenta de que necesitaría al menos dos días para entender en qué consistía realmente la riqueza de Tancredi Ferri Mariani. Tenía poco más de veinte años cuando su abuelo le dejó un patrimonio de unos cien millones de euros y, desde entonces, su dinero no había hecho más que aumentar: inversiones, nuevas empresas en todo el mundo que comerciaban con madera, petróleo, oro, diamantes y materias primas, siempre productos valiosos cuyo precio podía ir incrementándose en el mercado. Había creado una serie de sociedades con personas escogidas y de confianza y las había organizado mediante estructuras piramidales en las que cada uno debía controlar lo que hacía el que tenía a su lado. Ya habían transcurrido más de doce años y, aparte de comprar docenas de propiedades en todos los rincones de la Tierra, Tancredi había adquirido ejemplares de cualquier tipo de medio de transporte existente, desde un *jet* hasta una simple Harley-Davidson. Cuando Ludovica Biamonti, ya entrada la noche, cerró el último archivo y apagó el ordenador, sólo se recriminó una cosa: habría podido pedir mucho, pero que mucho más.

# 8

Sara salió de la ducha y se envolvió en el albornoz. Se puso una toalla en la cabeza, se inclinó frente al espejo del baño y empezó a frotarse el pelo. ¿Cuántos años habían pasado desde aquella noche de la piscina? Dos. No, tres. Y, en cambio, le parecía que había sido ayer, hacía un instante, un segundo. Notó una punzada intensa, cálida, en el vientre. La sombra del deseo. Siempre se lo había ocultado a Tancredi hasta aquella noche. Pero no pudo aguantar más. Le desveló su secreto y se lo contó todo, se desnudó delante de él y no sólo porque tirara el albornoz al suelo; no, también desnudó su corazón y su alma. Le habría gustado que aquella noche la poseyera, la absorbiera, la amara. Que la hiciera simplemente suya. Perdidamente suya. Le habría gustado morir entre sus brazos, apagar así para siempre aquella fijación que había nacido como un juego en el instituto, que con los años fue creciendo gracias al deseo y que, al final, se había quedado anclada en su corazón como una insana y rabiosa pasión. Él. Lo quería a él y a ningún otro y, sin embargo, por lo que parecía, era la única a la que él nunca tomaría. Por culpa de Davide. Davide, con el que al final se casó al año siguiente, a propósito, para hacer rabiar a Tancredi, por despecho, para que reaccionara de alguna manera. Tancredi y su actitud distante, fría, superior.

Convirtió su boda en el acontecimiento del año. Se fingió enamorada, se ocupó incluso del más mínimo detalle —escogió desde las preciosas alianzas de platino hasta los sofisticados platos del menú, los confiteros de fino cristal de Murano que contenían pétalos de rosa y el alquiler de Villa Sassi en las colinas de Turín. También contrató una orquesta de sesenta músicos y al cantante que más sonaba en aquel momento. Las piezas musicales que sonaron fueron de la música clásica al *jazz*, de los años setenta a los ochenta y hasta los éxitos más recientes.

Hizo que su padre, un hombre muy rico, propietario de una empresa que fabricaba varillas de hierro para todo el mundo, se gastara hasta el último euro disponible.

Pero no para que Davide se sintiera feliz y sorprendido, no. Fue para que Tancredi lo supiera. Sara era así. Pensaba que al final, como sucedía en los mejores cuentos de hadas o en las películas, justo cuando estuviera llegando al altar, Tancredi entraría corriendo en la iglesia. Le pediría perdón por aquella noche, por el error que había cometido en la piscina, por no haber entendido su amor de siempre, por haber rechazado su cuerpo. Y así, delante de todos, incluso delante de su amigo Davide, sin pudor —porque el amor no conoce el pudor—, la cogería del brazo y se la llevaría. Ambos huirían entre los invitados atónitos, pero a su manera entusiasmados, por aquel nuevo cuento de hadas moderno, por aquel amor por sorpresa, por aquella repentina explosión de la pasión.

Pero no fue así. Cuando llegó al altar con su magnífico vestido de novia, acompañada de su padre, se encontró allí a Tancredi. Se había cruzado con su mirada en la lejanía, mientras caminaba sobre aquella alfombra bordeada de flores magníficas. Él le sonreía, de pie delante del último banco, cerca del padre de Davide.

Antes de la boda, Tancredi había dicho que tal vez no pudiera asistir. Sin embargo, unos días después (aunque esto Sara lo supo más tarde) llamó a Davide para confirmar su presencia. Pero no comentó sólo aquello: también le dijo que le gustaría ser su testigo.

—¿Estás seguro?

—Pues claro, si es que todavía te hace ilusión y no te has comprometido con nadie. Pero hay una cosa. Me gustaría que fuera una sorpresa para todos, también para Sara.

—¿Para ella también? ¿Por qué?

—¿Quieres que vaya a la boda? Pues no se lo digas.

—Te lo prometo. Te doy mi palabra.

Y Davide la cumplió. Y de aquel modo Sara vivió lo que tenía que ser el día más feliz de su vida como su peor pesadilla. Cuando pronunció el sí quiero, el sueño de su vida estaba a su espalda y, entonces ya estaba segura, lo había perdido para siempre. Al salir de la iglesia le pareció verlo sonreír.

—¿Cariño?

Sara dejó de secarse el pelo.

—¿Sí?

—Ahora no me acuerdo, ¿la cena que damos en casa es este sábado?

—Sí.

—¿Quién va a venir?

—Los Saletti, los Madia y Augusto y Sabrina.

—Qué opinas, ¿puedo llamar a Tancredi para que asista con una amiga?

Sara se quedó un segundo en silencio.

—Claro... Lo más seguro es que no pueda. ¿Te has dado cuenta de que no nos vemos nunca cuando estamos juntos? Sólo queda contigo.

Davide lo pensó durante un momento.

—No es verdad, la última vez, en casa de los Ranesi, estuvimos todos juntos.

—Sí, claro. Una vez llegamos ya no volvimos a verlo, ¡había más de doscientas personas!

—Yo creo que son manías tuyas. Bueno, si no te importa, intentaré llamarlo.

—Claro, por supuesto, si me hace ilusión. Pero verás como te dice que no. Se inventará una excusa para no venir.

Davide no le hizo caso. Cogió el móvil y marcó el número privado de Tancredi. Era el único que lo tenía —aparte de Gregorio, naturalmente—, y aquel detalle era un increíble signo de estima y amistad.

—¡Eh! —contestó a la primera llamada—. ¿Qué estás tramando, Davide? ¿Qué buen negocio para ti y jugarreta para mí quieres proponerme?

Su amigo decidió seguirle la broma.

—Muy bien, pues llamaré a Paoli, no hay problema...

Paoli era un empresario con quien habían competido en varias ocasiones. Tancredi, a pesar de haber perdido dinero, siempre se había salido con la suya. Y, aunque sobre el papel habían hecho aquellas inversiones más por desafiarlo que por otra cosa, a la larga habían resultado ser tan ventajosas que habían salido ganando con creces. Era increíble: todo lo que Tancredi tocaba se convertía en un buen negocio.

—¿Paoli? —Tancredi se rió—. Pero ¿aún le queda dinero para gastar? Entonces no será un gran negocio... Debe de ser uno de esos que tanto te gustan: compro, vendo a las primeras de cambio y te sacas alguna cosilla...

Davide soltó una carcajada. En efecto, aquel tipo de negocio no estaba mal. Sólo se necesitaba tener un poco de liquidez y encontrar a una persona que en poco tiempo comprara lo que tú habías reservado.

—No, no... Esta vez no te costará nada. Como mucho, una botella o unas flores para la anfitriona. Queríamos invitarte a cenar este sábado aquí, en casa, con los Saletti, los Madia y Augusto y Sabrina, que sé que te caen bien...

Davide esperó un instante. Pensó que Tancredi llevaría un Cristal, quizá dos, ya que eran unos cuantos. Pero aquél no era el motivo por el cual quería invitarlo. Le hacía mucha ilusión verlo y, sobre todo, echar por tierra de alguna manera la absurda idea de Sara. Al otro lado del teléfono, Tancredi se levantó del escritorio y miró por la ventana. El Golden Gate recogía todo el color de aquel sol que resplandecía en la bahía de San Francisco. Más tarde iría a comer con Gregorio al café de Francis Ford Coppola para probar la última cosecha de su vino, el Rubicon. Iba a hablar directamente con él: quería entrar en la productora Zoetrope y financiar su próxima película. A saber si le dejaba hacerlo. Sabía que Coppola era de los que se mueven por simpatía más que por dinero o por beneficios. «Mejor así —pensó Tancredi—. Será más fácil, le caeré bien.» Y de aquel modo, con la imaginación, entró en el mundo del cine y visualizó la escena.

La cámara avanza por los rieles y enfoca la puerta de un apartamento. Se detiene. Aparece el plano de una mano tocando el timbre.

Dentro de la casa, Sara termina de poner unas cosas en la mesa del comedor y cruza el salón.

—Ya voy yo.

Llega a la puerta y abre sin preguntar quién es. Ve frente a ella un enorme ramo de rosas rojas mezcladas con pequeñas flores silvestres blancas. De repente aparece Tancredi.

—Hola... ¿Podemos olvidar aquella noche?

Sara permanece frente a él en silencio. La secuencia pasa lentamente de plano americano a primer plano. La música acentúa la espera de su respuesta.

Tancredi le echó un vistazo a la agenda que tenía sobre la mesa.

—Has dicho la noche del 28, ¿verdad?

—Sí.

Recorrió la página con el índice para ver si tenía algún compromiso. Una velada en el club, pero nada importante; en realidad recordaba que ya la había cancelado. Después, volvió a pensar en la escena anterior, la de las flores en la mano:

—No. No podemos olvidarla.

Tancredi suspiró.

—Lo siento, Davide. Acabo de mirar la agenda y veo que estaré en el extranjero. Quizá en otra ocasión.

—Qué lástima.

—Saluda a Sara de mi parte y dile que lo siento.

—Claro.

Colgaron. A Davide le habría gustado decirle: «Sara ya lo sabía.»

—Entonces ¿viene o no? —Sara apareció a su espalda.

—No, yo también lo he recordado luego, ya me lo había dicho... Tiene un compromiso.

Sara sonrió.

—¿Lo ves? No quiere vernos juntos.

Davide se acercó hasta ella y la hizo girar sobre sí misma mientras la abrazaba.

—Cariño, por favor, no te obsesiones con esto. Tancredi es mi mejor amigo y no haría nunca algo así.

—¿Algo como qué?

—Tenerte ojeriza.

Sara tardó un momento en contestar.

—Podría ser, ¿sabes? A veces las dinámicas son imprevisibles.

Davide la soltó y se sentó en el sofá. Cogió el mando de la tele y la encendió.

–Yo, en cambio, siempre he pensado que era a ti a quien le caía mal Tancredi.

–¿Por qué?

–No lo sé, es una sensación. Por una parte me daba pena, pero por la otra me alegraba.

–¿Por qué?

–Porque pensé: «Por fin hay una mujer a la que no le gusta Tancredi, a la que incluso le cae mal.» Si te hubiera gustado, tal vez le habría dado igual nuestra amistad, la mía y la suya; habría hecho la vista gorda y también te habría añadido a su colección privada... –Entonces la miró y le sonrió–. Me habría muerto de ser así.

Sara permaneció en silencio en medio del salón. Davide siguió con la mirada clavada en ella. A medida que pasaba el tiempo la situación se iba haciendo más extraña. Y ella se preguntaba si conseguiría dominarse.

–No me cae mal. Me es indiferente. Digamos que no me gusta cómo se comporta en algunas circunstancias. De todos modos, es amigo tuyo y si a ti no te importa...

Y dicho aquello, se fue a la cocina. Davide cambió de canal y luego decidió añadir algo más.

–¡Pero acuérdate de que cambió mucho tras la historia de su hermana!

Sara se sentó a la mesa. De repente se sintió vacía. Justamente fue a partir de aquel día cuando empezó a quererlo; quería llenar su soledad. Ya habían pasado varios años y, sin embargo, la pasión de Sara no disminuía. Y no sabía si aquello sucedería algún día. Pero había una cosa de la que sí estaba segura: Davide, su marido, era un excelente agente inmobiliario, pero un pésimo psicólogo.

## 9

—Así no. ¿No ves que no sigues el tempo?

Sofia inspiró profundamente. Con Jacopo se necesitaba paciencia. Mucha paciencia. Pero aquellas clases también eran importantes y, además, necesitaba ganar dinero.

—Pero es que así me resulta demasiado lenta, maestra...

Sofia sonrió.

—Pero si él la escribió, la compuso y la imaginó así, querrá decir que le gustaba con este tempo, ¿no te parece? ¡Fíjate bien, aquí pone que el tempo de la negra es de sesenta! Ahora llegas tú, doscientos años después de que Mozart escribiera su *Sonata en do mayor*, y la tocas como si estuvieras en una carrera de Fórmula uno. Ten en cuenta que incluso los grandes pianistas interpretan esta pieza a un ritmo muy lento. Lento y preciso, Jacopo.

Jacopo sonrió. Sofia le gustaba. No era como el resto de los profesores que había tenido antes: era más simpática y, además, más joven; y, sobre todo, más guapa.

—Vaaale... —Jacopo arrastró la palabra—. ¡Pero ahora se tocan muchas de estas músicas del pasado cambiando el tempo y quedan bien! ¿Has escuchado alguna vez el *Canon* que toca Funtwo con la guitarra eléctrica? En mi último videojuego también sale una música demencial, ¿quieres oírla?

Se levantó al tiempo que se metía la mano en el bolsillo del pantalón, como si fuera a sacar quién sabe qué sorpresa.

—Ya —le dijo Sofia haciendo que volviera a sentarse—. Pero a tus padres no les gustaría que me pusiera a jugar a los videojuegos contigo...

—Sí... Y además perderías.

—Seguro, y no me gusta perder. Lo que quieren, más que nada, es que para Navidad sepas tocar al menos una pieza desde el principio hasta el final sin cometer demasiados errores. Cosa que por el momento... —le revolvió el pelo— veo muy poco probable. Venga, ya puedes atacar el andante. —Sofia le indicó el pentagrama de la parte superior de la hoja—. Y mantén el tempo.

—De acuerdo. —Jacopo se concentró en aquel punto y empezó a tocar. De vez en cuando resoplaba, adelantando el labio, para quitarse el pelo de la cara. Había sido Sofia, al revolvérselo, quien se lo había dejado así. La verdad era que no soportaba que le tocaran el pelo, o al menos no soportaba que se lo hicieran su abuelo o su padre; sí, así era, especialmente ellos. En cambio, cuando lo hacía Sofia, no le molestaba. Qué raro. Tenía que esforzarse y tocar lo mejor posible aquella pieza, a pesar de que seguía pensando que Mozart tenía que ir más de prisa. «Pero si a ella le gusta así, o sea, si a Mozart le gustaba así...», se corrigió mentalmente. Se concentró durante las cuatro páginas y apenas se equivocó.

—¡Bravo! ¡Oh, así me gusta!

Le rodeó los hombros y lo atrajo hacia sí. Jacopo estuvo a punto de caerse del taburete, pero le encantó poder perderse en su jersey, respirar su delicioso perfume y, en especial, apoyarse en su blando pecho.

—Bueno... —Sofia lo separó dulcemente tras haber intuido que se estaba entreteniendo más de la cuenta—. Nos vemos la semana que viene.

—Muy bien... —Jacopo se levantó y cogió la chaqueta del perchero. Entonces se le ocurrió algo que lo animó. Tal vez quería quedarse con ella un rato más—: Eh, Sofia, ¿tú estás en Facebook?

Su profesora también se estaba preparando para salir.

—No.

—¿Tampoco en Twitter?

—No.

—O sea, ¿no se te puede encontrar en ninguna parte? —Jacopo estaba desilusionado; al menos podría haber descubierto cuántos años tenía o sus gustos. Habría sabido un poco más sobre ella, quizá hasta le hubiera escrito.

—Si te digo la verdad, Jacopo, tengo ordenador en casa, pero no lo uso nunca...

El único que utilizaba el ordenador era Andrea. Representaba su posibilidad de salir, de tener contactos, de ver gente, películas, curiosidades. De vivir. Sólo podía hacerlo de aquel modo. Pero no venía al caso explicárselo a aquel chiquillo.

—Bueno —Jacopo se encogió de hombros—, qué pena. No sabes lo que te pierdes. Ahí está el nuevo mundo, estamos en la era 2.0... —Y después, casi por revancha, dijo—: Por eso te parece bien que tenga que tocar la sonata de esa manera, perteneces a la era analógica.

—Sí, sí... —Sofia se echó a reír mientras salía de la habitación—. Saluda a tus padres de mi parte. Hasta el miércoles.

En el fondo aquel muchacho le caía bien; tenía unos diez años y era realmente despierto y divertido. También tenía ciertas actitudes de hombre. Le habría gustado tener un hijo así. Un hijo. Durante un instante, aquella idea le pareció muy lejana, como si no formara parte de sus sueños, de los planes que había hecho de niña. Entonces lo programaba todo hasta el punto de que sus amigas se reían de ella. ¿Cómo la llamaban? Ah, sí, la Calculadora. No obstante, todo se detuvo un día. Era como un gran barco que estaba listo para zarpar y dar la vuelta al mundo cargado con provisiones de todo tipo —desde champán hasta agua mineral, desde quesos hasta dulces, desde vinos de Borgoña hasta caldos australianos; en resumen, listo para permanecer para siempre en el mar sin tener que hacer escala en ningún puerto—. Y, sin embargo, en un momento, *stop*. Aquel barco había encallado, y con tanta fuerza, a tanta velocidad, que era imposible sacarlo de la arena. No iba ni hacia delante ni hacia atrás: al igual que su vida, estaba inmovilizado. Era como un arma que dispara mal. Como un hierro atascado que hace clanc. Así era. ¿Y su amor por Andrea? ¿Por qué últimamente hacía aquel ruido sordo? ¿Por qué su corazón no oía aquella música que tanto amaba?

Se dirigió hacia la máquina para tomarse un café. Mientras se lo bebía, oyó que la llamaban.

—¿Sofia?

Se volvió.

Su antigua profesora de piano estaba frente a ella en el pasillo os-

curo de la escuela donde ella misma, muchos años antes, había tocado sus primeras notas.

—Hola, Olja.

Olja, o, mejor dicho, Olga Vassilieva, enseñaba con Sofia en la
iglesia dei Fiorentini y en el conservatorio. Era rusa y todavía vestía
de manera anticuada: llevaba faldas anchas y cubiertas por un extraño faldón que debía de haber sacado de algún baúl que hubiera sobre-
vivido a la época en que su familia llegó a Italia. Las dos mujeres se
abrazaron; entonces Olja se separó de ella sin dejar de rodearla con
los brazos.

—¿En qué pensabas?

—¿Por qué?

—Tenías una expresión... Había desaparecido tu sonrisa de siempre.

«Y durante un momento me has parecido tan vieja como yo», le
habría gustado añadir a la profesora; pero sabía que aquellas palabras
la habrían herido.

—¡Oh! —sonrió Sofia—. En las cosas que he olvidado hacer...

—¿O en las que has dejado de soñar? —Olja no le dio tiempo de
responder—. Tenías un don especial y tu inocencia era particularmente bella.

—¿Qué inocencia?

—La de que te resultara natural la capacidad que tenían estos fan-
tásticos dedos. —Le cogió las manos—. Fíjate, no puedo olvidarme de
cuando preparamos juntas Rachmaninov... Y sólo tenías diecisiete
años. Ahora, en cambio, las veo marcadas, cansadas, estropeadas. Y,
sobre todo... —buscó sus ojos—, te veo culpable.

—Pero venga, Olja... Yo no he hecho nada.

—Precisamente ésa es tu culpa. No has hecho nada.

Sofia se había puesto seria.

—Ya te dije que no volvería a tocar. Fue una promesa que hice por
él, por su vida. Recé por ello y renuncié a lo más bonito que tenía; renunciar a lo demás habría sido demasiado fácil... Espero que un día él
pueda curarse y yo pueda volver a tocar. Pero, por desgracia, de momento no ha sido posible...

Olja percibió en aquel «de momento» un resto de esperanza, un
atisbo de luz, la lamparita que se suele dejar encendida en la habita-

ción de los niños para que no tengan miedo si se despiertan por la noche. Entonces sonrió. Todavía era una chiquilla, pero, precisamente por sus capacidades –y sobre todo por su amor a la vida–, alguien tenía que despertarla.

–Eres culpable, Sofia, no porque hayas renunciado a la música, sino porque has renunciado a la vida.

Y se quedaron así, calladas en el silencio de aquel pasillo en el que Sofia había empezado a estudiar a los seis años y había conseguido el título de piano. Había sido la única de entre todos los alumnos del conservatorio capaz de tocar los *Doce estudios trascendentales* de Liszt de memoria antes del décimo curso.

Olja había sido su principal profesora de piano y nunca se había cansado de emocionarse cada vez que la veía poner las manos sobre el teclado. Sofia era la joven promesa italiana, la pianista que iba a sorprender al mundo; se hablaba de ello en todo el ambiente musical. Y allí estaba, una simple profesora.

Entonces su maestra la miró con más dulzura.

–También los matrimonios y las historias bonitas se acaban, pero eso no quiere decir que hayan sido menos importantes. Casi siempre nos esforzamos en descubrir quién ha tenido la culpa, cuando tal vez no la haya tenido ninguno de los dos. Como te ha ocurrido a ti, Sofia.

Entonces la joven bajó la mirada para buscar un poco de tranquilidad, como hacen los pianistas mientras se concentran y esperan el silencio del público antes de poner ambas manos sobre las teclas del piano. En aquella ocasión, sin embargo, no comenzó a tocar nada. Le dedicó a su profesora una simple sonrisa, débil y lánguida, pero a su manera convencida.

–No puedo.

Y a continuación, con una mirada llena de dulzura, buscó el perdón de la maestra. Pero no lo encontró. Olja no lo entendía.

Sofia se alejó rápidamente por el pasillo; empezó a correr, subió las escaleras, abrió la puerta de par en par y salió del conservatorio. Se encontró fuera, entre la gente, a la luz del día. Se quedó de pie, quieta en la plaza, mientras los transeúntes pasaban a su lado, por delante y por detrás, ignorándola. Había quien iba al quiosco, quien entraba en un bar, quienes iban charlando mientras paseaban, quien esperaba el autobús en la parada. «Eso es —pensaba—, me gustaría vivir así, ignorada, desconocida entre la gente. No quiero fama ni éxito, no quiero ser una pianista perfecta, no quiero que se ocupen de mí, no quiero preguntas y no quiero encontrar respuestas.»

Luego, con lentitud, comenzó a andar como si fuera invisible, sin saber que pronto tendría que enfrentarse a la pregunta más difícil de su vida: «¿Quieres ser feliz de nuevo?»

## 10

Las hélices del helicóptero giraban veloces. El piloto movió la palanca un poco hacia la derecha y superó con suavidad aquella última cresta completamente cubierta de nieve.

—Ya hemos llegado. La pista está allí abajo.

Gregorio Savini la observó con unos potentes prismáticos desde casi cinco mil metros de distancia. La pequeña pista se dibujaba bajo el perfil del sol, que estaba saliendo un poco más allá.

El piloto tiró de la palanca hacia él y desactivó unos cuantos interruptores, para prepararse para el aterrizaje. Las palas disminuyeron la velocidad. Gregorio estudió los movimientos de aquel hombre; era bueno a pesar de su juventud. Después de volar durante seis horas en el *jet* privado de Tancredi, habían aterrizado en el aeropuerto de Toronto y, desde allí, habían viajado en helicóptero hasta los montes que rodeaban Thunder Bay. Ya llevaban casi cuatro horas de vuelo y notaba alguna pequeña molestia. En su vida había hecho de todo: había sido soldado profesional, paracaidista, piloto de avión y hasta de helicóptero; incluso había llevado un Sikorsky S-69, el que ahora manejaba aquel joven piloto; por aquel motivo era capaz de apreciar sus dotes. En su juventud, durante una época, le gustó la guerra y se hizo mercenario; conoció la sangre, la violencia y la crueldad hasta el punto de que le provocaron náuseas. Después de aquello, entró en las fuerzas de tierra que se ocupaban de controlar y comprobar posibles ataques terroristas. Fue allí donde aprendió las más refinadas técnicas de interceptación y cobertura que utilizan los servicios secretos. No había persona de la que Gregorio Savini no pudiera averiguarlo todo, incluso con una cierta facilidad. Había tejido una red de amistades, hecha a base de favores y regalos, que poco a poco se había ido extendiendo por todo el globo.

Fue Tancredi quien quiso que fuera así. Al principio Gregorio aceptó el encargo con algunas reticencias, pero en seguida entendió que era algo muy importante para Tancredi. Aquella red resolvía en poco tiempo todas sus necesidades, encontraba fácilmente una solución a cualquier problema o le allanaba el camino. Y desde aquel día miró al joven con otros ojos.

Gregorio mantenía una excelente relación con Tancredi. Su padre lo había llamado cuando él era muy pequeño para que fuera su tutor, su guardaespaldas, su chófer... pero también, en cierto modo, para que ocupara su lugar. Llegó a la villa con casi treinta años.

—¿Por qué llevas pistola?

El pequeño Tancredi estaba asomado a la ventana que daba al jardín. Hacía rato que Gregorio se había dado cuenta, pero había hecho como si nada. Tancredi, el más pequeño de los hermanos, también era el que más curiosidad sentía por él.

—¿Esto? —Sonrió levantando la mirada hacia el niño que estaba en la ventana—. Sirve para que las personas malas se porten bien.

Tancredi se dio la vuelta, salió por la puerta y se apoyó en la silla de mimbre que descansaba en el rincón.

—¿Y cuántas personas malas hay? ¿Más que buenas?

Se quedó contemplándolo con una mirada ingenua y una bonita sonrisa infantil, esperando, curioso, su respuesta.

Gregorio terminó de engrasar la pistola y se la metió en la funda que llevaba bajo el hombro derecho.

—Hay el mismo número de personas buenas que de malas. Pero los buenos a veces se olvidan de las cosas en las que creían.

A Tancredi le gustó la respuesta, pese a que quizá no la entendió del todo.

—Pues tienes que disparar a Gianfilippo. Me dijo que jugaríamos al tenis juntos, pero ahora está en la pista con su amigo. Antes era bueno, pero ahora se ha vuelto malo.

Gregorio le acarició la cabeza.

—No te vuelves malo por tan poca cosa.

—¡Pero me lo había prometido!

—Entonces ha sido sólo un poco malo. Vamos a ver los caballos, ¿te apetece?

—Sí, me gustan...

Llegaron a los establos y pasaron allí toda la tarde. Acariciaron a un joven caballo árabe que no sabían de dónde procedía. Gregorio se encontraba a gusto con Tancredi; siempre había deseado tener un hijo y tal vez la vida todavía le tuviera reservada aquella sorpresa. Pero, por cómo estaba acostumbrado a vivir, no iba a resultarle fácil.

Siempre había mantenido relaciones muy breves, el tiempo que duraba su permanencia en un lugar. Pero entonces ya hacía varios meses que vivía con aquella familia; le pagaban bien, el sitio le gustaba y quizá aquella vez se quedara más tiempo que de costumbre. A lo mejor conocía a una chica del lugar y pasaba el resto de su vida allí.

Tancredi le tiró de la chaqueta.

—Gregorio, ¿puedo montarlo?

—¿No te da miedo?

—¿Por qué tendría que dármelo? Este caballo es mío, me lo ha regalado mi padre.

«Claro, este niño razona así.»

—Pero no es una cosa, es un animal, y los animales son distintos de los hombres. Son instintivos. No los puedes comprar: si se encuentran a gusto contigo no tendrás problemas; en otro caso, podría ser que nunca fuera tuyo.

—¿Ni siquiera si lo he pagado yo...?

Gregorio sonrió.

—Ni siquiera en ese caso.

—¿Y cómo hay que hacerlo, pues?

—Con amor. Ven. —Lo cogió en brazos, lo acercó al caballo y, poco a poco, le condujo la mano hacia la crin—. Eso es, acarícialo, así. —Pero apenas Tancredi lo intentó, el caballo relinchó y levantó el hocico de repente, así que el niño retiró la mano en seguida, asustado. Gregorio Savini rompió a reír.

—¡Pero cómo! ¡Si has dicho que no te daba miedo!

—¡Tú has hecho que me asuste con todo lo que me has dicho!

Gregorio lo dejó en el suelo. Era listo.

—Toma, dale esto... —Le pasó un poco de azúcar. Aquella vez el caballo se mostró más tranquilo y Tancredi consiguió meterle los terrones en la boca antes de retirar la mano.

Apenas una semana después estaba sobre el caballo y paseaba por el recinto, frente a los establos. Gregorio lo controlaba con una cuerda larga y lo hacía girar en círculos, poco a poco. El propio Tancredi, espoleándolo dentro de sus posibilidades, puso al caballo al trote.

—Mira, Gregorio... Ya va, camina... ¡Funciona!

—Recuerda que es un animal y necesita tu amor.

Mientras avanzaba, Tancredi le acarició el cuello a su montura y le dijo algo al oído. Gregorio estaba contento de haberlo enseñado a montar a caballo. Aquélla fue una de las muchas cosas que le enseñó. Pero después Tancredi creció y, tras la muerte de Claudine, cambió. A los diecinueve años decidió abandonar para siempre la villa del Piamonte; empezó a viajar y quiso que Savini estuviera siempre con él. Quizá también por aquel motivo había abandonado Gregorio la idea de tener un hijo, porque, en cierto sentido, lo había encontrado en él y, además, sin las naturales complicaciones de tener cerca a una mujer. Su relación había ido fortaleciéndose a pesar de que siempre habían mantenido una cierta distancia.

—Bueno, hemos llegado.

Las hélices del motor empezaron a girar más despacio en el momento en que los patines tocaron el suelo cubierto de nieve. No habían bajado todavía del helicóptero, cuando un viejo indio fue a su encuentro.

—¡Bienvenidos! ¿Cómo ha ido el viaje?

—Muy bien, gracias.

—Me imagino que querrán descansar un poco... Hay dos tiendas a su disposición. Dentro encontrarán prendas nuevas para ir más abrigados, como me habían pedido. Les he hecho traer anoraks de microfibra con forro polar. Vayan, vayan; les esperaré aquí fuera.

Tancredi miró a Gregorio y le sonrió. Savini había pensado en todo, incluso en los más pequeños detalles, y en poquísimo tiempo. Un hombre así no tenía precio. «He tenido suerte», pensó, y desapareció en el interior de su tienda. Cuando salió más tarde, Gregorio y el indio ya estaban listos. Subieron los tres al todoterreno y ascendieron por la montaña utilizando caminos estrechos.

—Me llamo Peckin Puà. O al menos así me llaman por aquí. Mi verdadero nombre es muy largo y mucho más difícil, así que es inútil que se lo diga. Ya estoy tan acostumbrado a éste que, si me llamaran por el otro, quizá ni siquiera me volvería... Ah, ah. —Se rió él solo, con una carcajada un poco grotesca que al final se convirtió en un ataque de tos que dejó entrever su mal hábito de fumador. Sin embargo, aquello no tenía ninguna gracia.

Tancredi y Gregorio se miraron. Este último extendió los brazos; se sentía en cierto modo responsable de aquella inútil tentativa de comedia. Tancredi le sonrió; aquello también formaba parte de la belleza del escenario. El todoterreno subía por la estrecha y empinada pista forestal. El sol iba ascendiendo con rapidez y algunas paredes se iluminaron de repente. La nieve brillaba y reflejaba la luz rosada del alba, que iba descubriendo los recovecos más oscuros y escondidos.

—Nos detendremos aquí.

Bajaron los tres del todoterreno.

Peckin Puà cerró las puertas y abrió el gran maletero.

—Pónganse esto... —Les tendió unas raquetas de nieve enormes. Tancredi y Gregorio se las calzaron a toda prisa—. Y ahora cojan esto.

Les pasó el verdadero motivo por el que Tancredi había querido ir hasta allí arriba: las ballestas de fibra de carbono. Ligeras, precisas, mortales. Tenían diez flechas preparadas en el disparador e, hipotéticamente, un alcance y una precisión de hasta trescientos metros. Tancredi había descubierto aquella arma mortal leyendo un artículo, y la idea de que en Canadá existiera aquella nueva modalidad de caza lo había entusiasmado al instante.

—Vamos por aquí. Mantengan las puntas hacia abajo.

Peckin Puà había dejado de bromear. Caminaron con lentitud por el cañón y, con gran esfuerzo, subieron una colina de nieve fresca. Siguieron así durante más de una hora, hasta que llegaron a la entrada de un desfiladero más pequeño.

–Chisss... –El indio se acuclilló detrás de una roca–. Tienen que estar por aquí.

Poco a poco, sacó con cuidado la cabeza por detrás de una piedra. Sonrió. Sí. Tal como pensaba. Pacían tranquilos en un pequeño claro, arrancaban minúsculas bayas de algunos arbustos. El sol ya estaba alto y hacía más calor. Tancredi y Gregorio se acercaron a las rocas y miraron hacia donde indicaba Peckin Puà. Entonces los vieron. Se trataba de una magnífica pareja de ciervos blancos. Uno de ellos era grande, alto, solemne; tenía los cuernos tupidos y fuertes y, de vez en cuando, se le enredaban entre los matorrales y los sacudía. Casi arrancaba las plantas, tal era la fuerza de su cuello. Al hacerlo, también ayudaba a su compañera a comer, pues ésta recogía las bayas que caían sobre la nieve. Peckin Puà cogió los prismáticos que llevaba al cuello y los enfocó. Luego miró la numeración que aparecía en las lentes.

–Hay más de trescientos metros. Es un disparo imposible.

–Difícil, pero no imposible –repuso Tancredi mientras liberaba el seguro de la ballesta.

El indio esbozó una sonrisa.

–Sí, casi imposible y muy afortunado.

Tancredi se agachó, armó la ballesta y la apoyó contra las rocas. Luego acercó el ojo a la mirilla. De repente, aquel ciervo macho apareció en la lente. Precioso, distraído, inocente. Bajo el sol, continuaba su lucha con las ramas de los arbustos, casi se los sacudía de encima; bailaba con los cuernos arqueando la espalda, mostrando la fuerza de sus músculos, de aquellas patas salvajes acostumbradas desde siempre a trepar entre las rocas. Entonces fue como si hubiera oído algo. Se detuvo de pronto en el silencio. Alzó la cabeza y fijó la mirada en un punto. Se mantuvo quieto, inmóvil, acechante. Había percibido algo: un peligro, otro animal o, peor aún, el hombre. El ciervo se volvió con brusquedad una, dos veces. Los reflejos del sol deslumbraron su mirada y no vio nada. Entonces, incauto, volvió a ocuparse del arbusto.

Tancredi llevó el índice al gatillo.

–Quieto. –La mano del indio se posó de repente sobre su ballesta.

Tancredi se volvió hacia él. Lo observó. El indio no se separaba de sus potentes prismáticos.

—Mira.

Señaló con la mano en la misma dirección. Tancredi volvió a poner el ojo en la mirilla y la desplazó unos milímetros. Entre los dos ciervos, apareció de súbito un jovencísimo cervatillo blanco. Inseguro, intentaba caminar sobre sus delgadas patas; resbalaba, de vez en cuando se caía de bruces sobre la nieve. Entonces la madre lo volvía a poner en pie ayudándolo como podía, empujándolo por debajo. Bajo el sol, entre las montañas cubiertas de nieve, reinaba el silencio.

Los altos pinos cubiertos de nieve iban descargando las ramas. También se oía el sonido de una cascada, amortiguado por aquel último manto de nieve que lo cubría todo bajo los árboles; el eco flotaba ligero por todo el valle. La familia de ciervos blancos era libre, feliz, completa en su perfecto ciclo natural: vivir, alimentarse, reproducirse.

Peckin Puà sonreía mientras los miraba.

—Ya encontraremos otros ejemplares más hacia allá, movámonos.

Tancredi se limitó a sacudir la cabeza. Gregorio comprendió lo que quería decir. Detuvo al indio.

—Hemos venido a cazar, no a hacernos los sentimentales.

—Pero...

—El dinero que ha pedido, y es mucho, no incluye dejarse llevar por las emociones.

La discusión habría continuado de no haber sido por aquel inesperado silbido. La ballesta vibró mínimamente. La flecha había salido. Peckin Puà cogió los prismáticos con ambas manos, los apretó con fuerza y se los llevó en seguida a los ojos intentando ver, seguir aquella flecha con la esperanza de que fallara. Desde trescientos metros de distancia, aquel inexperto cazador podría haber errado la diana. En cambio... ¡Zas! Pareció que aquella imagen inmaculada —los dos jóvenes ciervos, el pequeño en medio de ellos, la montaña blanca a sus espaldas, el manto de nieve sobre los árboles— de golpe se hiciera añicos. La nieve que había a los pies de aquel cuadro empezó a teñirse de rojo. El indio soltó los prismáticos.

—Ha fallado su objetivo.

Tancredi volvió a poner la ballesta en su sitio.

—No. Era el más difícil. Había apuntado hacia él.

El pequeño cervatillo dobló las patas y cayó al suelo de bruces sobre la nieve. Una flecha le atravesaba el cráneo y a su lado se formó lentamente un pequeño charco de sangre. Los dos ciervos adultos permanecían inmóviles; observaban a su criatura sin comprender. La cacería había terminado.

—Volvamos a la ciudad.

# 11

Roma. Aventino. Por las callejuelas de los alrededores de las viejas arcadas, al principio de la via Appia, entre las villas romanas y las grandes piedras del pasado, corría Tancredi.

Pinceladas de verde, calor. Se mantenía en forma cada mañana, allí donde estuviera: Nueva York, San Francisco, Londres, Roma, Buenos Aires, Sídney. Para él correr era una distracción; le servía para ordenar sus pensamientos, para organizar jornadas, programas y deseos. Las mejores ideas se le habían ocurrido siempre mientras corría. Era como si ellas solas fueran saliendo a la luz poco a poco, como si de aquel modo se definiera el siguiente paso que tenía que dar.

Apretó el ritmo. En su minúsculo iPod último modelo se almacenaban éxitos de todo el mundo: Shakira, Michael Bublé, Coldplay... una lista de temas que le había preparado Ludovica Biamonti. Ella había ocupado el puesto de Arianna y, desde hacía más de tres años, todo marchaba de la mejor manera posible. Era una estilista personal perfecta, de un gusto impecable. Había creado un entramado de profesionales que se ocupaban del más mínimo detalle de la vida de Tancredi: el agua que le gustaba beber, la Ty Nant, estaba en todas sus casas —tanto en Sicilia como en el Piamonte, tanto en París como en Londres, tanto en Nueva York como en su minúscula isla en las Fiji—. Aquélla sería el agua que encontraría allí donde estuviera. Y lo mismo ocurría con la selección de los vinos, del café y de cualquier otro producto, puesto que todo se examinaba, probaba y evaluaba antes de ocupar su lugar en las distintas casas de su propiedad. El proceso no se detenía ahí: cada fin de mes, se hacía en cada casa un inventario completo de lo que había y lo que faltaba; así Tancredi podía aparecer en cualquier momento y tener la sensación de haber estado viviendo allí desde el día anterior. No faltaba ni pan fresco ni leche; tampoco el periódico ni información acerca de los últimos acontecimientos importantes del lugar donde se encontraba y de los sucesos internacionales.

Cada año Ludovica Biamonti cambiaba completamente la decoración para que las casas estuvieran a la última. Excepto en la de las Fiji, pues era una isla tan bella y natural que no necesitaba ir cambiando con los tiempos. Allí, el proyecto de un gran arquitecto había convertido la villa en una joya engarzada en las rocas y en perfecta armonía con el verdor de la isla. Una piscina natural se adentraba en la casa. En el fondo de la misma, vivían morenas, tiburones y grandes tortugas detrás de un cristal de más de diez centímetros de grosor. Era como bañarse en un gran acuario sin correr ningún tipo de peligro.

El salón era de una madera blanca que procedía de los grandes bosques rusos, donde Tancredi había comprado parcelas de terreno durante años hasta ampliar así su imperio de forma desmesurada y sin que su nombre apareciera nunca en ningún sitio. A los ojos de los demás era un simple chico de treinta y cinco años, más o menos elegante, al que le gustaban las cosas bonitas. Pero nadie habría podido imaginar jamás que ocupaba los primeros puestos de la lista de los hombres más ricos del mundo.

Ludovica Biamonti había pensado en todo. Aquella residencia era encantadora: tenía un salón elegante, una única vidriera sumergida en la naturaleza, sofás de color castaño perfectamente a juego con los dos cuadros —*Aha oe feii?*, de Paul Gauguin, y *A Bigger Splash*, de David Hockney—; en un rincón había también una escultura de Damien Hirst, *El tiburón*. Aquella casa era ideal para una vida de amor. Quizá por ello era donde Tancredi se quedaba con menor asiduidad durante sus viajes. Porque era el hombre culto, rico, el hombre que no quería amar. Aquella casa, al igual que las demás, nunca oiría las risas de una mujer feliz y amada, como tampoco disfrutaría las carcajadas de un hijo. Y, sin embargo, Ludovica Biamonti todavía no sabía que se equivocaba en una cosa.

Un año después de haberla contratado, Tancredi examinó personalmente todas sus propiedades. Repasó con cuidado todos los detalles —desde las neveras hasta las cortinas nuevas, desde las alfombras hasta las toallas, desde las sábanas hasta los platos—. Viajó de manera ininterrumpida con su *jet* y volvió pocos días después de haber visitado todas las casas. Sólo entonces confirmó su contratación.

—Es perfecta, ¡cógela! —le dijo a Gregorio; no obstante, a continuación, cuando salían del despacho, se lo quedó mirando—. Pero está casada de verdad, ¿no? No me gustaría encontrarme a Sara otra vez en la piscina... —continuó bromeando.

Gregorio se echó a reír. Sin embargo, al día siguiente comprobó personalmente los documentos que atestiguaban la boda de la señora Ludovica Biamonti con un tal Claudio Spatellaro. Todo era cierto. Se habían casado por la iglesia y por lo civil. Sólo entonces pudo Savini exhalar un suspiro de alivio.


De pronto se oyó un trueno. Como si fuera un signo del destino. A cielo abierto, en una espléndida tarde de junio. Inesperado. Violento. Sordo. Y de repente el mundo se transformó. El cielo se tornó oscuro. El sol desapareció y un ligero viento levantó las pocas hojas que había en el suelo. Empezó a llover de golpe, de una manera violenta, rabiosa, abundante. A cántaros, como verdaderos cubos de agua que cayeran desde arriba, lanzados por algún inquilino molesto por tener que aguantar una charla nocturna.

Tancredi iba escuchando a Ben Harper cuando se vio atrapado por aquel chaparrón estival. Aceleró el paso, ya completamente empapado; el agua le calaba la camiseta, los pantalones, los calzoncillos, los calcetines y las zapatillas deportivas. Le entraron ganas de echarse a reír; él, siempre tan preciso, tan metódico, un hombre al que le molestaba cualquier imprevisto que surgiera en su camino, volvía a ser un chiquillo bajo aquel aguacero. El cielo se había puesto aún más oscuro y la lluvia estaba fría. Un momento después, era granizo. Caía sin medida: piedras pequeñas y grandes que resonaban sobre cualquier cosa que hubiera alrededor —cubos de la basura, planchas, coches—. Parecía una manera fácil de dar en el blanco desde arriba o un extraño concierto de ritmo rápido y continuo sacado de algún repertorio africano.

Tancredi decidió que había llegado el momento de escapar de la lluvia. Un poco más allá del arcén de la carretera vio una iglesia. Subió los escalones de dos en dos y, al llegar al pórtico, en seguida encontró cobijo. Pero el viento seguía soplando, incluso parecía haber aumentado. La lluvia y el granizo empezaron a caer de lado y aquel refugio no le servía de nada. Tancredi se apoyó en el gran portón de madera. Estaba abierto. Lo empujó con las dos manos y entró. Lo que más lo impactó de aquella iglesia fueron la luz y el calor. Muchísimas velas de todos los tamaños se consumían en antiguos candelabros, unos pequeños, bajos; otros más elaborados. Todas las llamas ondeaban, se plegaban hacia delante y hacia atrás al compás de aquella repentina corriente. Cuando Tancredi entornó el portón, todo volvió a ser como antes. La puerta se cerró sola con un ruido sordo y entonces, desde el otro lado de la iglesia, le llegó un conjunto de voces.

Dos violines, una viola, una flauta y pocos instrumentos más. Los diez niños terminaron un aria que le pareció bellísima a pesar de haber oído sólo las últimas notas. Siguió un largo silencio. Entonces, una mujer se puso a cantar delante del coro. En alemán. Frente a ella, una anciana maestra, al órgano, tocaba sonriendo, con seguridad, como si fuera la cosa más sencilla del mundo. A su lado, otra mujer acariciaba el aire con las manos, marcando el ritmo. Algo más allá, las llamas de las velas casi parecían seguir el compás, y los dibujos de los vitrales cambiaban repentinamente de color, seguro que debido al transcurrir de las nubes por el cielo. El juego de luces y sombras tornaba la atmósfera de aquella iglesia en algo todavía más mágico.

*Erbarme dich, mein Gott, um meiner Zähren willen!* Ten piedad, Dios mío, de mis lágrimas...

Entonces, de repente, sin ningún motivo, Tancredi se volvió. Fue como si hubiera notado algo. Pero no había sido nada. O quizá todo. Desde la oscuridad de la nave, a pocos pasos de él, entre la penumbra más densa, ella dio un paso adelante. De pronto aquellas llamas iluminaron su rostro. Tancredi se quedó boquiabierto. Aquel delicado perfil, aquellos ojos entre azules y verdes, aquellas ligeras pecas, aquel pelo castaño encendido por reflejos rubios, aquella mujer, aquella belleza, los labios entreabiertos, los dientes blancos, perfectos. Tancredi parpadeó como si no creyera en lo que estaba viendo, como si fuera una aparición. Pero, sobre todo, se sintió sorprendido: su corazón latía veloz. Aquella mujer estaba allí, a pocos metros de él, en la penumbra de la iglesia. Las llamas de las velas bailaban y la iluminaban por casualidad, mostrándola por entero. Era alta y esbelta; llevaba una camisa blanca bajo una chaqueta azul, vaqueros y unas zapatillas deportivas. Tancredi intentó descifrar de dónde había salido, quién era. Miró sus manos; tenían marcas y estaban estropeadas por el frío o por quién sabía qué increíble esfuerzo. Sin embargo, se movían ligeras en el aire. Unos pequeños, casi imperceptibles movimientos de cada uno de los dedos seguían el compás, bailaban en el vacío y articulaban perfectamente cada una de las notas. Lo más probable era que fuera pianista. Tancredi se sintió fascinado por aquellas manos. Volvió a mirarle la cara. Tenía los ojos cerrados, mecía lentamente la cabeza a derecha e izquierda siguiendo la música.

Volvió a fijarse en sus dedos. Buscó la marca de una alianza, no la encontró y por primera vez fue feliz. Cuando se fijó con más atención y la vio, se disgustó. En seguida pensó que nada es para siempre, que podría conseguirla de todos modos. Esbozó una sonrisa. Se le estaban ocurriendo aquel tipo de ideas precisamente dentro de una iglesia. Siguió mirándola. ¿Y si su mirada se cruzaba con la de ella? ¿Qué haría? ¿Le sonreiría? ¿Le transmitiría su deseo con una mirada intensa?

Justo en aquel momento sucedió. La mujer se volvió lentamente hacia él y sus ojos se fijaron en los de Tancredi. Continuó mirándolo. Y para Tancredi fue como si en aquel instante los ojos de la mujer se metieran dentro de él, en su corazón, echando por tierra las antiguas reglas que lo habían mantenido encerrado, hibernando, recluido en el fondo de una celda secreta. Ella simplemente sonrió. Fue una sonrisa tierna, educada, la de una mujer que sólo compartía una cosa con aquel hombre: la pasión por la música. Tancredi no supo responder, no correspondió a aquella simple, educada sonrisa. Se dio la vuelta e hizo como si nada; bajó la cabeza, un poco incómodo, casi confundido por su reacción.

De improviso, la música acabó. Fue como si Tancredi se despertara. Se volvió. Derecha. Izquierda. Desaliento. Ella ya no estaba. Entonces oyó un aplauso, unas risas; miró hacia el centro de la iglesia: los chicos lo estaban celebrando con la anciana profesora en medio y con aquella mujer que se había reunido con ellos. No conseguía distinguir con claridad lo que decían, pero se dio cuenta de que debían de conocerla. Uno le tiraba de la chaqueta, otro la miraba desde abajo; una niña le sonreía y luego resoplaba para llamar su atención. Entonces la mujer se agachó, le revolvió el pelo, y la muchacha la abrazó con fuerza a pesar de que sus bracitos no llegaban a abarcar ni la mitad de su espalda. Tancredi sonrió. Todos la querían. Le habría gustado ser uno de ellos. Se echó a reír cuando imaginó lo que dirían de él quienes lo conocían si supieran lo que estaba pensando. Bueno, aunque sólo fuera por eso, aquella mujer lo ponía de buen humor.

Sofia cogió a Simona en brazos; aquella pequeña diablilla no tendría más de seis años, pero, en compensación, tenía una voz melodiosa y perfectamente afinada.

—Bueno... —dijo sonriéndole—, te sale de maravilla, ¿cómo lo has conseguido?

—Nuestra profesora Olja. —Y señaló con la barbilla a la anciana maestra—. Ella es quien nos enseña todos los trucos...

Sofia la abrazó.

—Pero no son trucos. No hay engaño en lo que haces, sólo aprovechas tu habilidad, tu esfuerzo, entrenamiento y pasión.

Simona la abrazó escondiéndose entre su pelo.

—Sí, pero contigo me lo pasaba mucho mejor...

Sofia le siguió el juego y le susurró a su vez:

—Sí, es cierto, nosotras siempre nos divertíamos un montón.

Entonces la dejó en el suelo. Simona se fue corriendo de nuevo hacia el grupo, a jugar con los demás.

Olja se acercó a Sofia.

—Me ha gustado que te hayas pasado.

—Sí.

Miró a todos aquellos preciosos niños; tenían un candor, una luz y una pureza únicos. Habían estado cantando hasta aquel momento y, en cierto modo, aquello los había cansado, así que entonces parecían personas mayores que charlaban educadamente sobre las cosas de la vida. Sólo había una única diferencia: no había en ellos ninguna malicia.

—Les ha salido muy bien. Habéis interpretado la «Coral» de Bach... No sé, me he quedado fascinada.

—Ya. Podrían hacerlo aún mejor. Todos podemos mejorar. Era precisamente Bach quien siempre lo decía. —Sofia fingió que no lo había oído. Pero Olja la conocía bien y decidió que aquél era el momento de meter un poco más el dedo en la llaga—: Piensa en todo aquello a lo que has renunciado tú. Si de verdad no quieres volver a tocar, estoy segura de que serías una excelente madre. Tu vida se llenaría de nuevo.

Ella no se volvió.

—Olja, mi vida era la música. Tocar es lo que siempre he amado, amo y amaré, y por esa razón decidí renunciar a ello.

—Aún hoy, después de tanto tiempo, hay maestros importantes que me preguntan por ti; les gustaría tenerte, podrías dar conciertos por todo el mundo. Estarían dispuestos a pagarte una fortuna.

—No me hace falta dinero. Lo que necesito no me lo puede dar nadie.

—¿Y qué necesitas, Sofia?

Entonces la mujer miró a su profesora a los ojos.

—Un milagro.

Después de aquello Olja no supo qué responder. Miró cómo se alejaba aquel talento, aquella joven, aquella soberbia promesa que habría podido llegar lejos y que, en cambio, había decidido encerrarse en casa. Exhaló un suspiro.

—Venga, chicos, hagamos un último ensayo. Id a la página doce, quiero que en la misa del domingo todos se queden con la boca abierta con *Ich will hier bei dir stehen.*


Fuera hacía poco que había dejado de llover. Sofia se paró en las escaleras de la iglesia y respiró profundamente. Cerró los ojos y se embriagó con el perfume de la hierba mojada, de la tierra, de la vida. Sí, de la vida. ¿Dónde había ido a parar la suya? ¿Su entusiasmo, las notas de su corazón? Cuando volvió a abrir los ojos, él estaba allí, a pocos pasos de distancia. Había visto a aquel hombre dentro de la iglesia y la había sorprendido que un extraño hubiera ido a escuchar el coro; pero en seguida se había olvidado de él. Le pareció uno de aquellos turistas que van a hacer *footing* por el Aventino y aprovechan para entrar en alguna iglesia. Era un hombre muy guapo y le estaba sonriendo. Durante un instante le pareció que lo conocía. Sin embargo, pensándolo bien, seguro que no lo había visto nunca antes; podría ser perfectamente un extranjero. Tenía los ojos azules, oscuros, intensos y, en cierto modo, fríos. La ropa no podía ayudarla, ya que sólo llevaba una camiseta y unos pantalones cortos.

Mientras esperaba en el exterior de la iglesia, Tancredi se había imaginado su encuentro. ¿Qué frase sería la apropiada para una mujer como aquélla? No sabía absolutamente nada de ella; no conseguía descifrar su extracción social, en qué escuelas había estudiado o sus orígenes; si era de Roma, ¿de qué barrio, en qué trabajaba? Sólo sabía que conocía bien las notas musicales. Sí, era pianista o directora de orquesta; tal vez violinista. Pero él sabía poco de música.

Permanecieron en silencio en las escaleras de la iglesia. El cielo se iba despejando. En un prado cercano, a caballo entre el verde y el cielo, el arcoíris indicaba el final de la lluvia. Tancredi miró a su alrededor: aquella luz especial, ellos dos quietos en la escalinata. La situación se estaba volviendo incómoda.

—Parecemos un cuadro de Magritte. ¿Conoces a Magritte?

«Es italiano —pensó Sofia—. Y atrevido.»

Tancredi sonreía. Sofia lo examinó con detenimiento. Tenía un físico estilizado, bien definido. Era alto y musculoso, pero proporcionado. Podía ser cualquiera, incluso un tipo peligroso. Sin embargo, su sonrisa, en cierto modo, daba seguridad; mejor dicho, había algo en él que dejaba intuir un sufrimiento lejano. Sacudió la cabeza para sí misma. Se estaba montando demasiadas películas. No era más que un desconocido que quería entablar conversación. O peor aún, un desgraciado que quería robarle el bolso aprovechando su atractivo. De manera involuntaria, lo apretó contra sí.

—Sí, conozco a Magritte. Pero no recuerdo ningún cuadro donde aparezcan dos personajes que pierden el tiempo.

Tancredi volvió a esbozar una sonrisa.

—¿Recuerdas aquel cuadro en el que hay una pipa? Es el que conoce la mayoría de la gente. Arriba pone: «*Ceci n'est pas une pipe...*»

—Que significa: «Esto no es una pipa.» Sé algo de francés.

—No lo pongo en duda. —Volvió a sonreír—. Es que no me has dejado terminar. Ese cuadro quiere decir que todo lo que es no es en realidad. La pipa es algo más, no es sólo una pipa; es una representación, es el hombre o la mujer que la han fumado antes; o simplemente un cuadro famoso. Así que nosotros... —A Sofia le costaba seguirlo, pero su sonrisa poseía una belleza incómoda—, es decir, nosotros no somos sólo dos personajes que pierden el tiempo. Si Magritte hubiera podido escoger, a lo mejor seríamos otra cosa, estaríamos en alguno de sus cuadros en quién sabe cuántas posibles realidades... Podríamos ser dos amantes del pasado en la corte de un rey, o dos personas que pasean por París o Nueva York, o que están en un prado londinense o en un gran teatro; intérpretes de quién sabe qué representación de época. ¿Por qué has visto en nosotros una pérdida de tiempo?

Casi embriagada por aquellas palabras, Sofia se había dejado transportar a todos aquellos cuadros que Tancredi le había hecho ver. Ellos dos modelos de Magritte... Y aquel hombre seguía sonriendo y hablando y ella casi no lo escuchaba, perdida en sus ojos, en su divertida convicción de que todo era posible.

—Y quizá tú estés tocando, seas una pianista en una sala de París, y yo esté junto al piano pasando las páginas de la partitura.

Aquella última imagen fue como un sobresalto; la transportó de nuevo a la realidad, a la imposibilidad de todas aquellas fantasías.

—Tengo que darte una mala noticia. —Tancredi se quedó perplejo, todo su entusiasmo se le apagó en la boca—. Magritte murió hace mucho tiempo.

Sofia lo dejó atrás y empezó a bajar rápidamente los escalones de la iglesia.

Tancredi fue en seguida tras ella.

—Me habías preocupado. Sí, ya lo sabía... Pero ¿por qué huyes así? Espera...

La detuvo al final de las escaleras, cuando estaba a punto de marcharse. Sofia miró la mano que le asía el brazo, pero no se asustó. Al contrario. Notó un estremecimiento repentino, una sensación nueva, absurda. Allí, en la escalinata de la iglesia, pertenecía a un desconocido. Se avergonzó de aquel deseo, del deseo que la había invadido por sorpresa en aquel instante. Su corazón latía con fuerza. «Pero ¿qué estoy haciendo? ¿Me he vuelto loca? ¿Qué es lo que me pasa? Sí. Desbaratar mi vida, hacer el amor ahora, aquí, en esta escalera, con él. Que me tome sobre el suelo mojado.» No se creía lo que se le acababa de pasar por la mente. Incluso la respiración se le había entrecortado, acelerado. Levantó la mirada hacia él. Pero Tancredi no la entendió.

—Perdona... sólo quería que no te fueras. —Le soltó el brazo—. ¿No crees que todo sucede por casualidad? Hoy era un día cualquiera; yo estaba corriendo cuando, de repente, ha empezado a llover a cántaros, como nunca se ha visto en esta época, y he entrado en la iglesia... ¿Sabes cuánto tiempo hace que no voy a la iglesia? —Tancredi se acordó de Claudine, pero fue sólo durante un instante—. Hace casi veinte años... Necesitaba encontrarte para volver a acercarme a la fe.

Sofia sonrió.

—No tiene gracia. Con esas cosas no se bromea.

—No es verdad, he visto que sonreías...

—Bueno, pues yo también me he equivocado.

Tancredi se detuvo y realizó una profunda inspiración.

—Tienes razón. Volvamos a empezar. ¿No podría tratarse de una señal del destino? De algo que nos haga reflexionar a los dos. Quizá nuestras vidas no vayan bien y debamos volver a empezar desde aquí, desde hoy... —Sofia se quedó en silencio. Tancredi pensó que, si no se había ido y lo estaba escuchando, ya era un pequeño logro. No debía perder el tiempo, tenía que ganársela en aquel momento—. Démonos sólo una oportunidad, conozcámonos un poco más, podemos tomarnos un café en ese bar... —Señaló una pequeña cafetería que había allí cerca—. Pasemos un rato juntos... —Vio que la mujer dudaba—. Una hora. Sólo una hora. Así veremos que no era nada, que no valía la pena, que tenemos que seguir nuestro camino. ¿Y si no lo descubrimos? «Tal vez fuera simpático. Tal vez... Quién sabe lo que quería decirme...» Nos lo estaremos preguntando toda la vida, no tendremos respuesta, siempre nos quedará esa duda...

Sofia lo meditó un momento. Una nueva vida... Se acordó de sus pensamientos de unos días atrás, delante del espejo de la cocina, de su cansancio, del transcurrir del tiempo, del mundo en movimiento y de su vida inmóvil. Después recordó su promesa. Pero ¿quién era aquel hombre que tenía delante? Aquel chico. Sí, un chico guapo... ¿Y qué más? Alguien que buscaba una aventura, quizá un polvo no programado. Alguien que le robaría el bolso si se distraía, tal vez alguien que necesitaba dinero. Sí, hablaba bien, pero a veces las palabras no bastan. La vida es otra cosa. Hacen falta hechos. Construir. En otra época, seguramente era superficial, caprichosa, una de tantas. Pero para bien o para mal su vida había cambiado. En aquel momento Sofia se sentía importante para alguien, para su proyecto, para Andrea y su recuperación.

Miró con más atención al tipo que tenía enfrente. Tenía los ojos de un azul profundo, llenos de esperanza; era como si sólo esperaran su respuesta. Daba la sensación de que lo que ella dijera fuera a cambiarle el curso de la vida. Sofia permaneció callada y, sin querer, se mordió el labio. Era guapísimo y aquella sonrisa segura le gustaba, la atraía de una manera peligrosa y, hasta cierto punto, le daba miedo. Entonces, de pronto, lo comprendió. Aquel hombre era una prueba. Era como su continuo deseo de sentarse al piano y tocar. Inspiró profundamente y recuperó el equilibrio y el coraje.

—Lo siento. Tendremos que vivir con la duda.

Echó a caminar, bajó los últimos escalones y se dirigió al coche. Tancredi la siguió como derrotado. Buscaba con desesperación algo que pudiera detenerla, convencerla, despertarle la curiosidad... Pero no se le ocurría nada. No sabía nada acerca de aquella mujer, aparte de que era espléndida, de que lo había embrujado, de que nunca en su vida se había sentido tan interesado, atrapado sin remedio, desesperadamente atraído.

Jugó su última carta.

—No me creo que no tengas curiosidad, que no quieras darle una mínima oportunidad...

—¿A quién?

—A nosotros dos.

Sofia rió.

—¿A nosotros dos? Pero si nosotros no somos nada.

—No es cierto. —Tancredi se había puesto serio—. Cada vez que conoces a alguien, tu vida cambia y, tanto si te gusta como si no, nosotros nos hemos encontrado; yo he entrado en tu vida y tú en la mía, como esa música de la iglesia y tus manos tocando en la penumbra mientras tenías los ojos cerrados... —Sofia se sintió turbada por el hecho de que él la hubiera visto. Tancredi continuó—: ¿Qué era? ¿Schubert, Mozart...?

—Bach, *La Pasión según San Mateo*.

—Ah, perfecto, una pieza que no había oído nunca, que no conocía. Todo esto es una señal para mí... —Sofia llegó al coche. Tancredi estaba frente a ella—. ¿No te parece? Debe de significar algo, ¿no?

—Sí. —Sofia se sentó al volante—. Que tendrías que conocer a algún compositor más.

Arrancó el motor y se marchó. Tancredi, solo en medio de la calle, le gritó:

—Estoy de acuerdo contigo. ¡Lo haré!

Sofia lo miró por el espejo retrovisor y sonrió. «Ya, pero yo no tendré ocasión de preguntarte...» No sabía lo equivocada que estaba.

Tancredi vio que el coche giraba al final de la calle. Hurgó en los bolsillos de sus pantalones cortos. Nada. No llevaba nada encima. Para Gregorio Savini hubiera sido pan comido. Lo único que tenía que hacer era no olvidar el número de la matrícula.

## 12

En cuanto oyó el ruido de la puerta, Andrea terminó de escribir rápidamente una frase y cerró el archivo. Estaba satisfecho; aún le faltaba un poco, pero le estaba quedando muy bien. Sofia se quedaría sin palabras.

—Hola... —Ella apareció en la puerta y le sonrió.

Andrea dejó el portátil sobre la mesilla que había a su lado.

—Hola cariño. Hoy te he echado muchísimo de menos.

Sofia se encogió de hombros mientras iba hacia el baño.

—Siempre me dices lo mismo... Ya no me lo creo.

—Pero es verdad.

Empezó a lavarse las manos y levantó la voz para que la oyera.

—Pero si ayer también me echaste muchísimo de menos... ¿En qué quedamos, en que hoy más que ayer?

—Digamos que es un sentimiento exponencial... Como cuando una bola de nieve empieza a rodar y al final se convierte en una avalancha.

Sofia volvió a entrar en la habitación.

—¿Qué quieres decir?

—Que cuanto más te alejas, más te echo de menos.

—Mmm, eres un arquitecto poco convincente.

—¡Pero es así! —Decidió que el juego ya había durado bastante—. ¿Qué has hecho hoy?

—Oh, he ido a escuchar a Olja y su coro a una iglesia del Aventino...

—¿Ha sido bonito?

—Sí. Están mejorando mucho. Y la pequeña Simona, la que venía aquí, a casa, cuando le daba clase, ¿te acuerdas de ella?, lo hace muy bien...

A Andrea le habría gustado volver a hablar del tema del piano. Pero sabía que Sofia no quería replantearse aquella decisión.

—¿Qué pieza han cantado?

—Bach. Están preparando dos «Corales» de *La Pasión*.

—¡Qué hermoso! *¡La Pasión según San Mateo!*

—Veo que la recuerdas.

—Sí. Tiene un efecto realmente... embriagador. Eso es, no encontraba la palabra adecuada. Como un buen vino blanco... Sí, embriagador.

—¿Te apetece? —Sofia fue a la cocina. Poco después apareció de nuevo con dos copas de un excelente Sauvignon. Le tendió una a Andrea, se alejó, giró un interruptor y bajó las luces. Él la observaba sorprendido. Volvió a su lado y levantó la copa. Andrea también levantó la suya. Brindaron. Permanecieron unos segundos en silencio mientras buscaban un motivo para aquel brindis, pero Sofia lo encontró en seguida.

—Por este momento, como dices tú, embriagador.

Luego bebió un largo sorbo. El vino estaba a la temperatura ideal y bajó rápidamente. Sofia cerró los ojos. Durante un instante, notó la mano de aquel hombre sobre su brazo, su mirada penetrante, su sonrisa. Pero no recordó ninguna frase, ninguna de sus palabras. Sólo el deseo que había experimentado en aquella escalinata. Entonces abrió los ojos y miró a Andrea. Se estaba bebiendo su vino blanco a pequeños sorbos, de forma completamente inocente. Sofia terminó su vino y se sirvió más. Dio otro sorbo, después dejó la copa sobre la cómoda y empezó a quitarse la chaqueta y la blusa. Continuó con los zapatos y los pantalones. Cogió una silla y se sentó junto a la cama. Andrea la contemplaba, sujetaba la copa con ambas manos delante de la boca. Apareció su sonrisa. Su voz sonó más baja.

—Embriagador... ¿Te ha gustado esa palabra?

—Sí...

Sofia comenzó a acariciarse las piernas. Fue subiendo despacio por las rodillas hasta llegar a los muslos, primero con la mano derecha, después con las dos. A continuación, se las llevó con lentitud hacia dentro y abrió ligeramente las piernas mientras lo miraba a los ojos. Andrea advirtió que llevaba unas preciosas braguitas negras de encaje. Sofia las acariciaba dulcemente, cerraba los ojos y suspiraba. La joven volvió a beber un poco más de vino. Colocó la copa sobre la cómoda y metió la mano derecha bajo las sábanas. Miraba decidida a Andrea —que todavía sostenía su copa entre las manos—, con atrevimiento. Avanzó por debajo de las sábanas, fue subiendo por la pierna de Andrea y le metió la mano en el interior del pijama. Él exhaló un suspiro.

—Ah...

El accidente no le había quitado ni la sensibilidad ni la posibilidad de sentir placer. Sofia lo estaba acariciando, movía la mano bajo las sábanas, arriba y abajo, con suavidad. Con la otra mano se había apartado las bragas, y la movía hacia dentro y hacia fuera. Les estaba proporcionando placer a los dos.

Entonces se detuvo un momento. Se sirvió más Sauvignon, bebió un largo sorbo y lo retuvo en la boca. Miró a Andrea —maliciosa, pícara, traviesa— y se metió de cabeza bajo las sábanas. En la oscuridad, bajo el edredón, se movió con rapidez hasta que lo encontró y lo cogió con la boca, momento en el que dejó caer unas cuantas gotas de vino. Andrea se estremeció de placer, ya que aquella sensación fría y aquella boca caliente lo cogieron de improviso. Estaba gozando muchísimo, aquella extraña Sofia lo excitaba.

Ella, bajo las sábanas, de pronto se sintió más osada que nunca. Pensaba en él. En aquel hombre desconocido, en sus manos elegantes, en su físico esbelto y fuerte, en su sonrisa, en sus ojos. En aquella oscuridad profunda se vio ante la fachada de la iglesia, en la escalinata; le había bajado un poco los pantalones cortos y se lo estaba haciendo allí, delante de todos, de la gente que pasaba, de su profesora Olja. Con la mano izquierda seguía acariciándose. Se quitó de prisa la ropa interior. Se metió entera bajo las sábanas, le bajó el pijama a Andrea y se subió encima de él a horcajadas. Se lo metió dentro con facilidad: estaba completamente mojada y excitada. Siguió cabalgándolo así, con los ojos cerrados, empujando con avidez hacia delante, cada vez más fuerte, como nunca antes lo había hecho. En realidad se sentía como si estuviera acostándose con dos personas y, al cabo de un instante, llegó al clímax. Entonces se dejó caer hacia delante, sobre Andrea, sudada y agotada, todavía con los ojos cerrados, con la espalda completamente empapada. Se liberó del sujetador, se lo quitó casi arrancándolo y lo tiró al suelo. Entonces le puso a Andrea un pecho en la boca y él empezó a lamerlo mientras ella, poco a poco, seguía acariciándolo más abajo, entre las piernas. Un poco después, él también alcanzó el orgasmo. Permanecieron unos instantes en silencio, como abandonados el uno junto al otro. Sus respiraciones, que acababan de ir acompasadas, estaban jadeantes. Entonces Sofia le dio un beso rápido en los labios.

—Voy a ducharme... ¿Quieres algo?

Pero sólo era una pregunta retórica.

—No —dijo Andrea.

Ella ya se había deslizado hasta el baño. Apareció poco después, ya más relajada, con la cara un poco arrebolada por el vapor y envuelta en su grueso albornoz blanco. Andrea se había puesto una almohada detrás de la espalda y había pulsado el botón del respaldo para inclinarlo.

Le sonrió.

—¿Y bien?

—¿Qué? —dijo ella al tiempo que se sentaba en la cama.

—No, decía... Tienes que escuchar a Bach más a menudo.

Sofia se echó a reír y se echó el pelo hacia atrás.

—No... Ha sido la palabra «embriagador».

Y ambos rieron, todavía saciados por aquel atracón físico. Sofia le sirvió un poco más de vino y de paso llenó también su copa. Continuaron hablando de naderías, escuchando música. Sofia puso un CD de Leonard Cohen y, al cabo de un segundo, mientras Andrea le hablaba de su trabajo, de los mil correos que había recibido, del hecho de que su proyecto estaba gustando y seguía adelante, ella abandonó aquellas palabras y se perdió en un recuerdo.


Grecia, Tinos, una isla desconocida. Habían ido allí con unos amigos nada más terminar los últimos exámenes de verano de la universidad. Aquella noche, en una pequeña hostería del puerto, comieron todos juntos *souvlaki*, *mousaká* y aquel *tzatziki* que a ella tanto le gustaba. Los hombres se bebieron al menos dos cervezas cada uno. Después dieron un paseo y acabaron en un pequeño pub a pocos pasos de la playa. Cuando entraron, el primero en verlo fue Andrea.

–¡Venga, no vas a librarte, Sofi! Es una señal del destino. Estoy seguro de que ayer no estaba...

En una esquina del local yacía un pequeño piano. Era de madera negra y, en la parte de arriba, tenía grabada alguna inscripción, como un simple recuerdo de fugaces amores de verano. Todos sus amigos empezaron a animarla de una manera tan ruidosa que, dentro del local, incluso otros turistas –ingleses, norteamericanos, alemanes y hasta una pareja de japoneses– se unieron al entusiasmo sin acabar de entender el motivo. Empezaron a dar palmas con los italianos, listos para recibir con alegría lo que fuera que pudiera ocurrir unos instantes después.

Sofia se dio cuenta al momento de que no podía prolongar más la espera, así que resopló y se encaró a Andrea.

–Maldito seas, maldito... ¡Incluso estando de vacaciones! Es como si yo te obligara a dibujar un mapa altimétrico de la isla, ¡uff!

Entonces se sentó en el taburete que había cogido de una mesa cercana y que había colocado delante del piano. Levantó la tapa. Se sorprendió al leer en el paño protector la frase en inglés *Life is music*. Sacudió la cabeza ante aquella invitación y empezó a tocar. Como se encontraba en un pub y el público estaba formado por una mezcla de turistas, evitó la música clásica y optó por una pieza de *jazz*. Tocó de memoria algunos fragmentos de St. Germain; intentó abarcar todas las procedencias, como una extraña mezcladora humana, tocando algunos temas alemanes, españoles, norteamericanos e incluso uno japonés. Tocaba de oído y se había puesto en la cabeza una gorra de béisbol que le había robado al vuelo a un chico que pasaba por su lado. Pidió que le llevaran también a ella una cerveza y, de un modo u otro, esperaba arreglar la noche, superar la emoción, la timidez y la vergüenza de exhibirse de aquella manera y con un piano con varias notas desafinadas. Para terminar y dar un toque clásico a su incongruente repertorio, decidió dejarse llevar con una pieza de Tony Scott.

Ella lo consideraba el más grande *jazzista* italoamericano de todos los tiempos, estúpidamente ignorado en su país de origen. Quién sabe, quizá alguno de los presentes pudiera apreciar una elección artística tan refinada.

Tocó un poco de todo y concluyó su estrambótica exhibición con *Music for Zen Meditation*. Al final hubo una explosión de aplausos. Por turnos, todos se fueron acercando a la pianista para darle palmadas amistosas en el hombro en señal de gran reconocimiento. Alguien le ofreció otra cerveza. Cuando Sofia quiso devolverle la gorra a su propietario, el chico empezó a mover las manos con rapidez mientras sacudía la cabeza.

—No, no... It's yours, it's yours.

Y sonreía mientras le dedicaba un aplauso.

Al final Sofia le dio un empujón a Andrea.

—¿Has visto lo que me has hecho hacer?

—Pero si has estado estupenda. Ya he hablado con el propietario del local. ¡Darás dos conciertos cada noche y a nosotros nos saldrán las vacaciones gratis!

—Idiota...

Andrea la abrazó, divertido y realmente sorprendido de cómo Sofia, acostumbrada a dar conciertos por media Europa, que había tocado el *Concierto en do mayor* de Prokófiev dirigida por Chailly, podía avergonzarse de tocar por diversión ante unos cuantos turistas algo borrachos en un pub griego. Pero ella era así, con sus repentinos prontos y su carácter lunático: a veces una dulce y delicada niña y de pronto mujer, apasionada y salvaje. Y aquella mirada maliciosa y un poco achispada hizo que Andrea pensara que lo más probable era que se encontrara justo en aquella fase. Y así, sin que nadie se diera cuenta, se escabulleron del pub mientras los demás cantaban desafinando y siguiendo la vaga estela de la música que ella había tocado, entrechocando alguna que otra pinta casi vacía en un ambiente de gran euforia.

Andrea y Sofia pasearon por la playa, no muy lejos del puerto. Ella se quitó los zapatos; caminaba con los pies sumergidos en las pequeñas, lentas olas que el mar llevaba hasta la orilla esparciendo luminosas salpicaduras de plancton que en seguida se apagaban.

La joven se agachó y cogió un poco de agua entre las manos.

—Mira...

Unos extraños y diminutos seres brillantes habitaban aquella pequeña charca. Sofia volvió a tirarlos al mar. Poco después se hallaron en una zona más oscura, una lengua de arena situada al lado de las rocas. La luz del faro cercano pasó justo por encima de ellos e iluminó el resto de la playa. Andrea le levantó el vestido, le bajó las bragas, se desabrochó los pantalones y, en un instante, la tomó. Se amaron lentamente; sus bocas sabían a aquel aire salobre, la piel se notaba suave y cálida, la noche los envolvía y no tenían prisa, sólo ganas de amarse y todo el futuro por delante...

El futuro por delante. Sofia se levantó de la silla y fue hacia la cocina.

—Voy a preparar una ensalada. Ah, también he comprado un poco de atún para hacer a la plancha, ¿te apetece?

Andrea se quedó un poco contrariado. Estaba explicándole una cosa. Decidió no darle importancia.

—Sí, claro... ¡Pero no me lo hagas demasiado!

Sofia entró en la cocina y abrió la nevera; cogió la lechuga y el atún y los sacó. Puso la plancha en la cocina, encendió el fogón. El futuro por delante...

Aquella noche, después de hacer el amor, se desnudaron y se metieron en el agua. Después estuvieron persiguiéndose por la playa porque Sofia había salido la primera y le había robado la ropa a Andrea.

—¡Así aprenderás a no hacerme tocar a la fuerza! ¡Volverás a casa desnudo como un gusano!

Pero a continuación Andrea se le echó encima y la placó, derribándola sobre la arena. Estaba desnudo, todavía mojado. Con un físico acostumbrado a jugar al rugby, para él aquello había resultado un juego de niños.

—Ay, me has hecho daño...

—Pero, cariño...

—¡Cariño, y un pimiento! ¡Ni que fuera uno de tus compañeros de equipo!

Así que la noche terminó en discusión. Al día siguiente, él se había ganado tenerla de morros y ella un buen moratón en el muslo izquierdo. Pero con la complicidad de aquella preciosa isla, en seguida hicieron las paces de la mejor manera posible.

Pero aquella vida quedaba lejos. El atún ya se había chamuscado de un lado. Sofia cogió un tenedor y, rápidamente, le dio la vuelta en la plancha. Exhaló un suspiro. Era como si aquellos dos muchachos ya no existieran. Y en medio del humo, del olor de la carne quemada sobre la plancha, volvió a perderse en sus pensamientos.

Había transcurrido una hora desde que llegara a urgencias. La última enfermera que había salido de la sala de operaciones le había dicho que no sabía nada. Tal vez no pudiera decir nada. Tenía ganas de darse de cabeza contra la pared, o mejor aún, de emprenderla a puñetazos contra una de aquellas grandes vidrieras; necesitaba aire, se estaba volviendo loca. Empezó a caminar arriba y abajo por el pasillo. Abrió una puerta, luego otra. Fue recorriendo un pasillo tras otro. Cuando llegó hasta el que daba al patio, volvió atrás, hacia la sala de operaciones, y después volvió a empezar.

Había pasado otra hora; estaba amaneciendo cuando volvió a recorrer el pasillo y de repente se encontró ante aquella puerta abierta. Era la capilla del hospital. Entró despacio, de puntillas. En las primeras filas había una monja menuda, anciana, casi doblada sobre sí misma. Rezaba en silencio; quizá dirigía una súplica al Señor, o tal vez repetía mecánicamente un *Avemaría* o un *Padrenuestro*. Para Sofia, en cambio, aquello era una novedad. Con el tiempo se había ido alejando de la Iglesia sin razón aparente. Había ocurrido así, sin más motivo, como cuando, una vez terminada la escuela, empiezas a perder el contacto con los amigos.

Las primeras luces del día se colaban a través de los grandes dibujos de los vitrales. Las paredes blancas de la capilla empezaron a teñirse de violeta, de azul, de celeste. En aquel amanecer Sofia entendió que volvía a necesitar a todo el mundo, incluso al Señor, si es que existía, o a quien fuera que escuchara su plegaria. Comenzó desde el principio, como si retomara un discurso iniciado mucho tiempo atrás, justificando su alejamiento y pidiendo perdón.

«Perdóname, sé que desaparecí de repente, sin ningún motivo y, sobre todo, sin avisarte. —A Sofia le pareció oír respuestas, como si su silencioso monólogo se convirtiera en un diálogo, como si una persona generosa y buena la entendiera, la comprendiera y, de alguna forma, la justificara—. Sé que es de cobardes presentarse aquí sólo porque esta noche me haya pasado esto... —La joven levantó los ojos y miró hacia el fondo, encima del altar, al Cristo pintado. Parecía que la estuviera mirando—. Te lo ruego, ayúdame, no sé a quién más dirigirme. En este momento miles de personas te estarán pidiendo algo, pero, por favor, ocúpate sólo de mí y de Andrea. Estoy dispuesta a todo. Renunciaré a lo que me pidas si haces que viva. —Y de repente empezó a sonar una música lenta, las notas de un *Avemaría*. El sonido continuó, era bajo, apenas perceptible y, sin embargo, le pareció una señal incuestionable. Cerró los ojos y le entraron ganas de llorar, pero comprendió que su oferta no podía ser otra—. Sí. Si él vive, renunciaré a tocar.»

No supo añadir nada más. Le parecía la renuncia más grande que podía ofrecer. Con una súbita calma, se levantó del reclinatorio. La anciana monja ya no estaba e incluso la música había cesado.

Recorrió otra vez todos los pasillos hasta llegar ante la sala de operaciones. Se sentó en la silla y esperó. A las seis y veinticinco, el cirujano que había operado a Andrea salió de la sala, se bajó la mascarilla y se dirigió hacia ella. Seguro que lo habían avisado de que una chica estaba esperándolo. Caminaba lentamente, estaba cansado, exhausto, y su mirada no auguraba nada bueno. Sofia lo vio, miró su rostro y creyó morir. Sólo cuando estuvo a su lado el cirujano sonrió.

—Saldrá de ésta. Necesitará tiempo, pero lo conseguirá.

En aquel momento, Sofia se dobló sobre sí misma y se echó a llorar. Las lágrimas, enormes, resbalaban por su rostro demacrado por el cansancio, por la tensión, por el sentimiento de culpabilidad. Hacía un instante, había visto su propia vida terminar junto con la de Andrea. El cirujano la abrazó. Luego ella salió del hospital, caminó bajo el amanecer sin dudar ni por un segundo que mantendría su promesa. No volvería a tocar nunca más.

Hasta unos días más tarde, no comprendió lo largo y difícil que iba a ser aquel camino. Andrea se había quedado parapléjico. No podría volver a caminar. Había sufrido una fractura de las vértebras inferiores que le había afectado la médula ósea y le había dejado las piernas paralizadas. Recordó la mirada del Cristo pintado en la pequeña capilla del hospital. Se preguntó si renunciar al piano habría sido suficiente, si de verdad la habría oído tocar alguna vez, si sabía a qué pasión, a qué increíble amor había renunciado por salvar a Andrea.

—¡Eh, te había dicho vuelta y vuelta! ¡Sale un montón de humo de la cocina!

La voz de Andrea la devolvió una vez más al presente. Ocho años después de aquella noche. Habían cambiado pocas cosas.

—¡Tienes razón, cariño! ¡Perdona! Estaba lavando la lechuga y no me he dado cuenta, lo retiro en seguida.

Más tarde se sentó delante de la cama, preparó la bandeja plegable y puso un disco adecuado para aquella velada, un tema tranquilo de Diana Krall. A Sofia le encantaba aquella música, era una de sus cantantes favoritas. Empezaron a comer uno frente al otro. Andrea estaba de buen humor y empezó a bromear sobre el atún.

—Más hecho no podía estar...

—Tienes razón, perdóname. Ya te lo he dicho, me he distraído.

—¿No será que seguía resonando en tu cabeza... —Andrea levantó, alusivo, las dos cejas— la palabra «embriagador»?

Sofia se echó a reír.

—No... Tonto.

Andrea se limpió la boca, dejó la servilleta junto a él sobre la cama y la miró a los ojos.

—Me parece que no me lo has contado todo.

—¿Por qué? —Sofia también se limpió la boca con la servilleta, pero en realidad la usó para esconderse. Se había puesto colorada. Ya veía adónde quería ir a parar Andrea.

Se había puesto serio.

—Ni siquiera antes del accidente habías sido tan apasionada.

—Eres injusto.

—Soy realista. —Andrea se apoyó en la almohada que tenía a su espalda—. Tú hoy has estado con alguien.

Ella rompió a reír. Intentó convencerlo de todas las maneras posibles.

—Te aseguro que no. He estado con una docena de niños y con Olja. Si crees que ellos han sido mi motivo, como dices tú..., embriagador, quiere decir que soy muy perversa. —Sofia pensó que, quizá, aquello se lo podría haber ahorrado. Habría bastado con decir que no y nada más. Volvió a mirarlo a los ojos y entonces también ella se puso seria—. Andrea, te lo aseguro, no he estado con nadie.

Al final su actitud resultó más convincente. Andrea inspiró profundamente, volvió a ponerse la servilleta sobre las piernas y siguió comiéndose la ensalada.

—Me ha parecido raro. Era como si fueras otra mujer.

Sofia ya estaba más tranquila y se permitió bromear.

—Ahora la que está celosa soy yo. ¿La preferías a ella?

—No. —Andrea la contempló en silencio—. Me ha dado miedo. Era como si persiguiera la vida, como si quisiera estar lejos de aquí.

Sofia dejó los cubiertos.

—Andrea... Sencillamente quería hacer el amor contigo. —Exhaló un suspiro—. Durante un momento no he pensado en otra cosa. ¿Tan malo es?

—Perdóname. Es que estoy atado a esta cama, no sé qué hay detrás de la puerta, no sé adónde vas, con quién estás.

—Te preocupan las mismas cosas que a otros miles de hombres que, aunque no hayan sufrido un accidente, están con una mujer más o menos bonita y deseable... —Sofia se levantó para retirar los platos—. ¡No le des más vueltas!

Andrea la cogió por el brazo.

—Tienes razón. Perdóname.

—No pasa nada. La próxima vez lo haré con menos ímpetu.

Y se fue a la cocina.

—Venga, no te pongas así... Estaba bromeando...

Sofia metió los platos en el fregadero, abrió el grifo, esperó a que el agua saliera caliente y empezó a lavarlos. De golpe vio aquella mano sobre su brazo, igual que en la escalinata de la iglesia. «Pero ¿por qué huyes así? Espera...» Aquel hombre. Él la había detenido, ella se había reído. Y, sin embargo, no se había podido quitar de encima aquella mano. Se había acostado con él aquella noche, lo había deseado tocándose, tocándolo, cogiéndolo con la boca, haciendo el amor sobre aquel hombre y, al final, había tenido un orgasmo con él. El agua salía demasiado caliente, abrió un poco más el grifo del agua fría. Por primera vez le había sido infiel a Andrea, aunque sólo fuera de pensamiento. Y le había dicho una mentira, la primera en diez años. Algo se había roto.

# 13

−No. Hay que comprar.

Tancredi colgó el teléfono. Estaba seguro de las indicaciones que había dado. El mercado estaba a la baja y era preciso seguir comprando. Al cabo de uno o dos años las cotizaciones por las que más había apostado volverían a subir. Todas sus inversiones habían alcanzado un incremento del veinticinco por ciento neto a lo largo del último año y él lo había reinvertido en empresas importantes que tenían dificultades mediante la compra de la mayoría de sus participaciones. Había importado todo tipo de mercancías desde Sudamérica: café, fruta e incluso madera, papel y carbón. Había invertido en minas y en grandes terrenos de cultivo. A la cabeza de todo aquel sector puso a un jovencísimo analista financiero, un bróker que no había cumplido los cuarenta, al que respaldaba un economista. En cada uno de los sectores creaba lo que él llamaba el «trío mágico»: un especialista en la materia, un inversor competente y alguien que hiciera cuadrar las cuentas. Su secreto era cerrar siempre con un punto más a su favor. Desde el día en que adoptó dicha estrategia, su patrimonio había aumentado de manera exponencial.

Habían pasado doce años desde que recibiera en herencia el gran patrimonio de su abuelo; desde entonces no había hecho otra cosa que comprar y vender, capitalizar y volver a invertir. Todos los años se deshacía de alguna empresa improductiva y compraba otras que empezaban. Estudió la tendencia de los mercados, sintió una gran curiosidad por las nuevas economías y, a finales de los años noventa, ya había invertido en los nuevos mercados de China y la India. Desde el principio le entusiasmaron las redes sociales y cualquier otra novedad que diera dinero, aunque fuera virtual. En ese campo había doblado el número de colaboradores: seis. Contaba con dos especialistas para cada sector, que, hasta aquel momento, se habían comportado de manera impecable. Habían conseguido llevarle a casa unos beneficios equivalentes a mil quinientos millones de dólares, y el patrimonio invertido seguía dando frutos.

Tancredi se apoyó en el respaldo de su sillón y miró por la ventana. Desde lo alto de su villa de Lisboa, en la parte más verde y rica de la ciudad, se veía el océano. Un velero empujado por el viento atravesaba aquella extensión de mar a gran velocidad. Más lejos, en el horizonte, había un petrolero que parecía sólo un punto quieto. Se preguntó con curiosidad si sería uno de los suyos.

Hacer dinero era lo que mejor se le daba, le parecía la cosa más fácil y la más obvia. Una vez que sus colaboradores obtenían los datos que necesitaba, en seguida veía, siguiendo su instinto infalible, cuál sería la jugada ganadora. Y siempre resultaba ser un éxito. Había perdido la cuenta de las propiedades, empresas, coches, aviones, barcos o inmuebles que poseía. Sólo sabía que también tenía una isla y que no había querido comprar otra por miedo a confundirlas. Aquella tierra en medio del mar era su puerto, su rincón de tranquilidad. Sólo allí se sentía extrañamente sereno. Era como si, una vez en ella, toda su inquietud lo abandonara. ¿Tal vez por eso era el lugar que menos visitaba? Cuando se paraba, retrocedía en el tiempo hasta aquel día. El día de Claudine. Cuando el abuelo murió, abrieron el testamento. Cada uno de los tres nietos debía recibir cien millones de euros; la parte que le hubiera correspondido a ella se repartió entre su hermano Gianfilippo y él. Le pareció injusto: aquellos cien millones de euros pertenecían a Claudine, así que deberían haber servido para algo importante, significativo. Tendrían que haber honrado de algún modo el recuerdo de su hermana. Deberían haber creado una fundación o algo así, algo que permaneciera, que pudiera hablar siempre de ella.

Gianfilippo no estuvo de acuerdo.

—Lo decidió el abuelo. Él quiso que dividiéramos su parte entre nosotros. Cada uno recordará a Claudine como mejor le parezca. Así se ha decidido.

En efecto, el testamento planteaba la cuestión de aquella manera. Gianfilippo hizo que le ingresaran los cincuenta millones de euros en la cuenta y después quién sabe lo que hizo con ellos; tal vez los invirtió en algo especial. A Gregorio Savini no le habría costado más de una llamada obtener tal información, pero Tancredi se lo prohibió. No quería saberlo.

Él, por su parte, puso los cincuenta millones de euros de Claudine en un fondo separado de sus demás cuentas. Más adelante ya decidiría en qué emplearlo. Mientras tanto, tenía otras cosas en que pensar.

Miró el reloj; pronto lo sabría todo de ella. Le entró la risa. Ella. Ni siquiera sabía cómo se llamaba. Sentía curiosidad, pero al mismo tiempo estaba extrañamente preocupado. Aquella mujer de la iglesia, la que tocaba con las manos en el vacío, la que seguía la música con los ojos cerrados y anticipándose, con pasión. Aquella preciosa mujer. Aquella mujer de la escalinata, divertida, escurridiza, con carácter y una bonita sonrisa. Aquella mujer había hecho renacer sus ganas de vivir, de amar. ¿Y si ella fuera distinta por completo? ¿Cuántas veces nos hace soñar una imagen, se convierte en la posibilidad de realizar todos nuestros deseos, pero al final la realidad resulta ser muy distinta? La vida es una serie de sueños que acaban mal, es como una estrella fugaz que cumple los deseos de otra persona.

Sonrió a causa de aquel pesimismo repentino y estuvo a punto de detener las pesquisas sobre la mujer. Pero no tuvo tiempo de mirar el reloj. Demasiado tarde. Llamaron a la puerta.

—Adelante.

Gregorio Savini entró y cerró la puerta tras él. Se quedó de pie un momento. Tancredi se acercó de nuevo al sillón.

—Siéntate, Gregorio.

—Gracias. —Tomó asiento frente a él; tenía una carpeta llena de hojas en la mano—. ¿Quieres que te la deje aquí?

Tancredi se volvió hacia la ventana que daba al océano. El velero había desaparecido; los petroleros simplemente estaban más lejos.

—No. Léeme el informe.

Cerró los ojos y se preparó para lo que estaba a punto de oír. No sabía bien lo que se esperaba; ni siquiera sabía qué quería escuchar.

Gregorio abrió la carpeta y empezó a mirar rápidamente algunos apuntes sacados del ordenador.

—Bueno, hace poco que ha cumplido los treinta, está casada, no tiene hijos. Vive en una casa que le dejaron sus abuelos y hace algunos trabajos temporales; no pasa apuros pero tampoco vive en la abundancia. No puede permitirse gastos excesivos que no tenga programados... —Gregorio lo miró; Tancredi continuaba de espaldas e impasible, de modo que siguió leyendo—. Hizo el bachillerato humanístico con excelentes resultados; alguna relación con sus compañeros de clase, historias normales de cualquier chica de esa edad. Vive con su marido en el barrio de San Giovanni...

Tancredi escuchaba en silencio, con los ojos cerrados, la descripción de la vida de aquella chica. Le parecía todo normal, incluso demasiado, como si no perteneciera a la imagen que había conocido, a la fuerte sensación que le había despertado. En aquellas hojas se hablaba de una mujer corriente, sin ninguna particularidad. Sin ninguna pasión. De una vida en cierto sentido plana, ni blanco ni negro, sin ninguna luz.

—Ah, aquí está. —Gregorio parecía haber leído sus pensamientos. Hacía treinta años que se conocían. Era como si hubiera notado en él una cierta insatisfacción—. Hay una novedad. —Y no sabía si lo que iba a leer iba a gustarle—. Desde hace unas semanas, le es infiel a su marido.

Tancredi abrió los ojos, se quedó quieto, sin reaccionar. Fijó la vista en el azul del mar que tenía frente a él. Ludovica Biamonti había hecho un magnífico trabajo. Aquella ventana sobre el océano era un espectáculo. Había hecho pintar las paredes de la sala de un color azul índigo claro, pero los acabados de alrededor del cristal formaban una especie de marco blanco; así, la vidriera parecía un cuadro y al mismo tiempo resaltaba aún más la vista. En aquel momento el mar estaba plano. Ya no había nada, ni siquiera los petroleros, sólo su azul. Parecía una pintura, tal era la profundidad de aquel color.

Se acordó de la determinación de la mirada de aquella mujer; era todo un carácter, sin medias tintas, dispuesta a pelear por su mejor amiga aun sabiendo que se había equivocado, a no dar explicaciones en público, a tener sólo un hombre y, seguramente, para toda la vida.

Por todo ello se le ocurrió ponerle un sobrenombre: la Última Romántica. Entonces sonrió y pensó en su vida: siempre dando vueltas por el mundo, sin detenerse, vendiendo, comprando, invirtiendo, jugándose el todo por el todo. Era un azar continuo. Siempre se salía con la suya porque se dejaba guiar por su instinto. ¿Era posible que en aquella ocasión su instinto se equivocara? Decidió arriesgarse.

Se dio la vuelta en el sillón para encararse a Gregorio Savini y lo miró a los ojos, divertido.

—Te has equivocado de persona.

Su colaborador dejó de leer; aquellas palabras le habían caído como una ducha de agua fría. Desde hacía más de diez años, le llevaba a Tancredi grabaciones telefónicas, escuchas puras y duras; documentos, fotografías; informes sobre inmuebles, personas comunes, políticos, directores, propietarios de empresas, empresarios e incluso sobre algunos jefes del hampa; y hasta aquel día nunca se había equivocado. Pero sabía que siempre había una primera vez y que podía ser precisamente aquélla. De modo que, con ademán imperturbable, guardó los papeles.

—Puede ser.

Le habría gustado añadir: «Es más, seguro que sí, porque esta persona no tiene absolutamente nada que ver contigo, por lo que te conozco», pero decidió que aquel comentario formaba parte de su informe personal y era del todo inútil.

Le pasó la carpeta a Tancredi, que la abrió con la curiosidad de un chiquillo. Hojeó los documentos. Miró unas cuantas fotos y al final sonrió. Había seguido su instinto y había dado en el clavo. La chica de la foto era morena, no era ella. Gracias a la Última Romántica, como la había bautizado, le había ganado la partida a Savini.

—Aquí está... —Volvió la carpeta hacia Gregorio y se la señaló—. Es esta otra mujer, en esta imagen, la del pelo castaño claro. Deben de ser amigas.

Gregorio Savini la miró con atención. Se había equivocado. También era cierto que había contado con pocas pistas. Sólo los números de una matrícula. Tancredi abrió los brazos.

—Puede pasar, Gregorio. Y añadiría que, después de treinta años, este error te hace más humano.

Savini se rió de la broma.

—Lo soy, incluso demasiado. —Y en seguida añadió—: De hecho, a mi parte más humana le gustaría tomarse unas vacaciones.

—Te irás cuando la hayamos encontrado.

Savini recogió la carpeta.

—Para saberlo todo de ella necesitaremos más tiempo.

—Tengo una idea. Sé cómo encontrarla, será facilísimo.

## 14

La vio a través de la vidriera. No podía creerse lo que veían sus ojos.

—Eh, ¿qué ocurre?

Sofia entró en el pequeño local cercano al Panteón, el Caffé della Pace. Lo había escogido Lavinia, era un sitio donde servían toda clase de tés.

Lavinia la miró sorprendida.

—¿Por qué? ¿Qué quieres decir?

Sofia se sentó frente a ella y dejó el bolso en la silla que quedaba entre las dos.

—Por lo general nunca eres puntual, pero esta vez has llegado incluso antes que yo.

—La gente cambia...

Sonrió como si, además de a la puntualidad, quisiera referirse a algo más. Sin embargo, Sofia no le hizo caso y abrió la carta.

—¿Qué vas a tomar?

Lavinia le echó un vistazo a la que estaba abierta junto a ella, encima de la mesa.

—Oh, yo tomaré un té verde...

Sofia sacó la cabeza, sorprendida, de detrás de su carta.

—¿Y nada más?

—No.

Sacudió la cabeza.

—No vamos bien... No vamos nada bien.

Lavinia se echó a reír.

—Sencillamente es que estoy a dieta, como la mayor parte de la gente de nuestro país, mejor dicho, de nuestro planeta, que ya ha cumplido los treinta.

Sofia se dejó convencer.

—De acuerdo, tienes razón. Pero como faltan más de tres meses para que yo los cumpla, me voy a tomar una buena crep de frutas del bosque.

—¡Mmm, qué envidia!

—Pues no te prives, date el capricho... Ya irás a un par de clases más en el gimnasio. A propósito, ¿cómo te va?

—Estupendamente.

Sofia vislumbró a una chica que servía entre las mesas y le hizo una señal para que se acercara.

—Hola, queríamos un té verde y un té negro con el limón aparte, ¿no? —Miró a Lavinia para ver si era lo que deseaba. Ella asintió—. Y también tráiganos dos creps, una de frutas del bosque y otra de marrón glasé.

La chica lo apuntó todo en su libretita y se alejó. Lavinia la miró con disgusto.

—Marrón glasé... Qué mala eres.

—¿Por qué? —Sofia hizo como si nada.

—Sabes perfectamente por qué. Es mi sabor preferido y lo has hecho a propósito; me lo pondrás delante de las narices y esperarás a ver si puedo resistirme...

—¿Y vas a hacerlo?

Lavinia se echó a reír.

—Ni un segundo.

—Pues entonces he hecho bien. Hay deseos que son lícitos y te los puedes permitir, ¿no? Cómo lo diría... Son las tentaciones más dulces y también las menos peligrosas.

—Sí... —Lavinia asintió, pero se mostró ligeramente inquieta ante aquella frase—. Ya le explicarás tú esa teoría a la profesora de aeróbic...

—¡Claro! Pero es que, si te paras a pensarlo, es precisamente gracias a estas tentaciones por lo que personas como ella se convierten de pronto en necesarias.

Al cabo de un rato llegó la camarera con lo que habían pedido. Lavinia cogió con el tenedor un trocito de la crep de marrón glasé.

—De acuerdo, lo admito, no puedo resistirme.

Y se lo llevó a la boca. Se echaron a reír.

—Muy bien, así me gusta, eso ya está mejor.

Siguieron comiendo y charlando de todo un poco.

—A propósito. Gracias de nuevo por prestarme el coche el otro día. Me habría mojado con la lluvia.

—No es nada, y no tenías que haberme llenado el depósito.

—¡Era lo mínimo!

—Pero si estaba en el trabajo, no lo necesitaba.

Sofia la miró con dulzura.

—Bueno, ayer ya fui a recoger el mío, todo arreglado...

—Mmm.

Lavinia bebió un poco de té. Después dejó la taza en la mesa haciendo el menor ruido posible. No quería estropear la atmósfera que se había creado. Estaban satisfechas, se habían reído y bromeado. Era el momento ideal para contárselo. Y, además, ¿por qué su mejor amiga no iba a entender su otra debilidad? La miró. Estaba cortando un pedazo de crep con el tenedor. Esperó a que empezara a comérselo. Sofia se llevó el tenedor a la boca y advirtió que Lavinia la estaba mirando. Entonces frunció el cejo con curiosidad. Lavinia decidió que aquél era el momento. Cuando menos, al tener la boca llena, necesitaría tomarse un tiempo antes de responder.

—Tengo una historia con alguien.

Sofia estuvo a punto de atragantarse. La crep se le fue por el otro lado e hizo que empezara a toser. Lavinia había previsto aquella reacción. Se levantó, corrió hasta situarse detrás de ella y empezó a darle golpecitos en la espalda.

—Mira hacia arriba... Mira el pajarito...

Después de haberlo dicho sin pensar, cayó en la cuenta y le entró la risa. Entonces Sofia bebió un poco de té, recuperó el aliento y se limpió la boca. Miró a Lavinia fijamente.

—Dime que estás bromeando.

—Por desgracia, no. —Lavinia se arrepintió de aquel «por desgracia», pero se le había escapado. En realidad se sentía feliz, estaba viviendo una historia preciosa. Sofia intentó ordenar sus ideas.

—¿Por qué me lo has dicho?

—Necesitaba contárselo a alguien.

—Pero ¿por qué precisamente a mí?

—Porque eres mi mejor amiga.

—Sí, pero Stefano es el psicoterapeuta de Andrea. Cuando venga a casa, ¿cómo voy a mirarlo? Soy tu cómplice, me sentiré culpable. Ya lo soy, me pondré colorada.

—Te lo ruego, Sofia, haz como si no te hubiera dicho nada. No quería ponerte en un aprieto.

—Ahora ya está hecho.

Bebió otro sorbo de té. Lavinia no dejaba de mirarla.

—¿Estás enfadada conmigo?

Sofia lo meditó un momento y después sacudió la cabeza. Su amiga le sonrió.

—Gracias. Es un momento precioso y si no se lo decía a alguien, si no lo compartía contigo, iba a volverme loca. Soy demasiado feliz.

—¿Y él quién es?

—Lo conocí en el gimnasio; es alto, moreno, con un cuerpo que quita el hipo...

Sofia escuchó la descripción de aquel hombre y, sin querer, le acudió a la cabeza el recuerdo del que había conocido ella. Más que conocido, se había cruzado con él a la salida de la iglesia. Durante un instante pensó: «¿Y si fuera él? No, no puede ser. Sería una coincidencia imposible.» Interrumpió a Lavinia:

—¿De qué color tiene los ojos?

—Ya te lo he dicho, oscuros, de color avellana, creo. Pero ¿es que no me estás escuchando?

—Sí, sí, claro... —Exhaló un suspiro de alivio, porque, en cierto modo, la idea de que Lavinia estuviera con aquel hombre la había hecho sentirse algo celosa. Le pareció absurdo todo lo que había pensado en un instante. Continuó escuchando a su amiga, pero en su interior se avergonzó.

—Y, sobre todo, folla como Dios...

—¡Lavi!

—Venga, no te hagas la estrecha. Hacer el amor es bonito, ¿no? Pues eso, con él lo es todavía más.

—¿Cuántos años tiene?

—Dos más que yo; de todas maneras tiene novia.

—Ah.

Lavinia lo dijo como si aquella información sirviera para tranquilizarla, pero Sofia no entendía el motivo

—Empezamos a bromear en el gimnasio; hacíamos los mismos ejercicios, claro que él con mucho más peso. Luego asistimos a una clase de aeróbic juntos y, al final, fueron pasando los días y era como si lo sintiera cada vez más cerca de mí...

—¿Más cerca? ¿Qué quieres decir?

—No lo sé, sólo sé que cuando iba al gimnasio y él no estaba lo echaba de menos. Estuvo una semana ausente por trabajo y creí que me iba a volver loca. Después, una noche, salimos.

—¿Y qué dijiste en casa?

—Que estaba contigo.

—¿Conmigo? ¿Sin decirme nada? ¿Y si por casualidad Stefano me hubiera llamado? ¿O si Andrea lo hubiera buscado porque lo necesitara y le hubiera dicho que yo estaba allí con él?

—Me arriesgué...

—Pero tú estás loca.

—Sí...

Lavinia bajó la mirada, cogió el tenedor y empezó a jugar con lo que se había dejado en el plato. Entonces levantó la cara.

—Aquella noche lo hicimos en el coche y fue maravilloso. Consiguió que me corriera dos veces.

Sofia ya no sabía qué hacer, aquélla le parecía una situación absurda.

—Lavi, no sé qué decirte.

—Estoy bien con él, hace que me sienta importante, hablamos un montón, me escucha, nos reímos y después me da sexo.

—Pero ¿las cosas no iban bien con Stefano?

—Sí, pero... Siempre está fuera, y cuando vuelve a casa está cansado y no hablamos, no nos reímos. Resuelve los problemas de un montón de gente, pero no piensa en los suyos. —Al instante, Lavinia se dio cuenta de que entre los problemas de los que hablaba también se encontraba Andrea—. Perdona...

—No pasa nada. En este momento no tiene importancia.

—¿Qué piensas?

—Pienso que se te pasará.

—Pero yo no quiero que se me pase. Estoy enamorada. —Sofia se quedó sorprendida. La situación era más grave de lo que se imaginaba—. Me siento como si tuviera dieciséis años, te lo juro; le mando mensajitos por teléfono y, si no me contesta, me digo que soy una idiota...

«Bueno, no vas tan desencaminada», pensó Sofia. Pero también comprendió que su amiga estaba realmente contenta. Así que tampoco era necesario decírselo.

—Al igual que con la dieta, formas parte de una casuística bastante corriente en nuestro país... —Le sonrió—. O, como has dicho tú, de nuestro planeta. —Lavinia también sonrió y Sofia prosiguió—: Quisiera darte algún consejo, pero ni siquiera sé por dónde empezar... ¡no sé qué decirte! —Lavinia estaba desesperada. Esperaba que Sofia pudiera darle una solución—. Lo único que puedo aconsejarte es que no le digas nada a Stefano... —Sofia la observó preocupada. Su amiga había bajado la mirada y estaba en silencio—. ¿No lo has hecho, verdad?

Lavinia volvió a levantar el rostro.

—Estuve a punto de hacerlo... Una noche le dije «Tengo que hablar contigo...», pero justo en aquel momento sonó el teléfono. Era Andrea, se encontraba mal. No debería decírtelo, pero estuvieron hablando por teléfono una hora. Cuando Stefano volvió conmigo, no me atreví a contárselo.

Sofia pensó que Andrea la había salvado sin darse cuenta. Pero qué raro. Él no le había comentado nada de aquella llamada. Pensó que debía de ser normal, hay mil momentos difíciles durante la jornada para un hombre en sus condiciones.

Justo en aquel momento, volvió a pasar la chica que servía las mesas.

—¿Queréis algo más?

—No, gracias —contestó Sofia y, seguidamente, dijo en voz baja—: ¡En realidad me tomaría un vodka para rehacerme!

Lavinia recuperó la alegría.

—Pues tómatelo, ¿por qué resistirte a las tentaciones más dulces?

—Claro... Y así puedes justificar cualquier cosa... Yo sólo me refería a la comida.

—¡Y yo a la bebida!

—¡No, tú te referías al sexo!

Lavinia volvió a quedarse en silencio. Después, preguntó:

—¿La has tomado conmigo?

—Pero ¿qué dices? Qué va.

Entonces a Lavinia la asaltó una curiosidad.

—¿No será que a ti también te ha pasado y no me lo has contado?

Sofia la miró con la boca abierta.

—Hoy eres toda una revelación. Estoy conociendo a una Lavinia que nunca me habría podido imaginar... Si me lo dicen, no me lo creo.

—Sí, sí... Pero ahora te estás escabullendo. ¿Alguna vez le has sido infiel a Andrea?

—No.

—O sea, que en todos los años que han pasado desde el accidente, a pesar del hecho de que no podáis viajar, de que no pueda salir, ni ir al teatro, ni al cine, ni a una pizzería, ni al gimnasio... ¿nunca lo has engañado?

—Dejando a un lado el hecho de que no puedes engañar a tu pareja por el mero hecho de que no pueda hacer ciertas cosas... Creo que es mucho más importante la relación que mantienes con la persona, lo que sientes, y no si podéis ir juntos al gimnasio o no...

En realidad, por la manera de pensar que tenía Sofia, su situación le parecía una verdadera lata. Bebió un poco de té; estaba frío pero seguía sirviendo para quitarse la sed después de tanta charla. Justo en aquel momento, Lavinia le hizo otra pregunta totalmente inesperada:

—Entonces ¿nunca has engañado a Andrea ni siquiera con la imaginación?

Sofia se quedó sin palabras. Lavinia se había abierto a ella, había sido sincera. Y acababa de formularle aquella pregunta. No podía mentir, no era justo, no se lo merecía.

—Sí, lo engañé una vez.

—¡Oh! —Lavinia parecía entonces mucho más contenta—. ¿Ves como sí que me entiendes? Perdona... —Llamó a la camarera—: Dos vodkas, gracias.

## 15

Roma, Aventino. Tancredi miró el reloj. Debía de haber acabado hacía unos diez minutos. Sus cálculos eran exactos. La gran puerta de la iglesia se abrió. Un grupo de niños salió corriendo y bajó rápidamente la escalera. Era miércoles y, a diferencia de la semana anterior, no había llovido. Algunos padres esperaban delante de sus coches; también había un pequeño autocar que seguramente iba a acompañar a algunos de los niños.

Gregorio Savini miraba la escena, curioso y desconcertado al mismo tiempo. Durante aquellos últimos años había hecho muchas cosas, pero aquélla, aunque sólo fuera por su singularidad y simplicidad, las superaba todas.

—Ahí está, es ella.

Tancredi la señaló haciendo un gesto con la cabeza.

Una niñita de pelo rizado, con las mejillas llenas de pecas y dos grandes ojos oscuros bajaba corriendo la escalera.

—¡Mamá, mamá, ya estoy aquí!

Gesticulaba para hacerse ver, como si no destacara ya lo suficiente entre todas las demás.

Era la niña más alegre, la más vivaracha y también la más mona de las que acababan de salir de la iglesia. Aunque Tancredi, a decir verdad, no había ni mirado a las otras. Esperó un poco más antes de moverse. Durante un instante, tuvo la esperanza de que de aquella iglesia saliera también ella, la Última Romántica, pero habría sido demasiado fácil. Y a él las cosas demasiado sencillas no le gustaban. Todavía no sabía lo difícil que iba a resultarle aquella vez.

La pequeña Simona le dio un beso a su madre y en seguida volcó en ella todo su entusiasmo, sin darle ni un segundo de tregua.

—Olja ha dicho que voy a hacer un solo, que en el próximo coro haré de solista, mamá, qué bien. Me encanta. ¡A lo mejor hasta viene la tele!

—Pero Simona...

La madre sacudió la cabeza ante aquella última afirmación. Simona se dio cuenta de su reproche e intentó justificarse.

—No, quiero decir que tal vez vengan los de las noticias, de vez en cuando los domingos hacen un programa desde la iglesia.

—Pero ésa es la misa que oficia el papa.

—¿Qué quiere decir oficiar? ¿Qué no es oficial?

La madre se echó a reír. Durante un instante se había olvidado de que aquella criatura tan salada que estaba frente a ella tenía sólo seis años.

—Quiere decir celebrada para los fieles, para todos los creyentes y los cristianos; o para los turistas que están delante del papa en la plaza de San Pedro.

—Ah...

Le puso bien la chaqueta y después abrió la puerta para que entrara en el coche, pero a su espalda resonó una voz que la detuvo:

—Disculpe, señora...

Un hombre elegante, vestido con una americana azul, una camisa blanca y unos pantalones gris oscuro, se había parado frente a ella y le sonreía. Era guapo, tendría unos treinta y cinco años —quizá fuera incluso más joven—, estaba bronceado y tenía el pelo cuidado, una sonrisa amable y unos magníficos ojos azules. La madre de Simona se quedó atónita durante unos segundos. ¿Seguro que la buscaba a ella? ¿Qué quería? En aquel momento, detrás del hombre se detuvo un coche oscuro, un Bentley. De él se apeó otro señor de más edad que él, pero igualmente elegante. ¿Sería un secuestro? «Y por qué iba a serlo. Si no tenemos un céntimo.» Al fin, el que estaba más cerca de ella puso fin a sus dudas.

—Perdone que la moleste, pero quería hablar con esta niña. ¿Es su hija?

—Sí. —La madre se puso tensa—. Pero ¿qué ha pasado? ¿Por qué quiere hablar con ella? —Desconcertada por todo lo que estaba sucediendo, sacó el móvil del bolso y lo abrió para amenazarlos—: Miren que llamo a la policía...

A Gregorio Savini, al oír aquellas palabras, se le cayó el alma a los pies. Tancredi y sus ideas. Durante años habían afrontado situaciones mucho más delicadas sin encontrar el más mínimo problema. ¿Y aquello? En un momento iban a poner en peligro el trabajo de una vida. Pero Tancredi intervino en seguida para tranquilizarla:

—No, señora, no me malinterprete. Ante todo, discúlpeme, he sido un maleducado al no presentarme. Soy Tancredi Ferri Mariani y el señor que amablemente me acompaña es el doctor Savini.

«Doctor Savini —pensó Gregorio—. Nunca me había llamado así. Pero... no me disgusta.»

Tancredi siguió sonriendo.

—Y usted es la señora...

—Carla Francinelli.

—Y la pequeña es su hija.

—Sí. Pero ¿se puede saber qué ha pasado?

—Sólo quiero obtener una información de su hija, pero quería hablar con ella delante de usted para que no hubiera equívocos. —Parecía que la señora se había tranquilizado; sin embargo, al mismo tiempo, seguía sintiendo curiosidad por aquella extraña situación. Tancredi miró hacia el interior del coche—. ¿Cómo se llama esta niña tan guapa?

Antes de que la madre tuviera tiempo de contestar, la cría bajó decidida del coche.

—Me llamo Simona. ¿Y usted quién es? ¿Es de la tele?

La niña tenía pocas ideas, pero las tenía muy claras.

—No...

—Ah... —Simona bajó la mirada, desilusionada. Entonces Tancredi se arrodilló delante de ella y le sonrió.

—Pero tú podrías ayudarme. —Simona decidió escucharlo—. La semana pasada había una señora en la iglesia; cuando acabasteis el coro se reunió contigo, te abrazó; debe de ser una mujer que toca bien el piano...

—¡Sí! ¡Es Sofia!

Tancredi sonrió. La Última Romántica ya tenía nombre. Era un pequeño paso adelante. Decidió dirigirse a la madre.

—Ya está, señora, era lo único que quería saber... Es que me gustaría enviar a mi sobrina, la hija de mi hermano, para que le diera clases. Tengo entendido que es muy buena. Y quiero darle una sorpresa a la niña, por su cumpleaños.

Simona sonrió.

—Entonces tú no tienes nada que ver con la tele.

Tancredi abrió los brazos.

—No, lo siento.

Entonces pensó que, si Simona podía darle la dirección, el número de teléfono o cualquier otro dato de Sofia, podría satisfacer su sueño de salir por la tele.

—¿Tú sabes dónde puedo encontrarla? —Simona no respondió. Sólo negó con la cabeza—. ¿Tu mamá no tendrá su número de teléfono? ¿La dirección de su casa?

Simona volvió a negar con la cabeza y después sonrió.

—¡Ahora me acuerdo de dónde te he visto! Eres ese tipo que estaba con las piernas al aire en la escalera de la iglesia la semana pasada.

Tancredi se puso de pie y le dedicó una sonrisa ligeramente avergonzada a Simona y otra a su madre; rápidamente intentó dar una explicación a lo que decía la niña:

—Sí, es verdad. Iba en pantalones cortos. Es que aquel día estaba haciendo *footing*... —Su mirada se cruzó con la de Savini, quien por toda respuesta se limitó a levantar una ceja. La verdad es que aquél no era el método que él solía utilizar. La niña, de todos modos, parecía no saber nada. Tancredi sonrió de nuevo—. Bueno, no importa. Gracias de todas formas. —Luego se dirigió a su madre—: Adiós, y perdone si la he molestado.

—No se preocupe.

Le habría gustado añadir: «No me ha molestado en absoluto... al contrario», pero, delante de su hija, no era el momento de decirlo.

Tancredi caminó hacia el Bentley sacudiendo la cabeza.

—No hay nada que hacer...

Gregorio Savini subió al coche, satisfecho. En cierto modo le había demostrado que sin él no iba a ninguna parte.

–¡Señor! –Simona se había zafado de la vigilancia de su madre y estaba frente a ellos. Savini se arrepintió de lo que acababa de pensar–. Sofia enseña en el conservatorio todas las tardes, y en los días impares en la iglesia dei Fiorentini, en la piazza dell'Oro. –Después sonrió–. Si va allí, seguro que la encuentra.

Tancredi subió al coche y le sonrió.

–Gracias... –Entonces le susurró muy bajo–: No le digas nada a tu madre, pero el domingo haré venir a una televisión para que te grabe sólo a ti.

Simona estaba entusiasmada.

–¿En serio? ¡Gracias! –Y se fue corriendo en dirección a su madre.

Tancredi subió detrás y cerró la puerta.

–Por la tarde está en el conservatorio o en la piazza dell'Oro... ¿Has visto, Gregorio? Y tú que no te fiabas de mí.

–Doctor Savini, por favor. –Y le lanzó una mirada por el retrovisor–. Me da cierta importancia.

Tancredi rió y se arrellanó en el asiento. Mientras, Gregorio aceleró e hizo que el Bentley se alejara velozmente.

«Sofia. Me gusta ese nombre. Nunca he conocido a nadie que se llamara así.» Y siguió fantaseando sobre aquella mujer, sobre lo poco que sabía de ella y sobre todo lo que estaba deseando descubrir.

–Doctor Savini, ¿puede obtener en seguida información sobre esa tal Sofia?

–Por supuesto, doctor Ferri Mariani.

–Oh, no, llámame siempre Tancredi, no me gusta parecer más importante de la cuenta.

–Como quieras...

Lo miró de nuevo por el espejo retrovisor. Sofia. Otro capricho que había que satisfacer. A saber qué era lo que habría impresionado a Tancredi en aquella ocasión. Savini se dijo que era imposible descubrirlo, pero estaba seguro de que aquella mujer acabaría archivada, como todas las demás. No sabía que, sin embargo, con ella todo iba a resultar mucho más complicado.

El propio Tancredi, por primera vez desde que era niño, pensaba en qué inventarse, en cómo dejarse caer por allí y que pareciera casual. «Y, además, ¿cómo tengo que presentarme? ¿Rico, deportista, otra vez en pantalón corto y camiseta? Me tomaría por uno de esos que viven obsesionados por su forma física.» Volvió a pensar en la niña, en Simona; era increíble que se hubiera fijado en él.

No se dio cuenta de que se había quedado en lo alto de la escalera y de que había presenciado toda la escena. Aquel tipo de detalles no se le habrían escapado en otro momento. Sofia lo había distraído.

Carla Francinelli conducía tranquila; miraba por el rabillo del ojo a su hija, que iba sentada detrás hojeando una revista que había encontrado en el coche. Al final, la madre se decidió a preguntárselo:

—Simona, ¿y qué te ha dicho ese señor cuando has ido a su coche?

Su hija dejó la revista y la miró sorprendida. No se había preparado una respuesta. Y entonces ¿qué iba a decirle?

—Oh, nada, que he sido muy amable. ¿Por qué me lo preguntas, mamá?

—No lo sé, cuando has vuelto parecías la persona más feliz del mundo... No será que te ha dicho algo que tiene que ver con la tele, ¿no?

Simona se puso un poco colorada, pero intentó que no se le notara.

—Mamá, pero ¿qué te piensas? Estás obsesionada.

—No, tú estás obsesionada.

—Me gusta la televisión y me gusta la música, ¿y qué? Saco buenas notas, así que no tienes motivos para meterte conmigo.

Carla Francinelli miró a su hija. «No tienes motivos para meterte conmigo. ¿Yo también le decía estas cosas a mi madre? No lo creo. ¡Cómo han cambiado los niños! Pero ¿es culpa nuestra? ¿O precisamente de esa tele que tanto le gusta?»

—Mamá, ¿tú crees que se habrá inventado la historia de su sobrina?

—¿Qué quieres decir?

Simona miró a su madre, divertida.

—Quizá es sólo porque le gusta Sofia y no sabe cómo encontrarla...

—Tienes demasiada imaginación.

Simona se encogió de hombros.

—A mí me parece que le gusta y nada más.

Se quedaron un rato en silencio.

—De todos modos... —dijo Simona—, si acaban juntos me pondré contenta. Sofia es simpática, la quiero mucho, y él... ¡está muy bueno!

—¡Simona!

—Pero mamá, es la verdad, ¿a ti no te lo parece? ¿Para ti no está muy bueno?

Carla siguió conduciendo con tranquilidad. Visualizó como por arte de magia una imagen de la última semana: su marido, Luca, estaba jugando a la PlayStation con unos amigos, todos ellos compañeros de la universidad; tenía entradas, barriga, llevaba una camiseta ancha y las gafas de ver caídas sobre la nariz. Inmediatamente después, se le apareció Tancredi con su americana azul, su camisa blanca, su bronceado, su sonrisa y sus ojos profundos. En efecto, estaba muy bueno, aquélla era la definición apropiada. Pero Carla Francinelli era diplomática y, sobre todo, una madre que debía ocuparse de una hija que estaba creciendo de prisa. Así que simplemente le sonrió.

—Bueno... digamos que no está mal.

–No, así no. ¿No ves que te has saltado dos notas? Aquí hay un mi y aquí hay un do. –Colocó de nuevo la mano de su alumno.

–Sí... –Tomó una larga inspiración–. Es verdad.

«Sólo me faltaba que no fuera verdad. No entiendo por qué algunos padres quieren que a la fuerza alguien de la familia sepa tocar el piano. Este chaval seguro que lo dejará. ¿Para qué malgastan el dinero? Un chico, sobre todo a su edad, tiene que sentir pasión; si no es así, en cuanto tenga la oportunidad, lo dejará todo», pensó Sofia.

–¿Cuántos años tienes, Saverio?

–Nueve.

–¿Alguien de tu familia toca algún instrumento?

–Oh, la abuela tocaba muy bien el piano, pero ya no está; la tía, la hermana de mi madre, es muy buena, pero se han peleado; y a mamá le habría gustado mucho tocarlo, pero nunca aprendió...

–Eres hijo único, ¿verdad?

–Sí...

–¿Y te gusta tocar?

Saverio permaneció un momento en silencio; agachó la cabeza y después la levantó sonriéndole.

–Bastante...

Sofia pensó que equivalía a un sincero: «En absoluto, pero lo tengo que hacer de todos modos.»

La joven miró el reloj sin que él se diera cuenta. Faltaban cinco minutos. Podía aguantar.

—Muy bien, Saverio, ¿y cuáles son las cosas que más te gusta hacer?

—Ah, bueno, me encanta ver la tele, jugar a la PlayStation y a la Wii, leer tebeos... Me gustan un montón «Bola de Dragón» y los «Gormiti». También me gusta ir al cine, jugar a la pelota... Ir a natación no tanto, porque es demasiado cansado y después hay que secarse. —Sofia escuchó aquella lista de diversiones que parecía que todavía no había acabado. En resumen, al niño le gustaban un montón de cosas, pero estaba claro que la música no era una de ellas. Aun así, su madre lo obligaba a pasar cuatro horas semanales al piano. Sólo porque ella no había aprendido a tocarlo y su hermana sí. ¿Y aquel pobre chiquillo tenía que compensar lo bien que lo hacía la tía? Bueno, tampoco era tan «pobre». Sus padres vivían en una preciosa villa en los Parioli y, según lo que él le había contado, el padre era cónsul y siempre estaba de viaje por el mundo—. Y también me gusta chatear con mis amigos y enviar mensajes.

Sofia observaba al muchacho mientras éste seguía completando la lista. Naturalmente, ya tenía ordenador y móvil, a pesar de su edad. Demasiado joven. El piano tal vez le aportara algo. Miró el reloj. Muy bien, ya era suficiente.

—Bueno, Saverio, se acabó la hora. Nos vemos el martes.

El chico cogió la chaqueta y la mochila y salió. Sofia colocó las partituras. Había estado ensayando con Allegra, una niña de diez años a la que le gustaba mucho tocar el «Preludio» de la *Suite inglesa en la menor*, de Bach, y le había salido bastante bien. Ella la había aprendido cuando tenía siete años. Lo recordaba como si fuera ayer. Abrió la partitura, leyó los primeros compases y cerró los ojos. El sonido del piano le resonó en la cabeza; las notas le llegaban llenas, redondas; los piececitos de una niña apretaban el pedal del piano; más arriba sus jóvenes manos corrían por el teclado. Tenía la cabeza, llena de rizos, inclinada hacia delante. Aquella muchacha se mordía el labio superior porque se esforzaba al máximo, pero sonreía; para ella aquello era coser y cantar. Después llegó su primer concierto. Fue en una gran sala, con mil espectadores y una niña de ocho años completamente tranquila.

—Mi, la, la...

Una voz a su espalda la rescató de aquel recuerdo de veinte años atrás.

—¿Habías llegado a esta parte? ¿Te acuerdas? Siempre te equivocabas.

Sofia todavía tenía los ojos cerrados y sonrió. Había reconocido la voz. Era Olja.

—Me has salvado. Todavía no había llegado ahí.

Cerró la partitura.

—Quizá esta vez hubieras dado en el clavo. Es más fácil no volver a cometer los mismos errores.

—Siempre me equivocaba porque me habría gustado que Bach hubiera escrito el fragmento justo de aquella manera.

Olja sonrió.

—Hay cosas que no se pueden cambiar, hay que aceptarlas tal como son. Otras, en cambio, sí pueden cambiarse.

Sofia se puso la chaqueta. Después se volvió hacia ella.

—No creo que vuelva a tocar, Olja. No insistas más.

La anciana profesora cerró los ojos.

—No me refería a eso. Pero no importa.

—Nos vemos.

—Pásate cuando quieras, yo estoy aquí. Si no, nos vemos el miércoles. Te quiero.

Sofia sonrió y salió a la calle. Había acabado más pronto que de costumbre. Domitilla Marini, la chica de la última clase, la de las ocho a las nueve, no había ido. Lástima, era dinero de menos, pero aun así había sido una jornada larga. Dar un buen paseo antes de ir al aparcamiento para coger el coche y volver a casa no sería una mala idea. Se puso a caminar de prisa hacia el Tíber; recorrió un trecho de corso Vittorio Emanuele y cruzó el puente que llevaba a via della Conciliazione. Iba rápido, pero la acompañaba una extraña sensación, como si alguien la estuviera siguiendo. Se detuvo y fingió que miraba un escaparate. Entonces se dio la vuelta de repente. Miró a la derecha, a la izquierda, luego hacia el final de la calle. Se había equivocado. Había unas cuantas personas —chicos y chicas, alguna pareja de turistas—. Un comerciante fumaba un cigarrillo delante de su escaparate, otro saludaba a una señora después de acompañarla hasta la puerta de su tienda en la que debía de haber hecho alguna compra. Pero nadie hizo ningún movimiento inesperado ni se escondió, nadie pareció estar interesado en ella. Sofia se tranquilizó.

Se metió por una pequeña bocacalle que le permitía acortar el camino. Llegó a una placita y vio un bar con algunas mesas fuera. Miró el reloj. Era temprano. Decidió tomar algo y se sentó. Atisbó el interior del local para llamar la atención del camarero, pero no había nadie. Entonces se volvió y se lo encontró delante.

—¿Quiere una foto? —Frente a ella había un chiquillo de diez años que le sonreía. Llevaba una camiseta estampada que le tapaba el trasero, tenía el pelo oscuro y los ojos de color avellana. Debía de ser de Bangladesh—. Sólo quince euros...

—¿Sólo? —preguntó Sofia con una sonrisa—. Las cobras demasiado caras; y deberías hacérselas a las personas adecuadas. Yo no soy una turista.

El chaval, durante un instante, pareció disgustarse, pero en seguida sonrió y se sacó unas baratijas del bolsillo de los pantalones.

—¿Quieres un encendedor? ¿Una linterna? ¿Un corazón de la suerte? Hace que te enamores...

Sofia negó con la cabeza.

—No, gracias, no fumo y no necesito nada.

El niño, decepcionado, se quedó parado delante de ella con los brazos caídos a los lados.

—De acuerdo, hagamos una cosa... —Sofia abrió el monedero—: te doy un euro si vas a buscar al camarero y le dices que fuera hay una persona que quiere pedir.

—En seguida, señora...

El muchacho le quitó rápidamente la moneda de la mano y entró corriendo en el bar, feliz por haber conseguido algo. Sofia esbozó una sonrisa. Entonces miró más a lo lejos: al fondo de la placita se veía una parte del Tíber y, a continuación, Castel Sant'Angelo. Sus muros parecían estar pintados de naranja, debía de ser por la puesta de sol reflejada en el río. Las nubes, en lo alto, eran rosadas.

—Y bien, ¿qué quiere pedir?

—Quisiera un bíter, gracias. Y unas patatas fritas...

Se volvió, sorprendida por aquella voz. Le parecía que ya la había oído antes y, al verlo, ya no tuvo ninguna duda. Era él, el hombre de los pantalones cortos que había visto en la iglesia, el que la había parado en la escalinata cogiéndola por el brazo, el que se había imaginado bajo las sábanas. Al que pensaba que no iba a volver a ver nunca más. Evidentemente se había equivocado. Sin querer, se ruborizó.

—¿Usted?

—Sí, yo. —Tancredi sonrió.

—Está aquí.

—Y usted está aquí, por lo que parece.

Sofia intentó vencer la turbación y fingió indiferencia.

—Nunca me habría imaginado que este sitio fuera suyo...

—¿No se habría sentado?

—No, no quiero decir eso, es que...

Llegó el camarero y la salvó.

—¿Querían pedir?

—Sí.

Tancredi tomó el mando de la situación.

—Un bíter para la señora, y unas patatas fritas... —A continuación se dirigió a Sofia—: Por cierto, el bíter ¿blanco o rojo?

—Rojo...

—Bien, para ella un bíter rojo con patatas fritas. Para mí una cerveza, gracias.

—Muy bien.

El camarero volvió a meterse en el local. Sofia miró a Tancredi con curiosidad.

—Entonces este bar no es suyo...

Él sonrió.

—Nunca he afirmado nada parecido.

—De alguna manera, me lo ha hecho creer.

Entonces fue él quien la observó con curiosidad.

—De verdad que no... Pero ¿no nos hablábamos de tú?

Sofia volvió a ruborizarse.

—Sí, creo que sí...

—Nos reímos bastante en aquella escalinata...

—Sí...

—De todos modos, tú simplemente me has preguntado: «¿Estás

aquí?» Y yo te he contestado que sí, pero no he dicho que el bar fuera mío. ¿Puedo? —Tancredi señaló la silla que había junto a ella. Sofia miró a su alrededor. Había poca gente y aquellas calles solían estar poco transitadas. Dentro del bar, algunos clientes tomaban un aperitivo. Pero aquél no era el problema, o mejor dicho, su verdadera preocupación. Volvió a mirarlo. Sonreía y ella lo estaba haciendo esperar demasiado—. Si quieres me siento en la mesa de al lado y hablamos levantando la voz...

Ella sonrió.

—No, no, siéntate aquí.

—Gracias, eres muy amable. —Tancredi lo dijo de una manera un poco irónica, pero en el fondo estaba contento por haber dado aquel primer paso. Hasta el momento todo iba de la mejor manera posible—. Yo me llamo Tancredi... —Extendió la mano hacia ella.

—Sofia. —Se la estrechó.

—Sofia... —Tancredi hizo como si sopesara el nombre—. ¿Sabes que habría apostado a que te llamabas así...?

—¿Sí?

—Sí, te lo aseguro. Ese nombre te queda muy bien... En serio.

Ella sonrió.

—Gracias. —Parecía que el cumplido le había gustado—. A mí me parece que habrías apostado porque ya sabías mi nombre de antemano...

Tancredi dejó de sonreír e intentó parecer lo más ingenuo posible.

—¿Yo? ¿Y cómo?

—Bueno, lo primero que se me ocurre es que pudiste volver a la iglesia donde nos conocimos y preguntárselo a alguien, o que quizá no volviste y lo preguntaste el mismo día. Tal vez a mi profesora, la que dirigía el coro.

—¿Aquella señora?

—Sí, la señora mayor, lo sabes perfectamente, la viste tocar el órgano en la iglesia...

—Ah, sí. No. No se lo pregunté a ella...

—Claro, porque sabías que me lo habría dicho en seguida. Se preocupa por mí.

Tancredi extendió los brazos.

—Pero ¿por qué te empeñas en que tengo que ser peligroso?

—Quizá no... Pero tal vez sí.

En aquel momento llegó el camarero.

—Aquí tienen: el bíter rojo para la señora y la cerveza para usted.

Tancredi sacó la cartera y pagó.

—Quédese con la vuelta.

—Gracias.

El camarero se alejó. Sofia miró a su acompañante.

—No me has preguntado si podías pagar lo mío.

—Me ha parecido más educado invitarte.

—¿Y si no hubiera querido?

—Ahora ya está; eso quiere decir que la próxima vez te toca a ti.

—¿Qué próxima vez?

—Podría ser que volviéramos a encontrarnos... La vida está llena de sorpresas. Míranos a nosotros: hemos estado años sin conocernos y en el transcurso de una semana nos hemos visto dos veces.

—Continúo pensando que no se trata de una casualidad...

Tancredi bebió un sorbo de su cerveza; después se secó la boca con una servilleta de papel.

—Perdona, Sofia, pero eso es algo presuntuoso por tu parte...

La joven tomó un poco de bíter y asintió tranquila:

—Sí, es posible.

—Si fuera como tú dices, querría decir que en cierto modo me siento atraído por ti.

—En cierto modo... Sí.

Tancredi no se esperaba aquella reacción.

—Bueno.

—Bueno, ¿qué? Perdona, ¿no fuiste tú quien me paró a la salida de la iglesia?

—Sí.

—¿No fuiste tú quien se sacó de la manga aquella teoría sobre que nuestras vidas podrían cambiar, sobre nosotros dos como personajes de un cuadro de Magritte? Y lo de que no éramos...

—Una pipa...

—Exacto. Dijiste que habríamos podido ser protagonistas de vete tú a saber qué otra escena. ¿Fuiste tú o estoy equivocada?

—Sí, fui yo, pero... Te acuerdas de todo.

—Más o menos. Digamos que es uno de mis recuerdos más originales de los últimos años.

—¿Lo intentan muchos?

—Zzz.

—¿Qué es eso?

—Alta tensión. Aparece cuando haces una pregunta equivocada, te sales de la vía y te pasa la corriente, ¿está claro?

Tancredi se encogió de hombros como diciendo: «Me rindo.» Luego, bebió un poco más de cerveza. Le gustaba mucho aquella mujer, pero no iba a resultarle fácil conseguirla. No lograba averiguar cuáles eran sus puntos débiles, si es que los tenía. Parecía estar por encima de todo y de todos. Recordó una frase que decía su padre: «Todo el mundo tiene un punto débil, sólo se necesita tiempo y dinero para descubrirlo.» Dejó la copa y cogió una patata frita. Se había quedado más tranquilo. Él no tenía prisa y, por lo que se refería al dinero, no representaba un problema.

De aquel modo, la partida sería todavía más divertida.

Sofia acabó de tomarse el bíter.

—¿Quieres algo más?

—No, gracias. Y tú, ¿qué quieres, Tancredi? —Ya no bromeaba. La miró con más detenimiento. Era guapísima; llevaba el pelo suelto y un vestido sin escote pero no demasiado cerrado, suelto en la cintura, de algodón ligero, con pequeños dibujos. Su boca era carnosa pero no sonreía. El joven no se esperaba aquella pregunta. Había sido demasiado directa. No era conveniente mentirle a alguien como ella—. ¿Y bien? ¿Qué quieres, Tancredi?

—Zzz. Yo también estoy rodeado de cables de alta tensión. Pregunta no programada. Respuesta no prevista. —Sofia lo miraba. Él le sostenía la mirada. La lucha duró un rato. Al final Tancredi decidió ser el primero en rendirse y sonrió—. De acuerdo... No nos peleemos.

—No nos estamos peleando.

—¿Y qué estamos haciendo?

—Estamos intentando hablar como dos adultos. Pero uno de los dos no quiere actuar como tal.

—Zzz.

Sofia no tenía ganas de seguirle el juego.

—Y me copia las ideas... Mejor dicho, me las roba.

—Está bien, me rindo. Hablemos como adultos, ¿de acuerdo?

—A ver.

—No entiendo por qué simplemente no puedes alegrarte de que la casualidad haya hecho que volvamos a encontrarnos.

—Ya te lo he dicho. No creo que sea una casualidad.

—¿Y por qué no? Es como creer en los cuentos de hadas...

—Eso es distinto. Creo que hay una época para los cuentos de hadas y tal vez la nuestra ya haya pasado. Además, los cuentos de hadas son bonitos porque son breves.

—¿Qué quieres decir?

—Si tras el «Vivieron felices y comieron perdices» la historia continuara, el final sería muy distinto.

—Ponme un ejemplo.

—Veríamos que Blancanieves no soporta a los siete enanitos y que Cenicienta manda a freír espárragos a sus dos hermanastras, seguramente acompañadas de aquel príncipe azul tan peripuesto. Sí, en resumen, no duraría mucho...

—Eres cínica.

—Realista.

—De acuerdo. —Tancredi suspiró—. Entonces no ha sido una casualidad. Digamos que ha sido el destino...

Sofia inclinó la cabeza a un lado e hizo una mueca que quería decir: «¿Sigues insistiendo en lo mismo?» Él decidió que era mejor jugar con las cartas al descubierto.

—Quería decir... un destino llamado Simona.

—¿Simona? ¿Qué Simona? ¿Tenemos una amiga en común?

Sofia repasó mentalmente la lista de sus amigas del trabajo y de la escuela, pero no encontraba a ninguna Simona.

Tancredi decidió ayudarla:

—Tiene el pelo rizado, es muy mona, su sonrisa es encantadora y tiene seis años. La abrazaste en la iglesia.

—Ah. —Esbozó una sonrisa al recordar a la pequeña pillina pecosa. Claro, Simona Francinelli, una de las mejores del coro, su preferida. «No me lo puedo creer. Este tipo volvió a la iglesia y habló con una niña. Así que ha venido a la piazza dell'Oro a buscarme. Podría estar aquí desde las...»

—Estoy aquí desde las seis. Te he dedicado sólo la mitad de la tarde, no me ha resultado posible venir antes.

Tancredi había adivinado lo que estaba pensando.

La joven lo miró con más atención. Ya no iba en pantalones cortos: llevaba una camisa de *sport* y unos vaqueros negros desgastados, con botones delante, un bonito cinturón nuevo y unos Tod's. Disponía de dinero y de un montón de tiempo libre. Era guapo, mucho. Y también simpático. Pero seguramente carecía de escrúpulos, ya que para localizar a una mujer con la que quería acostarse era capaz de recurrir a una niña de seis años.

—Podrían haberte tomado por un pedófilo, habrías tenido problemas.

—Piensa en el riesgo que he corrido sólo por volver a verte. Aunque de todos modos, hablé con su madre... ¡Está todo controlado!

Sofia siguió observándolo durante un rato. Sus ojos azules expresaban algo más, aparte de seguridad. Sí, estaba orgulloso de su aspecto físico, de su belleza, pero parecía buscar algo, como si lo empujara una extraña inquietud. Era guapísimo, pero se lo veía atormentado, complejo, complicado. Sí, aquel hombre era así. Tenía un lado divertido y otro envuelto en la tristeza, como un mar profundo agitado por una violenta corriente. Durante un segundo experimentó la tentación de cogerle la mano que tenía apoyada en la mesa y consolarlo, de reír con él, de decirle que sí, que todo iba bien, sin ni siquiera saber por qué... «Pero ¿qué estoy haciendo?» Y de repente le asaltó la imagen de su amiga Lavinia en el coche con Fabio: se desnudaban rápidamente, el vehículo se balanceaba, era un acoplamiento furioso; sus manos se estampaban contra los cristales empañados y dejaban sus huellas: culpables. Durante un segundo se vio a ella de aquella manera y no le gustó. Se imaginó a Andrea en casa; lo vio delante del ordenador, leyendo las noticias en su ignorancia, distrayéndose de alguna manera, manteniéndose ocupado hasta su regreso, mirando el reloj de pulsera y después el del fondo del salón, suspirando ante la espera de unos minutos que nunca pasaban... Todo lo que hasta aquel día había conseguido se echaba a perder por el capricho de un hombre... y por el suyo.

Sí, sentía algo por Tancredi. Atracción física, ganas de distraerse, de una bocanada de aire, de un poco de vida, claro. Para unas cuantas semanas. ¿Y luego? Aquel hombre quería divertirse. ¿Y ella? ¿Qué quería ella? ¿Lo mismo que él? ¿No podía tener ella también las mismas ganas? De transgredir, echárselo todo a la espalda, olvidar reglas, principios, valores... Pero durante unas horas, sólo durante unas horas, y después retomar la vía...

*Zzz.* No. No era posible. Podría incluso ser bonito, pero supuso lo que sucedería después. Después se sentiría sucia y desgraciada. Se imaginó con qué cara entraría en casa: su mirada que se cruza con la de Andrea; ella que intenta sonreír pero hay algo que no va por buen camino; él que se da cuenta.

Andrea está en la cama. Ha cerrado el ordenador. Sofia está en la puerta. Están en silencio.

—Has follado con otro, ¿verdad?

Entonces ella simplemente asiente, no sabe qué otra cosa decirle, no sabe inventar nada, ni mentiras ni excusas. Agacha la cabeza y simplemente dice:

—Sí.

Sofia se levantó de la mesa.

—No puedo. —Después le sonrió dulcemente, de un modo casi afectuoso, excusándose por todo lo que había visto e imaginado—. Lo siento...

Tancredi se levantó e intentó intervenir.

—Sólo quería proponerte ir a cenar, a tomar algo, que nos conociéramos un poco mejor para ver si en realidad estamos hechos para...

—Chsss. —Le puso un dedo sobre los labios. Entonces él dejó de hablar. Se quedaron un momento en silencio.

—¿Puedo acercarte a algún sitio?

—Tengo el coche cerca.

—Te acompaño hasta allí.

Sofia no se vio con ánimos para negarse. Caminaron sin hablar, el uno junto al otro. De vez en cuando, Sofia se volvía hacia él y lo miraba; intentaba consumir los pocos instantes que le quedaban. Dirigía la mirada a sus ojos, a sus labios, a los pliegues de su boca, a las pequeñas arrugas de su cara, a sus cejas largas y oscuras, a la profundidad de aquel azul lleno de vida. Lo contempló casi hasta saciarse, pensando en que en aquella mesa había vuelto a ser la chica que había sido —caprichosa y alegre, de respuesta rápida y mordaz—, en cómo le gustaba flirtear e imaginarse así sólo para saborear el amor. Pero ella misma lo había dicho. La época de los cuentos de hadas había acabado.

—Aquí es. Ya he llegado.

—¿Es tu coche?

—Sí.

Tancredi sonrió. Aquella vez no quería equivocarse con la matrícula.

—He estado muy a gusto contigo.

—Yo también. ¿Cuándo volveremos a vernos?

—No volveremos a vernos.

—Pero has dicho que has estado muy a gusto conmigo.

—Por eso. —Sofia subió al coche. Después bajó la ventanilla—. Por favor, no me busques. —Y se fue.

Tancredi se quedó en medio de la calle. Lo había pillado por sorpresa, no se esperaba aquella reacción. Cogió la agenda y, antes de que se le olvidara, apuntó la matrícula del coche. Después se sacó una Polaroid del bolsillo de la americana. Se la había comprado al chico de Bangladesh. La miró. Sofia era bonita, pero tenía una expresión atónita y sorprendida. Aquel chico le había hecho una foto a traición y ella no se lo esperaba. Le molestaban las cosas que cambiaban sus planes, no le gustaban los imprevistos. Tancredi adoptó una expresión de satisfacción al pensar en su próxima jugada, pero sobre todo en cómo se lo tomaría ella.

## 17

Unos años antes.

En el césped de la gran villa, el jardinero podaba las ramas de la magnolia.

Hacía muchos años que se erguía en el centro del jardín y había crecido mucho, hasta alcanzar los siete metros de altura. Bruno se sentía muy orgulloso de ella: la había plantado cuando empezó a trabajar en la casa y reflejaba los cuidados, la atención y la pasión que había puesto en aquel jardín. Un fragor lejano anunció que el momento de éxtasis estaba a punto de terminar. Un Aston Martin rojo llegó a la plaza a toda velocidad y frenó bruscamente, de forma que desplazó la mayor parte de la grava blanca que había tenido la mala suerte de quedar bajo aquellas ruedas. También apareció un Maserati descapotable.

Tancredi se bajó de un salto del Aston Martin.

—Hola, Bruno. ¿Puedes decir que nos laven los coches?

También bajó Olimpia, una chica preciosa que lucía un vestido veraniego de lino blanco estampado con rosas rojas. Llevaba un bolso pequeño con una cadenita verde y unos zapatos rojos de suela de esparto. Un conjunto de aire bucólico, ideal para principios de junio, lleno de sol y de las espigas maduras de los campos de trigo de alrededor.

Del otro coche bajaron dos chicos y una chica, Giulietta. Uno de los dos la cogió del brazo y le señaló la casa.

—¿Has visto? ¿Es como te la había descrito o no?

—Sí, es preciosa.

—¡Venid!

Todos se dirigieron corriendo hacia el interior.

—Mamá, ¿estás en casa? —Tancredi atravesó algunas estancias, seguido de los demás, hasta que la encontró en el salón—. ¡Estás aquí! ¿Te molestamos? He venido con unos amigos.

—Buenas tardes, señora. Yo soy Riccardo y ella es Giulietta.

El otro chico también se presentó.

—Francesco, mucho gusto.

—Y ella es Olimpia, mamá. ¿Te acuerdas? Te he hablado de ella.

Emma, la madre de Tancredi, los saludó a todos. Luego se detuvo un poco más en Olimpia. Su hijo había salido con muchas chicas desde que iba al instituto, pero aquélla era la primera que parecía haber encendido su entusiasmo de verdad y de la que no se había cansado en seguida.

—Por fin te conozco. —La miró con más atención—. Eres todavía más bonita de como te había descrito Tancredi.

Olimpia sonrió, segura de su belleza.

—Gracias, señora.

Tancredi decidió interrumpirlas, preocupado por lo que su madre pudiera añadir.

—¿Papá no está?

—Ha ido a Milán por trabajo. A lo mejor regresa esta noche.

La presencia de Vittorio en su vida y en la de sus hijos era muy vaga. Tancredi se encogió de hombros.

—¿Y Claudine dónde está?

—Tu hermana está en la piscina, leyendo.

—Muy bien, pues nosotros también vamos.

Tancredi y los demás se despidieron de ella, bajaron a coger las bolsas de los coches y se encaminaron hacia la piscina.

—Hay vestuarios, nos cambiaremos allí...

—De acuerdo.

Tancredi, sin que los demás se dieran cuenta, cogió a Francesco del brazo y le dijo en voz baja:

—Ya verás como va a gustarte mi hermana.

Francesco, al principio, no respondió y le sonrió con indecisión. Después se lo pensó un momento e intentó parecer gracioso.

—¡Esperemos que yo le guste a ella!

Tancredi le dio un golpe en el hombro.

—Seguro que sí...

Pero no estaba convencido del todo.

Su hermana Claudine estaba atravesando una época extraña y no quería ver a nadie. Tenía ya diecinueve años y, por lo que Tancredi sabía, ni había salido todavía con ningún chico ni le gustaba alguno en particular. Tancredi miró a Francesco por el rabillo del ojo. Sí, él le iría perfecto. Era bastante tranquilo y lo suficientemente ingenuo como para ser su posible primer novio. Aquel pensamiento le provocó una sonrisa. Se imaginó a Claudine con su amigo yendo al cine o al teatro y luego a una pizzería o a un buen restaurante; un segundo después se los imaginó en la cama. Casi se echa a reír, pero por suerte ya habían llegado a la piscina.

—¿Claudine? ¿Estás aquí? Vístete, que vengo con unos amigos que van supercalientes.

Giulietta le lanzó una mirada asesina. Riccardo se rió. Francesco replicó:

—Bueno, no está mal como tarjeta de visita...

—Así dejas las cosas claras desde el principio... ¿No?

Claudine se levantó de la hamaca; estaba bajo un árbol, a la sombra.

—Hola idiota. Menos mal que me has avisado, estaba desnuda.

—Lástima. La próxima vez no diré nada... —Pasaron a las presentaciones—: Ellos son Riccardo y Giulietta, y él es Francesco... —Tancredi quiso percibir en su hermana un rápido signo de agrado, pero fue inútil: Claudine se mostró indiferente—. Y ella es Olimpia.

Su hermana sonrió por primera vez.

—¡La santa! ¡Por fin! —Olimpia pareció molestarse ante aquel apelativo. Claudine se dio cuenta y en seguida quiso explicarse—: ¡En el sentido de que tienes mucha paciencia! La verdad es que no consigo entender cómo puedes aguantar a mi hermano. ¡No se está quieto ni un segundo, es un alborotador, tiene que decidirlo todo él y, encima, siempre hay que hacer lo que él quiere!

—¡Eh, gracias por la propaganda! Si me deja, ya me buscarás tú una igual.

A Olimpia no le gustó aquella frase. Le dedicó una sonrisa forzada.

—Imposible...

Tancredi quiso arreglarlo de inmediato.

—Tienes toda la razón, no hay en el mundo otra como tú. Precisamente por eso es tan grave lo que ha dicho, si te pierdo estoy acabado...

Intentó abrazarla. Pero Olimpia se zafó de sus brazos con rapidez.

—Eh, así no vas a arreglarlo. No va a hacerse siempre lo que tú quieras... ¿Qué te has creído? Nos cambiamos y nos damos un baño en la piscina, ¿no?

Giulietta se mostró de acuerdo.

—¡Sí, sí! —respondieron a coro los demás.

Olimpia miró a su novio con una falsa sonrisa.

—Tú también deberías dártelo, así refrescas un poco tus ardientes ánimos. Es más, deberías hacerlo en seguida, ¡vamos!

Le dio un empujón a traición e hizo que cayera al agua. Todos se rieron de Tancredi. Entonces, Giulietta aprovechó la situación y empujó a Riccardo con fuerza. Él, cogido por sorpresa, movió los brazos en círculo hacia delante para recuperar el equilibrio, pero no lo consiguió y cayó al agua junto a Tancredi. De los hombres sólo quedaba Francesco. El joven miró a sus amigos. Éstos, a causa del peso de la ropa mojada, movían las piernas velozmente para mantenerse a flote. Francesco notó algo a su espalda y se volvió de golpe. Claudine iba corriendo hacia él.

—Ahora te toca a ti...

Intentó tirarlo al agua empujándolo con las dos manos, pero él se movió hacia un lado, esquivó la sacudida y empezó a luchar. Olimpia y Giulietta fueron corriendo a ayudar a Claudine. Empezaron a empujarlo las tres juntas. Francesco se mantenía cogido a la hermana de su amigo, pero las otras la liberaron y él acabó en el agua como los otros.

—¡Eh, muchas gracias, hermanita, en nombre de mis amigos! —exclamó Tancredi desde el agua.

—Era mi deber... —contestó ella. Luego, dirigiéndose a Olimpia y a Giulietta, añadió—: Venga, vamos, os acompaño a poneros el bañador... ¡No entiendo la prisa que tienen estos hombres, que se bañan antes de cambiarse!

–Sí...

–Es cierto... Siempre tienen demasiada prisa.

Y se encaminaron hacia los vestuarios entre risas.

Poco más tarde, ya estaban todos en la piscina. Pasaron una tarde estupenda, con sol, chapuzones y alguna que otra broma. Riccardo se durmió en la colchoneta hinchable en medio de la piscina y, a la hora del té, a sus amigos no se les ocurrió otra cosa que volcarlo para que se despertara. Maria Tondelli, la camarera, les llevó té frío verde, de menta, de melocotón y de grosella, y unas galletas caseras. Las había de chocolate, de crema, de vainilla y también de canela. Maria lo dejó todo sobre una pequeña mesa blanca de hierro forjado que había al lado de las hamacas; después miró a Claudine.

–También he hecho las que tanto te gustan.

La chica le sonrió.

–Gracias.

Se llevaba especialmente bien con Maria Tondelli, hecho que había sorprendido un poco a todos los que conocían el carácter cerrado de Claudine. En cuanto la camarera se alejó, los chicos se lanzaron en seguida sobre las galletas.

–Mmm, qué buenas.

Tancredi había cogido una de chocolate.

–¿Sabes, Francesco, que Claudine también es capaz de hacerlas?

Su amigo no sabía si se trataba de una broma o no.

–¿En serio eres tan buena?

–¿Todavía te crees todo lo que dice mi hermano? Pero ¿cuánto hace que lo conoces? Y la verdad es que no, no sé hacer absolutamente nada en la cocina...

Tancredi no quiso dejar pasar aquella ocasión.

–Pero tiene muchísimas otras cualidades que cualquier hombre con un poco de cerebro podría adivinar...

Claudine se echo a reír.

–Te está liando, quiere convencerte de que soy muy buena haciendo no sé qué...

–Ya... –Francesco, sin querer, pensó en el sexo, y aquello lo excitó.

Claudine se dio cuenta, pero hizo como si nada. Prefirió cambiar de tema.

—¿Has hablado con Gianfilippo?

Tancredi le daba de vez en cuando un pequeño empujón a Olimpia y bromeaba intentando hacer las paces con ella, pero la joven seguía enfurruñada.

—No, ¿y tú?

—Sí, este fin de semana no ha podido venir porque tenía que estudiar; ha hecho dos exámenes más. ¿Sabes que ya casi ha terminado la universidad?

—Sí. —Tancredi intentó besar a Olimpia, que, riendo, se escabulló de aquel enésimo intento—. Debe de haber salido a papá. En cambio nosotros llevamos los genes de mamá: preferimos divertirnos.

Aquella vez, Tancredi consiguió por fin darle un beso a traición a Olimpia. Ella se resistió un poco con la boca cerrada, pero al final se rindió.

—Sí... —comentó Claudine—. Puede ser...

Dicho aquello, se entristeció y se alejó mientras se comía una galleta. Se detuvo en un extremo del jardín, se quitó las enormes gafas de sol, las tiró sobre una hamaca y se zambulló en la piscina. Realizó una entrada perfecta: con las piernas juntas y sin levantar demasiada agua. Emergió poco después en medio de la piscina. Llevaba el pelo, entonces más oscuro, echado hacia atrás. Empezó a nadar a braza perfectamente. Desde donde se encontraba, Francesco podía observar cómo recogía y estiraba las largas y bronceadas piernas. Al llegar al final de la piscina hizo una voltereta, tocó la pared con los pies, se dio impulso y siguió nadando por debajo del agua. Volvió a salir un poco más adelante y continuó nadando un rato más. Después, de repente, se paró. Volvió a sumergirse de cabeza y, cuando salió, exhaló el aire por la nariz con lentitud. Estaba a ras del agua. Aquellos ojos verdes impactaron a Francesco. Era realmente bonita, sexy y extraña, con sus silencios, con sus secretos. No acababa de adivinar qué tipo de persona era, pero le gustaba muchísimo. Claudine, de repente, se puso contenta por una idea que acababa de ocurrírsele.

—Eh, Tank, ¿por qué no os quedáis a cenar tus amigos y tú?

Tancredi le hizo una caricia a Olimpia; después miró a los demás.

—¿Y por qué no vamos todos juntos a comer algo por aquí cerca? ¡Está lleno de sitios donde cocinan muy bien!

—¡Pero si tenemos a Franca! ¡Es la mejor cocinera que pueda existir! Puede prepararnos lo que queramos... Ya sabes lo importante que es la cocina para papá. ¡Y además a mí no me apetece moverme!

Tancredi resopló. Era la misma historia de siempre. Conseguir que saliera de casa era lo más difícil del mundo. Pero no era apropiado empezar a discutir delante de los demás.

—Muy bien. Como quieras —concedió Tancredi—. ¿Vosotros también estáis de acuerdo?

—Sí, sí, claro.

—Por mí sí.

—¡Por mí también!

Ninguno de ellos tuvo nada que objetar y Claudine se puso aún más contenta.

—¿Tenéis alguna preferencia? ¿Queréis una cena piamontesa, lombarda?, ¿cocina toscana, siciliana?, ¿o queréis algo francés? Yo se lo diré a Franca... Os lo juro, cada noche intento ponérselo más difícil, pero nada, nunca lo consigo. ¡A fuerza de leer nuevas recetas, incluso yo me estoy convirtiendo en cocinera!

Las chicas optaron por una cena exclusivamente francesa, con creps saladas para empezar y un postre dulce para terminar. También le preguntaron si podía preparar alguna receta de caza de segundo. Olimpia y Giulietta se acordaban de unos platos muy especiales que habían probado en un restaurante francés.

—Era civet de ciervo.

Pero Franca no se amilanó, también lo conocía.

—¿Lo preferís con salsa roja o blanca?

Las chicas, evidentemente, no supieron qué responder. Así que fueron a ducharse. Claudine se quedó en su habitación, Francesco y Riccardo en un cuarto de invitados y Giulietta en otro para ella sola. Tancredi, que ya se había hecho perdonar, acompañó a Olimpia a la habitación que había elegido especialmente para ella, pero antes la secuestró y se la llevó hasta la suya con una excusa:

—Mi baño es más elegante, me gustaría enseñártelo...

Después cerró la puerta. Olimpia sonrió, se dejó quitar el bañador y, poco después, ya estaban besándose bajo el agua caliente. Caía abundantemente de la gran ducha y cubría las caras de los dos, pero a ellos no les importaba, tal era el deseo de aquellas bocas llenas de pasión. Las manos de Tancredi buscaron, hurgaron, acariciaron delicadamente hasta empujar a su novia contra la pared, levantarle las piernas...

—Ten cuidado... —fueron las únicas palabras de Olimpia.

Después, un suspiro al notar que entraba dentro de ella. Y así siguieron, bajo el agua caliente, arrastrados por el deseo. Cuando se trasladaron a la cama, se lanzaron sobre las sábanas, resbalaron sobre sus cuerpos todavía mojados, se amaron con pasión, se lamieron, se probaron, se mordieron, se perdieron... Tancredi se quedó un rato más sobre ella, en silencio. Por la ventana penetraban los últimos rayos de sol. Levantó un poco la cabeza, la miró a los ojos —iluminados por aquella luz del atardecer— y le pareció el momento ideal para decir lo que nunca había dicho antes:

—Te quiero.

Ella lo miró; su rostro se abrió en una sonrisa increíble y lo abrazó con fuerza. Después inspiró muy profundamente.

—Me gustaría grabar tus palabras en mi corazón y poner debajo tu firma, así no podrías negarlo nunca... —Entonces se separó de él para volver a mirarlo a los ojos—. Así que me quieres...

Tancredi sonreía escondido entre sus brazos, pero no quería que le viera la cara. Olimpia se movía arriba y abajo, a derecha e izquierda, intentando encontrar su mirada.

—Eh, ¿qué haces, ya te has arrepentido?

Lo provocaba a la vez que se reía. Era una entusiasta de la vida. Tal vez por eso había conseguido que se enamorara de ella.

Al final Tancredi se irguió y la miró a los ojos.

—Sí, ya te lo he dicho, te quiero. ¿Y bien? ¿Dónde hay que firmar?


Poco después, ya estaban todos cenando. Las creps saladas estaban riquísimas. Francesco, que parecía que entendía algo de vinos, había ido a la bodega a escoger el que estaban bebiendo. Le llevó mucho tiempo y todos, principalmente Tancredi, pensaron lo peor, o más bien lo mejor, ya que Claudine lo había acompañado. Cuando volvieron, se rieron de ellos:

—¡Por fin! ¡Lo habéis conseguido! —Dejaron las botellas sobre la mesa—. ¿Y bien? ¿Os habíais perdido? ¿O es que... os habéis encontrado?

Francesco se sentó, parecía algo molesto.

—Hay más de cinco mil botellas en esa bodega.

—¿Qué habéis cogido?

Habían elegido vino francés, acorde con la cena, unas botellas de Château La Mondotte Saint-Émilion.

Claudine, a diferencia de Francesco, se mostraba tranquila y sonriente.

La cena fue sosegada. Franca, una vez más, se había superado a sí misma. La madre de Claudine y Tancredi prefirió cenar antes para no molestarlos y su padre avisó de que llegaría al día siguiente.

Hacia medianoche, los chicos se marcharon.

—¡Por favor, volved pronto! —Claudine los despidió como una perfecta anfitriona.

Les habían lavado los coches. Tancredi decidió acompañar personalmente a Francesco. Primero dejaron a Olimpia en su casa. Tancredi la besó de nuevo en la puerta y, antes de que se fuera, ella lo retuvo.

—¿Sigue en pie lo que me has dicho?

—¿El qué?

—Lo que me has dicho en tu habitación.

—No lo recuerdo...

—Idiota. —Vio que estaba bromeando.

—Pues claro, cariño. Te quiero. Y además he firmado, ¿no?

Tancredi regresó al coche. Subió de prisa, arrancó y se fue. Poco después, una vez estuvieron solos, miró a Francesco. Llevaba toda la tarde queriéndole hacer aquella pregunta:

—¿Y bien? ¿Qué te ha parecido mi hermana?

—Es guapísima y muy simpática.

—Bien.

Tancredi asintió, satisfecho. Francesco se volvió hacia él.

—Sólo hay un problema.

—¿Cuál?

—Está con alguien.

Tancredi se quedó boquiabierto. Aquello no se lo esperaba.

—¿Cómo lo sabes?

—Me lo ha dicho ella.

—¿Cuándo?

—En la bodega, mientras estábamos escogiendo el vino.

—Ah, por eso estabas así.

—Sí...

—Y ¿quién es?

—No me lo ha dicho. Y si tú no lo sabes... ¿Crees que me lo iba a decir a mí?

—Claro.

El joven se quedó callado. Su hermana estaba con un hombre. Era lo último que se podría haber imaginado.

# 18

El gran yate se hallaba mar adentro, frente a la costa de Isla Mujeres, en México. Tancredi se había levantado temprano, al amanecer, y había salido con la lancha acompañado por Esteban, un excelente pescador que vivía en el barco y se ocupaba de abastecer la bodega.

A Tancredi le encantaba pescar. Siempre lo había hecho, desde muy joven; era lo único que en cierto modo había compartido con su padre. Su hermano Gianfilippo, en cambio, se aburría un poco, por no hablar de Claudine, que sentía verdadero odio por aquella actividad. Una vez, siendo niños, fueron a las Maldivas; Claudine vio que Vittorio y Tancredi salían en el barco una mañana. Tierna y sensible como era, los atacó.

—Ya hay demasiada gente que se divierte estropeando el mundo, ¿tenéis que poneros también vosotros a hacer de asesinos de peces?

Su padre intentó consolarla con su habitual sabiduría y tranquilidad y, sobre todo, con pragmatismo.

—Cariño, nosotros lo practicamos como deporte, otros lo hacen para ganar dinero. De todos modos, es una ley de la naturaleza. ¿Sabes qué era el plato que tanto te gustó ayer por la noche? —Claudine se quedó esperando la respuesta—. Era un bogavante, un crustáceo. Lo pescaron y tú te lo comiste. Y te gustó, ¿no? ¿Qué diferencia hay entre eso y lo que vamos a hacer nosotros?

Claudine salió corriendo porque se sintió terriblemente culpable. Su madre estaba relajada tomando el sol delante de su bungaló, cuando la vio entrar llorando y cerrar la puerta a su espalda. Le costó toda la mañana convencerla de que no era culpable en absoluto de la muerte de aquel bogavante. Al final lo consiguió, pero tuvo que renunciar a un buen masaje, que, además, era el principal motivo por el que iba al Conrad Rangali Resort de las Maldivas.

Naturalmente, Vittorio y Emma discutieron:

—Así asustas a tu hija...

—Cariño, es sólo para que entienda cómo funciona la vida...

—Sí, pero ¿qué prisa hay?

—De acuerdo; sin embargo, tenemos que ayudarla a ser menos emotiva, ¿no te parece?

—¡Sí, pero ahora, por tu culpa, va por ahí sintiéndose como una asesina de bogavantes! Y pensar que era una de las pocas carnes que todavía le gustaban...

Gianfilippo y Tancredi le tomaban el pelo y se reían muchísimo de su hermana.

Aquellas vacaciones de Navidad en las Maldivas habían sido desde siempre uno de los recuerdos más bonitos y queridos de Tancredi. Puede que fuera la única vez que sintió que su familia estaba unida. Por la mañana iba a pescar con su padre, y por la noche cenaban todos juntos en aquella mesa del porche que parecía flotar bajo las estrellas.

Tancredi, de vez en cuando, se divertía lanzando un pedazo de pan al mar. Casi no había tocado el agua cuando desaparecía inmediatamente, devorado al vuelo por uno de los muchos peces que había. Entonces tiraba otro en seguida y todos se lanzaban hacia él en manada. El niño los miraba, embobado por los reflejos de la luna sobre las escamas; parecían destellos, lamas plateadas debajo del agua. En el silencio, bajo aquel porche, se oían sólo las salpicaduras de los peces.

Solía pensar a menudo en aquellas cenas familiares en la isla. Eran los únicos momentos en los que se había sentido feliz.

—¡Ahí está, ahí está, ha picado, ha picado!

Esteban le hizo notar que el carrete de su caña había empezado a girar a una velocidad increíble. Tancredi se había distraído por completo, inmerso en sus recuerdos.

—Déjelo correr, déjelo correr... No hay tiempo. —Esteban le previno para que no detuviera la bobina y la dejara rodar hasta que el gran pez que debía de haber picado se cansara. Entonces agarró un cubo, lo metió en el mar, lo levantó con la cuerda que llevaba atada al asa y echó un poco de agua sobre el carrete que todavía giraba–. Así no se calentará tanto –le explicó Esteban.

Tancredi asintió, él también conocía aquellos trucos.

Cerró los ojos para evitar las salpicaduras de agua del carrete. Hacía calor y aquello lo refrescó. Luego metió una mano en el cubo, se mojó los hombros, el pecho y, por último, el vientre. Estaba bronceado y había adelgazado. Hacía ya una semana que estaba en la costa de México a bordo de su yate *Ferri 3*. Había llegado el gran día. Miró el reloj. Estaría allí a primera hora de la tarde. Le había dicho que lo esperara hacia las tres, y así iba a ser, estaba seguro de ello.

–¡Ahora! –Esteban vio que el carrete se había detenido; el pez debía de estar agotado, así que era el momento de recoger–. Tire, tire... –Tancredi lo intentó, pero al notar demasiada resistencia, volvió a soltar a su presa y dejó rodar la bobina. El sedal corrió de nuevo en libertad para que el pez se cansara todavía unos minutos más. Esteban observaba cómo se iba desenrollando el carrete y luego miraba el mar–. Muy bien, así... –Después se dirigió a Tancredi–: Debe de ser un buen ejemplar...

–¡Sí!

Esteban estaba satisfecho. Al cabo de un rato levantó la ceja. Estaba preocupado: hacía más de una hora que duraba la lucha. Observó a Tancredi. Tenía un buen físico, era delgado, musculoso y estaba en forma; pero ¿sería capaz de aguantar un desgaste físico como aquél? Esteban había visto a hombres de mucha más envergadura que él que habían terminado extenuados.

–Puedo hacerlo.

–¿Eh?

Tancredi se volvió hacia el pescador.

–Te digo que puedo hacerlo. No te preocupes, no lo perderé, estate tranquilo. Aunque me cueste otra hora, nos lo comeremos para cenar.

–Sí, sí, claro, estoy seguro –mintió Esteban.

Como única respuesta, Tancredi sonrió.

–No, no estás seguro. –Conocía bien la psicología de las personas que lo rodeaban–. Si al final lo pierdo, esta noche seré yo quien te sirva para cenar una de esas enormes langostas que llevamos a bordo. Pero si lo subo al barco, me lo cocinarás como tú sabes.

Esteban esbozó una sonrisa que admitía que lo había descubierto. Pero de inmediato se sintió incómodo por la apuesta. Lo pondría nervioso sentarse a la mesa y que lo sirviera Tancredi Ferri Mariani en persona. El *boss*, como él lo llamaba, no era precisamente de los que dejaban una apuesta sin pagar, aunque fuera tan peculiar como aquélla. Pero lo que más lo preocupaba era su relación con el comandante y el resto de la tripulación. ¿Qué iban a decir de él? Esteban exhaló un suspiro. Ya estaba hecho. Echó un vistazo y vio que la caña estaba demasiado plegada.

—Así no, así no, *signore*. ¿No está tirando demasiado?

—Déjame hacer. Estoy jugando con él. Lo cansaré un poco más... y luego volveré a darle cuerda. Eso es, así. —Tancredi liberó la bobina. El carrete empezó a girar a toda velocidad–. Lo ves... —Se metió la caña en la trabilla del cinturón. Tenía los brazos libres, así que los estiró para distender un poco los músculos–. Tráeme una cerveza, Esteban, por favor... Me parece que todavía estaremos aquí un buen rato.

—En seguida, *signore*.

Y de hecho, así fue. Tancredi necesitó tres horas y media de tira y afloja —recuperando parte del sedal y después dejando rodar la bobina—, pero al final logró subir un pez espada de setenta kilos al barco.

—¡Vaya, bonito ejemplar!

—Enhorabuena, *signore*.

Esteban estaba realmente sorprendido, además de perplejo por cómo lo había logrado, con la espalda doblada de aquella manera y con aquel sol.

El jefe estaba agotado. El pez espada era muy fuerte y golpeaba el entarimado de la barca con su gran aleta, así que Esteban, antes de que pudiera dar un salto y volver al agua —y poner en peligro el resultado de su apuesta—, lo atravesó rápidamente con un machete de arriba abajo.

—¡Un verdadero *diavolo*, *signore*! En serio, lo felicito.

Tancredi se abrió otra cerveza.

—Creías que no lo conseguiría, ¿verdad, Esteban?

Aquella vez el pescador fue sincero.

—No, *signore*. Es un pez muy grande para la mayoría de los hombres, sólo está al alcance de los grandes pescadores.

Tancredi lo miró, agradecido por el cumplido, y se bebió la cerveza de un trago. Luego cogió el cubo con la cuerda, lo tiró al agua, lo rellenó y se lo echó por la cabeza. Estaba destrozado. Miró el reloj. Mediodía, todavía faltaban tres horas.

—Venga, volvamos al barco.

Los marineros izaron el pez espada a cubierta con ayuda de un pequeño cabrestante.

—¡Muy bien, Esteban! —lo aplaudieron, felicitándolo y jaleándolo—. ¡Menudo pez!

Pero el pescador se mostró aún más orgulloso de responder:

—No, no digáis «muy bien Esteban...» ¡Muy bien el *signore*! Yo no habría podido *prendere* un pez como éste...

Todos se rieron de aquella expresión y se sintieron todavía más sorprendidos y entusiasmados por la captura.

Un poco más tarde, Esteban le sirvió el pez espada a Tancredi en la mesa principal de popa, bajo la sombra del puente.

—Aquí está, *signore*. Lo he hecho a la parrilla, como a usted le gusta, y rociándolo con un poco de limón y vino blanco mientras se hacía.

—Bravo, Esteban. Siéntate conmigo. Come tú también un trozo.

—No puedo, *signore*. La tripulación...

—Venga, acompáñame.

—En otra ocasión, *signore*.

Tancredi decidió no insistir. Se preguntó qué habría pasado si hubiera perdido la apuesta. Las deudas de juego hay que pagarlas, en esos casos no hay ni amos ni criados. Se comió el pez espada con gusto. Le pareció que tenía un sabor especial, tal vez porque contenía toda la fatiga de las tres horas y media que había necesitado para sacarlo del mar. Tancredi arqueó la espalda, le dolía de veras. Tenía los músculos hinchados y doloridos. Hacía mucho tiempo que no realizaba un esfuerzo de aquella envergadura. Se tomó una copa de Ruinart Blanc de Blancs de 1995. El champán estaba helado y buenísimo, resultaba perfecto para el pescado. Probó un poco de la ensalada de tomate y lechuga que le habían puesto al lado, en un plato. Se preguntó cómo lo harían para que estuviera tan fresca, pues estaban lejos de la costa. Durante un instante se planteó la posibilidad de que quizá hubiera un huerto a bordo. Pero en seguida sonrió por haber pensado una estupidez así. No habría estado mal. Hablaría de ello con Ludovica, su estilista personal. Si era posible, ella encontraría el modo de hacerlo.

Notaba los músculos demasiado contraídos. Pero Ludovica ya había pensado en ello. Tancredi bajó a la segunda planta. Las chicas de su Spa personal sonrieron y lo acompañaron a una cabina. Le preguntaron qué necesitaba.

—Un masaje completo, sobre todo en la espalda. Tengo los músculos del trapecio muy agarrotados.

Poco después llegó una masajista que hizo que se tendiera en una camilla. Tancredi la miró sólo un segundo. Era muy guapa, tenía el pelo castaño y la piel oscura. La mujer le sonrió con amabilidad, pero él cerró los ojos. «¿Qué me pasa? ¿Me he vuelto indiferente a la belleza... si no es la de Sofia? —Sonrió para sus adentros—. A lo mejor es culpa del pez —se dijo—, me ha dejado exhausto.» Y mientras sentía que las manos de la chica empezaban a destensarle el trapecio, se durmió. Al despertarse, miró en seguida el reloj. ¡Faltaban diez minutos para las tres! Estaba a punto de llegar. Se levantó de la camilla y notó que la chica había hecho un excelente trabajo. Se dio una ducha de agua caliente y se quitó todo el aceite con jabón. Luego se puso un albornoz que había en la cabina. Llevaba sus iniciales bordadas en gris acero y azul marino, exactamente los mismos colores del barco. La verdad era que aquella estilista personal tenía buen gusto.

Subió al puente y pidió un café. Se lo tomó allí, mientras escrutaba el cielo en dirección a la costa. Miró el reloj. Las tres y veinte. Nada, todavía nada. Qué raro, llegaba con retraso. Dejó la taza sobre la mesa y pasó los minutos siguientes sentado en un gran sillón blanco de piel. Hojeó unos cuantos periódicos; eran del día, pero no había nada que él no supiera ya o que pudiera sorprenderlo. Volvió a mirar la hora. Las cuatro menos veinte. Parecía que el tiempo no pasara nunca.

Decidió mantenerse ocupado. Bajó al puente inferior y observó la instrumentación. Había un poco de viento y daba la sensación de que iba en aumento. Tancredi sonrió. «Bueno, eso quiere decir que más tarde tendré que darme otro masaje. Tal vez esta vez no me quede dormido...»

Un instante después, estaba en el mar. Tiró la barra al océano, el *kite* se hinchó en seguida, las cuerdas se tensaron y, al cabo de pocos segundos, la cometa se elevó hacia el cielo y casi lo arrancó del agua. Tancredi echó a volar con los pies bien sujetos en los estribos. Aterrizó unos metros más allá e, inmediatamente, nada más tocar el agua, la tabla que mantenía bien firme bajo él empezó a planear. Rápidamente, se alejó del yate. Siguió navegando en mar abierto. El yate se hacía cada vez más pequeño y el agua más profunda y oscura. Pensó en el pez espada que había cogido, en todos los peces que nadaban debajo de él, en posibles venganzas. Pero sólo durante un instante. Era maravilloso cómo volaba aquella pequeña tabla. Tal vez incluso pudiera darle esquinazo a un tiburón no muy grande... Pero era mejor no tentar a la suerte. Aunque no tenía miedo. Siempre se había tomado la vida como un continuo desafío. En cierto modo, sólo gracias a aquello había podido afrontar y superar la historia de Claudine. Pero ¿la había superado de verdad? Tancredi siguió corriendo sobre las olas, llevado por el viento, perdiéndose entre preguntas imposibles. Luego cambió de rumbo y se dirigió hacia el oeste. Cuando el sol estaba ya a punto de ponerse, tomó el camino de regreso.

El yate se veía cada vez más grande. Mientras se acercaba a toda velocidad con el *kitesurf*, el helicóptero apareció detrás del barco. Por fin. Miró el reloj. Las siete y media. Tancredi dejó que el *kite* fuera perdiendo velocidad poco a poco, así que la parte de arriba se fue deshinchando y cayó al agua un poco más allá. Él alcanzó la escalerilla con la tabla. Le entregó todo el equipo a un marinero que había salido a su encuentro, se dio una rápida ducha caliente en el exterior, se secó, se puso una sudadera y se apresuró hacia el puente superior, donde el helicóptero estaba aterrizando. Las palas redujeron la velocidad, la puerta de la cabina se abrió y Gregorio Savini bajó del aparato de un salto. Mantuvo la cabeza agachada y sujetó contra su cuerpo todo lo que pudiera salir volando. Entonces corrió hacia Tancredi, que lo esperaba a varios metros de distancia.

—Pero ¿qué ha pasado? ¿Cómo es que llegas con tanto retraso?

Savini se disculpó.

—No ha sido fácil.

Tancredi miró la carpeta que Gregorio Savini llevaba bajo el brazo.

—¿Está ahí?

—Y también aquí —dijo él levantando un maletín que llevaba en la otra mano—. Esta chica ha tenido una vida peculiar.

—Sí —asintió Tancredi—. Me imagino que sí.

Por fin podría conocer la verdadera historia de Sofia.

## 19

Tancredi se fue a su camarote. Ocupaba toda la proa: incluía un gran salón, un estudio, un baño y un dormitorio con dos grandes ventanas laterales. Eran de plexiglás, de cuarenta y cinco centímetros de grosor, y se sumergían unos cuatro metros por debajo de la superficie del agua. Contaban con un sistema de cierre que las cubría, pero también podían dejarse al descubierto y ver cómo discurría el mar bajo el dormitorio. En ocasiones, cuando el agua estaba especialmente transparente, se podía ver incluso el fondo marino más profundo.

Tancredi entró en el estudio. La luz de la puesta de sol iluminaba toda la sala y la envolvía en una cálida atmósfera. Se sentó a la mesa, cogió el expediente y lo abrió; seguidamente sacó todo el material del maletín: fotos, hojas y otros documentos. En aquella ocasión Gregorio Savini había hecho un trabajo impecable; había ido avanzando en el tiempo, desde los primeros años de la vida de Sofia hasta los últimos días, cuando Tancredi la había visto por primera vez. Nunca había recibido una documentación tan detallada, ni siquiera en casos en los que se trataba de afrontar grandes negocios en los que se jugaba cifras astronómicas. Tancredi no podía creerse lo que veía. No había nada que su hombre de confianza no hubiera tenido en cuenta; aquello eran veintinueve años de vida pasados por el tamiz, un informe de más de cien páginas llenas de apuntes.

Gregorio Savini había entendido que en aquella ocasión la presa era distinta. Para Tancredi no se trataba de la cacería habitual y, sobre todo, no estaba seguro de que fuera a obtener resultados. Decidió no pensar en aquello. Se metió de lleno en la vida de aquella mujer. Hojeó una carpeta tras otra. Se sintió emocionado, curioso, preocupado. En seguida encontró su partida de nacimiento: 18 de julio. Sonrió al pensar que tendría al menos un mes para poder decidir su regalo. Después se quedó sin palabras. Vio sus primeras fotos, incluso de antes de nacer: la ecografía de un ser apenas esbozado, algún rasgo de la cara, la naricita, una mano. Aquélla era la primera imagen de Sofia. A continuación la vio en pañales, en la cuna, en el cochecito, mientras se sujetaba en el enrejado de una terraza. Detrás se veía el mar. ¿Dónde debía de estar? Comprobó el número de la foto: nueve. Buscó la referencia en los apuntes. Nueve: Mondello, primeras vacaciones en Palermo. Siguió examinando las páginas. Se dio cuenta de que sus padres eran sicilianos, más concretamente de Ispica, un pueblo cerca de Módica. Se habían trasladado a Roma siendo muy jóvenes, y después se habían establecido de nuevo en Sicilia. Todavía vivían y no se habían separado. Siguió pasando hojas. Aquella chiquilla crecía página tras página: los primeros dientes, las primeras celebraciones, los primeros pasos, la primera bicicleta, la primera motocicleta. Y los estudios. Incluso estaban sus redacciones.

Gregorio Savini había hecho un trabajo excelente. Tancredi empezó a leerlas. Se dio cuenta de cómo su caligrafía iba cambiando una tras otra: de redonda e infantil pasaba a ser más lineal y precisa, al igual que sus frases, sus pensamientos. Después, llegaron los exámenes, la selectividad, y aquella chiquilla de repente se convirtió en una mujer. Y allí estaban el primer amor importante y el primer beso. Después analizó minuciosamente todas las páginas fotocopiadas de un viejo diario: sus dibujos, sus fotos, los corazones bosquejados, las frases escritas con rotulador, los nombres de amigas, de otros nuevos posibles amores y las frases robadas a algún famoso autor y que había hecho suyas.

Tancredi respiraba la vida de aquella mujer, sentía su perfume, estudiaba sus cambios, imaginaba sus pasos, su voz, se alimentaba de aquellos miles de detalles. Vio que había un sobre entre las hojas. Lo abrió. En su interior encontró un minicasete. Se levantó y lo introdujo en el reproductor. Era de su contestador. Escuchó su voz, sus respuestas a sus amigas, las invitaciones a fiestas. Leyó algunos mensajes de texto. Se sorprendió por cómo había cambiado aquella chica con los años. De Ispica se había ido a Roma y estudió allí durante un breve período; después se marchó a Florencia, donde vivió con una tía; y en todo aquel tiempo nunca la había abandonado la pasión que la unía a su abuela siciliana: el piano.

Otro casete. Tancredi escuchó su primer concierto. Schubert. Sofia tenía apenas seis años y, sin embargo, ya le pareció una pianista excelente; eso sí, de acuerdo con lo poco que él entendía de música. Siguió escuchándola tocar; puso una cinta tras otra mientras leía sus redacciones del instituto, llenas de sus ideas, de sus pensamientos —unas veces confusos y complejos, y otras más simples e ingenuos—. Ojeó las fotos: un año después de otro, y aquella chica parecía brotar ante sus ojos, con el pelo oscuro, después más claro, después más corto, con ropa de niña, después de adolescente, de joven y, al final, de mujer. Las fiestas de Navidad, las de Pascua, en la playa, por Nochevieja, en la montaña. A continuación, volvió a coger sus diarios: la primera huida, el primer viaje al extranjero. Casi se sintió molesto al ver que todos aquellos años que había viajado por Italia, por el mundo, que sus fiestas, sus días de escuela, sus tardes aburridas y divertidas, de sonrisas o de llanto, los había vivido sin él. Y de repente notó los celos de aquel tiempo ya pasado, que ya nunca podría ser suyo.

Entonces llegó a su primera vez. Intentó entender —por las frases de su diario, por las cartas, por las fotos hechas poco antes y justo después— cómo debía de haber sido. ¿Le había gustado el sexo? ¿Había tenido miedo? ¿Le había hecho daño? ¿Había reído, llorado, gozado? ¿Cómo había hecho el amor con ella aquel chico? ¿Con dulzura, con pasión o de un modo distraído, apresurado, atropellado? Leyó varias veces aquel episodio y se imaginó la historia. Él: Giovanni, su primer novio, de su mismo pueblo, de Ispica. Sofia lo veía en la playa todos los veranos, lo había visto crecer ante sus ojos: los primeros vellos, el cambio de la voz, la barba. Siguió leyendo el informe de aquella época. Lo había conocido en un bar. Era mayor que ella, pero a Sofia aquello no le importaba y le dio a entender que le gustaba. Sin embargo, él la consideraba una chiquilla simpática, divertida, incluso bonita, pero no una mujer. Así que ella decidió esperar. Un día tras otro, una semana tras otra, no tenía prisa. Lo estuvo preparando a lo largo de varios veranos, estaba todo documentado en aquellos diarios: sus movimientos, las veces que lo acompañaba a algún sitio, sus bromas, las llamadas... Poco a poco se había ido convirtiendo en su amiga del alma y Sofia había empezado a jugar con él. Le hacía regalos, le daba sorpresas, pasaba por su casa con algo de comer, le dejaba notitas en su «motorino», que era como llamaban a las motocicletas en aquel pueblo. Un año tras otro, Sofia se había ido mostrando cada vez más atrevida: una broma maliciosa, una alusión, el olor del posible sexo. Hasta que consiguió llegar a resultarle deseable y, al final, convertirse en una verdadera obsesión. En aquel momento se produjo el cambio: pasó de las bromas y el no darle tregua a desaparecer de repente. Unos cuantos días después, Giovanni ya estaba como loco, así que fue a buscarla a su casa y les preguntó por ella a sus padres. Pero Sofia los había preparado: «Me voy a estudiar a casa de Lucia porque hay un chico que no me deja en paz. ¡Aunque insista, no le digáis dónde estoy!»

Sus padres se lo tomaron al pie de la letra, de modo que, cuando Giovanni llamó a la puerta, fingieron que ellos también estaban preocupados. Le dijeron que Sofia llamaba de vez en cuando para tranquilizarlos, pero que no tenían ni idea de dónde estaba y que ella tampoco quería decírselo. Giovanni parecía estar fuera de sí. Los padres de Sofia incluso se inquietaron, vieron a aquel chico muy nervioso, demasiado. Pensaron en lo peor, en una de las tantas historias de amor loco que acaban con un acto violento.

—¡Hay tantas hoy en día! Oh, Madre de Dios... Precisamente nuestra hija va a acabar así...

Y, sin embargo, cuando la joven volvió al pueblo todo salió de la mejor manera posible: Giovanni dejó a su novia, empezó a salir con Sofia y nació una bonita y apasionada historia. Aquel verano lo pasó con él, exactamente como ella había previsto. Fue un verano de libertad, de besos y descubrimientos, de paseos en motorino y de noches en las playas de los alrededores de Módica. Fue el verano de su primera vez. Después regresó a Roma para estudiar en el conservatorio. Como es natural, perdió todo el interés por Giovanni. Lo suyo había sido un simple capricho: había querido conseguirlo sólo porque no podía tenerlo, pero, una vez logrado, sencillamente se cansó de él.

Tancredi observó las fotografías de aquella época. La cara de Sofia, su mirada. Había entendido algo de aquella joven: era ambiciosa, resuelta, una mujer capaz, decidida y osada. Bonita y consciente de serlo. En otra imagen, llevaba un vestido veraniego de algodón con un tirante caído: el seno turgente y libre, sin sujetador. El viento le alborotaba el pelo y ella se pasaba la mano por la frente para intentar sujetarlo; tenía una expresión como de fastidio. Se habría dado cuenta de que le estaban haciendo una foto y en aquel momento no le había gustado. No se encontraba perfecta. Tancredi se acercó la fotografía para verla mejor. Sin embargo, sí lo estaba. Incluso más que perfecta. Guapísima, sencilla, provocativa. Aquel vestido agitado por el viento se le pegaba al cuerpo. Bajo su vientre plano hacía algún pliegue y después se le ceñía más: en las caderas le marcaba las bragas y hacía resaltar los finos bordes. Tancredi entrecerró los ojos. Se apreciaba el pequeñísimo ribete de blonda. Debían de ser sexis. Un poco más abajo, el vestido, ligeramente ondulado, descendía con suavidad hacia su sexo. Advirtió el sabor salvaje de aquella foto que no conseguía esconder nada y se excitó con aquel pensamiento. Estaba sentada en una motocicleta. Miró sus piernas largas y bronceadas, en parte descubiertas y apenas cerradas.

Tancredi sintió que lo invadía una oleada de pasión, notó un calor creciente en su interior. Quería a aquella mujer en aquel momento, en seguida, deseaba tenerla como la había tenido aquel chico con veinte años, poseerla en aquella moto, en aquella playa, sobre la mesa de su despacho. Pero ¿de dónde nacía aquella repentina, absurda pasión por una mujer a la que había visto sólo dos veces? Le habría gustado descubrir qué recuerdo, qué inconsciente parecido le estaba provocando todo aquello, con quién, cuándo, cómo. Era un torbellino.

«La quiero. Tengo que conseguirla.» Y casi sintió rabia, un hambre sexual. Creyó enloquecer. Su vida, en la que estaba acostumbrado a dar órdenes, se estaba derrumbando, se iba al traste y lo miraba en silencio. «¿Cómo es posible? —seguía gritando en su interior—. ¿Cómo es posible? ¿Qué te pasa, Tancredi?», repetía ya más despacio y sabiendo que no encontraría la respuesta. Estaba como bloqueado. Su despacho, la mesa, aquellas hojas, aquellas fotos, todo lo que había a su alrededor sabía a ella. Bebió un poco de ron con hielo y limón. Se lo había servido él mismo, no quería oír ni ver a nadie. Luego siguió leyendo, hojeando los informes, mirando otras fotografías. Y en un segundo volvió a estar sumido en la vida de aquella chica. El conservatorio, su vida en Florencia, un examen tras otro, y después de nuevo en Roma. Sofia empezó a tocar en las orquestas más importantes de Europa. Debutó en Viena con diecinueve años y ya no se detuvo: París, Londres, Bruselas, Zúrich, por todo el mundo. Conciertos con los directores de orquesta más importantes. Ya no hablaban de ella periódicos o fotos, sino filmaciones. Uno tras otro, Tancredi vio conciertos maravillosos. Por primera vez en su vida escuchaba a Chopin, Schubert y Mozart con un sentimiento distinto. Desde su camarote, una detrás de otra, se elevaban las piezas clásicas perfectamente interpretadas por una gran pianista: Sofia Valentini. No podía apartar los ojos de ella; como arrebatado, la observaba inclinada sobre las teclas de aquel piano. Una televisión austríaca, otra polaca, otra francesa, otra alemana y, al final, una escocesa; todas destacaban su calidad, su perfección, su control, la precisión de su interpretación. Tancredi se dedicó a seguir sus manos durante horas, fue poniendo un DVD tras otro, vivió sus éxitos alrededor del mundo y cada vez le parecía más bonita, tanto en Argentina como en Brasil, tanto en Canadá como en Japón. Estaba fascinado por lo extraordinaria que era aquella mujer, pero sobre todo lo sorprendía lo que sentía por ella. Primero la había deseado mucho físicamente. En aquel momento casi se avergonzaba de ello. Era como si el haber deseado sólo su cuerpo fuera un pecado. Sí, un pecado. Empezó a escuchar aquella palabra como un eco lejano que retumbaba en su cerebro y lo mantenía despierto y lúcido en aquella noche cerrada, en aquel yate en medio del mar, en la costa de México.

Se arrellanó en el sillón, cogió el mando a distancia y paró la grabación. ¿Dónde estaría Sofia? ¿Qué estaría haciendo? ¿Qué hora sería en Roma? ¿Sería de noche? ¿Estaría durmiendo? Miró el último informe que le quedaba. Le faltaban los últimos ocho años. En cambio, era más breve que los demás. Se bebió él último sorbo de ron. ¿Qué habría pasado durante aquel período? ¿Por qué habría tan pocas páginas? ¿A quién habría conocido? ¿Con quién viviría? ¿Tendría hijos? ¿Por qué habría dejado de tocar? ¿Estaría casada? Y sobre todo, ¿sería feliz? Durante un instante Tancredi se mostró sorprendido. Le habría gustado quemarlo todo, no saber nada más de aquella mujer, olvidarla, no haberla conocido nunca. Pero sabía que haber entrado en aquella iglesia sería sólo el principio. Ya no podía volver atrás. Era demasiado tarde. Se sirvió un poco más de ron, tomó un largo sorbo y abrió la última carpeta. Empezó a leer. Vio otras fotos, otras filmaciones y, al final, lo entendió.

Estaba amaneciendo. Las gaviotas volaban bajo, sobre el agua. Sus cantos resonaban a lo lejos sobre el mar en calma. Los primeros rayos del sol iluminaron el yate. En el camarote de proa resonaban las notas de Schubert, su último concierto. Tancredi seguía allí, mirándola, bonita e impetuosa ante aquel piano. Ya sabía por qué un talento de aquellas proporciones había renunciado a la música. Y también sabía por qué la había conocido. Era como él. Un alma a la deriva.

## 20

—Y bien, ¿cómo estamos hoy?

—Mejor que ayer y peor que mañana.

Andrea le dedicó una sonrisa a Stefano. Se había convertido en su manera de darse los buenos días. Se veían tres veces por semana. Desde que se conocieran, su relación había cambiado mucho.


Después del accidente, las cosas no habían sido demasiado fáciles.

—Cariño... Ha venido el psicoterapeuta.

Sofia permaneció en la puerta mientras lo dejaba entrar. Andrea giró la cabeza con lentitud. En la penumbra, distinguió a un chico de su edad, quizá algo mayor. Era alto y delgado; llevaba el pelo corto, sonreía y, sobre todo, se mantenía de pie sobre sus piernas. Andrea lo miró durante un instante; después volvió de nuevo la cabeza hacia la ventana. La persiana estaba bajada. La luz apenas se filtraba a través de ella. Fuera debía de hacer sol. Se oían voces de niños, como un eco lejano.

—Venga, pásala, aquí arriba...

Se percibían su esfuerzo, su carrera, el sonido de aquellos pases en el campo de fútbol soleado. Se lo imaginó seco, blanco, polvoriento. Estaban jugando un partido. Vio las piernas de los chicos, alguno que otro con los calcetines caídos, unos llenos de pelo y otros imberbes, unos bronceados y otros algo mayores. Pero todos tenían una cosa en común: corrían. Con destreza o con dificultad, con una gran visión de juego o sin una gran condición física, pero todos corrían detrás de la pelota. Cosa que él ya no podría volver a hacer. Permaneció en silencio mirando hacia la ventana. Sintió que se moría por dentro, le faltaba el aire. Intentó mover las piernas. Con testarudez, como si sólo se tratara de una pesadilla, como si lo que había pasado tan sólo se lo hubiera imaginado. «Venga –pensó–, venga, lo conseguiré, sólo es un horrible sueño. Sólo es cuestión de voluntad. Empuja, empuja, como cuando jugabas a rugby en el Acqua Cetosa, cuando venía la pelota y al final la apretabas entre los brazos y era tuya. Entonces corrías, agachabas la cabeza y tus piernas volaban sobre el césped verde. Nadie conseguía alcanzarte, nadie lograba placarte. Aquellas piernas volaban, vaya si volaban...»

Andrea volvió a intentarlo. Empujó, apretó los dientes, e incluso rompió a sudar, concentrado como un loco en aquel esfuerzo. Las pequeñas gotas de transpiración le resbalaban por la frente, por las mejillas, bajo el cuello. Daba la sensación de que estaba llorando. Pero no era así. Por el rabillo del ojo, miraba el otro extremo de la cama. Esperaba ver un mínimo movimiento, un indicio, una pequeña arruga repentina en las sábanas, un signo de vida de sus piernas. Nada.

Una mano se apoyó justo en el punto al que miraba. Era la de aquel chico.

–¿Puedo sentarme? Me llamo Stefano.

No esperó respuesta. Cogió una silla y la acercó a la cama. Andrea seguía con el rostro vuelto hacia la ventana. Había oído que la puerta se cerraba. Sabía que se había quedado a solas con él en la habitación. Sofia lo había preparado para aquella visita.

–El hospital nos va a enviar a una persona. Me gustaría que intentaras hablar con él. Puede echarte una mano.

Apenas habían transcurrido tres meses desde el accidente. Había estado tendido en una cama; después había podido sentarse en una silla de ruedas y empezar a dar vueltas por los pasillos hasta encontrar al cirujano que lo había operado.

–¡Buenos días, doctor Riccio! –aquella mañana Andrea estaba contento–. ¿Cuándo podré levantarme?

El doctor lo miró con una sonrisa. Después le acarició la cabeza como si fuera el padre que hacía ya diez años que no tenía.

–Aún falta mucho, Andrea. Pero te veo en forma...

Y tras decir aquello, le dio la espalda y se fue con un joven ayudante que le preguntaba sobre el historial de un paciente. Se puso a hojear aquellas páginas, pero actuaba como si todavía sintiera la mirada de Andrea clavada en él, aquellos ojos insistentes, interrogantes. Al final el doctor se dio la vuelta y lo miró. Fue un segundo, pero Andrea detectó en sus ojos la tristeza de aquella mentira y lo comprendió. No se levantaría nunca más de aquella silla de ruedas.

–Ya hace tres años que trabajo en esto... –Andrea se dio cuenta de que el chico llevaba un rato hablando. No había oído nada de lo que le había dicho. En aquel momento le habría gustado estar en otra parte, en una isla; o mejor, en el agua, en el mar, tenía calor–. Y creo que ya sé lo que me empujó a escoger esta profesión. –Hizo una pausa, como si buscara su atención, despertar un poco de curiosidad, un atisbo de respuesta. Vio que no iba a obtenerla, así que continuó–: Una película. –Permaneció en silencio, como si aquella frase pudiera hacerle reaccionar. Sin embargo Andrea continuaba mirando hacia la ventana. Stefano retomó la historia–: Fue una película lo que me hizo decidirme por esta vida. Tal vez si aquella noche no me hubiera quedado en casa y no hubiera puesto la tele hoy no estaría aquí. Eso es... –Se rió–. Fue culpa de aquella película.

Intentaba ser gracioso. Pero Andrea no le prestaba atención. «¡¿Y yo?! ¿Qué película he visto yo, qué he hecho, qué posibilidad de elegir he tenido? Nadie me ha preguntado: ¿acaso te gustaría vivir así? ¿No podrían haberme dejado en el borde de aquella calle? ¿No podrían haber dejado que me estrellara contra aquel coche y ya está? ¿O que me quedara completamente incapacitado, sin entendimiento ni voluntad? Así hoy no sentiría, no sabría, ni siquiera entendería estas estúpidas palabras?» Una lágrima brotó de sus ojos. Pero Andrea pensó que podría confundirse fácilmente con el sudor y que aunque la hubieran descubierto le daba igual. Ya no le importaba nada de nada.

Aquel chico siguió hablando. Andrea ya no lo escuchaba; había cerrado los ojos, inundados por las lágrimas, y se encontraba en otra parte. Allí fuera, al sol, llevaba una camiseta y unos pantalones cortos, estaba acalorado y corría; sí, corría en medio de aquellos chicos, con la pelota pegada al pie, y driblaba a uno y luego a otro. Lanzaba la pelota hacia delante y corría por la banda sin detenerse −rápido, más rápido que nadie−, sobre sus piernas, sobre sus bonitas piernas.

Cuando se despertó, no había nadie en la habitación. La silla volvía a estar en su sitio, la luz que entraba por la ventana era más tenue. Del campo de fútbol ya no llegaba ningún sonido: el partido había terminado. La puerta se abrió despacio y Sofia entró en la habitación con una bandeja. En ella llevaba una tetera con té caliente y un zumo de tomate condimentado, galletas dulces, patatas fritas y aceitunas. Andrea hizo palanca con los brazos y levantó la cadera para incorporarse. Sofia le arregló la almohada detrás de la espalda, y entonces lo soltó como si formara parte de una de las charlas que tenían todos los días:

−Stefano se ha ido. ¿Qué te ha parecido?

Andrea la miró con una sonrisa sarcástica en el rostro.

−Es la última persona del mundo a la que me habría gustado conocer. Detesto su fariseísmo y su presunción de inteligencia. Me ha tratado como si hubiera chocado con la cabeza y no con la espina dorsal, como si fuera un idiota de seis años que tiene miedo de lo que lo rodea... Si todavía tuviera piernas, le daría de patadas en el culo hasta mandarlo al hospital.

Después la miró durante un largo rato. Lo había dicho adrede, buscaba pelea; estaba lleno de rabia y reaccionaba así porque quería alejarla de él.

Sofia lo entendió y se sorprendió al ver que casi parecía otra la que respondía por ella:

−Tú todavía tienes piernas y ellos no han perdido la esperanza; dicen que algún día podrás moverte. Y además el hospital no está tan lejos. Quizá puedas llevarlo a patadas hasta allí en serio.

Ella también intentaba ser graciosa. En realidad ya no sabía qué hacer.

−Pero ¿quiénes son ellos? ¿Quién no ha perdido la esperanza? ¿Los médicos? Ésos no pueden hacer otra cosa que vivir de esperanzas, no tienen otra cosa que darles a sus pacientes, aparte de analgésicos, medicamentos antipánico, antiestrés y antidepresivos. Adormecen al mundo para follarse a las enfermeras sin que los vean, a las suyas o a las de los otros... Odio a los médicos. Y al psicoterapeuta de los cojones mejor ni te cuento.

Cogió el zumo de tomate con tal violencia que golpeó la tetera y todo el té caliente se derramó sobre la sábana y sobre sus piernas.

—Pero ¿qué haces?

—¿Que qué hago? ¡Qué mierda de pregunta! Me tiro el té por encima... ¡Total, no siento nada! ¿Me he quemado? ¡No sabes cuánto lo siento, pero no noto nada!

Y con aquellas palabras, cogió la taza y la arrojó con fuerza contra la ventana. A continuación, cogió el vaso y lo lanzó contra la pared; después hizo lo mismo con las patatas fritas y con el cuenco de las aceitunas. Acabó estampando la bandeja contra la lámpara de encima de la mesa. Empezó a tirar todo lo que tenía al alcance de la mano: el libro de la mesilla, el cajón. Luego se tendió en la cama y se agarró a las cortinas con las dos manos. Los ganchos de la pared aguantaron su peso durante un instante, pero en seguida se soltaron con toda la barra. Andrea se desequilibró y se cayó de la cama. Resbaló en el suelo, sobre el té y el tomate, entre las aceitunas, las patatas fritas y los trozos de cristal. Arrastró tras él el peso muerto de sus piernas, atrapadas entre las sábanas.

Sofia, que se había quedado petrificada, en seguida estuvo a su lado.

—Cariño, no hagas eso, te lo ruego, cariño, te lo ruego...

—Maldita vida, maldita sea. —Y empezó a darle puñetazos al suelo. Intentó levantarse apoyando las manos abiertas, pero se hirió las palmas, se cortó. Su sangre se mezcló con el tomate, el té y las galletas hechas migas hasta formar un emplasto dulzón—. Por qué... Por qué... —Andrea empezó a llorar. Sofia lo abrazó, lo estrechó con fuerza y se echó a llorar ella también—. ¿Por qué no me han dejado morir? ¿Por qué me han castigado de esta manera? Debería haber muerto, debería haber muerto, no debería estar aquí. Mírame...

Sofia se separó un poco de él. Lo mantuvo entre los brazos.

—Te miro y eres tan guapo como siempre...

—No es verdad, doy asco.

—Cariño, te lo ruego, no hables así. ¿Y de mi vida? ¿Qué habría sido de mi vida?, ¿no lo has pensado?

Andrea permaneció en silencio.

—También habría sido mejor para ti que ya no estuviera.

Sofia volvió a abrazarlo y lo estrechó todavía con más fuerza.

—No es verdad, ¿por qué dices eso?

Tenía el rostro escondido entre su pelo. Inhalaba el olor de su perfume mientras lloraba.

—Porque es así.

Sofia le acarició el cabello.

—Te quiero, es lo único que cuenta.

—Entonces, júrame una cosa.

Sofia se apartó.

—Te lo juro, cariño.

Andrea por fin sonrió.

—Pero si todavía no sabes qué es...

Sofia también sonrió.

—Cualquier cosa... Pero tenemos que mejorar. Así no podemos seguir.

Andrea realizó una profunda inspiración.

—El día que ya no estés enamorada, el día que te guste otro... —Sofia intentó hablar. Pero él le puso en seguida un dedo en la boca—. Deja que termine... —Sofia cerró los ojos un instante; después volvió a abrirlos y asintió. Andrea continuó—: Aunque no hubiera nadie más y sólo fuera porque te has cansado de mí..., tienes que dejarme sin mayor problema.

—Pero...

—No, lo dejaremos como cualquier pareja. Júramelo.

—Te lo juro.

—Pase lo que pase. Si tú ya no tienes ganas de estar conmigo, lo dejaremos y punto. ¿De acuerdo?

—Te lo he jurado.

Andrea la miró a los ojos. Sofia le mantuvo la mirada. Y vio a un hombre distinto al que siempre había conocido. Lo vio frágil, inseguro, necesitado de afecto, de reconstruir todos los puntos de referencia que había tenido hasta entonces.

—Haz que me sienta un hombre como los demás.

Entonces a Sofia se le llenaron los ojos de lágrimas y salió corriendo de la habitación. Poco después volvió. Se había lavado la cara y se había limpiado el rímel que había empezado a emborronársele en los ojos.

—Perdóname.

—No importa, yo también he llorado. —Se echaron a reír. Sofia se sorbió la nariz. Andrea había conseguido levantarse del suelo y subirse a la cama—. No he podido limpiar el suelo...

Sofia le sonrió.

—Eso tampoco lo hacías antes...

Y salió.

—No es verdad... —le gritó Andrea desde la habitación—. Alguna vez hice la cama.

—Una vez, por equivocación. O porque vete tú a saber lo que habrías hecho entre aquellas sábanas.

—Mira que eres mala.

Sofia lo miró levantando una ceja.

—Mucho peor.

Empezó a barrer el suelo y recogió los cristales, las aceitunas y las patatas fritas. Entonces Andrea la cogió por la falda y la atrajo hacia él.

—Perdóname.

—Ya lo he hecho.

Lo abrazó con fuerza.

—Perdóname más.

—También lo he hecho.

—Perdóname con amor.

Sofia lo miró, sonrió y le dio un beso.

—Ya está.

—Ahora soy feliz.

En aquel momento, Sofia se dio cuenta de que tenía toda la falda manchada de sangre.

—¡Pero, cariño, mírate las manos! Están llenas de trozos de cristal...

—Me he sacado alguno.

—¿Y no quedará ninguno más...? —Sofia se levantó; poco después, volvió del baño con un bote de alcohol y las bolitas de algodón que usaba para desmaquillarse–. Bueno... Hay que desinfectar las heridas. –Le pasó un algodón empapado de alcohol por las manos–. ¿Qué tal? ¿Pica?

Andrea sonrió.

–No mucho.

–Pues entonces pongo un poco más. –Y le roció las manos directamente con el alcohol.

–¡Ahora sí!

Sofia no le hizo caso y siguió desinfectándoselas. Después, sin mirarlo a los ojos, le dijo:

–Tienes que hacerme un favor...

–Lo que quieras.

Sofia lo miró.

–Me gustaría que Stefano viniera todos los días.

Andrea levantó una ceja. Después sonrió.

–¿Tanto te gusta?

–Qué idiota. –Se puso seria–. Tenemos que hacer todo lo que podamos. Necesitamos ayuda, tenemos que esforzarnos si queremos seguir adelante, cariño. –Andrea pensó que era bonito que utilizara el plural. Sofia se dio cuenta–. De no ser así, no lo conseguiremos. A cualquiera le resultaría imposible.

Andrea permaneció un rato en silencio.

–De acuerdo. Pero entonces tú tienes que volver a tocar.

–Eso es imposible.

–Tú lo has dicho, tenemos que esforzarnos.

–Sí, lo sé, pero eso es distinto...

Sofia le explicó que se trataba de una promesa. Y entre los dos establecieron unas cuantas reglas: la primera fue que ella enseñaría música en su antigua escuela de la piazza dell'Oro y que él vería a Stefano tres veces por semana.

El psicoterapeuta volvió al día siguiente. Aquella vez Andrea le habló. Juntos vieron la película que, en cierto modo, había guiado a Stefano hasta su trabajo: *A propósito de Henry*, con Harrison Ford. Cuando terminó, Stefano apagó el televisor y sacó el DVD del lector.

–¿La conocías?

–No.

—Bueno, pues digamos que yo debería ser para ti lo que Bradley es para Harrison Ford.

—Pero él era su fisioterapeuta...

Stefano sonrió. Miró a Sofia.

—Para eso he sido más generoso: te he traído a una mujer... —Entonces entró Marisa, una señora de unos sesenta años con unos brazos que podrían ser los de un camionero—. Pensabas que sería una de esas enfermeras tiernas y dulces, ¿eh...?

Marisa les sonrió a los dos.

—Cuando quiero lo soy... Pero no en este caso... Venga, tú, fuera de aquí.

Echó a Stefano de la habitación y luego le hizo una hora de fisioterapia a Andrea. Fue muy dura y realizó movimientos difíciles para reactivarle la circulación. Más tarde, cuando Marisa se hubo marchado, Andrea se sintió mucho mejor. Stefano volvió a entrar en su habitación y notó un nuevo brillo en su rostro.

—Eso es, así me gusta. La primera curación ocurre aquí —Stefano le señaló la cabeza—, y al mismo tiempo aquí... —Le señaló el corazón—. Por suerte... —le señaló entre las piernas—, ¡Marisa me ha dicho que aquí todo funciona todavía muy bien!

Andrea se ruborizó. Sin quererlo, mientras Marisa lo masajeaba, había tenido una erección.

—No te preocupes... —le había dicho—, estoy acostumbrada y es bueno que suceda, ¡es en casa donde a veces me gustaría tener una varita mágica!

Y se rió de buen grado hasta hacer desaparecer la turbación de Andrea.

Habían pasado más de siete años desde entonces y, poco a poco, Stefano y Andrea se habían ido haciendo amigos. Aquella mañana, Marisa ya había acabado de hacer los ejercicios con Andrea.

—Ya está... ¡Como nuevo!

Andrea se echó a reír.

—Ojalá. De todos modos tengo treinta y tres años, ya no soy un chaval.

Marisa se asomó por la puerta del baño. Se estaba secando las manos después de habérselas lavado.

—Estás mejor que muchos otros que conozco. Los músculos de tus piernas todavía tienen tonicidad, responden al electroestimulador que usamos siempre. En cierto sentido... —dijo Marisa—, incluso son más fuertes que antes. Hoy en día toda esta gimnasia pasiva se ha convertido en el deporte favorito de un montón de gente.

Andrea la miró mientras se ponía el abrigo. «Ya —pensó—, y en cambio mi sueño sería correr arriba y abajo por un bosque en medio de la naturaleza.»

—Bueno, os dejo, chicos... —Entonces los miró con una expresión maliciosa—. Portaos bien... —Y salió.

Stefano la miró, divertido.

—Qué pasada de mujer. Seguro que de joven era guapa. A mí me parece muy divertida y, además, la idea de la masajista siempre me ha excitado...

—A mí también.

Andrea sonrió al recordar todas las veces que se había excitado con el contacto de las manos de Marisa y cómo ella lo había tranquilizado en todas aquellas ocasiones; pensó en cómo aquella mujer conseguía mantener perfectamente separados los estímulos naturales y físicos del cuerpo de la malicia y los deseos de un hombre.

Stefano se sentó frente a él.

—Y bien, ¿cómo va? No contestes en seguida. Piénsatelo bien. —Andrea sonrió—. Mientras tanto voy a coger algo de beber.

—Haz como si estuvieras en tu casa.

Stefano levantó la voz desde la cocina.

—¡Pero si estoy en mi casa! —Después regresó con dos cervezas, le pasó una y se sentó de nuevo en su sitio. Tomó un largo sorbo de su lata—. Ah... Qué rica. Helada, como a mí me gusta.

Andrea también le dio un buen sorbo a la suya.

—Entonces ¿qué me cuentas? —Stefano lo miraba tranquilamente, con curiosidad—. Es un buen momento, me parece... ¿No?

—Sí, depende del punto de vista.

Stefano asintió.

—Eso también es verdad.

—Depende del punto de vista, de cómo cada uno vea las cosas; el viejo dicho del vaso medio lleno o medio vacío...

—Sí... —Los dos bebieron otro sorbo de cerveza. Se estaba a gusto, los rodeaba una bonita atmósfera, tranquila, sin tensiones, como sucede entre amigos, y ellos lo eran, de alguna manera. Nunca habían tenido secretos el uno para el otro. Aquello era lo que Stefano había intentado hacer con Andrea, que viera que la vida de todas las personas está llena de dificultades, de caídas y de éxitos, de satisfacciones e intolerancias, de compromisos y de felicidad, de oscilaciones para mantener el equilibrio—. ¿Te acuerdas de lo que te dije cuando nos conocimos?

—Me dijiste tantas cosas...

—Eso también es verdad. Cuando te hablé del columpio.

—Ah, sí... ¿Cómo era? —Intentó recordar—: La vida es como un columpio que oscila entre un campo al sol...

—Y una tormenta. —Stefano sonrió—. Bien. Veo que algo ha quedado grabado entre estas sucias sábanas.

—¡Pero si las acabamos de cambiar!

Stefano se echó a reír; después, de repente, cambió de tono.

—Y con Sofia, ¿cómo va?

Andrea terminó de beberse la cerveza y la dejó sobre la mesilla que tenía al lado.

—Bien... Es decir, me parece que bien.

—La verdad es que hoy resulta muy complicado sacar adelante una relación. El mundo está lleno de tentaciones, es tan fácil ser infiel...

Andrea extendió los brazos.

—Digamos que mi mayor tentación ha sido Marisa... Pero no te preocupes, he sabido aguantar.

Stefano sonrió.

—Pero con eso... —señaló el ordenador— podrías hacer todo lo que quisieras, podrías empezar a chatear con alguien, enamorarte y luego hacer que viniera aquí.

—¿Aquí?

—¡Siempre estás solo!

—Bueno, en realidad siempre estoy con algún amigo; de vez en cuando también viene mi madre y, demasiado a menudo, estás tú. Al menos tres veces por semana.

El psicoterapeuta se rió.

—Sabes que no diría nada... La nuestra es una relación profesional.

—De todos modos, hay un pequeño detalle que se llama Sofia; quizá no te acuerdes bien, pero es mi mujer y vive en esta casa. De hecho, la cerveza que te acabas de trincar se la debes precisamente a ella, que es quien hace la compra.

Stefano se puso serio.

—Ya, Sofia...

—¿Qué pasa? ¿Tienes que decirme algo que no sepa?

Andrea se puso tenso de repente.

Su amigo lo tranquilizó.

—No, no, en absoluto. Estoy contento de que ella y Lavinia se hayan hecho tan amigas. ¿Y nunca habéis pensado en tener un hijo?

—Pareces mi madre. Cada vez que viene me dice lo mismo. Le gustaría tener un nieto. A mí me parece que en realidad lo que quiere es tener una distracción en su vida. Al envejecer la gente se vuelve más egoísta... Acuérdate de lo que te digo.

—¡Ah, lo sé por mí mismo! Yo no quiero perder el tiempo.

—¿Qué quieres decir?

—Que quiero ser egoísta desde ya.

—¡Estupendo! Eso sí que está bien. ¿Y tú quieres tener un niño con Lavinia?

—Yo te lo he preguntado primero.

—Por el momento no lo hemos pensado, ¿y tú?

—Nosotros lo hemos intentado. Parecíamos una máquina de reproducción. El día que tocaba, Lavinia volvía a casa a propósito para que lo hiciéramos de aquella manera y a aquella hora exacta... ¡Era terrible!

—Pero ¿era ella quien lo quería?

—No, fui yo quien le pidió un hijo a Lavinia, al igual que fui yo quien le pidió que se casara conmigo.

—Bien hecho. Piensa que en mi caso fue Sofia...

Habían pasado tres años desde el accidente.

—Cariño..., ¿se puede?

Andrea estaba leyendo *Ensayo sobre la ceguera*, de José Sarama-
go. Puso el punto de libro, cerró la novela y la dejó sobre la mesilla.

—Pues claro, entra. ¿Cómo voy a decirte que no? —Sofia entró. Iba
maquillada, lucía un vestido negro de seda y llevaba el pelo recogido,
aunque dos mechones le caían por delante del rostro, como tirabuzo-
nes, y le enmarcaban la sonrisa. Andrea se hizo el tonto—. Debe de
haber un error... ¿Dónde está mi novia? ¡Creo que hay que dar dos a
cambio para conseguir una tan guapa como ella!

—¡Idiota!

Sofia se le echó encima y lo besó. Poco a poco, Andrea se fue
abandonando entre sus brazos, entre aquellos labios suaves. Ella lo
besaba con pasión. Cuando se separaron, la miró con curiosidad.

—Pero ¿qué ha pasado?

—Nada, ¿por qué?

—O sea, vas toda maquillada, superelegante, me besas de este
modo, ¿y me dices que no ha pasado nada? Normalmente, en casos
como éste, ella lo mata y después huye con otro...

Sofia sacudió la cabeza y se fue a la cocina.

—Nada de todo eso...

Después reapareció empujando un carrito con unos cuantos platos tapados y cubiertos de plata.

—No tenía ni idea de que nos hubiera tocado la lotería; más que
nada, porque yo no he jugado. ¿Te ha tocado a ti?

Sofia no le hizo caso.

—Bueno, he traído todo lo que te gusta. Espero que no hayas cambiado de preferencias últimamente.

En efecto, hacía mucho tiempo que no iban a sus restaurantes fa-
voritos.

—*Tagliolini* con trufa blanca y mantequilla, conejo a la cazadora,
melocotones y, para terminar, helado de pistacho cubierto de pista-
chos de Bronte. Todo ello acompañado de... —inclinó hacia él una
botella de vino— un excelente Barolo Brunate. ¿Cómo lo he hecho?

—No podrías haberlo hecho mejor... Pero, en serio, dímelo: ¿es mi
última cena? Porque si es así no comeré tan de prisa como suelo hacerlo.

Sofia se puso las manos en las caderas.

—Pero ¿por qué tiene que ser todo tan complicado contigo? ¿No habíamos dicho que teníamos que ser una pareja como las demás? ¿Sabes que de vez en cuando los hombres y las mujeres se dan alguna sorpresa, se dan besos amorosos, se hacen carantoñas, son felices?

—¿O fingen que lo son?

—No sé fingir. ¿No eres feliz conmigo?

Su tono cambió. Dejó caer los brazos hasta los costados. Estaba a punto de romper a llorar.

Andrea se dio cuenta.

—Muchísimo, cariño; es que no creo que me lo merezca.

—Tienes razón. Cuando te empeñas en fastidiarme, no te lo mereces en absoluto. Venga, a la mesa.

Y se fue a la cocina.

Andrea aprovechó para acercarse la silla de ruedas y sentarse en ella. Se impulsó rápidamente hacia el armario y se puso una camisa blanca de lino. Intentó ir lo más de prisa posible. Ya estaba listo cuando ella volvió. Le sonrió con embarazo, porque sólo se había podido cambiar hasta la mitad, pero ella hizo como si nada. Puso la mesa y, un poco más tarde, empezaron a cenar.

—Mmm. Qué rico. Te has convertido en una excelente cocinera.

—Ojalá supiera cocinar así. No volvería a enseñar música nunca más... A veces sufro al ver que mis alumnos se muestran indecisos al tocar unos pasajes tan bellos...

Andrea se limpió la boca.

—¿Y qué harías?

—Abriría una escuela de cocina en algún lugar del mundo, organizaría servicios de *catering* para los eventos más importantes y mundanos... —Andrea no tuvo tiempo de sentirse excluido—, y te llevaría a ti como chef...

—Ah, bueno.

—Pensabas que ibas a librarte de mí, ¿eh? —Sofia le sonrió—. ¡Imposible!

Continuaron cenando en silencio. Todo estaba muy bueno. Sofia debía de haberse dado mucha prisa en llevar la comida a casa, porque los *tagliolini* no estaban pasados y el segundo todavía estaba caliente. Andrea tomaba sorbos de vino. Lo saboreaba apreciando su retrogusto afrutado, perfecto. Cerró los ojos. Durante un instante, le pareció hallarse en una condición mágica. Estaba experimentando una sensación nueva desde que tuviera el accidente. Se sentía satisfecho, contento, en cierto modo realizado. Aquello era: era feliz y no sabía explicarse el porqué.

«¿Así que la felicidad es sólo un estado mental? ¿Somos nosotros quienes nos creamos los problemas o llevamos mal los que tenemos? Entonces ¿el hecho de que yo ya no pueda andar tampoco es tan importante?»

Abrió los ojos; los tenía brillantes, se había conmovido. Cuando la vio, se quedó sorprendido.

Sofia estaba arrodillada ante él.

—Toma...

—¿Qué es?

—Es para ti. —Andrea cogió el pequeño paquete y lo giró entre las manos—. Ábrelo... —Mientras le quitaba el papel, Sofia siguió hablando—: Puede que sea una chiquilla testaruda y caprichosa; a veces pongo mala cara por tonterías y cometo errores... —Sonrió al verlo preocupado, debía de estar preguntándose qué habría hecho que él no supiera—, pero nunca nada tan grave como para que hayas perdido la confianza en mí... A veces soy desordenada, distraída, me olvido de dónde pongo las cosas o, peor aún, de lo que me acabas de contar. Pero te quiero y eso es lo más importante... Creo. —Justo en aquel momento Andrea acabó de desenvolver el paquete. Dejó el papel en la mesa. En la mano sólo tenía una cajita de piel de color azul oscuro—. Ábrela... —Andrea lo hizo con lentitud. Era un anillo de oro blanco, un aro ancho, sólido, con un sol grabado y un pequeño diamante en el centro. Entonces Sofia lo cogió de las manos y se lo puso—. Tú has sido, eres y serás mi luz... Andrea, ¿quieres casarte conmigo?

Él la miró. Sofia estaba allí, conmovida, con lágrimas en los ojos, a sus pies. Y, durante un instante, Andrea buscó las palabras, una broma que gastar, o, simplemente, formular aquella pregunta: «¿Por qué quieres casarte conmigo, Sofia? Sabes que no puedo andar, ¿verdad? ¿Se trata de un gesto de compasión? —Y siguió—: Pero ¿no era cosa de hombres lo de pedir la mano, la sorpresa, el anillo y todo lo demás? —Y al final—: Tengo miedo, Sofia, ¿qué significa todo esto?»

Pero entonces comprendió que en aquel momento tenía que renunciar a cualquier razonamiento, a la necesidad de hacerse el gracioso, y apreciar la sencillez con la que Sofia le mostraba su corazón. Así que le dedicó una gran sonrisa y simplemente dijo:

—Sí.

Se abrazaron, felices. Sofia lo llenó de besos.

—Tenía miedo de que me dijeras que no.

—¿Por qué? No estás tan mal, ¿sabes?

—Pero ya sabes que soy un timo, ¿verdad?

—Sí..., lo sé. Pero el amor está hecho así: cuanto más sales perdiendo, más feliz eres.

Se casaron dos meses más tarde en una pequeña iglesia del lago de Nemi. Fue una boda preciosa, con todos sus amigos más queridos de los tiempos de escuela. Asistieron los jugadores de rugby amigos de Andrea y todos los músicos que habían acompañado a Sofia en sus conciertos: un famoso director de orquesta chino, una violinista sueca, un trompetista americano y otro alemán y uno de los mejores xilofonistas del mundo. Se organizaron para tocar en la iglesia y la ceremonia fue una especie de *jam session* que pocos teatros se habrían podido permitir. Los padres de Sofia se trasladaron desde Ispica, y también fue la madre de Andrea, que vivía en Formello.

La madre de Sofia, Grazia, quiso llegar a Roma una semana antes. Quería estar segura de que su hija era consciente del paso que iba a dar, así que, por primera vez después de muchos años, fue ella quien buscó el diálogo y la invitó a comer. Se encontraron en el Pain Quotidien, un excelente local de la via Tomacelli. Habrían parecido dos turistas extranjeras de no ser por el acento siciliano que Grazia había conservado, fuerte y claro.

—¿Estás segura de lo que haces, Sofia? El Señor te habrá perdonado por aquel capricho. No tienes que casarte con él a la fuerza. Después será más difícil dar marcha atrás.

Sofia comía, tranquila, un excelente plato de espaguetis a la *gricia*.

—Mmm. ¿Has visto qué buenos están, mamá?

—¡No cambies de tema!

—Pero ¿quién cambia de tema? ¡Están realmente ricos!

La madre se quedó en silencio. Después volvió a hablar:

—¿Sabes cuántas veces me habría gustado dejar a tu padre? No cometas el mismo error.

—Perdona, mamá. —Sofia se limpió la boca y dejó la servilleta en la mesa—. ¿Por qué no lo dejaste?

—Por ti y por tu hermano. Y quizá también porque no tuve valor.

—Bueno, si lo hiciste por nosotros, te lo agradezco. Pero tampoco creo que hubiéramos sufrido tanto. Muchos de los padres de nuestros amigos estaban separados.

—Y lo cierto es que muchos de ellos no consiguieron rehacer sus vidas.

—Qué exagerada eres, mamá. No siempre va todo relacionado... Ninguno de vosotros dos, por ejemplo, ha tocado nunca un instrumento.

—Sí, y de hecho tú has dejado de tocar.

—Ahora eres cruel.

—Lo has hecho por él, ¿no? ¿Y ahora? ¿Te casas también por culpa del accidente?

Sofia permaneció en silencio. Un rato después, habló:

—Mamá, si tú hubieras dejado a papá, yo lo habría sentido por vosotros, porque un matrimonio roto es una historia que termina y hace sufrir. Pero si lo hubierais hecho, mi amor por vosotros no habría cambiado. Pero me gustaría sentir tu amor por mí en este momento. Yo estoy feliz de casarme con Andrea. Soy feliz con él y, aparte de la música, estoy satisfecha con mi vida.

Su madre reflexionó un poco sobre aquellas palabras.

—Muy bien. He encontrado la solución. Cásate con él...

—Oh...

—Pero vuelve a tocar.

—No puedo, mamá, ya lo sabes. Hice una promesa.

—Pero no tiene sentido. ¡Si ahora te casas con él es como si la promesa se anulara!

—Tienes un extraño concepto de la fe, mamá.

—Sí... En este momento de mi vida, la fe me parece inútil.

—¿Por qué?

—La Iglesia, la fe, sólo te sirven cuando necesitas pedir algo.

Sofia se quedó callada. Su madre era muy dura. No habría servido de nada intentar hacerla razonar. Tenía que aceptarla tal como era.

—Cómete la pasta, mamá; está rica, en serio.

Al final su madre se decidió: ensartó dos o tres espaguetis en el tenedor y se los llevó a la boca. Los masticó y por último se los tragó.

—Es cierto. Es excelente. Sé feliz, hija mía.

—Lo soy, mamá.

Siguieron comiendo en silencio y no volvieron a tocar aquel tema.

Durante la boda, su madre se emocionó y lloró. Después, en el convite, no dejó de buscar la aprobación de la gente:

—¿A que es guapa mi hija?

Todos le tomaban el pelo:

—Claro, Grazia, ¿acaso no lo sabías?

—¡Tendría que haberme casado yo con ella!

—Aunque Andrea también es un chico guapo... —le respondió Anna, la madre del novio.

—Claro, claro... —admitió Grazia.

—Forman una pareja preciosa.

La boda salió perfecta. Andrea, que se había licenciado en Arquitectura con matrícula de honor, se divirtió organizando toda la escenografía de la iglesia y del convite. Escogió plantas magníficas y ornamentos blancos como la casa de campo que encontró en el lago, a pocos pasos de la pequeña iglesia. Quiso que la fiesta fuera una especie de jornada campestre entre amigos. Al final de la celebración, los novios entregaron a los asistentes un archivo en el que habían grabado toda la música que habían tocado los amigos de Sofia —todos ellos grandes artistas internacionales— para que recordaran la banda sonora de aquella boda.

Al día siguiente, los padres de Sofia regresaron a Sicilia y los novios se fueron de luna de miel. Escogieron un crucero por el norte. Fue un viaje precioso, en el que estuvieron en contacto con la naturaleza en un gran barco que los llevó hasta el extremo del Sognefijord, el fiordo más largo de Noruega, y acabó su trayecto en Oslo. Allí pasaron dos días estupendos. También fueron a ver un concierto que daba una joven pianista japonesa, que tocó las *Variaciones Diabelli*, de Beethoven.

Sofia, al salir, le preguntó a su marido:

—¿Te ha gustado?

—Muchísimo, pero tú tocas mejor...

—Lo dices porque soy tu esposa.

—Ah, claro... ¡Se me había olvidado!

Y, riendo, regresaron al hotel.


—¿Y bien? ¿Se puede saber a qué esperas para tener ese hijo?

La voz de Stefano lo llevó de nuevo al presente.

—¡Pero si tú mismo has dicho que todo lo deciden ellas! —Justo en aquel momento, se oyó la llave en la cerradura—. Ya está aquí. No hablemos más del tema. Sofi, ¿eres tú? Ha venido Stefano.

—Hola, chicos. —Sofia apareció en la puerta—. ¿Qué estáis tramando? —Los miró a los dos con aire inquisitivo—. Ponéis cara de pillos.

Andrea pensó que la mejor defensa era un buen ataque.

—Nada especial, estamos organizando una velada sólo para hombres.

—Ah, bueno. Me parece bien, os doy permiso.

Dicho aquello, Sofia se fue a la cocina a dejar la compra. La voz de Stefano la cogió desprevenida:

—Vosotras también salisteis ayer por la noche con los del gimnasio, ¿no? —A Sofia se le cayeron unos cuantos tomates al suelo; se agachó a recogerlos justo a tiempo: Stefano estaba en la puerta de la cocina—. ¿Cómo fue la noche? ¿Os lo pasasteis bien?

Sofia respondió mientras seguía agachada.

—Sí, bastante, pero ya sabes cómo son estas cosas...

Sofia no tenía ni la más remota idea de lo que estaba diciendo, así que agradeció que los tomates le permitieran responder sin tener que mostrar el rostro. Al mismo tiempo, maldijo a su amiga por no haberla avisado. «Se le debe de haber fundido el cerebro», pensó. Se levantó mientras se arreglaba la falda. Stefano, por desgracia, todavía estaba allí.

—¿Y dónde fuisteis a cenar?

—A Prati. —Abrió el grifo del agua con la esperanza de que no hubiera más preguntas. Notó que él la estaba observando, así que continuó—: No me acuerdo bien; me llevó alguien, los del gimnasio siempre van allí.

—Ah, sí... Sería la pizzería Giacomelli, se come bien y no es muy cara. Lavinia me dijo que el otro día estuvieron allí...

—Sí, creo que sí. —Sofia abrió la bolsa de ensalada y empezó a lavarla. Stefano no parecía tener intención de irse—. ¿Me pasas los tomates que hay en la mesa, por favor?

—Claro.

Sofia los cogió sin volverse. Entonces pensó que su tono frío podía ser una señal evidente de culpabilidad, de modo que se dio la vuelta con una sonrisa, como si se le acabara de ocurrir justo en aquel momento:

—Eh... ¿Te apetece quedarte a cenar? Haré una tortilla de patata y calabacín...

Stefano la miró en silencio. Sofia creyó que le iba a dar algo. Se había dado cuenta. Se había dado cuenta de todo. Pero, al final, él sonrió.

—No, gracias. Otro día estaré encantado. Pero le he prometido a Lavinia que esta noche saldríamos a cenar y después iríamos al cine. ¿Sabes? Es nuestro aniversario. Dice que siempre se me olvida.

—¡Bueno, menos mal que esta vez no ha sido así!

—Sí, porque vosotras, las mujeres, le dais mucha importancia a estas cosas, ¿no?

Sofia cerró los ojos un segundo. Le parecía que cada palabra de Stefano subrayaba su complicidad. Siguió lavando los tomates como si no pasara nada.

—Oh, sí, pero también se la dais vosotros, los hombres, cuando queréis...

—Sí... Tienes razón. —Stefano se quedó todavía un instante, en silencio—. Bueno, que lo paséis bien. Nos vemos el miércoles.

Y salió de la cocina.

A Sofia le entró un ataque de rabia. Apoyó las manos en el fregadero, echó dentro la ensalada y después tiró los tomates con fuerza. Oyó que Stefano le decía algo a Andrea en el salón; se despidieron y a continuación oyó que la puerta de casa se cerraba. Se secó las manos en el paño de cocina que colgaba del asa del horno, cogió el móvil del bolso y corrió a encerrarse en el baño. Marcó de prisa el número de Lavinia y esperó, nerviosa, a que ella respondiera.

—¡Hola, Sofi!

Ni siquiera la saludó.

—¿Cómo se te ocurre decir que fuiste a cenar conmigo? No, mejor dicho, ¿cómo coño se te ocurre, si sabes que Stefano siempre está aquí, en casa...?

—¡Pero de ti puedo fiarme!

—¡Pero yo de ti no! ¿Sabes qué ha hecho tu marido? Me ha preguntado cómo fue la cena de anoche y adónde fuimos.

—¿Y tú que le has contestado?

—¡Me habría gustado decirle la verdad!

—Podías decírsela.

—Pero ¿estás loca?

Desde el otro lado, su amiga resopló:

—Entonces, ¿qué le has dicho?

—Que estuvimos en Prati.

—¡Perfecto! Con los del gimnasio solemos ir a Giacomelli. Al fin y al cabo, la pizza es buena y no es caro. Así que ha colado.

Sofia sacudió la cabeza. No se lo podía creer.

—¡Estás completamente loca! Tú estás casada. Hoy celebráis vuestro aniversario. ¿Cuántos años?

—Seis. No hemos aguantado, ni siquiera hemos llegado a la crisis de los siete años.

—Lavinia... —Entonces se dio cuenta de que estaba gritando y comenzó a hablar en voz más baja—, ¿ayer saliste con el del gimnasio?

—Sí, estuve en su casa. Fue una cena perfecta, preciosa, divertida... Y después follamos... Mejor dicho, me parece que hicimos el amor.

—Ah, bueno, ayer hiciste el amor con un semidesconocido y hoy celebras felizmente tu aniversario de boda con tu marido.

—¿Y qué problema hay?

—O sea, ¿no te sientes culpable? ¿No sientes nada?

—El sentimiento de culpa pertenece a nuestra cultura, nos lo ha inculcado la Iglesia.

—¿Te lo ha dicho él?

—¿Quién?

—El chico.

—Primero, tiene más de treinta años, y segundo, se llama Fabio. Y tercero, eso lo he leído. Yo también puedo tener mis propias ideas sin que nadie me las sugiera, ¿no crees?

Sofia comprendió que era mejor dejarlo estar. Ya hablarían otro día, mejor en persona. Llevaba en el baño demasiado rato, como si fuera ella la que tuviera un amante.

—Dejémoslo estar, Lavi, ya hablaremos en otro momento.

—Claro.

Entonces a Sofia le vino algo a la cabeza.

—No sé si Stefano sospecha algo...

—Creo que algo se imagina. De todos modos me parece que se lo voy a decir.

Sofia se quedó desconcertada.

—¡Pero espera al menos hasta que hablemos en persona!

Oyó que Lavinia se reía desde el otro lado del teléfono.

—Vale, de acuerdo. Pero que sea pronto, la semana que viene. En otro caso, no te prometo nada. Y oye, ¿has hablado con el hombre del deseo? ¿Ese que hace que le seas infiel a Andrea con el pensamiento?

Sofia se sintió descolocada durante un segundo; después entendió que su amiga se estaba refiriendo a Tancredi.

—No, por lo que a mí respecta puedes estar tranquila.

—Oh, yo duermo como un tronco. ¡Pero házmelo saber cuando salgas con él!

—No antes de que tú tengas un hijo mayor de edad que crea que su madre es una santa.

—Sí, sí... Nunca digas nunca.

Estuvieron bromeando un poco más y después colgaron. Sofia apagó el móvil y lo dejó en el borde del lavabo. Abrió el grifo, metió las manos en el agua y se lavó la cara. Se la mojó varias veces. «Pero ¿qué está pasando? ¿Cómo puede una mujer abandonar todo lo que tiene? Lavinia parecía tan segura de su relación... —Luego se hizo las mismas preguntas a sí misma—: ¿Seguro que yo soy tan inocente? ¿Estoy convencida de que nunca me encontraré en esa situación? No, yo no. O, al menos, no lo haré de esa manera.» Y sólo el hecho de volver a pensar en ello, de haber encontrado una vía de escape por si acaso, hizo que se sintiera culpable.

Fue al salón. Sólo quería que Andrea no hubiera escuchado su conversación con Stefano. Él sabía perfectamente que la noche anterior no había salido.

—¿Qué me dices de una tortilla de patata y calabacín y de una ensalada con tomate?

Andrea estuvo de acuerdo.

—¿Puedes poner cebolla en la tortilla?

—Claro.

—Y un poco de maíz en la ensalada. ¡Pon también aceitunas!

Sofia ya estaba en la cocina.

—¡De acuerdo, aceitunas también!

Poco más tarde, ya estaban a la mesa. Sofia le abrió una cerveza. Andrea le sirvió agua con un poco de gas. Comieron en silencio, haciéndose alguna que otra broma.

—¿Cómo te ha ido hoy?

—Muy bien.

—Hace calor, ¿verdad...? ¿O soy yo que tengo calor?

—Oh, yo estoy bien. Quizá sea porque te has estado moviendo en la cocina.

—¿Quieres postre?

—No, sólo fruta, gracias.

Se acostaron temprano. A lo lejos, los coches pasaban por la carretera de circunvalación. Andrea dejó de leer y apagó la luz. Ella estaba vuelta del otro lado. Al cabo de un rato, Andrea dejó caer un «Buenas noches» sólo para ver si su esposa ya dormía.

—También para ti, cariño. Que duermas bien.

Sofia estaba todavía despierta. Permanecieron en silencio en la oscuridad. Por las rendijas de la persiana entraba un poco de la luz de la luna. Un momento después, los ojos de Andrea se acostumbraron a la oscuridad de la habitación. Ya veía el armario, la mesa, el sillón, su silla de ruedas. Pero, en la oscuridad, era como si aquel silencio pesara; una rara espera se cernía sobre ellos, era como si, para poder dormirse, hiciera falta una frase conclusiva. Y de hecho, de repente, llegaron aquellas palabras:

—No me hagas nunca una cosa así.

Sofia se mordió los labios. Así pues, Andrea lo había oído todo, incluso cómo ella le había mentido a Stefano. Por tanto, la consideraba capaz de mentir. ¿Qué podía contestarle? ¿Debía fingir que se había dormido? No resultaría creíble. No, tenía que encontrar una respuesta que dejara las cosas claras, que borrara cualquier duda, cualquier sombra. Iba a decir la verdad, la única cosa que no le producía reparos.

—Cuando ya no te quiera, si eso llegara a suceder, te dejaré. No esperaré a que llegue otro hombre para tener el valor de hacerlo. —Entonces se volvió hacia él—. Ahora no empieces a pensar cosas raras. No hace falta que te pongas celoso y no me compares nunca con ella. Me sentiría ofendida. Ya sabes lo importante que es para mí mi dignidad. El solo hecho de esconderte algo y de mentir me daría asco.

Después, Sofia volvió a darse la vuelta hacia el otro lado. Permanecieron un rato en silencio. Ella pensó que había sido dura, pero que había sido necesario. El silencio continuaba.

Entonces habló Andrea:

—¿Sabes? Estoy solo muy a menudo, y entro en Internet, en los blogs, y leo miles de historias de ésas, de gente que ha sufrido un desengaño, que ha sido infiel... Me pregunto, si existe un Dios, ¿cómo se siente? Él, que conoce todos nuestros problemas, nuestros deseos, que ve nuestras continuas miserias.

—Si existe, seguro que se aburre. Tú tampoco deberías pensarlo. Hay cosas más bonitas y hay gente mejor.

—Sí. Pero se esconden muy bien. —Dejaron de hablar. Era como si los dos se sintieran afligidos. Todo aquello no les concernía directamente y, sin embargo, les había afectado. Andrea volvió la mirada hacia el otro lado—. No hay nada que hacer. La vida es sucia.

Y se quedó mirando el techo, con la mente vacía, hasta que se durmió.

## 21

Sofia aparcó el coche, cogió el bolso y bajó del vehículo. Lo cerró con el mando a distancia y empezó a caminar de prisa hacia la Insalata Ricca. Metió el brazo por las asas del bolso y se lo deslizó hacia el hombro derecho. Dentro llevaba las partituras para sus niños. «Tengo ganas de saber qué novedades hay en su vida, si hará que vuelva a discutir con Andrea por alguna nueva ocurrencia... Al menos ha elegido un sitio cerca de donde doy clase, así cuando terminemos no tendré que coger el coche. Algo es algo.»

Entró en el restaurante. Había mucha gente joven con libros sobre la mesa; probablemente se tratara de universitarios que irían a estudiar a alguna biblioteca cercana.

«Oh, Dios mío. —Le llegó otro pensamiento—. ¿No me habrá traído aquí para presentármelo? Le he dicho que no quería saber nada más de eso.» Justo en aquel momento la vio. Estaba sola en una mesa al fondo del local. Lavinia también la vio y la saludó. Sofia fue sorteando las sillas, llegó hasta donde estaba su amiga y se sentó frente a ella.

—Hola. Durante un momento me he temido...

Lavinia sonrió. Luego cogió la carta.

—La verdad es que estaba muy indecisa respecto a si traerlo o no...

—Pero...

Lavinia la detuvo.

—Luego me acordé de que no tenías ninguna intención de conocerlo y de que no tengo que volver a meterte en líos... Así que no lo he traído.

Sofia también abrió la carta.

—Bien, y aclárame una curiosidad... —Se asomó por detrás de la carta del restaurante—: ¿Desde cuándo me haces caso?

—Desde que he comprendido que nuestra amistad podía correr peligro de verdad.

Sofia volvió a zambullirse en la carta y volvió a hablar:

—¡Muy bien! Oh, así me gusta. Atenta e inteligente, al contrario que en otras ocasiones... Dame otra buena noticia: ¿se han acabado los polvos locos con el chico?

—Ejem.

Sofia bajó de nuevo la carta y advirtió que el camarero estaba delante de ellas, con la libreta de los pedidos en la mano. Esperaba que no las hubiera oído. Aunque su sonrisa divertida indicaba lo contrario.

—Perdonen que las moleste. ¿Quieren pedir o vuelvo más tarde?

Sofia decidió quitarle importancia.

—Pedimos ahora. Para mí una ensalada César y después fruta. ¿Qué tienen?

—De todo... Uva, melocotón, sandía, melón...

—Muy bien, un melocotón; o no, mejor, ¿tienen macedonia?

—Sí.

—Pues una macedonia.

El chico lo apuntó en la libreta.

—¿Agua?

—Sin gas.

—De acuerdo.

Después añadió lo que le pidió Lavinia, que prefirió *tonnarelli* con queso y pimienta y un postre.

—Total, después tengo que ir al gimnasio... —se justificó con Sofia mientras le guiñaba un ojo—. Así lo quemo...

—Sí, me lo imagino. ¿Y entonces qué? ¿Lo has dejado o no?

—Es que de momento no estamos juntos, así que no puedo dejarlo.

—De acuerdo, ¿has dejado de verlo o no?

—No creo.

—Oye, entiendo que al principio todo te parezca fantástico...

—No es sólo eso, es que estoy realmente bien con él en cuanto a lo físico, es decir, nunca había tenido un sexo así... Gozo como no lo había hecho nunca en mi vida... —En aquel momento volvió el camarero. Dejó el agua en la mesa, la abrió y la sirvió en las copas. Las dos chicas permanecieron en silencio hasta que se marchó. Sofia cogió su copa. Lavinia siguió al camarero con la mirada—. Creo que nos ha tomado por dos maníacas. Pero bueno..., no está mal.

—¡Ahora también él! Pensará que venimos aquí a propósito, para buscar carne fresca.

—No entiendo por qué tienen que ser siempre los hombres los que se fijen en mujeres más jóvenes...

Sofia terminó de beber y volvió a llenarse la copa.

—¿Me has hecho venir hasta aquí para que me dé cuenta de lo que me estoy perdiendo?

—En cierto modo...

—Mira, he discutido con Andrea por tu culpa. Creo que hacía cinco años que no nos pasaba algo así; al día siguiente todavía estaba de morros... Y dime, ¿cómo fue la noche del aniversario?

—Ah, muy bien, pizza y cine. Después volvimos a casa e hicimos el amor de la manera más clásica, ¡en la cama! ¡Pero yo me esforcé al máximo para que me viera cálida y apasionada! Me inventé unos números...

—¡Lavinia!

—Al menos que piense que todavía me gusta follar con él... Es mejor si no sospecha nada, ¿no crees?

—Ah, claro, ¿y, según tú, no lo sabe? Yo creo que se dio cuenta de que no estuvimos juntas la otra noche...

—¿Por qué?

—Lo noté en cómo me miraba...

Llegaron la ensalada César y los *tonnarelli* con queso y pimienta.

—Aquí tienen. Te dejo el parmesano, por si lo quieres.

Se alejó.

—Gracias...

—¿Has visto? ¡Me ha tratado de tú!

—Pues sí.

—Se ve que todavía parezco una jovencita. La verdad es que tiene un buen culo...

—Te has vuelto loca.

—Venga, lo he dicho a propósito. De todos modos tendrías que haberme seguido el juego con Andrea, te has equivocado al «entregarme».

—Pero si la noche anterior había estado con él, ¿cómo iba a creerse que había salido contigo?

—Y yo qué sé. Podrías haberlo hecho de alguna manera. Cuando te conocí tenías mucha más fantasía, entonces te habrías inventado algo...

—Mira, ya está bien, abandono.

Sofia se lanzó sobre la ensalada y pinchó las hojas casi con rabia, una tras otra. Cogió un picatoste del fondo y, con el tenedor lleno, se lo llevó a la boca.

Lavinia vio que le salían hojas por la boca y se echó a reír.

—Eh, te vas a ahogar...

—Mmm —repuso ella sin conseguir hacerse entender.

—¿Qué has dicho?

Sofia acabó de masticar y se tragó el bocado.

—¡Que a ti te ahogaría yo!

—Gracias, buena amiga... Y yo que te pongo por delante de todo.

—Sí, y qué más... No me hagas decir lo que pones tú por delante de todo.

—Vale. ¿Sabes por qué te he invitado aquí?

—Espero que no sea para que te cubra.

—No. Ya me ha quedado claro: no volveré a ponerte en medio, no te preocupes.

—Oye, puede que no hayas entendido bien cómo sucedieron las cosas... —Sofia dejó de comer y puso los cubiertos en el plato—. Andrea se sintió culpable; pensó en Stefano, en todo lo que ha hecho y sigue haciendo por él, y en cómo se lo estaba pagando...

—¿Qué quieres decir?

—Al no decirle nada, él también se ha convertido en tu cómplice.

Lavinia inclinó la cabeza sobre el plato y empezó a juntar un poco de pasta.

—Andrea es un exagerado.

—Tal vez, pero tú no puedes decidir sobre los sentimientos que tienen los demás.

Lavinia dejó caer el tenedor en el plato.

—¡Y vosotros no podéis decidir sobre los míos!

Levantó tanto la voz que los chicos de la mesa de al lado se volvieron hacia ellas. Lavinia se dio cuenta y se tranquilizó.

Sofia volvió a hablar en voz baja:

—Ya, sólo hay una diferencia: tú nos has metido en tus líos sin pedirnos permiso y, en el caso de que todavía no lo hayas entendido, nosotros no queríamos entrar en eso.

Su amiga se quedó callada. Aquella vez pareció que había comprendido el mensaje.

—De acuerdo, vamos a dejarlo. Ahora ya está hecho.

Siguieron comiendo. Aun así, Sofia decidió seguir con el tema:

—Puede que no lo sepas, pero Andrea quería contárselo todo a Stefano.

—¿Sí? Bueno, me habría hecho un favor. Antes o después tendré que decírselo yo.

—Eres libre de hacer lo que quieras. Yo te aconsejo que no le digas nada.

—Pero ¿qué sentido tiene? No te entiendo. Mi madre también me ha dicho lo mismo.

—¿Se lo has contado?

—Claro, confío en ella... —Permaneció un momento en silencio—. Y también en ti. Aunque las dos tenéis una visión burguesa del asunto.

—Tal vez sólo te estemos aconsejando con madurez. No me pareces una persona muy equilibrada últimamente...

—¿Por qué?

—Hace unos meses decidiste tener un hijo con Stefano. ¿Y ahora? Estás saliendo con otro.

—No estoy saliendo con otro, sólo me acuesto con él. Y es a no llamar las cosas por su nombre a lo que yo llamo visión burguesa.

—De acuerdo: ahora te follas a un tío y hace poco querías tener un hijo con tu marido. ¿Así está mejor?

—Bastante. Tal vez el hecho de que ese hijo no haya llegado sea una señal del destino. También el haber conocido a Fabio podría serlo. ¿Tú no crees en las señales?

—No.

—Pero sí crees en una promesa...

—Sí.

—Eso también es burgués.

—No.

Lavinia se limpió la boca.

—Envidio la fuerza que tienes.

Sofia suspiró.

—No. No soy tan fuerte. Es que no me quedó otro remedio. —Y en seguida añadió—: Pero ahora estoy bien. —Le sonrió—. No deberíamos discutir. Es que tu historia me ha trastornado...

Lavinia le dedicó una sonrisa.

—Pero yo sigo siendo la misma, tu amiga la liante... ¡Sólo que ahora follo un poco más!

—Ah.

Sofia estaba a punto de empezar a hablar de nuevo cuando Lavinia la detuvo:

—Venga, estaba bromeando. —Después le regaló una preciosa sonrisa—. En realidad te he invitado aquí porque tengo una sorpresa para ti. —Y sin darle tiempo a replicar, se sacó una entrada del bolsillo.

Sofia se quedó sin palabras.

—Los U2. ¡No me lo puedo creer!

Lavinia estaba muy contenta.

—¿Lo ves? Eres tú la que siempre quiere echarme la bronca...

—¡Porque te lo mereces! ¿Cuándo es el concierto?

—Esta noche.

—Ostras, me lo podrías haber dicho antes.

—Lo sé, pero no estaba segura de poder conseguirlas. ¡No sabes lo que he tenido que hacer!

—Podría haber avisado a Andrea, ¿a qué hora es?

—A las nueve. Es perfecto. Venga, te recojo en la iglesia y vamos al concierto como dos quinceañeras.

Entonces volvió el camarero.

—¿Y bien? ¿Cómo estaba todo? ¡Pero si no os lo habéis terminado!

—Se nos ha pasado el hambre. ¿Puedes traernos los postres, por favor?

—Como queráis.

Recogió los platos y se alejó.

Sofia buscó el móvil en el bolso y llamó a Andrea.

—Hola, ¿qué haces?

—Estaba trabajando con el ordenador, ¿todo bien?

—Sí, estoy comiendo con Lavinia...

Sofia, al darse cuenta de que Lavinia la estaba observando, se levantó y salió del local. Su amiga bebió un poco de agua y luego contempló a Sofia mientras ésta caminaba arriba y abajo con el móvil puesto en la oreja. Le estaba explicando toda la historia a Andrea, o al menos la que ella creía saber. ¿Cómo iba a reaccionar cuando lo descubriera? Sólo esperaba que no se enfadara demasiado. Tal vez se hubiera equivocado, pero entonces ya era tarde, no podía hacer nada. En aquel mismo momento, Sofia entró y se sentó delante de ella. Era feliz.

—No hay problema. Andrea se organiza él solo. Pedirá una pizza, lo ha hecho otras veces.

Les llevaron la macedonia y el dulce. Las dos empezaron a comer.

—¿Cómo está? —preguntó Sofia señalando el tiramisú.

—Riquísimo... ¿Quieres?

—No debería... Pero hoy es un día especial... —Alargó el tenedor y cogió un trozo—. Mmm, qué bueno. Se come bien aquí.

—¡Sí! ¿Qué ha dicho Andrea? ¿Está contento de que vayas conmigo al concierto o no?

—Sí. Me he tenido que inventar que habíamos discutido un montón a causa de tu comportamiento, que te había amenazado con que no volvería a verte más y que tú hoy habías intentado arreglarlo con los U2...

—Es casi verdad...

—¿Y sabes qué más me ha dicho?

—¿Qué?

—¿No será que os cubrís la una a la otra? —Lavinia estuvo a punto de atragantarse. Bebió un poco de agua. Andrea no sabía lo cerca que había estado de acertar—. ¿Entiendes cómo me ve ahora? Tan culpable como tú... Con una pequeña diferencia.

—¿Cuál?

—¡Que tú follas con otro y yo no!

—Sí... —Lavinia quiso añadir algo más, pero pensó que era mejor no hacerlo.

—Los hombres que aman son celosos.

—Seguramente...

Sofia se comió el último trozo de melocotón.

—Sólo hay una cosa extraña.

Lavinia se quedó helada. «Oh, no —pensó—. ¿En qué me he equivocado? Lo sabía, lo sabía...»

—¿Qué? —preguntó intentando esconder al máximo su miedo.

—Los U2 son uno de los grupos de rock que más me gustan... Sólo que... Antes también lo he pensado... Nunca te lo había comentado, nunca hemos hablado de ello...

Lavinia no perdió el tiempo:

—Eso es que empiezas a perder facultades. Estábamos en tu casa, viendo una película en la tele los cuatro juntos, y emitieron el anuncio de su concierto: te pusiste como loca.

—Pero ¿cuándo?

Lavinia se comió otra cucharada de tiramisú fingiendo naturalidad.

—No sé... Hará dos o tres años.

—No me acuerdo.

—¿Quieres? —Lavinia le ofreció el último trozo de tiramisú en un intento por distraerla.

—No, no, gracias.

Entonces se lo comió ella con un suspiro. Se había convertido en una buenísima actriz.

Sofia miró el reloj.

—Es tardísimo... ¡Me voy corriendo! ¿Pagas tú? Ya te lo daré esta noche... ¿Vale?

—Sí, claro, no te preocupes.

Sofia cogió el bolso, pero antes de irse se volvió.

—¿Y cuál es mi cantante favorito, incluso más que los U2?

—¡No, eso no me lo has dicho nunca!

—¡Norah Jones! —y salió rápidamente.

Lavinia volvió a sentarse, estaba agotada. A saber cómo acabaría aquello. A lo mejor después de aquella noche Sofia conseguiría entender su historia con Fabio. O tal vez no comprendiera nada y la perdiera como amiga. Las cartas estaban echadas. Miró las dos localidades. De todos modos, había conseguido las dos entradas para los U2 gratis y, si todo salía como esperaba, también lograría que Sofia la cubriera. Cogió el móvil y empezó a escribir el mensaje. Miró la hora. Se lo había pedido explícitamente. Tenía que enviarlo justo al cabo de media hora.

Sofia fue corriendo hasta la iglesia donde se hallaba la escuela de música. No estaba en forma; tal vez debería hacer como Lavinia y apuntarse al gimnasio, pero no para entretenerse, sino para recuperar el aliento. Entonces, de repente, aflojó el paso. Delante de la escalinata vio a una mujer. La había visto antes en alguna parte, pero no recordaba dónde. Le sonreía mientras iba a su encuentro.

—Buenas tardes, soy Ekaterina Zacharova, ¿te acuerdas de mí? Estudiamos juntas en los primeros años de formación en el Conservatorio de Santa Cecilia.

¡Pues claro! ¿Cómo había podido no reconocerla?

—Por supuesto, ¿cómo estás?

—Bien, gracias. ¿Sabes que Olga Vassilieva también me estuvo acompañando a mí durante un tiempo?

Lo recordaba perfectamente, había sentido muchos celos por aquel motivo. Pero no lo admitiría nunca. Ekaterina era mayor que ella, había empezado antes y era natural que en aquella época ganara más concursos que ella. Pero luego lo abandonó todo: se casó, tuvo hijos y Sofia la perdió de vista. Ahora que podía mirarla con más atención, se notaba la diferencia de edad que había entre ellas. Tenía arrugas en la cara y el cabello oscuro que entonces la hacía tan fascinante había perdido el brillo. Sofia sentía curiosidad, pero llegaba con mucho retraso. Tenía que encontrar el modo de cortar por lo sano con aquel encuentro.

—Bueno, ha sido una bonita sorpresa. ¿Qué haces por aquí? ¿Vives cerca?

—La verdad es que no. Vivo en Florencia. Enseño allí, pero hoy me han llamado para sustituirte.

Sofia se quedó sin palabras.

—¿Sustituirme?

—Sí. —Entonces se rió casi con embarazo—. Me han ofrecido tanto dinero que no he podido negarme. Es como un año de clases. —Ekaterina se acercó y le dijo casi al oído, en tono confidencial—: ¿Sabes? Estoy divorciada. He tenido muchos problemas últimamente; esto de hoy es la única cosa buena que me ha ocurrido en el último año... —La sustituta la miró con intensidad. No había previsto aquella reacción—. No te supondrá un problema, ¿verdad? Ya me han pagado.

—No, es que no sabía nada... Pero ¿quién ha sido?

—Ah, no lo sé... Vino a mi casa un señor muy elegante, de unos sesenta años; fue la semana pasada. Me organizó el viaje, me reservó el hotel y me pagó en metálico al momento. —Entonces Ekaterina vio que Sofia llevaba las partituras bajo el brazo—. ¿Puedo? —Sofia la dejó hacer, incapaz de reaccionar—. Ah, tú también usas el Hanon para los ejercicios de técnica... ¡A mí me encanta! Es ideal para dar los primeros pasos en piano. Yo también utilizo este método, ¿sabes? Mejor así... Ahora me voy, ya ha llegado uno de tus chicos. Ya verás como se encuentran cómodos conmigo. —Se dio cuenta de que Sofia se había quedado sin palabras e intentó ser amable—: No estés celosa. Es sólo por hoy. Cuando vuelvas estarán más contentos. Has sido siempre tan buena que debe de ser un honor aprender contigo.

Después subió aprisa la escalera.

Ekaterina Zacharova desapareció en el interior de la iglesia e, inesperadamente, un coche se detuvo en el otro extremo de la calle. Permaneció con el motor encendido, tenía los cristales oscuros. Sofia se preguntó si era una casualidad. Cuando la puerta se abrió, todo quedó claro.

## 22

Bajó del coche sonriendo; extendió los brazos y levantó las manos, como para disculparse.

—Espera, no te enfades. —Tancredi la miró intentando convencerla—. Sólo te robaré un minuto...

Sofia no podía creérselo. Debía de estar soñando. Tancredi se acercó a ella mientras la joven bajaba la escalera. Estaba bastante enfadada.

—¿Cómo te atreves a entrar en mi vida sin permiso?

—Pero si no he entrado en ella: sólo le he echado un vistazo y he visto que trabajas demasiado. —Para Sofia era una situación completamente absurda. Creyó que lo mejor sería irse a su casa. Tancredi siguió observándola e imaginó lo que estaba pensando—. De acuerdo, hagamos una cosa: esta tarde pasamos un rato juntos y unimos la utilidad con el placer. —Se dio cuenta de que Sofia se estaba poniendo nerviosa, así que continuó—: El placer podría ser que te tomaras unas breves vacaciones, pero, sobre todo, que haces una buena acción, dado que Ekaterina Zacharova, como sabes, no lo está pasando demasiado bien. Lo útil sería que nos conoceríamos.

—¿Y por qué será útil?

—Porque así después podrás decidir si quieres volver a verme. En caso de que la respuesta sea no, desapareceré.

—Ya lo habías prometido, y sin embargo aquí estás.

—No. Pasaba por casualidad por la zona cuando te he visto en la escalinata y, de repente, me he dado cuenta de que tenías la tarde libre... A propósito, ¿no te parece extraño que siempre nos encontremos delante de una iglesia?

–No me parece extraño, todo esto me parece absurdo... –Tancredi estaba de pie frente a ella. Llevaba una americana azul, una camisa blanca y unos pantalones de algodón grises. Iba muy elegante. Sofia no conseguía explicarse aquella situación. Había vuelto a ocurrir y le molestaba aquella intrusión en su vida. Aun así, era cierto que la constancia de Tancredi había conseguido avivar su curiosidad–. No te rindes nunca, ¿eh?

–Casi nunca. A veces sí, sólo cuando me doy cuenta de que podría resultar maleducado. Si me dices que no te busque más, esta vez lo haré.

–¿Mantendrás tu palabra de verdad?

Tancredi cruzó los dedos sobre la boca.

–Lo juro.

Sofia se echó a reír.

–¡No había visto un gesto así desde que dejé los escoltas! ¡Hace casi veinte años!

–¿Lo ves?, me necesitabas a mí para volver a ser una escolta, y sobre todo para hacerte reír.

Ella levantó una ceja.

–¿No volveremos a vernos después de hoy?

–Si tú no quieres, no, ya te lo he dicho.

–¿Y si me secuestras?

Tancredi suspiró.

–¿Gregorio? –Se abrió la ventanilla delantera. Savini se asomó–. ¿A que no voy a secuestrarla?

–En absoluto, señora, puede fiarse de él.

Sofia miró a Tancredi y él extendió los brazos como diciendo: «Lo has visto, ¿cómo no te vas a fiar?» Entonces ella también sonrió. Había que reconocer que la situación era bastante divertida, no había nada de malo en charlar un rato con él. Darían una vuelta y luego no volverían a verse. Decidió aceptar la invitación.

–De acuerdo.

Tancredi abrió la puerta del coche y la hizo subir; después la cerró y rodeó el vehículo hasta alcanzar la otra portezuela. Subió él también y el elegante Bentley Mulsanne arrancó sigilosamente. Tancredi la miró. Sofia parecía encontrarse a sus anchas.

—Estoy muy contento de haber sido capaz de convencerte. Habría sido un error no darnos esta oportunidad de conocernos un poco mejor.

Sofia levantó las cejas.

—¿Un error para quién?

—Para los dos, tal vez...

El automóvil circulaba de prisa. Tancredi pulsó un botón y una gruesa mampara de cristal se interpuso entre ellos y el chófer. Cuando se cerró del todo, Tancredi la miró: era más bonita de lo que recordaba, de como aparecía en todas aquellas grabaciones y en las fotos. Mientras observaba su boca, sus ojos que miraban hacia delante, sus manos inmóviles sobre las piernas, recordó las redacciones que había leído, sus poesías, las frases que había subrayado en aquellos libros, las que había escrito en sus diarios. Se acordó de cómo la había visto de jovencita en las fotos del pueblo, en aquella motocicleta...

Sofia se volvió hacia él.

—Has conseguido lo que querías, ¿estás contento?

—Mucho. ¿Tú no?

—Yo no lo he buscado.

—Tienes razón.

—Si te hubieran dado a ti una sorpresa así, ¿cómo te la habrías tomado?

Tancredi sonrió.

—Buena pregunta. ¿Me dejas que lo medite un momento?

—Claro.

Sofia, en cambio, pensó en su vida, en sus alumnos con Ekaterina Zacharova, en ella en aquel coche con un desconocido. Y luego en su marido. ¿Qué habría dicho Andrea de todo aquello? Y de repente se acordó de una frase de Lavinia:

«"El sentimiento de culpa pertenece a nuestra cultura, nos lo ha inculcado la Iglesia..." ¿Y entonces? ¿Yo me siento culpable? —Y en aquel instante se dio cuenta—: No. Me siento libre.»

—Quizá me hubiera dado miedo.

Las palabras de Tancredi la sacaron de sus pensamientos.

—¿En qué sentido?

—El mundo está lleno de locos... Pero si después hubiera visto a

Savini, me habría tranquilizado. Mejor dicho, me habría gustado una sorpresa así. ¿Quieres darme una tú también?

—No sería capaz. No soy tan testaruda como tú, nunca habría podido encontrar a Ekaterina. Y además, cuando me dicen que no, con una vez tengo bastante.

—Es que yo finjo que no oigo.

—Esta vez lo has jurado.

—Es verdad... —Repitió el signo de los escoltas y Sofia volvió a reírse.

—De todos modos, hacia las ocho y media tengo que estar de nuevo en la iglesia. Tengo un compromiso esta noche.

—¿Seguro?

—Claro. No te estoy mintiendo.

Tancredi permaneció en silencio durante unos segundos.

—Entonces haremos una cosa: si el compromiso de esta noche se cancela, te quedas conmigo.

—Es imposible que se cancele.

—Apostémonos algo.

—¿Y yo qué gano?

—Lo que quieras. ¿Quieres bajar del coche? ¿Tienes miedo?

—No tengo miedo.

—Pero tal vez te lo hayas pensado mejor y no te apetezca estar conmigo.

—No me lo he pensado mejor.

Sofia miró hacia delante y se le ocurrió una idea:

—Si mi compromiso no se cancela, tú me dejas durante todo un día a mis anchas con este señor de aquí delante para que me haga de chófer y me lleve a donde quiera.

—¿Incluido el coche?

—¡Claro!

—De acuerdo, y si el compromiso que tienes se cancela te quedas conmigo hasta medianoche...

—Perfecto.

Tancredi le tendió la mano.

—La apuesta está hecha. —Sofia se la estrechó. Sintió un escalofrío. Él la miró a los ojos—. Y las apuestas se pagan.

—Yo siempre las pago.

Le sonrió.

—Mejor así.

Era guapo y se mostraba muy seguro de sí mismo. A veces le daba miedo, otras la hacía reír. Sofia retiró la mano.

—Lo siento. Has perdido...

Tancredi se rió.

—¿Cómo puedes estar tan segura?

—Porque una amiga mía ha comprado entradas...

—Para un concierto.

Sofia se quedó atónita. ¿Cómo podía saberlo? A lo mejor sólo se lo había imaginado, quizá lo hubiera dicho por ver si acertaba.

—Sí, y como sabe que es algo que me gusta muchísimo...

—No te haría nunca una cosa así, ¿es eso? Pero puede que surja un imprevisto, algo que tú no hayas tenido en cuenta. Tal vez te haya escrito un mensaje para avisarte de que por desgracia no puede ir...

Sofia lo miró con fijeza. No podía creérselo, no era posible. Lo decía por decir, se estaba marcando un farol. No conocía a Lavinia. No podía haber organizado todo aquello. Abrió el bolso y buscó en los bolsillos, debajo del monedero, de la agenda, de las llaves, hasta que encontró el móvil. Lo abrió y vio el sobre que parpadeaba. Sí, pero podría ser cualquiera: Andrea, algún amigo, el aviso de que tenía una llamada perdida de un momento en el que no había cobertura. Entonces Sofia leyó el mensaje y se quedó de piedra. Era de Lavinia: «No te enfades. Voy a ver a los U2 con Fabio, no puedo decirte nada, pero creo que tu programa te gustará más, te quiero.»

Tancredi la miró con una sonrisa.

—Mi padre siempre me decía: «Por estar demasiado seguros, se pierden las apuestas más fáciles.»

Sofia se había quedado sin palabras. ¿Quién era aquel hombre? ¿Por qué hacía aquello? ¿Había conocido también a Lavinia? ¿Había sido él quien le había dado las entradas? ¿Cómo sabía lo de los U2? Creyó que se volvía loca.

—Déjame bajar.

Tancredi se puso serio.

—Pero no es justo. Has perdido la apuesta. Las deudas hay que pagarlas.

El coche seguía su marcha.

—¡He dicho que me dejes bajar!

Sofia empezó a darle puñetazos al cristal que la separaba del chófer. Savini se dio cuenta. Miró a Tancredi por el espejo retrovisor y él le hizo un gesto de asentimiento. El coche se paró junto a la acera. Sofia se bajó corriendo de la parte de atrás y Tancredi salió inmediatamente detrás de ella.

—Espera, venga, no te enfades... —Intentó detenerla. Ella se liberó en seguida y se volvió para encararse a él:

—No me toques o me pongo a gritar.

—Tienes razón, perdona, pero hablemos un momento... —Sofia se puso a caminar de nuevo a toda prisa. Tancredi iba a su lado—. Sólo quería verte.

—No me gustas. No sabes pedir las cosas.

—¡Es que si te las pido siempre me dices que no!

—Y eso quiere decir que no y basta, hazte a la idea.

Tancredi continuó intentando hacer las paces.

—Perdona, pero eres injusta. ¡Podría haberte pedido mucho más! ¡Yo ya sabía que iba a ganar! En cierto modo he sido honesto...

—Tienes un concepto de la honestidad un poco extraño.

—Bueno, pues digamos que no me he aprovechado. Sólo te he pedido un poco más de tiempo... Venga, no te pongas así.

Le puso de nuevo la mano en el brazo. Ella se paró de repente y lo miró, molesta. Tancredi levantó rápidamente los brazos, como diciendo: «Tienes razón. ¿Lo ves?, no te toco.» Sofia exhaló un suspiro.

—¿Cómo has conocido a Lavinia?

—Ha sido una casualidad, soy amigo de Fabio. —No era verdad, pero aquello la tranquilizó. Permanecieron un segundo en silencio—. Tienes razón, me he equivocado. Hagamos una cosa: aunque hayas perdido la apuesta, te presto al chófer para que me perdones...

Aquella última frase la hizo reír. Después volvió a ponerse seria.

—No me líes más. —Se volvió de espaldas y regresó al coche caminando de prisa. Tancredi la alcanzó y le abrió la puerta. Sofia lo miró a los ojos—. Te lo repito por última vez: no vuelvas a engañarme nunca más. —Tancredi realizó un movimiento con la mano—. Y no jures como los escoltas.

Sofia subió al coche. Una vez Tancredi también hubo entrado, Gregorio Savini arrancó. De vez en cuando echaba un vistazo por el retrovisor para ver cómo iban las cosas. Era extraña aquella chica, parecía distinta de todas las demás. Tenía más carácter y era independiente. Por lo poco que había leído y comprendido de la documentación, era una muchacha profunda y sensible. Savini volvió a mirar por el espejo. Las cosas se habían arreglado, estaban riendo de nuevo. ¿Habría conseguido Tancredi salirse con la suya? Y, cuando la consiguiera, ¿se cansaría en seguida de ella? Sí. Sería como con las demás: la dejaría una mañana temprano con un regalo, una nota, unas flores, con una de las muchas frases que ya había utilizado para hacerse olvidar sin rencores.

¿Y si fuera ella la apropiada? ¿Existe una mujer adecuada para cada hombre? ¿Era ella la mujer que le estaba destinada a Tancredi? Savini sonrió. Tancredi enamorado, eso sí que habría estado bien.

—Bueno, ¿puedo ofrecerte algo? —El joven abrió un pequeño mueble de madera clara situado en el centro del coche, empotrado entre los dos asientos delanteros. Una luz iluminó diversas clases de bebidas: cerveza, cerveza sin alcohol, Crodino, bíter blanco y rojo, Campari, una botella de medio litro de vino blanco, un tinto, un botellín de champán.

Sofia no mostró ninguna admiración.

—Un Crodino, gracias.

Tancredi lo cogió, le quitó el tapón y lo sirvió en un vaso.

—Aquí tienes, ¿quieres también unas aceitunas, patatas fritas, cacahuetes?

—No, gracias...

Esperó a que él también cogiera algo. Tancredi abrió una cerveza, se la sirvió en un vaso y lo levantó hacia ella.

—Por nuestra primera salida...

Sofia lo miró. Le habría gustado añadir: «... y también la última», pero le pareció demasiado descortés, así que brindó y empezó a beber. Mientras tanto, lo observaba. Qué raro: lo había conocido en pantalones cortos y camiseta, mojado y sin nada con lo que cubrirse, pero se lo volvía a encontrar vestido con elegancia, con un espléndido coche y encima con chófer. «Cómo engañan las apariencias —se

dijo espiándolo desde detrás del vaso–. Es guapo, es misterioso, seguramente rico y tal vez deshonesto. Quién sabe cómo habrá conseguido su riqueza. ¡Imagínate que me arrestaran en su compañía! ¡Qué
pensarían Andrea, mis padres, mis amigas, Olja!»

–Bueno, ¿a qué te dedicas tú en la vida?

–¿Quieres decir que en qué trabajo?

–Bueno, sí, aparte del hecho de que tienes mucho tiempo libre...

–Sí... –Le sonrió, había sido una estocada certera–. ¿A ti qué te
parece que hago?

Sofia se lo imaginó todo sudado, con una máscara en la cara, en
una gran hacienda en Bolivia, dando vueltas por las cubas y controlando las fases de elaboración de la pasta de coca.

–Pues, no sé. Tal vez te dediques al comercio... –Bebió un poco de
Crodino–. Espero que a algo legal...

–También me dedico a eso. Bastante legal. –Sofia lo miró con
preocupación–. Quiero decir que tengo empresas en el extranjero e
intento explotar al máximo las posibilidades de la importación-expor-
tación. Te pondré un ejemplo: si la madera que se corta en Canadá
llega directamente a Italia, pagas una cantidad; pero si la compras
desde otros países europeos y después la importas a Italia, te ahorras
un cincuenta por ciento...

–Ah... –Pero aquello no la había ayudado a entender en qué trabajaba con exactitud, así que decidió ser más directa–: No me gustaría meterme en ningún lío precisamente hoy, cuando, como dices tú,
es nuestra primera salida...

–No. De momento no van a arrestarme... He mirado el horós-
copo. –Tancredi podría haberle hablado de los centenares de accio-
nes que formaban parte de su patrimonio, de sus inversiones y de
su infinita riqueza, pero lo consideró inútil por completo. Sabía perfectamente que a ella no le interesaba todo aquello–. ¿Tú enseñas
música?

–Sí, pero eso ya te lo dijo Simona, tu espía de seis años. Tienes
muchas mujeres informadoras.

–Pues sí. –Tancredi sonrió. Sofia se preguntó qué le habría contado Lavinia en realidad, si le habría hablado de sus éxitos internacionales, de su particular historia. De por qué había dejado de tocar...–

No me ha contado nada más... —Había adivinado sus pensamientos y no quería ponerla en un aprieto—. Excepto una cosa...

—¿El qué?

—Es una sorpresa.

—Me gustaría saberlo...

—Pero si te lo cuento estropearemos la sorpresa. Así que mira... —consultó el reloj—, lo sabrás, como máximo, dentro de cinco o seis horas. ¿Puedes aguantar?

Sofia pensó que no debía de tratarse de nada importante. Sí, podría aguantar, así que lo dejó correr. Le contó lo que había pensado de él la primera vez que lo vio.

—Pero ¿te das cuenta? Pensé: y ahora éste qué quiere, con sus pantalones cortos y completamente mojado; como mínimo, me roba el bolso, o peor aún, el coche, que justo aquel día me había prestado Lavinia.

—¡Sí hombre!

—¡Sí! Y cuando te encontré en el bar, al principio pensé de verdad que se trataba de una casualidad. Lo cierto es que a veces soy realmente ingenua... —Entonces puso mala cara—. Pero otras veces no, ¿eh...? No si me lo propongo.

—Ah, claro... No lo dudo.

—¿No me crees?

—¡Cómo no! ¿Quieres volver a apostar? Da la casualidad de que tengo alguna fecha libre para la próxima semana...

—¡Mejor que no! A saber en qué otro lío me meto... Tú ya sabías que Lavinia iba a ir al concierto con Fabio. Has jugado sucio.

—Nunca he dicho lo contrario, no habría puesto en peligro a mi chófer tan fácilmente. —Siguieron riendo y bromeando—. Y qué era aquella música del coro...

—Bach, *La Pasión según San Mateo*.

—Era extraordinaria, aunque no la había oído nunca.

—Parece que Bach en esa obra, mientras escribía sobre la crucifixión, se puso a llorar y mojó la partitura con sus lágrimas... —Tancredi estaba embobado mirándole la boca, los labios, las expresiones divertidas—. Pero ¿me estás escuchando?

—Pues claro, Bach...

—Pero si eso lo he dicho hace media hora...

Se rió a gusto y, por primera vez desde hacía muchos años, se dio cuenta de que no estaba pensando en nada, absolutamente en nada, y se sintió ligera y alegre. No obstante, de repente dejó de sonreír. Sin quererlo, se puso a mirarse desde fuera: era uno de los muchos peatones que había en la acera; veía pasar aquel coche con chófer que llevaba detrás a un hombre y a una mujer que se reían. Se reían. Y aquella mujer era ella. Entonces se acordó de lo que le había dicho Andrea poco antes de que se casaran:

—¿Sabes de qué tengo miedo?

Ella estaba colocando unas camisas en el armario.

—¿Tú? Pero si no has tenido miedo de nada en tu vida...

—Espera, espera, tiene que ver contigo... —dijo él desde el dormitorio. Entonces Sofia dejó lo que estaba haciendo y apareció en la puerta, dispuesta a escucharlo.

—¿De qué?

—De que un día quieras que alguien te corteje...

—¡Para eso estarás tú, espero!

—No, de que te corteje alguien a quien no conoces. Y de cortejar. Eso es lo que me da miedo: tus ganas de que te admiren, tus ganas de gustar y de conquistar; esas frases dichas a medias cuando empiezas a conocerte, los sobreentendidos, las alusiones, el intercambio de ocurrencias que a veces se produce entre un hombre y una mujer para decidir quién tendrá el poder...

—¿El poder? ¿De qué?

—Del amor.

Reflexionó en silencio sobre aquellas palabras. Pensó que se trataba de un miedo normal antes de dar el gran paso y decidió no darle demasiada importancia. Pero entonces, después de cinco años, sus palabras le habían vuelto de pronto a la memoria. ¿Tenía razón Andrea? Tancredi la trasladó hasta el presente con una broma y ella se rió, porque sabía que aquél era el momento de reírse. Y porque la hacía reír, porque aquel hombre era gracioso y guapo y misterioso y rico y fascinante. Y la estaba cortejando. Y ella se sentía admirada, le gustaba gustarle y, de algún modo, quería conquistarlo. Terminó de tomarse el Crodino. Cinco años atrás no habría contestado a aquellas preguntas, pero en aquel momento lo hizo. «Es sólo un pasatiempo, Andrea, no te preocupes. En este caso no tenemos que decidir quién tendrá el poder del amor. Es una simple huida. Ya te lo he dicho: después de hoy no volveré a verlo nunca más, tanto si él lo jura como si no. Lo juro yo, y ya sabes cómo soy.» Entonces Sofia escapó y volvió con Tancredi, a aquel juego.

—¿Adónde vamos? ¿Me lo vas decir o no?

—No puedo, forma parte de la sorpresa...

—Ah...

Entonces, de pronto, otra pregunta de Andrea resonó en su mente:

—¿Estás segura de que sabes cómo eres? ¿No podrías haber cambiado a lo largo de todo este tiempo? —Ella hizo como si nada. Andrea continuó—: ¿Qué pasa, no me contestas? No lo sabes, ¿verdad?

Cerró los ojos durante un instante. Estaba cansada. Cansada de tener que rendir cuentas.

—Hemos llegado.

Tancredi le sonreía y la salvó de aquella ráfaga de preguntas que iban a quedar sin respuesta. Se levantó una barrera y el coche entró en una gran explanada. Entonces ella leyó el cartel:

—Pero si es un aeropuerto...

Gregorio Savini mantuvo la puerta del coche abierta.

—Por favor, por aquí.

La hizo bajar.

Tancredi abrió los brazos.

—Y eso es un avión. En la apuesta no hemos dicho que no pudiéramos desplazarnos...

Sofia se había quedado sin palabras, caminaba entre ellos como alelada.

—Pero yo no llevo nada...

—No necesitas nada...

Al cabo de un momento se encontró sentada en un gran sillón de piel. La puerta se cerró frente a ella.

—Oye, que yo tengo que estar en casa a medianoche...

—Eres peor que Cenicienta. Lo estarás.

Sofia se echó a reír; después una azafata bonita y elegante le preguntó si quería algo.

—Nada, gracias...

Un capitán de pelo entrecano y voz un poco ronca la saludó:

—Buenas tardes.

Después se dirigió a la cabina, donde estaba el segundo piloto. El capitán se sentó a su lado. Los vio pulsar unos cuantos botones, bajar varias palancas. El segundo también la saludó con una sonrisa:

—Cuando despeguemos, si quiere, puede venir a la cabina.

—No, no... Gracias —rehusó con educación.

Un momento después, se encontró con una copa en la mano.

—¿Brindamos?

Sofia levantó la copa.

—¿Por qué?

Tancredi lo pensó durante un instante. Luego, no lo dudó:

—Por la música. Que se enseñe, que se escuche, que forme parte de nuestra vida, que siempre sean las notas más bellas... Por la música de nuestro interior.

Sofia se sintió feliz de brindar con él; sonrió y luego bebió. El champán estaba muy frío, lleno de burbujas, ligero, seco, perfecto. Casi no había tenido tiempo de dejar la copa cuando la azafata volvió a llenársela. A continuación desapareció como por arte de magia. Las luces se atenuaron. Desde la gran ventanilla Sofia divisaba la ciudad. Ya estaban a bastante altura, algunas nubecillas se teñían de rosa, parecían ovillos de lana que las alas cortaran por la mitad. A lo lejos se veía el mar. Sobre aquel azul aparecían manchas blancas de espuma de forma espontánea; debían de ser las olas. Entonces se le acercó el auxiliar de vuelo:

—¿Quiere venir, señora? Al capitán le gustaría que se reuniera con él.

Sofia miró a Tancredi como para pedir permiso o simplemente preguntarle: «¿Qué hago?»

—Ve si te apetece... —Tancredi se rió—. Sólo te quiere a ti. De mí ya está harto.

Así que, escoltada por el asistente de vuelo, se dirigió a la cabina. El comandante la saludó:

—Por favor, siéntese.

—Pero a ver si voy a tocar algo y armo un lío.

El comandante soltó una carcajada.

—Al menos así animaría un poco la tarde... —En seguida la tranquilizó—: No se preocupe, no puede suceder nada.

Sofia se sentó a su lado. Miró hacia delante. No había nada, sólo
el horizonte a lo lejos y, cuando entraban en una nube, todo se preci-
pitaba a una velocidad increíble. Apenas tenía tiempo de verla cuando ya había pasado. Más allá. Aquello era volar: estar más allá. Como
si no hubiera distancias, en un instante estar en otra parte y pertene-
cer al mundo. Aquella extraña sensación fue la que tuvo Sofia mientras estuvo sentada al lado del comandante.

—Gracias. Es precioso.

—No hay de qué —contestó él. Y ella siguió mirando aquel infinito,
delante de sus ojos. Más abajo veía pasar el mar, ciudades, bosques,
carreteras, lagos, otros bosques más oscuros. Y poco a poco fue ano-
checiendo.

—Perdóneme, tendría que recuperar mi puesto —le dijo el segundo
mientras sonreía con embarazo.

—Pues claro... Perdóneme usted. —Se levantó y salió de la cabina.

Gregorio Savini observó a la chica mientras regresaba a su asiento
y la puerta se cerraba a su espalda. Se sonrieron. Él siguió hojeando el
periódico. Sofia se sentó. Cuando la vio llegar, Tancredi se levantó.

—Y bien, ¿cómo ha ido? ¿Has tenido miedo?

—Para nada. Es increíble. Ha habido un momento en el que ha gi-
rado a la derecha, así que vamos hacia allí...

Señaló la dirección intentando, curiosa, adivinar adónde iban.
Tancredi asintió.

—Sí...

Entonces le movió un poco el brazo.

—Pero un poco más hacia allá.

—Ah. —Sofia fingió que lo había entendido—. ¿Sabes? Es la primera vez que estoy contenta de haber perdido una apuesta.

Tancredi le sonrió.

—Es la primera vez que yo estoy contento de ir a Verona.

## 23

El avión aterrizó un poco más tarde. A la salida del aeropuerto, los esperaba un coche idéntico al de Roma. Tancredi se hizo el gracioso y abrió el cajón de madera, el de en medio de los dos asientos delanteros del vehículo.

—Bueno, ¿puedo ofrecerte algo? ¿Una cerveza, un bíter blanco o rojo, un poco de vino, champán...?

Sofia le siguió el juego.

—Me parece que esta escena ya la he vivido. —Se puso el índice sobre los labios, como si fuera una niña pequeña—. ¿O no? —Aquel gesto excitó muchísimo a Tancredi—. Es como estar en aquella película en la que cada día se repetía la misma historia...

—Ya sé cuál dices, la de Bill Murray, esa en la que siempre vive la misma jornada y así consigue conquistar a las mujeres, porque aprende a conocer sus gustos. La primera vez puede que te equivoques, pero si al final lo sabes todo sobre la persona que te interesa, está claro que resulta más fácil...

—Sí...

—Pero así no tendría ninguna gracia, ¿no?

—No, creo que no.

Tancredi hizo como si nada. Al cabo de un momento, se lo pensó mejor:

—Algunas películas hacen que la vida parezca mucho más fácil de lo que es. Por eso llegan las decepciones después.

—O tal vez nos sintamos decepcionados por haber pedido demasiado. —Permanecieron un rato en silencio. Entonces Sofia se volvió hacia él–. Pero esta noche es tan bonita como una película.

–Me alegra que te estés divirtiendo. Aquí es, hemos llegado.

El Bentley se detuvo delante del Due Torri Hotel Baglioni. Gregorio Savini se bajó del coche y le abrió la puerta para que bajara. Sofia se quedó impresionada por la belleza del hotel, en pleno centro de Verona. Entonces se puso tensa. ¿Para qué se habían parado en un hotel? ¿Qué iban a hacer allí? Intentó calmarse. Tal vez formara parte de la sorpresa.

–¿Está aquí el secreto?

Tancredi sacudió la cabeza.

–No, aquí descansaremos un poco...

–Pero si no estoy cansada.

–Si quieres, charlamos un poco o nos damos una ducha.

–¿Es aquí donde traes a tus mujeres? –le preguntó Sofia, molesta. La llegada del director, que apareció en aquel instante, salvó a Tancredi.

–Doctor Ferri Mariani. ¡Por fin! Estoy encantado de que nos visite, es un placer conocerlo.

–¿Lo ves?, es la primera vez... –susurró Tancredi.

El director llamó a unos mozos.

–¿Llevan maletas, algún equipaje?

–No, estamos de paso, nos vamos casi en seguida.

El director se sorprendió.

–Cuando me llamó el año pasado para informarse sobre el hotel, me sentí muy honrado y, cuando después lo compró, fui muy consciente de mis responsabilidades... ¿Quiere verlo?

–No, volveré pronto. Hoy estamos de vacaciones.

–Muy bien, como usted desee. Entonces les acompaño. –El director pasó a la recepción y a continuación tomaron el ascensor–. Por aquí, señora. Ésta es su suite... –Abrió la puerta con una tarjeta magnética e invitó a Sofia a entrar–. Por favor... Aquí está el dormitorio, por si quiere descansar; aquí está el salón, aquí el baño y ésta es la vidriera que da a la terraza. Desde aquí se pueden ver los campos y las viñas de nuestro buen Valpolicella, allí se ve la Arena donde... –Advirtió la mirada de Tancredi y comprendió que estaba hablando demasiado–. Bueno, en definitiva, es una suite muy famosa. Para cualquier cosa, llámenos, estaremos encantados de serle útiles.

Una vez sola, Sofia se sentó en la cama, se dejó caer hacia atrás y se quedó tendida mirando hacia el techo. «No me lo puedo creer. Este hotel es precioso y Tancredi lo ha comprado. Sólo esta habitación es más grande que toda mi casa.» Dio unas cuantas vueltas por el salón: había un televisor de plasma de al menos cuarenta pulgadas colgado de la pared como un cuadro; también había un lector de CD Bang & Olufsen sobre la mesa; contaba con dos grandes altavoces y una superficie plana y vertical para los CD que se abría con tan sólo rozarla. Luego fue al baño. Era de un mármol perfectamente trabajado y la ducha tenía un enorme grifo cuadrado. Probó el agua, que se podía regular con unos botones. Brotaba como una especie de lluvia tropical, o con un chorro más lento –como el agua que baja de los canalones–, o con un chorro único, más fuerte, como una cascada.

Oyó que el teléfono sonaba. También se podía contestar desde el baño.

–¿Sí?

–¿Estás en la cama? ¿Duermes?

«Ya está, lo sabía», pensó Sofia.

–No. Y además, si estoy durmiendo, ¿cómo voy a contestar?

–Bueno, quizá porque te hubiera despertado... ¿Puedes salir a la terraza?

–Claro. –Sofia colgó y se dirigió hacia la vidriera. Salió afuera. El balcón lindaba con la otra habitación. Miró a su alrededor.

Tancredi estaba al fondo de la baranda, así que se dirigió hacia allí.

–Mira... –Le señaló las colinas lejanas y el sol todavía alto sobre los viñedos–. Cuando el director me habló de esto, me convenció. ¿A que parece una mujer tendida sobre un manto verde? Aquellos son sus senos y lo de abajo unas piernas largas. Y esos viñedos, ¿no te parecen la tela de su vestido, y el sol de ahí al fondo su sonrisa?

Sofia entrecerró los ojos. Las colinas sí que recordaban el cuerpo de una mujer.

–Es verdad.

—A veces no sabemos apreciar lo que nos rodea. Siempre tenemos demasiada prisa...

—¿Qué quieres decir?

Sacudió la cabeza.

—¿Lo ves? Tú buscas otra cosa en mis palabras, tal vez una insinuación. Sin embargo, yo simplemente quería decir lo que he dicho. La belleza está a nuestro alrededor. A veces estamos ciegos. —Sofia sonrió y al fin se relajó. Tancredi se dio cuenta—. Eso es, ahora parece que me he explicado bien, lo veo. Es una lástima perderse las cosas bonitas de esta vida. ¿Nos vemos abajo a las seis? —Miró el reloj—. Dentro de cuarenta minutos, ¿de acuerdo?

—Sí.

Sofia volvió a entrar en su habitación, se quitó los zapatos y se tendió en la cama. Cruzó las piernas y se puso las manos en la barriga. Cerró los ojos y empezó a pensar. Poco a poco fue repasando todo lo que había ocurrido con Tancredi: el encuentro en la iglesia, la charla en la escalera, después el nuevo tropiezo en el bar y, al final, aquel día, Lavinia, las entradas para los U2, Ekaterina Zacharova, el avión y, entonces, Verona. No podía creérselo, se sentía como arrastrada, arrancada de sus puntos de referencia. Y se había dejado llevar. ¿Dónde acabaría?

Se echó a reír. Qué exagerada, ¿dónde podía acabar? En ningún sitio. Iba a vivir aquel día y más tarde lo recordaría. Se lo contaría a Lavinia después de echarle una buena bronca. Como se conocía, cogió el móvil, programó el despertador a las seis menos diez y lo apagó. De todos modos, estaba en clase con sus chicos, ¿no? Tampoco podía tenerlo encendido. Y con aquel pensamiento, se durmió.

El cielo rosado del atardecer. Unas gaviotas vuelan bajas, cada vez más, y rozan el agua. Una de ellas coge algo con el pico; durante un segundo, se la ve a contraluz, brilla en el azul del mar. Luego toma altura, va subiendo, cada vez más arriba, y se pierde entre las nubes con su pescado. Sofia está tendida en la arena, apoyada sobre los codos, las piernas ligeramente dobladas. No lleva nada, está desnuda y bronceada. Divisa unos rizos claros entre las piernas y ninguna marca de bañador. Se toca el pecho, se acaricia el pezón, se vuelve a poner un poco de crema.

—Eh, pero ¿qué estás tramando tú sola? ¿No me esperas? —Su voz. Cálida, sensual, maliciosa, escondiendo una carcajada. Sofia mira a la derecha, a la izquierda, a su espalda—. Estoy aquí...

Entonces por fin lo ve. Está en el agua, delante de ella. Sofia cierra un poco las piernas mientras él sale del mar. Sonríe mientras camina. El agua le llega al pecho, después desciende más abajo, hasta el vientre, hasta la cadera... Él tampoco lleva bañador. Sigue caminando. Ahora el agua sólo lo cubre hasta la altura de los muslos y Sofia, al verlo, se sonroja. Pero no se vuelve, sino que mira su deseo. También Tancredi sonríe, sin vergüenza, sin pudor, mirándola entre las piernas ya entreabiertas. Entonces se oye el grito fuerte de una gaviota, aún más fuerte, cada vez más. Parece como si el mar se retirara. Las nubes desaparecen, el cielo se despeja.

De pronto Sofia abrió los ojos. El despertador. «¿Ya? ¡Cómo ha volado el tiempo! Para mí que es la tensión de toda esta historia. —Se sentía todavía caliente y excitada—. Menos mal que ha sonado el despertador. —Quién sabe lo que habría ocurrido después, se habría tendido a su lado, ¿y luego? Se sonrojó—. Menos mal que me he despertado. ¿Con qué cara lo habría mirado si hubiera soñado hasta el final?» Se echó a reír, fue al baño, se lavó la cara con agua fría, se maquilló con lo poco que llevaba y se peinó. Después se miró al espejo. «Pero ¿qué te está pasando? ¡Normalmente nunca te acuerdas de los sueños!» Luego salió de la habitación. Llamó el ascensor y, cuando llegó al vestíbulo, miró a su alrededor.

El director salió a su encuentro:

—El doctor Ferri Mariani la está esperando fuera.

Sofia le dio las gracias y se dirigió a la salida.

—¡Aquí estoy! —Tancredi estaba fuera, pedaleando sobre una bicicleta—. Aquélla es la tuya. —Le señaló con la barbilla una bicicleta que estaba aparcada delante del hotel, ligeramente apoyada en el caballete—. Pero sabrás montar, ¿verdad? ¿No te irás a caer? ¡A ver quién aguanta luego a tus alumnos si, en vez de tener un día a Zacharova, la tienen durante un mes!

Sofia rió divertida.

—¡Pues claro! ¡Todavía estoy en forma! —Y diciendo aquello, levantó el caballete, subió a la bicicleta y empezó a pedalear—. Mira...

también sé ir sin manos. —Las quitó y recorrió unos metros. En seguida, viendo que se ladeaba, cogió de nuevo el manillar—. Y bien, ¿adónde vamos?

—Por aquí...

—¿Seguro?

—¡El director me ha hecho un plano!

Y de aquel modo se pusieron a pedalear el uno junto al otro, tranquilos, serenos, sin prisa.

—¿Has descansado un poco?

—Sí...

Sofia pensó en su sueño, en la imagen de Tancredi saliendo del agua excitado. Ladeó la cabeza de manera que el pelo le cayera delante de la cara y se escondió al notar que se sonrojaba.

—Aquí es, hemos llegado. Ésta es la famosa casa de Julieta. —Dejaron las bicicletas a un lado—. ¿Habías estado antes en Verona?

—Sólo una vez. —Sofia se acordó de que había tocado en la Arena en un concierto muy importante acompañada por grandes músicos extranjeros—. Pero no había estado en la casa de Julieta.

—Bueno, pues ése es el balcón y ésa es la estatua. Ya sabes qué hay que hacer, ¿no?

—Sí.

Acarició el seno derecho de Julieta y cerró los ojos.

—¿Qué deseo has pedido?

—No se puede decir: si no, no se cumpliría.

—Pero si se cumple, ¿me lo dirás?

—Sí...

Después Tancredi también tocó el pecho de la escultura. Se volvió y la miró.

—Yo también te lo diré... Si se cumple. —Y lo dijo sin insinuar nada, al menos eso le pareció a Sofia. Después volvieron a coger las bicis—. Es tarde, dentro de poco vendrá el coche a buscarnos al hotel, ¡debemos darnos prisa! ¿Te atreves a echar una carrera?

—¡Por supuesto!

Sofia comenzó a pedalear con fuerza.

—¡No vale!

—¿Cómo que no? —Se levantó del sillín para hacer más fuerza con las piernas y se dirigió a toda velocidad hacia la piazza delle Erbe; aceleraba cada vez más, y casi voló a lo largo del corso Sant'Anastasia y hasta llegar al hotel–. ¡Primera! –Frenó casi clavando la rueda delantera; tuvo que poner en seguida los pies en el suelo para no caerse–. ¿Has visto? He ganado.

Un poco después llegó Tancredi.

–Me parece que te entrenas los domingos...

–Qué tonto... No había vuelto a montar desde que era pequeña... –Entonces se pasó una mano por la espalda–. Creo que debería darme una ducha. ¡Estoy completamente sudada!

–De acuerdo, cuando estés lista te espero abajo.

Sofia cogió el ascensor y, al llegar a la planta, entró en la habitación.

Mientras se desnudaba, se puso a sonreír. Se lo estaba pasando bien. Hacía tanto tiempo que no disfrutaba de un día así... Ligero. Sí, aquélla era la palabra adecuada. Estaba bien con Tancredi; aquel hombre hacía que siempre se sintiera cómoda. Aquello era algo muy importante para ella. Se metió en la ducha con un único pensamiento: «¿Le encontraré algún defecto? Y, sobre todo, algo aún más grave, ¿lo tendrá?» Abrió el chorro de agua, se lavó rápidamente, se secó aún más de prisa y, al cabo de pocos minutos, estuvo lista.

Tancredi estaba sentado en el bar, esperándola. La miró avanzar hacia él. Le sonrió. Sofia se detuvo, él se le acercó y la cogió por el brazo.

–¿No quieres decirme adónde vamos?

–Dentro de poco lo sabrás.

–Me da la sensación de estar en una película.

–Ella era Julia Roberts. Pero tú eres más hermosa.

Una vez fuera del hotel, Savini bajó del coche y le abrió la puerta a Sofia para que se sentara en la parte de atrás. Tancredi subió por la puerta opuesta y se sentó a su lado. El coche arrancó, silencioso, y se internó en el tráfico de Verona. Sofia le dedicó una sonrisa a Tancredi y luego le señaló el botón que servía para separarlos del chófer.

–¿Puedo?

–Claro.

Hizo subir el cristal. Ya estaban solos.

—¿Sabes? Creo que eres un tipo realmente extraño.

—Yo pienso lo mismo de ti.

—No, en serio, no estoy bromeando.

—Yo tampoco.

—Es como si te escondieras. En realidad podría ser todo mucho más sencillo, pero es como si no quisieras aceptar la normalidad.

—Interesante análisis. ¿Y por qué, según tú?

—Tal vez porque tengas miedo.

—O sea, que al final el miedica soy yo...

—Quizá... O puede que sea que en el fondo no te importe nada de nada.

—También este otro análisis resulta interesante. ¿Y cuál crees que es el correcto? ¿O es que hay otro?

—El tercero podría ser éste: tú crees que todo es tuyo, no sólo las cosas, sino también las personas. Durante un instante les concedes el mundo, haces que se diviertan, haces que se sientan el centro del universo. Luego, según mi opinión, cuando te aburres las echas.

—¿Tan malo piensas que soy?

—Quizá.

—¿No podría haber una lectura distinta?

Sofia sonrió.

—Sí, podría ser. Tal vez.

—¿Te lo estás pasando bien?

—Mucho. Pero no te daré esa satisfacción: yo no me llevaré un disgusto. De todos modos, después de esta noche todo habrá acabado.

Tancredi miró hacia fuera por la ventanilla.

—¿Tan segura estás?

Sofia permaneció un momento en silencio.

—Sí. Lo he decidido.

—Pero ¿no podría ser todo más sencillo, como decías tú?

—¿Qué quieres decir?

—Nunca he encontrado a la persona adecuada.

—Demasiado sencillo.

El Bentley circulaba entre el tráfico de Verona, por el Lungadige; luego giró a la izquierda y, al final, adelantó unos cuantos coches y se dirigió rápidamente hacia la Arena por la derecha.

—Entonces ¿después de esta noche no volveremos a vernos?

—Exacto.

—¿Y no podrías pensártelo mejor?

—No.

—A veces contestamos con demasiada seguridad sólo porque no estamos seguros del todo...

Sofia le sonrió.

—Es verdad. Pero no en este caso.

Tancredi se volvió hacia ella.

—De acuerdo, pero ahora no estropeemos la sorpresa. Hemos llegado.

El automóvil se detuvo frente a una gran cancela. El guardia de seguridad comprobó el pase que llevaban en el salpicadero del coche. Todo estaba en regla. Le hizo un gesto al compañero que estaba en el interior del patio. La verja se abrió y el coche entró en el aparcamiento. Uno de los empleados de la Arena fue en seguida a recibirlos. Tancredi y Sofia bajaron del coche.

—Gracias.

—De nada, señor, ¿puede mostrarme las entradas? —El asistente echó un vistazo rápido—. Sus asientos están al fondo a la derecha. Que se diviertan.

Tancredi cogió a Sofia del brazo. Ella intentó vislumbrar las entradas que llevaba entre las manos para ver si podía descubrir qué espectáculo había elegido para ella. Tancredi se dio cuenta y se las metió en el bolsillo.

—¿Nos sentamos? —Tomaron asiento el uno junto al otro. El escenario estaba en penumbra. Un foco de luz cortaba la oscuridad, pero no dejaba adivinar lo que iba a ocurrir. Tancredi la miró con una sonrisa—. Venga, ya falta poco... Aguanta. —Sofia empezó a mirar a su alrededor. Buscaba desesperadamente una pista: un cartel, una entrada que alguien tuviera en la mano, un programa, una gorra, una camiseta, pero nada. No había nada. Estudió a la gente que tenía cerca. Había personas mayores, pero también jóvenes, chicos, chicas, extranjeros, italianos, personas de color, un japonés. No había ningún elemento que pudiera ayudarla a descubrirlo. Nada. Tancredi se dio cuenta de su inquietud—: ¿Quieres cambiarte de sitio? ¿No te gusta donde estamos?

Le estaba tomando el pelo. Había pedido las mejores localidades para ella.

—No, gracias, este sitio es perfecto...

—Ah, es que como veía que mirabas a tu alrededor... —Justo en aquel momento, se apagaron las luces. Tancredi le sonrió en la oscuridad y empezó a hablarle con una voz cálida—: Tiene treinta y un años, ha ganado nueve Grammys... Gusta... Sí, o sea, bastante, pero a ti mucho. Su nombre empieza por N...

Una voz norteamericana gritó:

—¡Buenas noches, Italia!

Se encendieron algunas luces al fondo, fuegos artificiales azules, blancos y rojos destellaban desde detrás del escenario.

—¡Buenas noches, Verona!

Y en seguida empezó a cantar apareciendo por detrás.

*In your message you said...*

Sofia estaba boquiabierta.

—Norah Jones...

—Sí, lo has adivinado...

Sofia se puso de pie y empezó a bailar, divertida, junto con todas las demás personas que tenía a su alrededor. Seguía el ritmo con los ojos cerrados, con las manos en alto, moviéndose al compás de la música de *Chasing Pirates*.

Norah Jones cantaba con voz cálida, el coro, a su espalda, se movía perfectamente al compás.

—¿Te gusta?

—¡Muchísimo! Es una sorpresa estupenda.

Tancredi estaba contento de verla tan entusiasmada. Sofia se movía siguiendo el ritmo y bailaba como una quinceañera cualquiera. Y así continuó durante varios temas... *Thinking About You*, luego *Be Here To Love Me*, y al final *December*. Uno tras otro, Norah Jones interpretó las últimas canciones hasta que la Arena se llenó de pequeñas luces, de móviles, de encendedores con la llama al viento y de gente que gritaba:

—¡Otra! ¡Otra!

Un momento después, Norah Jones reapareció en el escenario y cantó *Don't Know Why* aún mejor que todos los temas que había interpretado hasta aquel momento, como si no notara el cansancio de todo el concierto. Luego entonó *Come Away With Me* como si acabara de empezar a cantar. Al final, cerró con una bellísima sonrisa y un grito: «¡Gracias, Verona! *A kiss to* Romeo y Julieta!»

Lentamente, se fueron encendiendo las luces y la gente empezó a dirigirse hacia la salida.

Tancredi condujo a Sofia hasta el coche.

—Me ha gustado muchísimo... ¡Demasiado! ¡Ha sido una pasada!

—Ya...

—Pero tú... ¿cómo podías saberlo?

—Lo leí en el periódico.

—No, que Norah Jones es mi cantante favorita.

Tancredi albergaba la esperanza de que no le hiciera aquella pregunta.

—Ah, perdona, me lo dijo tu amiga Lavinia.

—Ah, claro...

Subieron al coche. Sofia se había quedado taciturna. Tancredi se dio cuenta.

—¿Qué te pasa? ¿Algo va mal?

—No, no, estaba pensando en que me perdí uno de sus pocos conciertos en Italia, en Lucca. Creo que fue en 2007.

—De alguna manera, lo hemos arreglado...

—Sí.

Llegaron en seguida al aeropuerto. Bajaron del coche y subieron al avión.

El comandante salió a su encuentro.

—¿Todo bien? ¿Podemos irnos? Es la hora que tenemos asignada para despegar...

—Sí, gracias, comandante.

Se sentaron y se abrocharon los cinturones de seguridad. El avión empezó a circular en seguida. Se dirigió al centro de la pista, aumentó las revoluciones de los motores y después se separó del suelo. Un poco más tarde, pasaron por encima de la Arena. Sofia se asomó a la ventanilla.

—Hace poco estábamos justo ahí... Y ha sido un concierto precioso. Gracias.

—De nada. A mí también me ha gustado mucho. Me estás haciendo descubrir muchas cosas.

—¿Como cuáles?

—La música clásica, Ekaterina Zacharova, Norah Jones. Un mundo nuevo. Creo que cada vez que una persona conoce a otra se abren nuevos caminos... Quién sabe qué pasará ahora.

Sofia sonrió.

—Quién sabe... Por ahora, algo muy sencillo. Debería ir al baño...

—Está al fondo.

Se levantó de la butaca y se dirigió hacia la cabina que le había indicado. La abrió, atravesó un dormitorio matrimonial muy elegante —de madera clara y piel de Alcántara— y entró en el baño. Se peinó. Miró el móvil. Ningún mensaje. Andrea no la había buscado. Sabía que estaba con Lavinia y no quería molestarla. Cuando salió de la cabina, vio que Tancredi estaba sentado a una mesa. Estaba puesta y había una vela en el centro. El joven la estaba encendiendo.

—¿Comemos algo?, ¿te apetece? Me habría gustado llevarte a cenar a un precioso restaurante de las colinas veronesas que me han aconsejado, pero no habríamos llegado a tiempo a Roma... Tal vez en otra ocasión. —Sofia lo miró y negó con la cabeza. Después se sentó frente a él—. ¿No, no quieres comer o...?

—No a lo de tal vez en otra ocasión.

—De acuerdo, como quieras. Toma, he preparado el menú *Sofia*. —Le pasó la carta. Era cierto, incluso llevaba su nombre impreso. Ella sonrió y la abrió. Todo le gustaba. Eran platos típicos de las regiones más diversas: pasta siciliana a la Norma, *trofie* genovesas al pesto, macarrones a la *arrabbiata*, chuleta a la milanesa y lubina a la palermitana. También había guarnición, fruta y postres—. No he podido poner más porque aquí la cocina es pequeña. No te digo que la próxima vez me organizaré mejor porque ya sé que sacudirás la cabeza...

—Exacto.

Llegó la azafata y Sofia pidió exclusivamente comida siciliana.

—¿Te gustaría escoger el vino? Tenemos varios en el botellero. ¿O prefieres champán?

Sofia miró la carta.

—Escógelo tú.

–Está bien. ¿Me trae un Cometa de Planeta?

La azafata desapareció.

–Toda la comida que has escogido es siciliana. Por lo general, me gusta acompañar lo que como con vino de la misma región...

Cenaron mientras volaban, a la luz de la vela, con un excelente vino blanco frío. Rieron, se contaron cada uno un poco de su pasado. Tancredi, claro está, ya conocía todos los pormenores, pero fue muy hábil a la hora de hacerle creer que lo oía todo por primera vez.

–Y así empezaste a tocar... Tu primer concierto con sólo ocho años... Increíble.

Y escuchaba atento todos los detalles mientras recorría con la mente las fotos de aquella época, las frases del diario, un artículo, una grabación, algo que de alguna manera enriqueciera todavía más aquella sencilla narración.

Poco después aterrizaron.

–Bueno... Hemos llegado.

–Gracias... –Saludó a la azafata, al segundo piloto y luego al comandante–: Realmente, ha sido una velada magnífica...

Tancredi la acompañó hasta su coche, en el aparcamiento.

–Ya hemos llegado.

–Ya hemos vuelto a la realidad.

–¿Has estado a gusto?

–Bastante. –Tancredi se quedó sorprendido por aquella respuesta. No estaba acostumbrado a los «bastante». Sofia lo miró a los ojos–. No sé cómo te las has ingeniado para averiguar todas esas cosas sobre mí. Al principio me molestó, ahora ya no me importa. Pero ha habido un error.

–¿Cuál?

–Norah Jones. Me has dicho que te lo había dicho Lavinia, pero ella no sabía que me gustara Norah Jones. –Después sonrió–. Te pedí que me dijeras la verdad. Ahora te informaré de algo más importante: odio a los mentirosos. –Tancredi no supo que decirle. Se había equivocado. Sofia entró en su coche–. Durante un instante, pensé que eras el hombre perfecto... –Entonces le sonrió–. Ahora estoy mucho más tranquila.

Cerró la puerta y se fue.

Tancredi se quedó mirándola. Entonces cogió el móvil del bolsillo.

Sofia conducía de prisa hacia casa. En seguida encontró sitio para aparcar el coche y miró la hora. Medianoche. Todo era creíble. Se acordó de la belleza del ascensor del hotel de Verona, de la suite, la terraza, el concierto, el avión, la cena a la vuelta... Todo aquello estaba fuera de su alcance, y también de su imaginación. Después sacó el teléfono del bolso. Dos mensajes. El primero era de Lavinia.

«¿Me perdonas? ¿Ha sido bonito? ¡Mi concierto ha sido fantástico! ¿Nos llamamos mañana? Te quiero.»

Lo borró. No era más que una chiquilla. Después miró el segundo mensaje. «Perdóname, no quería mentirte. El concierto de los U2 ha sido perfecto, el último bis ha sido *Where the Streets Have No Name*. No te molestaré más. Éste es mi número. Búscame si quieres. Buenas noches. Tancredi.»

Se quedó con el teléfono en la mano delante de la puerta de su casa. Estaba indecisa sobre si borrarlo o no. Mantenía el pulgar quieto sobre la tecla. Miró el mensaje, tomó una decisión y entró en casa.

La voz de Andrea llegó desde el dormitorio.

—Cariño, ¿te lo has pasado bien?

—Sí, mucho... —contestó desde el salón.

—¿Vienes aquí?

Sofia respiró hondo, se sentía culpable. Luego pensó: «En realidad no he hecho nada, ha sido todo culpa suya y de Lavinia.» Así que fue a la habitación. Andrea estaba leyendo un libro: *Pastoral americana*, de Philip Roth. Lo dejó sobre sus piernas y sonrió.

—Siguen siendo buenos, ¿eh? Los vi una vez en el estadio Flaminio, en 1993. Todavía no nos conocíamos...

—Sí, muy buenos. —Le besó en los labios—. ¿Quieres beber algo?

—Sí, un poco de agua. Ah, aclárame una curiosidad.

Sofia estaba de espaldas, cerró los ojos. No iba a ser fácil. Entonces se volvió y sonrió.

—Claro, dime.

—¿Han hecho algún bis al final del concierto?

—Sí... *Where the Streets Have No Name*.

Y en aquel momento se sintió realmente culpable.

## 24

Los días siguientes fueron diferentes para Sofia. Era como si lo hubiera soñado todo, como si, extrañamente, se hubiera despertado de mal humor. Había algo que le gustaba mucho y algo que, sin embargo, desentonaba. Se sentía como cuando te despiertan con un sobresalto: te acuerdas de lo que estabas soñando, pero ya es demasiado tarde. En los sueños todo va como tú quieres, no hay problemas, nadie se molesta o tiene algo que objetar. Los sueños son simples.

Todo era como antes: desayunaba, salía temprano, hacía la compra, volvía para comer y luego, por la tarde, como siempre, daba clases en el conservatorio o en la escuela de música. Y no pensaba en él ni una sola vez a lo largo del día, había olvidado todo lo que había pasado, aquella fuga inesperada de su realidad. Se lo había impuesto. Y lo había conseguido.

—¿Qué tal te fue con Ekaterina Zacharova?

—¿Con quién?

—Con la profesora del otro día...

—Ah, bien, muy bien... Quiso saber por dónde íbamos contigo y luego nos hizo tocar algo, ¡mínimo esfuerzo, máxima diversión! —Aquél había sido el comentario de Jacopo, el más riguroso pero también el más simpático de sus alumnos masculinos, el que quería trasladar toda la música clásica al mundo virtual de los ordenadores—. ¿Sabes qué he pensado que sería un buen negocio?

—¿Qué?

—Arreglar piezas de música clásica para convertirlas en tonos de llamada, un mercado en continua expansión. Se puede ganar muchísimo dinero...

—Sí, sí, muy bien. ¡Mientras tanto, vamos a ver cómo te las apañas en el mundo real!

Y diciendo aquello le puso la partitura de las *Invenciones a tres voces* de Bach bajo los ojos. Jacopo resopló y empezó a tocar despacio, seguro de sí mismo, con una innata naturalidad. La *N.º 2 en do menor*. Sofia también quedó satisfecha con las clases de los demás, incluida la de Alice, la más vital de sus alumnas, que siempre le hablaba de sus enamoramientos.

—Hay un chico que me gusta, pero es mayor que yo.

—¿Cuántos años tiene?

—Dieciséis.

—Pero Alice, es muy mayor, tiene diez años más que tú.

—Sí, lo sé. Pero me ha dicho CBQV.

—¿Y qué significa eso?

—¡Crece bien que volveré!

—Pero, perdona, ¿te lo ha dicho así sin más, sin conocerte?

—Sale con una que vive en mi edificio y es de su edad. Nos hemos visto un montón de veces, porque cuando la viene a buscar espera, y espera, y espera... ¡Así que al final hablamos! ¡Yo a mi novio no lo haré esperar!

—Me gustará ver si cuando tengas novio de verdad no lo harás esperar... Pero, aunque tenga que esperarse, ¡tampoco es justificación para que lo intente con otra! Si no, querrá decir que no se trata de nada serio.

—Cuando hablas así se me hace raro. Ni siquiera mi madre me habla así.

Sofia vio que estaba a punto de abrirse el capítulo casa y familia, que podía ser problemático. Decidió pisar sobre seguro y le plantó delante una partitura también a ella. Alice colocó bien el taburete y atacó la *K 457* de Mozart. La tocó con increíble facilidad, como si la hubiera compuesto ella. Sofia se sorprendió.

—¡Eh, voy a tener que ausentarme más a menudo!

—No lo digas ni en broma... Te he echado un montón de menos.

—¡Pero si sólo ha sido una clase!

—Pero mi maestra eres tú.

—De acuerdo, intentaré no volver a faltar. Pero tú también tienes que seguir tocando así.

Se sonrieron, entre ellas reinaba una preciosa sintonía. Cuando al final de aquel día Sofia salió del conservatorio, estaba feliz y serena, no tenía ninguna preocupación ni ninguna expectativa. Incluso cuando el coche oscuro se detuvo ante ella, lo miró con tranquilidad. La puerta se abrió y del vehículo bajó una mujer. Saludó al conductor y se dirigió hacia el edificio. Al llegar frente a la entrada, abrió el bolso, cogió las llaves y entró. Entonces el automóvil se marchó. No era él. Sofia se encaminó hacia su coche. ¿Y si hubiera sido él? ¿Qué habría dicho? ¿Cómo habría reaccionado? Suspiró. No le gustaría encontrarse en aquella situación. Había quedado claro. No volverían a verse y él no la buscaría más. Y Sofia estaba segura de ello. Si era un hombre inteligente, y debía de serlo, habría entendido a la perfección cómo era ella. Provocar otro encuentro habría sido una equivocación.

Subió al coche y dejó el bolso en el asiento de al lado. ¿Cuántas cosas sabía de ella? Arrancó el motor. Tenía su número de teléfono, había descubierto dónde daba clase, conocía sus gustos, había hablado con Lavinia, había encontrado a Ekaterina Zacharova y había conseguido que se trasladara a Roma, sabía lo de los U2 y lo de Norah Jones. Condujo en silencio hasta su casa. ¿Qué más sabía de su vida aquel hombre? Sofia aparcó, apagó el motor y permaneció sentada en el coche, en silencio. Volvió a repasar toda aquella historia. Le habría gustado ser ella quien lo hubiera espiado a escondidas. Le habría gustado seguirlo, entrar en su vida, en su casa, en su despacho, abrir sus cajones, descubrir lo que sabía de ella, hasta qué punto la conocía. Pero era imposible. Sólo en aquel momento lo vio claro: él lo sabía todo de ella y ella no sabía absolutamente nada de él. La invadió la rabia. Se quedó en el coche para calmarse. Un rato después, subió a casa.

Andrea la llamó en cuanto oyó el ruido de la puerta:

—¿Cariño?

—¿Sí?

—Ven aquí... Quiero enseñarte una cosa.

—Ya voy.

Cuando entró en la habitación, Andrea sonreía. Tenía el ordenador encima de la mesilla de la cama.

–Mira... –Sofia lo besó primero y después miró la pantalla. Vio una casa en 3D. Andrea hizo que empezara la presentación. La toma avanzó rápidamente hacia la puerta, que se abrió–. Es la casa de nuestros sueños –le explicó Andrea con expresión radiante. La filmación continuó, mostraba las diferentes habitaciones de la casa–. Ésta es la cocina, grande y espaciosa; el salón; nuestro dormitorio; los de los niños... Y éste es tu baño, la ducha, la gran bañera con hidromasaje... ¿Te gusta? Es toda para nosotros...

Andrea había proyectado una simulación en 3D. Era una villa hecha a medida, con grandes espacios, magníficamente decorada con cuadros, sofás, alfombras. Había cuidado los colores de las toallas, de los albornoces, de las paredes, de la cocina, del dormitorio. Sofia estaba entusiasmada.

–Tiene todo lo que me gusta... Gracias, has escogido por mí de la mejor manera.

Se besaron. Después cenaron y pasaron una velada tranquila. Los días siguientes también fueron muy normales.

Entonces, una mañana, Sofia sorprendió a Andrea:

–¿Y esto?, ¿a qué viene esta novedad?

–Lo sabía. No te gusto.

–Muchísimo, pero cuando lo podíamos hacer juntos siempre me decías que no te apetecía...

Permanecieron un instante en silencio. Sofia estaba en pie frente a él. Llevaba un chándal puesto.

–Pero han pasado un millón de cosas desde entonces, cariño. No te lo tomes como una ofensa. Si he decidido ir a correr es porque estoy a punto de cumplir treinta años. Me siento en baja forma, no me muevo lo suficiente... –Entonces se dio cuenta de lo que había dicho e intentó arreglarlo–. Iré a correr sólo tres veces por semana y siempre por la mañana.

–No irás al gimnasio, ¿verdad?

Sofia se echó a reír.

–No, no iré. De todos modos, aunque fuera, no me comportaría nunca como Lavinia.

—Sí, sí, pero ya sabes... Hay ciertos ambientes que al final provocan la tentación...

Sofia se volvió a ver sola con Tancredi en el avión, en el hotel; recordó las habitaciones comunicadas, el regreso, la cena a la luz de las velas...

—Yo creo que si quieres engañar a tu pareja no hace falta que haya un sitio que lo justifique, se puede hacer de todos modos... Y en cualquier parte.

—¿Incluso corriendo? —Andrea intentó ser gracioso.

—Sí. Pero es que yo no quiero engañarte.

Se quedaron un rato mirándose.

—¿Me lo dirías?

—Sí. Creo que sí. Pero tal vez tendría que encontrarme en esa situación para ser realmente honesta. ¿De verdad querrías saberlo?

—No lo sé. Tendría que pensarlo. Tal vez no.

—Bueno, entonces piénsatelo. Mientras tanto, me voy a correr. —Sofia se detuvo en la puerta—. A veces las personas pueden cambiar. Yo creo y espero haber cambiado para mejor.

Lo que le resultó más difícil durante aquellos días fue intentar aplazar el encuentro con Lavinia. Sofia no contestó a sus llamadas. Después le llegó un mensaje: «¡Eh, casi me vi obligada a hacerlo! Y además, perdona, pero podrías haber dicho que no... ¿no? ¿O es que dijiste que no?»

Sofia tampoco respondió al mensaje, así que, al final, una mañana se la encontró debajo de su casa.

—¿Puedo acompañarte?

—Tengo mi coche.

—Pero ¿adónde vas en chándal?

—¿A ti qué te parece? —Entonces decidió que no hacía falta andarse con tantos misterios—. A correr.

—Pero si yo voy al gimnasio, ¡podrías apuntarte conmigo!

—Sí, y con Fabio y los amigos de Fabio. Además, Andrea no quiere, considera que es un lugar de perdición.

Lavinia sonrió.

—¿Le has dicho que es el mundo entero lo que es un lugar de perdición? El engaño puede estar detrás de la esquina, y también en un concierto... o en un avión.

Aquello también lo sabía.

Sofia no podía creérselo. «¡Incluso se ha dedicado a presumir ante mi amiga!»

—¿Cuándo has hablado con él? ¿Qué te ha contado?

—No, no he vuelto a hablar con él. Pero aquella tarde me dijo que iba a llevarte a Verona y que volverías a tiempo, así que deduje...

—¿Dedujiste? Sí, hombre...

—Bueno, pues si quieres saberlo todo, deduje que aquel tipo era una pasada y que de alguna manera se había enamorado de ti. Así que me gustaría saber cómo empezó, cómo siguió, qué pasó y, sobre todo, cómo continuará.

—¿Nada más?

—¡Bueno, a medida que me lo vayas contando estoy segura de que se me ocurrirán otras preguntas! En cualquier caso, creo que las mujeres ya somos en todo y para todo como los hombres. ¿Por qué no tendríamos que vivir también nosotras de infidelidades? ¿De conquistas y victorias? Ellos lo hacen desde siempre. ¡Perdona! ¿No luchamos para obtener la igualdad?

—No creo que fuera ése el objetivo de las primeras feministas.

—Bueno, me parece que algunas de ellas ya lo tenían en mente. Dime qué hay que sea más divertido. ¿Te aburriste aquella noche? —Sofia sacudió la cabeza. Lavinia sonrió—. ¿Lo ves? Me das la razón.

Su amiga vio que no valía la pena esforzarse.

—De acuerdo, si te apetece acompañarme al parque, te lo contaré.

Dicho aquello, comenzaron a caminar hacia el principio de la Appia. Lavinia la miraba en silencio, pendiente de sus labios, muerta de curiosidad.

—¿Y bien? ¿Cuánto tengo que esperar todavía?

—Quería ver cuánto aguantabas...

—¿Yo? ¡Si ya lo sabes! Resistencia cero.

Y al admitir su debilidad, hizo que Sofia se enterneciera. De manera que empezó su narración: la llegada a la iglesia, el encuentro con su vieja compañera de estudios, Ekaterina Zacharova, que iba a sustituirla, la apuesta...

—¿Lo entiendes? ¡Aposté por ti y perdí!

—Pues entonces es superfuerte, por eso me dijo que te mandara el mensaje a esa hora exacta. Lo tenía todo calculado. Vamos, Sofi, ¡que ese tipo es un genio!

—Pero ¿un genio de qué? ¡Sólo quería llevarme a la cama!

—¡Sí, pero al menos lo ha hecho de una manera genial! —Sofia continuó su narración: el avión, el coche en Verona, la suite de su hotel—. Lo ha comprado para dejarte con la boca abierta... Pero venga, Sofi, esto es un sueño...

—Depende del punto de vista. Para mí también resulta inquietante.

—A mí también me gustaría que un hombre me causara esa inquietud... ¡Aparte de la que me hace sentir Fabio, naturalmente!

—Ah, claro, naturalmente... —Luego siguió con la historia. Le habló del concierto, de la cena en el avión—. Piensa que hasta había una cabina con una cama de matrimonio.

—¿También tenía una cabina con una cama de matrimonio?

—Sí.

—¿En serio? Pues entonces... follasteis.

—¡Lavi! Ésa tampoco es la manera de hablar de una feminista, pareces un camionero.

—¡Sí! Cosa que no entiendo. ¿Por qué se considera vulgares a los camioneros? Una vez conocí a uno muy culto, con una elegancia particular.

Sofia se sorprendió.

—¿Y dónde lo conociste?

—¡En el gimnasio!

Sofia extendió los brazos.

—¡Pues entonces es un vicio!

—Venga, estaba bromeando. Total, ¿te fuiste con él a la cama o no?

—Rotundamente no.

—Es decir, no hicisteis nada, no te lo follaste... Vale, sí, es decir, ¿no hicisteis el amor?

—¡Nooo!

—¿Un beso?

—Tampoco.

—¿Nada?

—Nada.

—No me lo creo.

—No te lo creas. Puedes hacer lo que quieras.

—Perdona, pero el avión, la cena, el concierto, la suite... ¡Vas totalmente a contracorriente! Cualquier otra mujer habría dicho que sí por una décima parte de esas cosas...

—Tienes una pésima opinión de las otras...

—Es que, aparte de dar espléndidas sorpresas, también es un hombre guapísimo.

—Sí, pero tú no piensas en lo más importante, en lo que me ha hecho decir que no desde el principio.

—¿El qué?

—Estoy casada. Y sé que te doy un disgusto al recordártelo, ¡pero creo que tú también lo estás!

Entonces le dedicó una media sonrisa y empezó a correr dejándola allí plantada. Lavinia se quedó mirándola mientras pensaba en algo que decir, en la frase adecuada, la réplica a aquella afirmación. Sabía que había alguna, sí, pero no se le ocurría cuál. Entonces sonrió. Había encontrado algo bueno.

—¿Y el amor? ¿Eh? ¿Dónde queda el amor?

Pero Sofia siguió corriendo, fingiendo que no la oía o sin haberla oído de verdad. Dio una vuelta suave, sin forzar demasiado las piernas. Hacía mucho tiempo que no hacía deporte y había decidido empezar despacio. Así que se puso los auriculares de su iPod, seleccionó «listas» y empezaron a sonar las notas de Franz Ferdinand. Luego siguieron las de los Arctic Monkeys.

Cuando acabó de dar la primera vuelta, todavía le quedaba algo de aliento. Justo al llegar al punto donde había empezado a correr, una mano la aferró, la detuvo y le quitó los auriculares.

—Eh, ¿me has oído? Y el amor, ¿eh? ¿Dónde queda?

—En los cuentos de hadas..., sólo en los cuentos de hadas.

Y echó a correr de nuevo.

Lavinia se puso a trotar detrás de ella.

—No me lo creo... ¡Te has vuelto una cínica! Estás cometiendo un gran error. ¿Sabes qué dijo Borges en una ocasión? «Sólo soy culpable de una cosa, de no haber sido feliz.»

—Pero ¿sólo se te ha quedado grabada esa frase? Quizá también dijera otras cosas. La felicidad hay que construirla, ¡no es echar un polvo en un coche o en un avión! Tenemos visiones muy distintas de la vida.

—Tal vez. —Lavinia dejó de correr—. ¡Pero no entiendo por qué la tuya tiene que ser por fuerza la adecuada!

—Estamos casadas. ¡Una mujer, aunque pueda parecerte extraño, tiene que tener cojones!

## 25

Una semana después, al entrar en casa avanzada la tarde, Sofia, los oyó hablar:

—Pero ¿te das cuenta? ¿Qué significará?

—Quizá quería que lo supieras.

—¿Se puede? —Apareció en la puerta sonriendo, como si no pasara nada, aunque en el fondo de su corazón ya sabía lo que había ocurrido.

—Sí, hola, cariño, claro que se puede... Aunque Stefano ya se iba.

—Ah, te acompaño a la puerta.

—No te preocupes. —Le sonrió—. Ya conozco el camino.

—Lo sé... Pero quiero acompañarte de todos modos.

—Como quieras. Adiós, Andrea, nos vemos el martes.

Stefano y Sofia salieron de la habitación y recorrieron el pasillo en silencio. A ella se le hizo larguísimo; caminaba delante del psicoterapeuta y sentía en su espalda el peso de su mirada, sus preguntas, su curiosidad morbosa. No podía seguir así, aquel silencio era demasiado fuerte.

—¿Quieres tomar algo antes de irte?

Esperó un segundo antes de mirarlo a los ojos. Pensó que iba a encontrarse ante una mirada severa, dura, ante un hombre que quería escarbar en ella, conocer los más mínimos detalles. Porque una cosa estaba clara: ella lo sabía. En cambio, se vio frente a un hombre frágil. Stefano la miraba como vencido, buscando en ella alguna esperanza, un atisbo, la posibilidad de seguir viviendo su amor por Lavinia. Habían llegado a la puerta. Y él se despidió con una voz baja e insegura:

—No, gracias, no quiero nada.

A Sofia le habría gustado decirle: «Entonces nos vemos pronto. Podríamos quedar para cenar aquí, en casa, o para ver una película...»

Pero no pudo. Esbozó una sonrisa y con un simple «Adiós» cerró la puerta. Entonces se reunió con Andrea.

Tenía los brazos cruzados. Cuando la vio, sacudió la cabeza.

—No hacía falta.

—Os he oído antes...

Le dio un beso y después se sentó a los pies de la cama. Andrea la miró disgustado.

—Me has obligado a mentir.

—¿Yo? ¿Y yo qué tengo que ver?

—Habría preferido no saberlo. Se está mejor sin saber nada.

—Pero eso es como no vivir. La vida es sucia, Andrea, tú mismo lo dijiste.

—Sí, pero no así. ¿Por qué? Así es demasiado. Al final yo también me lo he imaginado, he visto a Lavinia con ese otro... En el coche.

—¿En el coche? —Sofia fingió que vivía en las nubes.

—Sí, tu amiga lo hizo en el coche. Eso también es absurdo. En el coche se hace a los dieciocho años, a los veinte... Parece que lo hace adrede, que se siente como una jovencita que quiere ser transgresora...

Sofia no podía creérselo. ¿Cómo se habían enterado?

—Pero ¿estás seguro?

—Stefano ha leído todos los mensajes de su móvil, tu amiga ni siquiera se molesta en borrarlos, ¿lo entiendes? Hay descripciones íntimas y detalladas con contestaciones y comentarios sobre los encuentros, que se han dado incluso en el ascensor de su casa... Además de en el coche. —Sofia no daba crédito a lo que estaban oyendo sus oídos. Andrea continuó—: El iPhone parece inventado a propósito para esos mensajes tórridos. ¿Crees que me lo estoy inventando? Me los ha enseñado, los ha impreso todos. Parecen un chat erótico. «Cuando me la metiste así, cuando me cogiste de aquel modo.» Los leía y no quería volver a levantar la cabeza, te lo juro, me quería morir, que me tragara la tierra, desaparecer... Ha sido terrible intentar encontrar algo que decirle.

—¿Y qué le has dicho?

—Nada. No he sabido qué decirle. Me he quedado callado como un idiota. Además él seguía diciéndome: «¿Te das cuenta? Lavinia, digo Lavinia, mi mujer, diez años juntos, casados desde hace seis, y ahora estos mensajes con un tipo más joven que yo. ¿Lo entiendes?» Estaba fuera de sí, se aferraba a la cosa más estúpida, a que el tipo fuera más joven que él... y luego ha continuado. Me decía: «¿Te lo puedes imaginar?» ¿Qué podía decirle? ¿No es que me lo imagine, es que yo ya lo sabía...? —Andrea miró a Sofia y después sacudió la cabeza—. No es justo, coño. Me siento sucio, me siento culpable, me gustaría no haber sabido nada de esta historia, nada.

Sofia le hizo una caricia.

—Cariño, no es culpa tuya. Si aquel día no me hubiera preguntado si me había divertido y tú no hubieras adivinado que Lavinia me estaba utilizando como tapadera, no te habrías enterado de nada... Es Stefano quien nos ha metido en esta situación.

—Ah, pobre, ahora encima es culpa suya...

—Él ha querido saber del mismo modo que ella se lo ha hecho descubrir.

Andrea permaneció en silencio. Se sentía abatido, defraudado. Entonces habló:

—¿Por qué todo empieza y acaba con tanta facilidad? ¿Por qué no hay ganas de construir, de seguir adelante, de renunciar, de ser fuertes? ¿Por qué no se prefiere lo bonito, el amor limpio, el amor honesto...? ¿Por qué...? —Cerró los ojos. Las lágrimas empezaron a caer lentamente por sus mejillas. De repente abrió los ojos, recuperó la lucidez—. ¿Tú también eres así? ¿Yo también tengo que hurgar en tu vida? ¿Debo ser mezquino, debo renunciar a mi dignidad para saber si has estado en un coche o en un sórdido hotel con otro?

Sofia se puso tensa. No sentía ninguna compasión, ningún dolor. Se levantó de la cama.

—Ya te lo he dicho. —Su voz era firme y dura—. Cuando ya no te ame, te dejaré. No me hagas culpable de lo que no lo soy.

—Y tú no te quedes nunca conmigo por compasión.

—¿Tú crees que estás hablando de amor? No hay ni una pizca de amor en lo que estás diciendo. Siempre haces que me sienta culpable por algo. Y, sin embargo, han pasado ocho años y hemos sido felices. Somos felices. ¿Por qué no quieres ver que nuestro amor también ha resistido esa prueba?

—Ven aquí...

—No.

Volvió a ser la chica caprichosa y testaruda de siempre.

—Te he dicho que vengas.

—Y yo te he dicho que no.

Andrea sonrió.

—Ven aquí, por favor. —Se quedaron un rato callados. Andrea volvió a intentarlo—: Venga...

Sólo entonces consiguió que ella se moviera. Se acercó a él pero sin dejar de poner mala cara, con los brazos abandonados a los lados y la cabeza baja, herida por aquella comparación, por aquel tiempo desperdiciado así porque sí. Andrea le cogió la mano, la atrajo hacia él y la besó.

—Tienes razón, perdóname.

—No vuelvas a decirlo nunca más.

—Te quiero.

—Eso sí, eso dímelo siempre.

## 26

Miraba hacia arriba, hacia los grandes techos del conservatorio y las vigas envejecidas, mientras escuchaba la música. Observaba las pequeñas ventanas. Siempre hacía lo mismo cuando ella la reñía.

—¿Te he pedido algo alguna vez? Creo que siempre he sabido estar a tu lado sin preguntarte nunca por qué, en silencio, sin pedirte explicaciones. No puedes decirme que no es cierto.

Olja la había retenido al finalizar las clases, después de que se fuera el último alumno. Se quedaron hablando en aquellos bancos de madera en los que Sofia se había sentado por primera vez a la edad de seis años. Estuvieron bromeando sobre aquella época.

—¿Te acuerdas? Siempre querías hacer más, querías ser la primera.

—Era la primera.

Olja sonrió.

—Una vez conseguiste asustarme. Querías tocar el *Preludio en sol menor* de Rachmaninov y no lo conseguías. Llorabas, dabas puñetazos y te arañabas... Y sólo tenías once años. Aquella vez me diste miedo, ¿sabes? ¿Lo recuerdas?

—Claro que lo recuerdo. Pero tenía diez años. Era todo teatro.

—¿En serio?

—Es que era demasiado difícil para mí, especialmente los cruces de la mano izquierda... Imagínate con diez años.

—Ah, eso es cierto. Quién sabe por qué te habías atascado. Me acuerdo de que cuando viste que aquella chica que era mayor que tú...

—Ekaterina...

—Sí, cuando viste que ella lo interpretaba todo seguido... Te esforzaste todavía más.

—Y dos semanas después yo también lo conseguí.

Olja le dedicó una sonrisa.

—¿Puedo preguntarte una cosa?

Sofia le cogió la mano y se la acarició.

—Sí.

—Sabes que te quiero... —Olja quería continuar, pero no encontraba las palabras para formularle aquella pregunta. Al final pensó que lo mejor sería intentarlo—. ¿Puedes acompañarme a un sitio el lunes por la mañana? Sólo te pido que me des una hora de tu tiempo. Nada más.

Sofia permaneció en silencio. Se preguntó qué podía significar lo que le había pedido, qué había detrás de aquellas palabras y, sobre todo, quién. «No —sonrió para sí, no puede ser. Lo prometió, es más, lo juró. ¿Y si hubiera llegado hasta Olja? Ese tipo no se detiene ante nada. Tancredi es de los que juran, de los que dan su palabra a sabiendas de que no la mantendrán. Pero ¿por qué me obstino en pensar que él tiene que estar siempre detrás de todo lo que ocurre en mi vida? ¿Será porque en realidad me gustaría que fuera así?»

—Estate tranquila, no debes preocuparte... —Olja había entrado en sus pensamientos con su acostumbrada educación, de puntillas, como una zarina rusa habituada a la elegancia y el respeto. Había notado inmediatamente que Sofia se había puesto a la defensiva.

La joven enrojeció. No era en aquello en lo que estaba pensando. Entonces miró a Olja. Su maestra sonreía con ternura, aguardaba esperanzada su respuesta. «¿Qué podrá ser?», se preguntó Sofia.

—¿Se trata de trabajo? ¿Tiene que ver con la música?

—Sí, pero de una manera especial. Es difícil de explicar. Creo que lo más sencillo es que vayamos juntas a la cita.

Seguir con las preguntas habría sido descortés. Sofia asintió. Olja no le estaba pidiendo más que una hora de su tiempo. Entonces volvió a verse en aquella sala, sentada al piano con ella al lado, muchos años atrás.

—Cuando toques, mantén los codos más pegados al cuerpo. ¡La postura, Sofia! ¡Espalda derecha! —Las manos de su profesora repetían algunos pasajes y después los probaba ella. Sus deditos de niña se afanaban en intentar seguirla. Con el tiempo, sus manos se hicieron más largas, más afiladas, más seguras; sin embargo, las de su profesora envejecían, se hacían más nudosas, menos vivaces. Cuánta paciencia había tenido Olja con ella, cuánto amor le había dedicado. Y su sueño de preparar a una gran pianista, sus renuncias, la espera de todos aquellos años, el cansancio, todo se había desvanecido de repente.

Sofia la miró, observó aquel rostro cansado y marcado por el tiempo, y en sus ojos vislumbró un atisbo de felicidad, una esperanza encendida. No podía decirle que no.

—Claro, Olja, te acompañaré encantada.


Aquella mañana, de pie delante de la iglesia, Olja mantenía las manos entrelazadas sobre la barriga, sujetaba con fuerza un pequeño bolso de piel y miraba continuamente a su alrededor esperando a que llegara Sofia. Ahí estaba. Reconoció su coche, que avanzaba a una velocidad bastante baja. Olja no pudo resistirse y miró el reloj. Las diez y cuarto. Iban bien de tiempo, la cita era a las once. El Golf se detuvo delante de ella. Sofia se estiró hacia la parte del pasajero para abrirle la puerta. El cierre estaba un poco estropeado. Olja subió al coche. Sofia arrancó.

—¿Cuánto hace que me esperas?

—Oh, no mucho. —No era cierto. Había llegado a las diez menos veinte, preocupada por si iba tarde.

—Toma... —Sofia la ayudó a ponerse el cinturón. Olja consiguió abrochárselo.

—¿Sabes el camino?

—Claro, he mirado la dirección en Internet, me la he impreso. —Sofia sacó una hoja del bolso—. Es ésta. Está en el Eur. Llegaremos allí en media hora.

—Bien. —Olja se tranquilizó. Se arrellanó cómodamente en el asiento y se quedó así, con las manos apoyadas en el bolso que tenía sobre las piernas. Mientras conducía, sin que Olja se diera cuenta, Sofia se fijó en cómo iba vestida su profesora. Se había puesto elegante, pero quizá un poco seria. Había escogido un vestido gris demasiado oscuro. Debajo llevaba una camisa blanca abrochada hasta arriba, con un cuello pequeño y redondo y unos botones planos y nacarados. Llevaba un collar que Sofia le había visto lucir en las grandes ocasiones. No se había dado cuenta hasta entonces de que el colgante contenía un icono ruso en miniatura. Sofia sonrió: ciertamente aquel atuendo no era el símbolo de la modernidad.

—¿Has desayunado? ¿Te apetece un café?

—No, no, gracias. Estoy bien. —Olja no tenía muchas ganas de hablar. Se notaba que estaba tensa. Sofia se percató de su estado de ánimo, así que encendió la radio y la sintonizó en una emisora de música ligera.

—¿Has oído qué voz? Es una de las pocas cantantes italianas, junto con Laura Pausini, que ha triunfado en el extranjero...

Olja se volvió hacia ella y le sonrió.

—Es buenísima. Tiene una voz preciosa. —Siguieron escuchando la canción—. ¿Cómo se llama?

—Elisa. Este tema es muy bonito, se llama *Luce*.

—¿Es triste?

—Cuando una música y una voz son bonitas, no pueden ser tristes. La música sabe expresarlo todo. Sobre todo la música clásica. Pero a ti no hace falta que te lo diga.

Olja la observó con atención.

—¿La echas de menos?

Sofia continuó mirando la carretera con fijeza.

—Muchísimo.

La anciana le puso una mano en el brazo y la acarició. Después sonrió.

—Lo comprendo.

Un poco más tarde, llegaron a su destino. Aparcaron el coche y entraron en un gran edificio. A la derecha había una mesa de cristal. Se sostenía sobre dos antiguas columnas de mármol. Tras ella se encontraba un joven portero con el pelo corto y el uniforme impecable.

—Buenos días.

—Buenos días. Tenemos una cita con el abogado Guarneri.

El portero miró en la agenda.

—Disculpe, ¿cómo se llama?

—Olga Vassilieva.

—Sí, por supuesto. La están esperando. Quinta planta.

Sofia llamó el ascensor y, mientras tanto, echó una mirada a su alrededor. Había cuadros importantes en las paredes y una escultura de madera de Brancusi. Observó una placa de latón colgada de la pared. Debía de tratarse de un bufete de abogados. Además del de Guarneri, figuraban otros nombres de profesionales junto con los de dos empresas. Se llamaban Atlantide y Nautilus. Entonces llegó el ascensor y subieron al quinto piso, donde se encontraron con una secretaria que las estaba esperando.

—Buenos días. Por aquí, por favor, síganme.

Tendría algo más de treinta años e iba vestida con un traje de chaqueta azul oscuro y muy sobrio. Sofia observó el lugar. Era un despacho muy bonito y elegante; las paredes eran de color beis y estaban engalanadas con cuadros cuyos marcos eran de un tono un poco más claro. Al pasar vio varias salas perfectamente decoradas; algunas de ellas estaban vacías.

La chica se detuvo delante de una puerta y la abrió.

—Por favor, siéntense. ¿Quieren que les traiga algo? ¿Un café, un poco de agua, un zumo?

—Yo nada, gracias —contestó Sofia mientras entraba.

—¿Y usted?

—Tampoco, nada.

—¿Está segura? ¿Ni un poco de agua?

—Está bien, un vaso de agua, gracias.

La chica sonrió, le llevó en seguida un poco de agua y luego cerró la puerta a su espalda. Sofia y Olja se sentaron en un elegante sofá de piel oscura. En el suelo había una alfombra nueva, de color nata; el pavimento era de cemento y resina marrón claro. En el medio de la estancia había una mesita baja de cristal con varias revistas importantes encima. Sofia hojeó una de ellas. Entre sus páginas aparecían diversos paisajes inmortalizados en un momento lumínico especial, fotografías espectaculares de los rincones más sugerentes del mundo.

Un rato después, la chica volvió.

—Por favor, si quieren seguirme, el señor Guarneri estará encantado de recibirlas.

Se detuvo frente a una puerta cerrada y llamó.

—Adelante.

Dejó pasar a Sofia y a Olja y se alejó.

—Oh, buenos días, qué placer verla. —El abogado se acercó a Olja y realizó un perfecto besamanos—. Y usted debe de ser la famosa Sofia Valentini. Yo soy el abogado Mario Guarneri. —Se presentó al tiempo que le estrechaba la mano.

—Famosa... Quizá me está confundiendo.

El abogado sonrió.

—Es famosa, es famosa, se lo aseguro. Pero ¿puedo presentarles a mi querido amigo, el doctor Arkadij Voronov?

Un señor de aspecto distinguido y con una barba blanca muy cuidada se levantó de un sofá y se acercó a las dos mujeres. Llevaba unas gafas pequeñas con una montura ligera. Unos cuantos mechones de cabello blanco que tenía sobre las orejas le caían de un modo un tanto desordenado por detrás de la cabeza. Tenía un aspecto simpático, la cara redonda y una bonita sonrisa. Primero le estrechó la mano a Olja y la saludó en perfecto ruso; luego se presentó a Sofia en un italiano seguro pero con un marcado acento:

—Estoy muy contento de conocerla...

El abogado Guarneri invitó a sus huéspedes a sentarse.

—Pongámonos aquí, estaremos más cómodos.

Tomaron asiento en unos sofás para que la reunión fuera más informal.

—Bueno, aquí estamos. —El abogado Guarneri tomó en seguida la palabra—. Por fin la hemos encontrado. —Sofia escuchaba con curiosidad, pero el abogado no le dio tiempo a intervenir—: El doctor Voronov es el director del Instituto de Cultura y Lengua Rusa y el encargado de organizar un evento en el que colaborarán Italia y su país. Ha decidido confiar la apertura del festival a una artista, a una mujer especial que lo ha impresionado por su gran capacidad... —El abogado Guarneri esbozó una sonrisa y luego cogió dos mandos a distancia de la mesa. Con el primero encendió un televisor de plasma y con el otro puso en marcha un lector de DVD. En la pantalla apareció el primer plano de dos manos sobre las teclas de un piano; con las primeras notas, el encuadre televisivo se fue ampliando—. La mujer que nos gustaría que abriera nuestro festival... es usted —dijo el abogado cuando en el centro del televisor se vio a Sofia.

Interpretaba con una sonrisa la sonata *Op. 109* de Beethoven, el delicadísimo final, con todos aquellos picados, aquellos trinados que obsesionaban al viejo músico y que conducían a la solución extrema de sus últimas sonatas. Era una interpretación excelente, como si, al acabar, la pianista ya se hubiera imaginado las obras que Beethoven iba a crear a partir de entonces.

Sofia miraba la grabación con la boca abierta. Se acordaba perfectamente de aquella noche. Fue en París, en la Salle Pleyel, durante la apertura de la temporada de conciertos. Tenía veinte años y el vestido que llevaba se lo había regalado Armani para aquella gran gala. Habían pasado diez años. Diez. Salía con Andrea desde hacía poco. Diez años antes, antes de que ocurriera, antes de que tuviera el accidente, antes de que todo terminara... No había vuelto a mirarse desde entonces. No había vuelto a ver ninguna foto de ella al piano ni ninguna filmación en la que apareciera tocando. La embargó la emoción y le costó aguantarse las lágrimas. Sentía los ojos de todos los presentes clavados en ella. Inspiró profundamente, tenía que encontrar el modo de salir de aquella situación. Se guardó las lágrimas, rompió el nudo que tenía en la garganta y al final consiguió hablar:

—¿Me han hecho venir hasta aquí para ver esta película? Podrían haberse ahorrado el esfuerzo. Yo también la tengo.

El abogado Guarneri le sonrió.

—No la hemos llamado sólo por eso. El doctor Voronov me pidió que la buscara y es lo que he hecho. Tiene que hacerle una propuesta importante desde todos los puntos de vista, sobre todo desde el de las relaciones entre Italia y Rusia.

—¿Cómo me han encontrado?

El abogado Guarneri estaba preparado para aquella pregunta.

—Todo el mundo sabe que fue alumna de la señora Olga Vassilieva en el conservatorio. —Guarneri se volvió hacia Olja y le dedicó una sonrisa—. Fue suficiente con preguntarle a ella.

Olja le devolvió el gesto amable. Después, miró a Sofia buscando su complicidad, pero la encontró fría y silenciosa. Entonces, bajó la cabeza, disgustada. Quería volver a Rusia. Volver allí con Sofia y oírla tocar de nuevo habría sido la mejor de las maneras. Tal vez todo aquello todavía pudiera suceder; en realidad todavía no le habían hecho ninguna propuesta a su alumna. El doctor Voronov tomó la palabra al fin:

—Se trata de un acontecimiento muy importante, destinado a reforzar las relaciones entre dos grandes países. Será un gran intercambio cultural y musical entre muchas personas. —Se quedó mirándola en silencio con una sonrisa, esperando que aquellas palabras hicieran alguna mella en ella. Sofia permanecía inmóvil, muda. Había perdido su dureza, estaba más serena. Había decidido escuchar hasta el final, pero no se esperaba en absoluto una propuesta como aquélla. El doctor Voronov se sentó más erguido en su sillón—. Le ofrecemos doscientos cincuenta mil euros para que abra el festival y lo cierre tres días más tarde. Se alojará en uno de los mejores hoteles de San Petersburgo, el Grand Hotel Europa. Tendrá un coche con chófer a su disposición y un fondo sin límite para cualquier cosa que quiera hacer... —Entonces se volvió hacia Olja—. Naturalmente, irá acompañada de su profesora y de cualquier otra persona que quiera llevarse con usted. El gobierno y todos nosotros le estaríamos muy agradecidos si aceptara nuestra invitación.

Sofia permaneció impasible. Entonces sonrió al doctor Voronov.

—Lo siento, pero no puedo aceptarlo.

Olja quería morirse. El doctor Voronov se dejó caer contra el respaldo del sillón.

El abogado Guarneri intentó encontrar una solución a toda prisa.

—No tiene que darnos la respuesta en seguida. Será dentro de veinte días, tiene mucho tiempo para pensárselo. Váyase a casa, háblelo con su marido... Tal vez él la deje ir sin problemas.

Y de repente, aquella frase hizo que no le quedara ninguna duda. Se levantó de golpe.

—Lo siento. Tengo que irme.

Guarneri y el doctor Voronov se levantaron a la vez. Olja hizo lo mismo, con desgana. El ruso se despidió:

—Lástima. Lo siento.

El abogado las acompañó hasta la puerta. Entonces se acercó a Sofia y le dijo en voz baja para que no lo oyeran los demás:

—Piénselo bien. La noche es buena consejera, le dejo mi tarjeta. —Sofia la cogió y la dejó caer en su bolso. Entonces Guarneri sonrió—. Si sólo se trata de un problema de precio, estoy seguro de que encontraremos la solución. Estoy aquí para eso.

En aquel momento, Sofia cambió totalmente de actitud. Pasó a ser dura y cortante como nunca lo había sido. Se acercó a Guarneri y le dijo en voz baja, casi susurrando:

—Dígale a su amo que juró que me dejaría en paz. No tocaré nunca para él. —Entonces se volvió otra vez, correcta y sonriente—. ¿Vienes, Olja, o te quedas?

—No, voy contigo.

La mujer se despidió de los presentes y salió con Sofia.

Al cabo de un rato, ambas estaban ya en el coche. Reinaba un profundo silencio entre ellas. Olja apretaba con fuerza las asas de su bolso, las enroscaba, las torturaba intentando calmar así su nerviosismo. Sofia conducía de prisa, cambiando de marcha continuamente para intentar desahogarse también ella de aquella manera. Todo era demasiado raro: un viaje lejos de Italia, el abogado que sabía que ella tenía un marido que no podía moverse, un coche con chófer para pasear por San Petersburgo y, además, todo aquel dinero. Era él. Estaba segura.

—Lo siento, Sofia...

Sólo entonces se acordó de Olja y, poco a poco, fue reduciendo la velocidad. Un poco después le sonrió con serenidad.

—No es culpa tuya, tú no tienes nada que ver.

—Es que yo quería volver a Rusia, y así habríamos ido juntas. Habrías obtenido el reconocimiento que siempre te has merecido y que nunca has tenido. Habríamos vuelto a empezar desde allí, habrías vuelto a tocar y habrías conquistado el mundo, estoy segura. —Sofia la miraba con ternura. Olja parecía otra. Estaba llena de pasión—. Te habría ayudado a lo largo de estos veinte días, hasta marcharnos. ¡Estoy convencida de que incluso habrías conseguido tocar el *Rach 3*!

Sofia se echó a reír.

—¡Tú confías demasiado en mí! ¡Sería difícil empezar precisamente con Rachmaninov!

Olja insistió.

—No es cuestión de entrenamiento. Es un problema de aquí... —Se tocó la cabeza— y de aquí —dijo poniéndose una mano en el corazón—. Lo habrías conseguido. —Sofia la miró con ternura. Olja se volvió de nuevo hacia ella—. Y además te daban un montón de dinero. ¡Sería como dar cinco mil clases en tres días!

Aquella vez Sofia soltó una carcajada.

—Olja, era un hombre quien me quería, no Rusia.

La maestra se volvió turbada hacia ella.

—Pero ¿qué dices?

Sofia asintió.

—Es así, créeme.

Olja sacudió la cabeza.

—¿Un hombre te paga todo ese dinero a cambio de tu música?

—No, quiere mi alma.

—Entonces no hay precio. Debería saberlo.

Sofia esbozó una sonrisa, extendió la mano y cogió la de su profesora. Se la apretó con fuerza.

—Un día regresaremos a Rusia... pero sólo como turistas.

Olja la miró asintiendo.

—Como tú quieras.

—Ya lo verás, nos divertiremos mucho más.

—Cuando tú tocas, yo me divierto siempre. Ese momento, para mí, es como dar la vuelta al mundo.

La anciana volvió a poner las manos en el bolso y miró por la ventanilla. No se dijeron nada más hasta que llegaron a la iglesia.


Gregorio Savini entró en el despacho de Guarneri. El abogado estaba sentado en su sillón, detrás del escritorio, decepcionado por el fracaso.

—No ha funcionado, ¿verdad?

—No.

El doctor Voronov estiró los brazos.

—Habría sido un concierto precioso. No creía que tocara tan bien. Y además le han ofrecido una cantidad de locura.

Savini se metió las manos en los bolsillos.

—Tendría que haber sido al menos el doble.

Entonces entró Tancredi.

—Con ella no se trata de dinero. Es una cuestión de principios.

Guarneri lo miró fijamente a los ojos.

—Entonces me parece que la cosa va a ser más complicada de lo previsto. Sabía que usted estaba detrás de todo esto.

Tancredi se quedó sorprendido.

—¿Qué se lo ha hecho pensar?

—Me ha dicho: «Dígale a su amo que juró que me dejaría en paz.» —Entonces sonrió mirando a Tancredi—. Hemos conseguido cerrar importantes tratos con gente mucho más complicada y desconfiada.

Tancredi, divertido, se dejó caer sobre el sofá.

—Muy bien. La partida se vuelve más interesante. Sólo tenemos que encontrar algo a lo que no pueda decir que no.

Gregorio Savini lo miró con preocupación.

—Pero ¿hay algo?

Tancredi se sirvió un poco de agua.

—Si hay algo, lo encontraréis. Si no lo hay, haréis que exista. Para eso se os paga.

## 27

—Hace más de dos años que no los veo. Los echo de menos.

Sofia terminó de preparar la maleta.

Andrea la miraba sereno, con amor.

—Claro. Estoy contento de que vayas. Me gusta que hayas conseguido encontrar una sustituta.

—Sí... —Ekaterina Zacharova tenía tres días disponibles. Para Sofia había sido un alivio. Se había cogido también el fin de semana y no regresaría hasta el domingo por la noche—. Adiós, cariño. Te llamaré más tarde.

Le dio un beso suave en los labios.

Él la detuvo antes de que se separara del todo.

—Otro. Ya sabes que nunca tengo suficiente.

Volvieron a besarse. Andrea retuvo los labios de su esposa. Era como si no quisiera dejar que se fuera, como si la mantuviera consigo con tan sólo respirarla. Después se separaron.

—Te llamaré cuando llegue.

El taxi estaba ya debajo de casa, no encontró tráfico de camino al aeropuerto y el vuelo salió a su hora. No les había dicho nada a sus padres. Les había llamado varios días antes y les había hecho las preguntas de siempre:

—¿Qué tal? ¿Todo bien? ¿Papá está descansando? ¿Qué haréis el miércoles?

—Estaremos en casa.

Claro, ¿qué otra cosa iban a hacer? Sus padres no salían casi nunca y, desde que habían regresado a vivir a Ispica, sus breves pero frecuentes visitas a Roma se habían ido espaciando cada vez más hasta desaparecer del todo.

El avión aterrizó puntualmente. Había pocos taxis a la salida del aeropuerto de Catania. Sofia esperó con paciencia. Al fin llegó uno. Mientras se dirigía hacia casa, contempló por la ventanilla el paisaje que de pequeña la había acompañado durante sus vacaciones: las montañas, la vegetación, los cactus. Era una tierra de colores intensos. La roca de las montañas contrastaba con el mar tan cercano. Pagó el taxi y se dirigió al portal. Lo abrió con sus llaves pero, una vez frente a la puerta de la casa, prefirió llamar al timbre.

—¿Quién es? —se oyó desde detrás de la puerta—. Vince, ¿acaso esperabas a alguien?

—No... ¿Por qué?

Sofia sonrió al escuchar las voces de sus padres en aquel extraño y curioso diálogo. A continuación oyó que alguien se movía detrás de la puerta y deslizaba despacio la tapa de la mirilla para ver quién era.

La joven sonrió y saludó con la mano.

—Soy yo... Sofia.

Las cerraduras hicieron mucho ruido al abrirse.

Era Grazia, su madre.

—¡Qué bonita sorpresa! ¡Sofia! ¡Pero si no me habías dicho nada! ¡Qué bien que estés aquí!

Se abrazaron y, en seguida, llegó Vincenzo, su padre, desde el salón.

—¡Ésta sí que es buena!

También se abrazaron. Después la hicieron pasar y cerraron la puerta.

—No me lo puedo creer. Íbamos a llamarte más tarde, ¡imagínate que no te hubiéramos encontrado y Andrea nos hubiera dicho que estabas aquí! ¡Adiós sorpresa!

—Pero Andrea no os lo habría dicho...

—¿Ah, sí? ¿Os habíais puesto de acuerdo?

Sofia los miró con ternura. Habían envejecido, ya eran unos ancianos y lo único que les habría dado un poco de vida habría sido un nieto.

—¿Dónde está Maurizio?

—Ah, tu hermano siempre está por ahí; él y sus ordenadores... Ha recibido un buen encargo del Ayuntamiento de Noto. Se ve que no tienen ni idea, porque lo llaman un día sí y el otro también, ¡siempre hay algún problema! —Le sonrió.

Su padre le cogió la bolsa de la mano.

—Ven, te acompaño a tu habitación.

—Gracias, papá, pero ya puedo yo.

—Que no se diga que una mujer lleva la maleta. —Llevó el *trolley*, que no pesaba demasiado, hasta la habitación de Sofia, y lo puso encima de la silla—. Si necesitas cualquier cosa, llama.

—Espera, espera... —Su madre llegó antes de que cerrara la puerta—. Te he traído toallas. —Y las dejó sobre la cama—. Arregla tus cosas. Nosotros te esperamos allí. —Dicho aquello, salió de la habitación y cerró la puerta para dejarla sola.

Sofia miró a su alrededor. Allí estaba todo lo que había formado parte de su adolescencia: los peluches, los pósteres, las fotos. En la mesa, metidas debajo del cristal, había unas cuantas postales, preciosas imágenes de lugares lejanos que le habían enviado sus amigos durante las vacaciones.

Sofia se desnudó, fue al baño y se dio una buena ducha. Se secó y se puso un chándal de felpa muy cómodo. Después se reunió con su madre en la cocina, donde la mujer estaba hojeando una revista. Cuando la vio entrar, la cerró y puso las dos manos encima de ella.

—Qué contenta estoy de verte.

—Yo también, mamá. —Sofia se sentó frente a ella.

Su madre la observó con aire curioso.

—¿A qué debemos esta sorpresa? ¿Va todo bien? ¿Andrea?

—Todo bien, mamá. Tenía ganas de veros.

—Hace mucho que no estamos juntos.

—Sí, por lo menos un año.

—Dos, hija mía, ya han pasado dos años.

—¿En serio? Cómo pasa el tiempo.

Entonces su madre miró hacia la otra habitación. Se oía la televisión encendida en el salón. Decidió que necesitaban un poco de tranquilidad, así que se levantó y cerró la puerta de la cocina. Volvió a sentarse frente a ella, sonriendo.

–Así estaremos más tranquilas, entre mujeres. –Le frotó las manos con las suyas para manifestar su felicidad. De repente se puso seria–. ¿De verdad que no hay ningún problema, hija mía? –Sofia negó con la cabeza–. ¿Me lo dirías?

–Creo que sí.

Conocía muy bien a su hija. Podía estar segura de que decía la verdad. Se tranquilizó y se sintió aún más contenta de tenerla allí.

–Pues entonces estoy realmente feliz, en serio.

Sofia sonrió.

–Y tú, mamá, ¿cómo estás?

–Bien. Tengo algunos dolores, pero es normal. Tu madre tiene sesenta y cinco años, te acuerdas, ¿no?

–¿Y todavía discutes tanto con papá?

–Bastante. –Entonces se quedó en silencio–. ¿Sabes?, una vez estuve a punto de dejarlo.

Sofia permaneció callada. No, aquello nunca se lo había contado y no se lo esperaba. Grazia prosiguió:

–Ni siquiera sé si tiene sentido contártelo.

–Como tú quieras, mamá.

–Cuando haces eso me pones nerviosa.

–Eres tú la que ha dicho que quizá no tenga sentido...

–Pero es una manera de hablar. Bueno, te lo contaré de todos modos. –Ordenó sus ideas y después empezó–: Era un hombre guapo, alto, de ojos oscuros, con un perfume magnético... –Sofia se sobresaltó. Pero ¿qué le estaba contando su madre? Grazia advirtió su estupor–. Magnético, que te gusta mucho, que te atrae. Eres mujer, ya me entiendes. –Sofia seguía sin poder creerse lo que estaba oyendo. «Mi madre tiene sesenta y cinco años, mi padre setenta y seis, ¿y ella me habla de un hombre de perfume magnético? La vida siempre consigue sorprenderte.» Entonces Grazia le sonrió–. Y tú lo conociste.

Aquello todavía dejó más asombrada a Sofia.

–¿Yo lo conocí?

–Sí, y estoy segura de que también te gustó.

–Pues yo no me acuerdo, mamá. ¿Estás segura? Pero ¿en Roma o aquí?

–Fue aquí, en Sicilia, era verano. ¡Tenías cuatro años!

Sofia exhaló un suspiro.

—Ah... ¡O sea, que fue hace más de veinte años! ¡Cómo me iba a acordar!

—Estábamos en el parque y él se acercó mientras yo estaba contigo y con tu hermano y te cogió en brazos. Y tú, que normalmente pataleabas, que no te gustaba que te cogieran los desconocidos, te quedaste tan tranquila entre sus brazos y te echaste a reír; le hacías muecas. Me acuerdo como si fuera hoy. —Su madre suspiró y retrocedió en el tiempo hasta recordar algún que otro episodio: una llamada telefónica, unas palabras, tal vez un momento de secreta intimidad. Después regresó con su hija—: ¿Te acuerdas? Se llamaba Alfredo, te regaló una muñeca con una camiseta roja.

Sofia se acordaba de ella. Le había puesto el nombre de Fiore, como una amiguita que tenía de pequeña en la escuela y a la que después ya no volvió a ver. Aquella muñeca, en cambio, todavía la conservaba, estaba en su habitación.

—Estaba loca por él —continuó Grazia—. Era la pasión, el sueño, la fuga... Cuando pasaba un día sin verlo me ponía nerviosa, me enfadada, lloraba. Era todo lo que vuestro padre no me había dado.

Se detuvo sin añadir nada más, dejándole tiempo para digerir aquel secreto, aquella confesión después de tanto tiempo.

—¿Por qué no dejaste a papá?

Grazia calló. Le habría gustado decir: «Por ti, por tu hermano Maurizio, porque estaba casada, porque era sólo una aventura.» Pero entonces dijo la verdad:

—Lo hice. Una mañana que vosotros estabais con la tía y tu padre estaba en Roma, preparé la maleta. Tenía treinta y nueve años, necesitaba pocas cosas; tenía amor y aquello bastaba, así que me reuní con él en el parque. Habíamos quedado en un bosque que había detrás de la plaza, donde nos habíamos visto muchas veces. —Y fue como si Grazia estuviera de nuevo allí, esperándolo.


—Cariño... —Fue corriendo a su encuentro y dejó caer la maleta a sus pies. Lo abrazó con fuerza y empezó a besarlo en la boca sin freno, sin pudor, y en seguida se encendieron sus pasiones. Ella llevaba una falda ligera y las piernas, que sabían a crema recién aplicada, bronceadas. Se sentaron en el primer banco que encontraron sin pensar en nada. Las manos ávidas de Alfredo se deslizaron bajo la falda, acariciaron aquellas piernas, las estrecharon con fuerza.

Ella intentó desabrocharle el cinturón y, después de varios intentos, lo consiguió. Como por arte de magia, todo se hizo más fácil. Quedaron como atrapados, mordidos por la pasión: el deseo, respiraciones robadas, aquellos suspiros bajo el canto de las cigarras lejanas, cada vez más fuertes, incluso un grito y una mano que le tapa la boca. Y al final aquella mirada. Se echaron a reír a causa de aquel momento perfecto. Permanecieron quietos así, contentos y satisfechos sobre aquel banco, ligeramente sudados de amor, el uno sobre el otro.

Sólo entonces pareció reparar él en la maleta.

Ella se percató de su mirada.

—Me voy contigo...

Él se apartó, le sonrió y la sujetó por los brazos.

—No puede ser.

—¿Por qué? No me apetece esperar a que vuelvas dentro de diez días.

Él exhaló un suspiro, la soltó y dejó caer los brazos. Pero la miró a los ojos.

—Estoy casado.

Ella permaneció en silencio. ¿Por qué nunca le había dicho nada? Pero entonces pensó que no era tan importante. Al final esbozó una sonrisa.

—Yo también. ¿Y qué más da?

En aquel momento, Alfredo se separó de ella e hizo que se sentara a su lado. Después se puso los pantalones en su sitio, se subió la cremallera y se abrochó el cinturón. Sólo entonces volvió a mirarla.

—Sí, pero yo la quiero.

Grazia se sintió morir. Las lágrimas asomaron en seguida a sus ojos. Se levantó de golpe y buscó sus bragas por el banco, pero no las encontró. Al final las vio. Se habían caído al suelo, estaban llenas de polvo. Las recogió, las sacudió y se las metió en el bolso. Después se acercó a la maleta, la cogió y empezó a caminar. Las lágrimas le rodaban por el rostro y no tenía fuerzas para volverse. Sin embargo, habría querido oírlo gritar su nombre; a cada paso abrigaba aquella esperanza. «¡Grazia! —le habría gustado oír—. No es verdad. ¡Te quiero a ti!» O bien: «Grazia, también te quiero a ti...» Habría sido peor, pero al menos habría sido algo. Sin embargo Alfredo no dijo nada. Y cuando al final ella logró darse la vuelta, en aquel banco ya no había nadie.


—¿Por qué me lo has contado?

Grazia exhaló un largo suspiro y se colocó un mechón rebelde detrás de la oreja.

—No lo sé. —No obstante, en aquel momento su mirada parecía más serena, como si al confesar su infidelidad se hubiera quitado un peso de encima—. Necesitaba contárselo a alguien.

Sofia se levantó, se dirigió a la nevera y se sirvió un vaso de agua.

—¿Quieres algo, mamá?

—No, gracias. No bebas de prisa, que está fría. —Sofia no escuchó su consejo. Después, cuando estaba a punto de salir, su madre la detuvo—. No he vuelto a saber de él ni lo he buscado.

Ella sonrió.

—Has hecho bien. Estaba casado.

Y se fue a su habitación. Se puso a leer para intentar distraerse.

Más tarde, oyó que su hermano llegaba a casa. Entonces salió de la habitación y corrió a su encuentro.

—¡No me lo puedo creer! ¡Sofia!

Se abrazaron con afecto y se besaron.

—Maurizio, ¿sabes que estás pero que muy bien?

—Pero si se me han quedado los ojos bizcos de pasar tantas horas delante de esos ordenadores.

El padre se interesó.

—Ése es el problema de este país...

—¿El qué?

—¡Que nadie sabe cómo funcionan!

Grazia pasó a su lado justo en aquel momento.

—¡Ésa es la suerte que tienes! Venga, a la mesa.

Fue una cena muy sabrosa, compuesta sólo por especialidades sicilianas: pasta a la Norma, sardinas rellenas, unas rebanadas de harina frita llamadas *panelle* y una *cassata* recién hecha comprada en la pastelería de la esquina.

—¡Vais a hacer que engorde!

Su padre estaba muy sonriente.

—¡No, no, así te acordarás de lo buena que es nuestra cocina y vendrás más a menudo!

Su hermano también se mostró de acuerdo:

—Sí, vuelve pronto... que nunca comemos tan bien, te lo aseguro.

Grazia no dijo nada. Miraba a su hija en silencio. Sofia se dio cuenta y su madre le sonrió. La joven bajó la mirada y siguió comiendo. Tal vez su madre quería que digiriera su historia. Cuando la cena acabó, todos ayudaron a quitar la mesa. Después, Maurizio salió porque tenía una partida de billar. Grazia se puso a hablar por teléfono con una amiga. Entonces fue Sofia la que cerró la puerta del salón por indicación de su padre.

—Mejor, si no, nos pondrá la cabeza como un bombo... ¿Sabes que puede hablar una hora seguida sin que la que está al otro lado tenga oportunidad de intervenir? ¿Ha hecho lo mismo también contigo?

—¿Cuándo?

—Hoy, esta tarde. He visto que os habéis encerrado en la cocina.

—Sí... ¡Pero me he defendido!

—Muy bien, hija mía.

—¿Y a ti cómo te va, papá?

—Ya sabes... —exhaló un pequeño suspiro—. Echo un poco de menos el trabajo... —Empezó a explicarle su vida de jubilado: con quién se encontraba en la plaza, quiénes, por desgracia, ya no estaban, quiénes se habían convertido en abuelos. Sofia escuchaba sus palabras e intentaba parecer atenta, pero en realidad estaba pensando en algo muy distinto: revivía lo que le había contado su madre y sufría al ver que su padre ignoraba aquel engaño. Pensaba en lo distinta que podría haber sido su vida si el otro hombre le hubiera dicho a su madre: «Sí, ven conmigo.»— ¿Me estás escuchando?

—Claro, papá... —Entonces Sofia le prestó más atención.

—Si no fuera por tu madre... Es ella la que acaba obligándome a participar en las fiestas del pueblo. —«Al menos tiene algún mérito», pensó Sofia—. El próximo lunes, por ejemplo, se celebra la cena en la plaza. Me gusta ir con tu madre, nos lo pasamos bien a pesar de que hay que hacer una donación y nunca puedes dar demasiado poco.

—Bueno, sí, claro... —Siguió escuchándolo, pero acabó distrayéndose de nuevo. Pensó en Stefano, en que su vida era parecida a la de su padre. Pasan los años, llegan nuevas generaciones, pero algunas cosas, lamentablemente, permanecen inalterables—. Me voy a dormir, papá...

Le dio las buenas noches también a su madre, se encerró en su habitación, llamó a Andrea y luego se quedó dormida sin pensar demasiado. No soñó, o al menos, si lo hizo, al día siguiente no recordó nada.


Los días siguientes fueron de completo relax: algún paseo hasta la playa, un salto al mercado para comprar los indispensables *cazzilli* —unas croquetas de patata a las que no había sido capaz de renunciar desde pequeña y por culpa de las cuales a menudo tenía que ponerse a dieta.

La tarde antes de irse, se encontró con aquel chico.

—¡Sofia Valentini! —Se volvió, sorprendida por aquel grito—. ¡No me lo puedo creer! ¿Qué haces aquí? ¡Es demasiado bonito para ser verdad! ¡Y eres demasiado bonita para ser real! Pero ¿eres tú, verdad?

Sofia se echó a reír.

—Sí, sí, soy yo... Y no te ofendas, pero la verdad es que no me acuerdo de quién eres.

El chico se llevó las manos a la cabeza.

—No puede ser, ¿cómo es posible? —Pero no le dio tiempo a responder—. ¡Soy Salvatore Catuzzo!

—Venga, ¿me estás tomando el pelo? ¡Salvatore!

Entonces Sofia lo abrazó y se dieron un beso.

—¡Cuánto tiempo!

—Una vida.

Sofia lo miró con más atención. Había sido su sueño desde muy joven, había estado locamente enamorada de él y además fue su primer beso. Se acordaba de todo perfectamente: un día de invierno, durante las vacaciones, hacia las cinco de la tarde, Salvatore la llevó al acantilado del elefante. En el mar aquel día había temporal y además hacía frío. Soplaba un mistral fuerte y cortante. Pero él se empeñó. Llegaron hasta allí en bicicleta.

—¡Nos pondremos aquí!

—Pero es peligroso, hay muy mala mar.

—¡Y qué, Sofia! Mira que eres exagerada. —Así que ascendieron hasta la cima del acantilado. Las olas eran tan fuertes que los salpicaban algunas gotas—. Sofia, tú me gustas.

—Y tú a mí.

A la muchacha aquellas palabras no le parecieron nada del otro mundo. En las películas, antes de los besos, las declaraciones siempre eran bonitas, y después se decían palabras de ensueño. Pero Salvatore le gustaba mucho, así que cerró los ojos, como le habían aconsejado sus amigas y, cuando notó aquellos labios en los suyos, abrió la boca, siempre siguiendo las indicaciones de las más expertas. Pero en el momento en que Salvatore le metió la lengua en la boca, casi se muere. Nunca se había imaginado que pudiera ser tan larga. Por otra parte, aquello no se lo habían explicado sus amigas. Luego, mientras se resistía a aquel extraño enroscamiento, llegó una gran ola que los empapó.

—Chica, qué pasada, ¿te acuerdas?

—Sí, ¿quién podría olvidarlo?

Aquel beso fue único en todo y por todo, pero el Salvatore de entonces ya no tenía nada que ver con el que recordaba: había engordado, tenía una barriga bastante prominente y estaba completamente calvo.

—Salvo, ven, tenemos que volver a casa.

En la calle, un poco más allá, una chica rubia y con el mismo tipo que él —y que llevaba a un niño y a una niña de la mano— lo miraba con curiosidad mientras esperaba una respuesta.

—¡Ya voy! Y de ella, ¿te acuerdas?

Sofia la observó con más atención.

—No...

—¡Ya está bien, no te acuerdas de nada! ¡Es Gabriella Filoni! Me casé con ella, ahora tenemos dos hijos.

—Ah, sí, ahora ya sé quién es. Qué bien, me alegro muchísimo por vosotros.

Permanecieron un instante en silencio.

—Bueno, me voy corriendo, que Gabriella me espera. ¿Te quedarás mucho?

—No, me marcho mañana. Me ha gustado verte.

—A mí también.

Y de aquel modo se alejó, se reunió con Gabriella, agarró al niño de la mano y luego lo cogió en brazos. Empezó a hablar con su esposa mientras se dirigían al coche. Gabriella se volvió y la miró de nuevo. Lo más seguro era que estuvieran hablando de ella. «No te preocupes, no volveré a besarlo, puedes estar tranquila.» Sofia se echó a reír y volvió a casa.

Al día siguiente, cuando estaba a punto de irse, su padre se le acercó.

—¿Seguro que no quieres que te lleve? Me gustaría mucho.

—Papá, es demasiado tarde, y luego tienes que volver solo hasta aquí. Ya he llamado a un taxi.

—Como quieras, pero prométeme que volverás pronto.

—Te lo prometo.

Y tras decirse aquello, se besaron.

Sofia se despidió de Maurizio, que estaba arreglando el ordenador de casa.

—Y éste tampoco funciona, hermanita, es una epidemia.

Le dijo a su madre que la acompañara hasta la calle, ya que había insistido mucho en ello. Cruzaron el portal y no había ni rastro del taxi. Permanecieron en silencio. Sofia albergaba la esperanza de que el vehículo llegara pronto. Al final, Grazia habló:

—¿Estás molesta porque te lo haya contado?

—No lo sé. Tal vez. Habría preferido no saberlo.

—Quizá el que te lo haya contado ahora tenga un motivo.

Su hija la miró.

—No lo creo, mamá. El único motivo que veo es que has querido hacerlo. No has sido feliz y no ha servido para nada.

—Las cosas suceden.

—Pero nosotros también podemos hacer que no sucedan. Ayer estaba viendo la televisión con papá y, por primera vez en mi vida, no sabía qué decirle, sólo quería irme...

—Lo siento. Pero si no hubiera ido al parque aquella mañana habría vivido toda la vida con aquella duda. En cambio ahora me siento serena.

El taxi llegó y salvó a Sofia de aquella situación embarazosa.

—Adiós, mamá. —La besó—. Nos llamamos.

—Sí. Vive tu vida al máximo. Las cuentas tienes que rendirlas tú sola, y al final.

Sofia habría querido decirle muchas cosas, pero prefirió callar. El taxi se marchó.

Grazia entró en casa y fue a arreglar la habitación de Sofia. Debajo de la mesa, dentro de la papelera, encontró la muñeca Fiore con su camiseta roja.

## 28

El coche pasó de largo ante la iglesia de la Gran Madre y, poco después, se detuvo delante del parque de Valentino.

Gregorio Savini se volvió hacia él.

—Ahí está, es ella.

Señaló a una mujer vestida con unos pantalones de rayas anchos. Era alta, tenía el pelo castaño con ligeros toques más claros y llevaba unos pendientes enormes. Sonreía mientras trataba de ayudar a un niño pequeño en un triciclo.

—Vamos, Nicolò. Si haces eso frenas, tienes que empujar hacia delante...

El niño volvió a intentarlo, pero cada vez que metía los pies en los pedales, se le resbalaban hacia abajo y terminaban en el suelo. La madre le ponía las manos sobre los hombros para hacerlo avanzar.

—¡No sabe, no sabe! —junto a ellos apareció una bonita niña de pelo claro que, insolente, se puso las manos en las caderas.

—Greta, no digas eso. A ti tampoco te salía cuando eras pequeña. ¡Dale tiempo a tu hermano!

—¡Pero si es un negado, mamá!

—No digas eso.

—¡Pero lo es!

Nicolò se concentró, puso los dos pies en los pedales y empezó a hacer fuerza para hacerlos girar de prisa mientras su madre trataba de caminar a su lado.

—Despacio... Ve despacio.

Pero Nicolò aceleró. Pedaleaba con decisión y al final se lanzó por una recta. Madre e hija empezaron a correr detrás de él. Greta reía, divertida. Al final Nicolò se equivocó de dirección y acabó en el césped. La rueda de atrás se atascó en las raíces de un árbol y el triciclo se volcó. Nicolò cayó de bruces, con las manos hacia delante y la barbilla en el suelo.

—¡Nicolò! —gritó la madre mientras acudía en su ayuda y el niño se echaba a llorar. En aquel momento también llegó Greta.

—¡Ya te lo dije, es un negado!

La madre ayudó a Nicolò a levantarse y comprobó que no se había hecho nada. Sólo tenía un pequeño rasguño en la rodilla derecha.

—Cariño, no ha sido nada...

El niño sorbía por la nariz. La madre le echó el pelo oscuro hacia atrás y le acarició la mejilla mientras él, con el puño cerrado, se frotaba el ojo derecho. Ya había dejado de llorar.

Tancredi subió la ventanilla y luego le hizo una señal a Gregorio Savini, que empezó a leerle las hojas.

—Olimpia Diamante. Tiene dos hijos: Greta de seis años y Nicolò de cuatro. Su marido le es infiel desde hace un año y medio. Ella lo descubrió hace siete meses. Tuvieron una gran discusión, ella lo obligó a irse, él hizo de todo para quedarse y, al final, lo consiguió. Le prometió que no volvería a ver a la otra mujer, pero tres días más tarde ya estaba de nuevo con ella. La chica tiene veinticuatro años, trabaja en su despacho como secretaria, se llama Samantha con hache y está prometida con un tipo de Nápoles, Gennaro Paesanielli, que trabajaba de gorila en un local de la periferia. Tuvo que trasladarse a Turín tras una pelea en la que resultó herido un tipo famoso con antecedentes penales. A la chica la conoció aquí, y ya hace dos años que mantienen una relación muy turbulenta. —Gregorio Savini levantó la mirada de las hojas que estaba leyendo—. Su marido es Francesco D'Onofrio. Iba a tu escuela, al Collegio Sacra Famiglia.

Tancredi siguió mirando a la chica por la ventanilla.

—Sí, me acuerdo de él. Prosigue.

Savini hizo lo que le pedía:

—La semana pasada, Olimpia descubrió que la relación entre Samantha y su marido continuaba. Tuvieron otra violenta discusión durante la cual ella se cortó con la esquirla de un vaso roto. Le tuvieron que dar varios puntos en la mano izquierda... –Tancredi la observó con más atención. Entonces se percató de la venda que le sobresalía de la chaqueta. Olimpia había levantado el triciclo y estaba ayudando a Nicolò a montar en él de nuevo. Savini continuó leyendo–: Olimpia fue al despacho de Levrini, que se ocupa de separaciones y divorcios, y habló con el abogado Alessandro Vinelli. Él le explicó todo el procedimiento y los pasos que debía dar, pero la verdad es que ella todavía no ha tomado una decisión. –Savini cerró la carpeta–. Luego hay otros detalles sobre los diversos gastos de la casa, los sitios donde han ido de vacaciones, los otros inmuebles que poseen, y también sobre las vacaciones y los hoteles a los que él ha llevado a Samantha durante el último año. –Cogió un sobre–. Aquí hay algunas fotos de él con su amante.

Tancredi lo abrió y miró aquellas fotografías. Samantha era una chica guapa, siempre vestida de manera llamativa, con zapatos de tacón alto, camisetas muy cortas, tops con estampados de tigre o de colores, escotes provocativos y el pelo recogido con pinzas ordinarias. También había algunas imágenes de ellos besándose en un parque, en el coche, entrando en un hotel, fotos que los retrataban a través de una ventana mientras se desnudaban y otras más atrevidas. Tancredi volvió a meter las instantáneas en el sobre y se las pasó. Savini permaneció en silencio.

Tancredi siguió mirando a Olimpia. Se estaba riendo con sus hijos. Los tres habían subido en un tiovivo y ella empujaba con fuerza el círculo central intentando que se moviera. Cuando empezaron a girar, aumentó la velocidad. Se divertía con los niños, echaba la cabeza hacia atrás y tal vez se mareaba un poco, pero en el fondo se notaba que no era feliz. Era como si su risa y su mirada estuvieran veladas por la tristeza. Y, sin embargo, hubo una época en que no era así en absoluto.

—No me mires, me da vergüenza.

Olimpia se cubría los senos con los brazos cruzados y estaba medio escondida detrás de la puerta. Tancredi hacía correr el agua en la bañera, intentaba regularla porque salía demasiado caliente.

Se volvió hacia ella y le sonrió.

—Pero ¿por qué te da vergüenza? ¡Después de todo lo que hemos hecho!

Olimpia lo golpeó en la espalda.

—¡Idiota! ¿Qué tiene que ver? Eso es distinto.

Tancredi fingió que le había hecho daño.

—¡Ay, cómo me duele!

—Sí, y yo me lo creo... Pero ¿cuánto falta? —Metió la mano en el agua—. Está perfecta, venga, vamos a meternos...

Olimpia poco a poco se sumergió en la bañera. Tancredi cerró el grifo y se quedó quieto delante de ella, completamente desnudo. Olimpia sacó una pierna del agua con malicia; tenía un poco de espuma en la rodilla. Empezó a acariciarle el muslo a Tancredi con el pie y, lentamente, fue subiéndolo. Entonces sonrió.

—Mmm, te hago efecto.

—Muchísimo. —Tancredi estaba excitado. El pie de Olimpia no quería pararse. Siguió moviéndose despacio hasta que llegó a rozarlo. Tancredi entró en la bañera con lentitud y, todavía excitado, se puso de rodillas entre las piernas de Olimpia y se las abrió.

—Ay, más despacio...

Tancredi sonrió.

—Sí, y yo me lo creo...

—Tienes que creértelo, has hecho que me dé un golpe con el grifo.

Empezaron a reírse mientras él buscaba un punto de apoyo para deslizarse suavemente sobre ella. Al final lo consiguió y, con dulzura, comenzó a empujar con los glúteos hasta que estuvo dentro de ella.

—Eso es, así.

Olimpia lo sujetaba con fuerza; agarrada a sus hombros, mojada, apoyaba el rostro en su cuello y se mordía el labio mientras él la tomaba con suavidad.

—¿A qué hora vuelven tus padres? —preguntó Tancredi.

—Han dicho que más tarde.

—Pero ¿estás segura?

—Sí... Venga... No pares. —Tancredi no lo pensó más. Siguieron amándose dentro de la bañera, meciéndose apasionados en el agua caliente. Entonces se oyó un claxon—. ¡Oh, Dios mío! —Olimpia se puso rígida. Se inclinó hacia delante mientras él seguía moviéndose encima de ella–. Quieto. –Se concentró para oír cualquier posible ruido. De repente se levantó una persiana–. Es nuestro garaje. Son mis padres. Ya han vuelto.

–¿Qué?

–Sí, muévete.

Salieron de la bañera volando. Tancredi se resbaló al pisar el suelo.

–¡Venga, muévete!, ¿qué haces ahí?

–Me he caído. –Se levantó dolorido. El deseo de hacía un momento se había apagado del todo. Al cabo de un segundo ya estaban en la habitación de Olimpia. Se vistieron de prisa y corriendo. Tancredi, todavía mojado, intentó ponerse los calcetines sin mucho éxito; se puso los bóxer, después los pantalones y la camisa y al final los zapatos. Hizo una bola con los calcetines y se los metió en el bolsillo.

–Pero venga, ¡cómo tardas! Muévete, que ya están subiendo.

Así que se sentaron en el salón y pusieron la tele. Justo en el momento en que entraban los padres.

–¿Olimpia? ¿Estás en casa? ¿Eres tú?

–Sí, mamá, estamos en el salón.

Tancredi se levantó cuando llegaron los padres.

–Buenas noches...

–Ah, hola, Tancredi.

–Hola.

Giorgio, el padre de Olimpia, le sonrió.

–Pero ¿no estás viendo el partido?

Tancredi se excusó.

–Sí, estaba cambiando de canal. Pero ahora tengo que irme a casa, porque tengo que ir a una fiesta más tarde.

–Ah, sí, es verdad. Esta noche es la fiesta del decimoctavo cumpleaños de tu amiga Guendalina. –El padre de Olimpia miró el reloj–. Tendréis que daros prisa.

–Sí, sí; de hecho, ya me iba. Hasta pronto, señora. Buenas noches.

Tancredi ya estaba a punto de salir del salón, pero, al meter la mano en el bolsillo para sacar las llaves del coche, se le cayó un calcetín. Antes de que el padre pudiera recogerlo, Olimpia lo atrapó al vuelo.

–Tu pañuelo... Te acompaño.

Y se fueron hacia la cocina.

Giorgio miró a su mujer.

–Pero ¿eso era un pañuelo?

–Sí, fingiremos que sí; como que nos creemos que estaban viendo la tele.

Tancredi y Olimpia se dieron un beso en la puerta.

–Qué vergüenza, tu padre ha estado a punto de recoger el calcetín.

–Eh... Como siempre, te he salvado... ¡Si no fuera por mí!

Lo empujó afuera.

Tancredi se volvió hacia ella.

–Pero ¿crees que se han dado cuenta?

–Qué va... Se lo tragan todo.

Tancredi sonrió.

–De acuerdo, nos vemos dentro de un rato. Y vacía la bañera.

–Sí, hasta luego. No llegues muy tarde.

–No. –Entonces se volvió una última vez y le sonrió–. Pero luego seguimos donde lo hemos dejado, ¡eh! Me estaba gustando. En casa de Guendalina habrá bañera, ¿no?

–¡Márchate! –Y cerró la puerta.

Tancredi condujo su Porsche a toda prisa hasta su casa. Se desnudó, se metió debajo de la ducha y se secó en un momento. Se puso un traje oscuro y una camisa blanca, calcetines negros –que le provocaron una sonrisa al ponérselos– y luego se anudó unos Church's último modelo. Bajó corriendo, saltando los escalones de la casa de dos en dos, hasta que la encontró.

–Hola... –Claudine estaba quieta, de pie en la penumbra, apoyada contra la pared–. Estás aquí... Pensaba que estabas durmiendo.

–Te he oído llegar.

–Ah, perdona, te he despertado.

–No dormía.

–Mejor así, hermanita.

Le dio un beso en la mejilla. A continuación, antes de que saliera corriendo, ella lo detuvo.

–Tengo que hablar contigo.

—Hermanita, llego supertarde. ¿Podemos hablar mañana?

—No. —Se quedó callada y bajó la cabeza—. Ahora.

Entonces Tancredi le habló de una manera más tranquila, la escuchó, le arrancó una sonrisa y al final la convenció para que hablaran a la mañana siguiente. Luego salió corriendo de inmediato, subió al Porsche, arrancó, dio la vuelta a la plazoleta y, derrapando sobre la grava, se fue de la villa a toda velocidad.

Tancredi exhaló un largo suspiro y cerró el informe.

Aquella noche se lo pasaron bien en la fiesta. Encontraron un baño e hicieron el amor. Aunque no en la bañera, sino en el suelo, sobre una alfombra. Fue precioso. Miró de nuevo a Olimpia, su sonrisa, sus hijos. Se había casado con Francesco D'Onofrio, el mismo chico que él le había presentado a Claudine una tarde de verano, en la piscina. Pero a ella no le gustó. La vida es como un gran rompecabezas incompleto.

Entonces se acordó de una noche de hacía tiempo. Había hecho un puzle dificilísimo con su padre, Vittorio. Reproducía la *Mona Lisa*. Tardaron más de tres horas en hacerlo y, cuando casi estaba terminado, se dieron cuenta de que faltaba la última pieza, precisamente la que tenía que completar aquella célebre y misteriosa sonrisa. La estuvieron buscando por todas partes. Pero habían abierto la caja en aquella habitación y no se habían movido de allí. Entonces Tancredi vio que *Buck*, su golden retriever, movía la cola en una esquina del salón. Así que se le acercó.

—¡Mira quién la tenía! —La pieza que faltaba estaba allí, en la boca del animal. Se la quitó con facilidad y, a pesar de que estaba un poco mojada y masticada, pudo colocarla y completar así aquella sonrisa.

Sin embargo, hay piezas que no se sabe dónde han ido a parar y que nunca se encontrarán.

Después de aquella noche, no volvió a ver a Olimpia, no contestó a sus llamadas. Había querido verla aquel día, veinte años después. No era feliz. Exactamente como él desde entonces.

—Arranca, Gregorio. —El coche se movió lentamente y en seguida se mezcló con el tráfico de Turín.

Tancredi miraba en silencio por la ventanilla mientras perseguía quién sabe qué otro recuerdo. Savini lo miró por el espejo retrovisor. Decidió que era el momento de decírselo:

–Puede que haya encontrado una solución.

## 29

—¿Sabes cuántas cosas bonitas hay en la vida?

—Muchísimas, pero no por ello tienes que hacerlas todas.

Lavinia la miró en silencio.

Sofia le sonrió y continuó:

—No puedes aceptar mi punto de vista, ¿eh? —Buscó algo que pudiera ayudarla, un ejemplo que de algún modo le hiciera comprender—: Eso es. Mírame a mí con la música. Mi pasión era tocar el piano, y todavía lo es, pero ya no lo hago. A veces, cuando estoy sola, cuando el último alumno ya se ha marchado, ¿crees que no me entran ganas de poner las manos en el teclado? —Hizo una pausa—. Pero me aguanto, a pesar de que estoy muy enamorada de Bach, de Mozart, de Chopin, de Rach... Pero ninguno de ellos hará que engañe a la persona que va en primer lugar.

Aquella vez pareció que Lavinia lo había entendido.

—¿Andrea?

Sofia le sonrió y sacudió la cabeza.

—No, yo misma. Mi promesa. Y el dolor, el echarla tanto de menos, no hace que la ame menos... Al contrario: creo que mi amor por la música ha crecido todavía más. Todos los días rezo por poder volver a tocar...

Lavinia respiró profundamente, muy profundamente.

—Sofia, me rindo. No te entiendo. Si hay una cosa que me gusta mucho, si como dices tú la quiero, ¿cómo no voy a vivirla? No tiene sentido, es como renunciar a vivir. —Su amiga hizo un gesto de negación con la cabeza, derrotada. Nada. No había conseguido convencerla. «Cada uno tiene su sensibilidad. Tal vez yo tampoco sea capaz de entender del todo el placer que ella experimenta con esa historia, sus ansias de libertad, que son tan grandes que incluso la hacen renunciar a su compromiso de mujer casada...» En aquel momento fue Lavinia quien sonrió–. Piensas que no te entiendo, ¿verdad? Es posible... –Se encogió de hombros–. Pero también he pensado otra cosa: puede que no te guste tanto tocar; de no ser así, en ningún caso, nunca, por nada del mundo, por ninguna promesa, habrías renunciado a ello. Yo ahora me siento tan viva como hacía años que no lo estaba. En cambio, cuando regreso a casa, me siento muerta, me parece estar engañando a mi corazón. Así es. Si estás enamorada, estás enamorada y punto, no hace falta darle tantas vueltas. Y ahora te diré algo que podría incluso parecer absurdo: soy tan feliz con esto que incluso me gustaría contárselo a Stefano, ¡te lo juro! Y no sabes cuántas veces he estado a así de poquito de hacerlo...

–Pero no lo has hecho. ¿Te has preguntado por qué?

–Sí, lo he pensado a menudo. Tal vez porque él se lo tomaría mal, no lo entendería... A veces dejo el teléfono sobre la mesa, y me levanto y me voy. Pero se lo dejo a propósito delante de las narices porque me gustaría que leyera los mensajes y viera lo que estoy viviendo.

–¡Pero, Lavinia, entonces habla con él! ¡Hazlo tú, sé valiente! ¿Por qué quieres dejarlo todo en manos de un teléfono móvil...? –Sofia se acordó de lo que le había dicho Andrea: Stefano ya había leído aquellos mensajes. Lo sabía todo. Se le había roto el corazón con aquellas palabras, con aquellas descripciones, con aquellas ganas hambrientas de jóvenes amantes distraídos a los que todo les daba igual–. ¿Y si ya los hubiera leído?

–Sí, ¿y hace como si nada? ¿No me habla de ello? ¿No se enfada como un loco? Entonces es que no me quiere.

–¿Y si lo hiciera precisamente porque te quiere muchísimo? Tal vez no te lo diga porque tenga miedo de perderte...

–A mí todos estos razonamientos me parecen demasiado complicados. Quiero a una persona, descubro que me engaña, monto una bronca y punto.

–Todos queremos de manera distinta. Quizá su amor sea más grande que nuestra capacidad de imaginarlo. Tal vez piense que sólo es una aventura y que se acabará...

Lavinia lo pensó un momento.

—Entonces es una buena complicación.

—Sí. —Aquello fue lo único sobre lo que las dos estuvieron completamente de acuerdo. Sofia se levantó del banco. Lavinia la detuvo—. Pero, si tú estuvieras en mi lugar, ¿qué harías?

—¿Por qué me lo preguntas? Me haces gracia: siempre quieres saber qué haría yo y luego haces lo contrario.

Lavinia le sonrió.

—Está bien, haz un último esfuerzo. Venga, por favor...

—Sabes que nunca podría estar en tu lugar, ¿verdad?

—¡Sí, qué pesada! Imagínate que te despiertas y, debido a un extraño encantamiento, estás dentro de mi cuerpo, de mi mente y de mi corazón. Puedes tomar cualquier decisión por mí, ¿te va bien así?

—Sí, bueno... Pues lo primero que haría sería darme de bofetones.

Sofia se liberó de su mano.

—¡Eso no vale!

—De acuerdo... —Sofia empezó a correr poco a poco—. ¿Estás lista? Voy a darte la solución: déjalo.

Lavinia sonrió. Entonces, evidentemente, se le planteó una duda:

—Sí, pero ¿a cuál de los dos?

—Bueno, yo te he dado una solución. Ahora me estás pidiendo un milagro.


Un poco más tarde, al entrar en casa, encontró a Andrea en el salón.

Estaba revisando unos papeles que tenía esparcidos y desordenados sobre la mesa. Sonrió al verla.

—Hola, cariño...

Tenía el rostro lleno de felicidad, con una nueva luz, una alegría que no le había visto antes.

—Hola. —Sofia se le acercó, un poco intrigada, y lo besó mientras él recogía las hojas y se empujaba hacia delante con la silla de ruedas para llegar hasta los que estaban más lejos—. Espera, que te ayudo.

—No, no, ya puedo yo. Los pondré bien, quiero que veas una cosa...

Se movía con agilidad sobre aquellas ruedas; aquellos brazos fuertes, entrenados desde hacía años, lo llevaban de un lado a otro de la mesa. Una vez recogió todas las hojas, miró los números de las páginas y las fue ordenando. Después, cuando se aseguró de que había acabado, las golpeó dos veces sobre la mesa para que quedaran perfectamente alineadas.

—Ya está. Toma, mira.

Sofia se sentó en un sillón y empezó a leer.

Andrea acercó la silla y se colocó frente a ella, en silencio, con los brazos quietos sobre las piernas, la cara sonriente, en religiosa espera. Sofia leyó la primera página y después la segunda, hojeó las otras y finalmente lo miró sorprendida.

—No me lo puedo creer. Parece que han encontrado una solución.

Andrea asintió con un gesto. Tenía los ojos henchidos de lágrimas, pero consiguió aguantar. Le dio un fuerte impulso a las ruedas y se puso al lado del sillón de su esposa.

—Mira... —le señaló la segunda hoja—. Una operación quirúrgica que prevé la introducción de células estaminales dentro de la médula ósea, en la base de la espina dorsal, que devuelven la vida a los nervios y a los tejidos paralizados... ¿Lo ves? Aquí lo explica.

Sofia siguió leyendo. Entonces se detuvo:

—Sí, pero han hecho muy pocas intervenciones de este tipo.

—Y todas han salido perfectamente.

El entusiasmo de Andrea era increíble, como una nueva esperanza, la oportunidad de una segunda vida. Miró a Sofia con una expresión frágil, casi infantil, como diciendo: «Te lo ruego, déjame soñar, no pongas reparos. Tal vez no lo hagamos nunca, pero déjame soñar, al menos eso.»

Y Sofia, al verlo así, sintió que se le encogía el corazón. Continuó leyendo hasta que se le nubló la vista. Veía las líneas desenfocadas y el labio inferior empezó a temblarle. Las primeras lágrimas comenzaron a caer, silenciosas, una tras otra, como un río crecido que hubiera estado demasiado tiempo contenido en la presa. Andrea se dio cuenta, así que le pasó el brazo por detrás de la espalda y la estrechó contra sí. Sofia escondió la cabeza en el hombro de su marido y empezó a sollozar. Él sonrió y apoyó la cabeza sobre la de ella.

—Si te pones así, no te cuento nada más... Cariño, no llores. ¡No sabes el tiempo que hace que quería hablarte de ello y tú me haces esto!

Se echó a reír al tiempo que se separaba de ella y le secaba todas aquellas lágrimas con los dedos. Luego, se los llevó a la boca.

—Mmm... Qué buenas... ¡Un poco saladas!

—¡Qué tonto!

Sofia reía y se sorbía de vez en cuando la nariz; después lloraba y volvía a reír; al final hizo un extraño gesto con los dos labios, como si la culpa sólo fuera suya.

Andrea cogió las páginas y empezó a explicarle lo que había averiguado:

—He buscado en Internet. Había oído hablar de una empresa privada, la Berson, que apoya a un gran profesor japonés que opera en el Shepherd Center de Atlanta. Es un gran investigador y sus estudios lo han llevado a intentar emplear las células estaminales en todos los campos. En la práctica son células que, «bajo petición», pueden aplicarse como si fueran mecanismos reparadores. Al final llegó a este producto: el GRNOPC1. —Le enseñó, al final de una hoja, una verdadera demostración técnica del tipo de implante que Mishuna Torkama había llevado a cabo en sus primeras intervenciones—. Te someten al bombardeo de millones de células inyectadas en el punto de la lesión... —Señaló algunos pasajes de la página siguiente—. Aquí, ¿lo ves?, estas células están programadas para transformarse en «oligodendrocitos», que son los responsables de la transmisión de las señales entre las neuronas. Lo que harían sería que mi espina dorsal volviera a ser «nerviosa». En resumen, sería un milagro... —Se quedaron callados. Después le señaló otra hoja—: Pero los milagros también tienen un precio. Actualmente se habla de cinco millones de euros. —Andrea sonrió—. Para poder permitírmelo, tendría que diseñar unos cuantos edificios para los mayores magnates de la Tierra. Y me los tendrían que pagar a precio de oro. Incluso si me esforzara al máximo, durante los próximos años sólo podría cubrir una décima parte de esa cantidad.

Cinco millones de euros. Sofia se quedó callada. Después habló. Había dejado de llorar y su voz sonaba extrañamente firme:

—O bien yo podría volver a tocar. —Andrea la miró con ternura. ¿Después de ocho años podría volver a ser la pianista que había sido? De todos modos, para alcanzar una cifra como aquélla tendría que dar muchísimos conciertos. Pero no dijo nada. Le dio la sensación de que Sofia estaba decidida—. Por esa operación podría volver a empezar.

Ella se levantó y preparó la comida. Cenaron en silencio, viendo la televisión y casi sin charlar. Después Sofia lo ayudó a meterse en la cama.

—¿Tú no vienes?

—No, no tengo sueño. Me quedaré un rato leyendo en el salón.

Se dieron un beso y ella salió del dormitorio y entornó la puerta. Se sentó en el sillón y volvió a coger aquellas hojas. Las leyó de nuevo, más atentamente, sin emoción, intentando entender bien en qué consistía la operación. Volvía atrás de vez en cuando para releer algo, acudió a Internet para traducir algún término técnico y también para comprobar la veracidad de toda aquella información. En YouTube encontró grabaciones de las operaciones, reportajes aparecidos en los telediarios. Todo era verdad. Desde 1999, aquella sociedad privada, la Berson, trabajaba con células estaminales. Al final lo comprendió todo a la perfección. El objetivo era formar una nueva «mielina», una vaina que permitiera que las neuronas afectadas volvieran a comunicarse. Era arriesgado, pero el Shepherd Center de Atlanta estaba especializado en tratamientos relacionados con la espina dorsal. Era un peligro, pero, al mismo tiempo, una esperanza.

Se levantó del sillón, fue al baño, se desmaquilló, se lavó la cara y los dientes y después se puso el camisón. Apagó las luces y entró de puntillas en el dormitorio. Andrea dormía. Sentía su respiración lenta y tranquila. ¿Estaba soñando? Tal vez con aquella operación. Se deslizó lentamente bajo las sábanas. Poco a poco, se fue acostumbrando a la oscuridad. Empezó a razonar: se planteaba hipótesis, consideraba algunos aspectos, descartaba, evaluaba las consecuencias. Era posible, podía hacerse, no iba a ser un error. Cuando por fin fue capaz de ver todos los detalles con extrema claridad, se quedó dormida.

## 30

Sofia Valentini tenía memoria fotográfica. Se acordaba con exactitud de imágenes, frases, escenas de películas, momentos de su vida y también de calles. Muchos de sus recuerdos estaban relacionados con algo que la había hecho reír o llorar, con algo extraño o particularmente emocionante. Sus amigas, Lavinia, el propio Andrea, se metían con ella a causa de aquella memoria que la «mantenía siempre tan ligada al pasado» y que, en cierto modo, no le permitía seguir adelante.

—Pero, venga, ¡olvídate de algo!

Ella se reía, bromeaba, pero en el fondo sabía que era cierto. No le costaba nada deshacerse de un jersey, de un vestido o de cualquier otro objeto, pero no conseguía olvidar.

Por aquel motivo, a pesar de que aquel día no había conducido prestando una particular atención, consiguió volver allí con gran facilidad.

Llamaron suavemente a la puerta. El abogado Guarneri se quitó las gafas y dejó el contrato que estaba leyendo sobre la mesa.

—Adelante.

Se abrió la puerta y se asomó Silvia, la secretaria, algo temerosa.

—Perdone...

—Le dije que no quería que me molestaran bajo ningún concepto...

—Sí, lo sé, pero...

El abogado Guarneri la escuchaba con expresión molesta.

—Pero... ¿qué?

—Es que está aquí la señora Valentini. Ha venido por sorpresa. Y he pensado que tal vez fuera oportuno molestarlo...

El abogado Guarneri se levantó de golpe del sillón.

—Hágala pasar a la sala de reuniones. Voy en seguida.

Silvia cerró la puerta. Después exhaló un suspiro. Su trabajo también consistía en saber elegir. Y en aquella ocasión, entonces ya estaba segura de ello, había acertado.

—Por favor, señora, venga conmigo. —Acompañó a Sofia a la sala de reuniones—. Dentro de un instante, el abogado estará con usted. ¿Quiere algo de beber?

—Un café, gracias.

Poco después, Silvia regresó con una bandeja. La dejó sobre la gran mesa, le sonrió y cerró la puerta tras de sí. Sofia notó el aroma del café. Añadió un poco de azúcar, lo mezcló y empezó a beber con lentitud, porque estaba muy caliente.

El abogado Guarneri cogió un bloc, se paró frente al espejo, se arregló la corbata y vio que iba algo despeinado. Se pasó la palma de la mano derecha por encima del cabello y lo estiró hasta colocárselo detrás de las orejas. Entonces sonrió. «¿Qué estás haciendo, Mario? ¿Acaso quieres estar fascinante, gustarle? Ya sabes que no te concierne, ¿no? Las mujeres como ella ni siquiera te ven. Aunque no tengas aún cincuenta años y te ganes bien la vida, aunque, como dicen muchas, seas un hombre guapo. —Entonces suspiró—. Lo que más me molesta es haber perdido la apuesta. Él dijo que vendría hoy, y así ha sido. No hay nada que hacer. Es un psicólogo excepcional, sobre todo con las mujeres.» Cerró la puerta a su espalda y se encaminó hacia la sala de reuniones, consciente de que tendría que representar su papel de abogado y nada más.

—Buenos días, es un placer volver a verla.

Guarneri la saludó besándole la mano. Luego se sentó frente a ella. En seguida notó en Sofia un gran cambio respecto a su primer encuentro. Iba maquillada, llevaba un traje de chaqueta beis muy elegante, medias finas de color miel y unos impecables zapatos de charol de color marrón oscuro y tacón alto. Ya en la anterior ocasión le había parecido una mujer muy interesante, pero entonces se dio cuenta de que era todavía más bella de lo que recordaba. Se fijó en su camisa de seda de color crema; era transparente y dejaba entrever un sujetador de encaje claro.

Sofia advirtió aquella mirada y la buscó con la suya, serena, como diciendo: «¿Va todo bien?» El abogado se ruborizó y en seguida trató de recuperar su imagen profesional. Abrió el bloc y sacó una pluma del bolsillo; la dejó sobre la hoja y juntó las manos.

—¡Bueno! ¿A qué debo esta visita? ¿Y cómo es que viene sin su profesora?

Sofia sonrió.

—También sé tocar sola.

—Sí, sí, por supuesto. —Guarneri vio que aquello no iba a resultarle fácil—. ¿Se ha replanteado nuestra propuesta? Tal vez podamos acordar otras fechas. El festival en Rusia ya ha empezado...

Sofia lo miró con suficiencia.

—¿Me toma por estúpida?

—No es mi intención, en absoluto.

Se quedaron callados.

—Mi precio es de cinco millones de euros, no negociables.

El abogado Guarneri se quedó sin palabras. Nunca se habría imaginado que pediría una cantidad similar. Tragó saliva.

—No estoy autorizado a tomar ninguna decisión de ese tipo. Tengo que... Bueno, sí, tengo que hablar con él...

Sofia se levantó.

—No hay problema. Pero hágalo pronto. —Miró el reloj—. Son las diez. Me gustaría tener una respuesta antes de mediodía.

—No sé si será posible. Quizá no esté en la misma franja horaria.

Sofia esbozó una sonrisa.

—Estará localizable en cualquier parte del mundo. Despiértelo. Será una buena noticia. Le interesa mucho el trato. Simplemente dígale que me lo he pensado mejor y que él tenía razón. Siempre hay un precio.

Sofia se dispuso a marcharse.

—Pero ¿cómo nos pondremos en contacto con usted?

—Él tiene mi número. La verdad, no creo que haya nada de mí que ustedes no sepan. Adiós.

Y salió de aquella sala.

Aquella mañana, Sofia fue al centro. Se regaló una libertad que no experimentaba desde hacía mucho tiempo y, por primera vez, tuvo una sensación extraña. Se sintió como una extranjera, una turista. Le pareció que habían cambiado muchas cosas: los letreros de las tiendas, las dependientas, la gente, los clientes que entraban y salían de Hermès, Bulgari, Louis Vuitton. Se acordó de una película que había visto con Andrea una noche, antes del accidente, y que la había impresionado mucho: *Eyes Wide Shut*. No fue la película en sí lo que la impactó, aunque Stanley Kubrick era excepcional. Lo que la atrajo fue el punto de vista desde el que se explicaba la historia. Había bastado con que aquel día el protagonista, Tom Cruise, saliera de su casa una hora más tarde de lo habitual para que todo lo que siempre le había parecido de una manera le resultara distinto. Todo tenía otra luz y, tal vez, en ciertos aspectos, fuera la verdadera luz. Exacto, aquélla era la misma sensación que ella tenía en aquel momento. Todo había cambiado de repente y, sin embargo, todo era igual. Era como si sus preocupaciones hubieran desaparecido, se encontraba a gusto, iba bien maquillada, llevaba la ropa adecuada. Se sentía libre. Entraba en las tiendas, preguntaba un precio, se probaba un vestido sin sentirse ni observada ni juzgada. Sin que le preocupara. Se sentía segura. Se preguntó por qué tenía aquella sensación. Pero no encontró la respuesta. Sólo sabía que se encontraba bien. Se paró delante de un escaparate, se miró en el espejo, se vio distinta. Aquella impresión que había tenido hacía algún tiempo, la de haber envejecido, había desaparecido. Se gustaba. Entonces sonrió con malicia y lo entendió. Se sintió excitada, como arrastrada por una extraña pasión. Se había liberado del sentimiento de culpa. Tenía permiso para ser infiel. La mirada de un hombre se cruzó con la suya en el espejo y él le lanzó un piropo con una simple sonrisa. Después no volvió a mirarla, se perdió entre la multitud, como si supiera que aquella mujer ya estaba comprometida. Tenía una cita de cinco millones de euros. Y, en aquel momento, sonó su móvil.

## 31

La secretaria la acompañó hasta la habitación y le abrió la puerta.

—Por favor, pase.

Sofia entró. La puerta se cerró a su espalda. Frente a ella estaba el abogado Guarneri. Sentado en un sofá lateral, había otro hombre al que ya conocía: Gregorio Savini.

Guarneri se levantó.

—Buenos días. —Dio la vuelta a la mesa—. Por favor, nos sentaremos aquí. —Le indicó un sillón situado delante de ella y él tomó asiento en el otro. Gregorio Savini estaba sentado entre los dos y, cuando Sofia Valentini pasó por delante de él, se levantó y le tendió la mano.

—Es un placer volver a verla.

Ella le devolvió el saludo:

—Gracias.

El abogado Guarneri llevaba un bloc y varias hojas de apuntes.

Gregorio Savini le sonreía. A saber en lo que estaba pensando. Tal vez en que, al final, al igual que las demás, ella también había aceptado. Sólo había sido una cuestión de dinero. Pero Sofia sabía que no era así. Aquel dinero serviría para empezar una nueva vida.

—Bien... —Guarneri tomó la palabra—, me alegro de que podamos llegar a un acuerdo.

Sofia precisó:

—Lo cierto es que es una petición no negociable.

Guarneri levantó una ceja.

—Sí, sí, claro... —Gregorio Savini bajó la mirada. Seguía sonriendo.

El abogado cogió unas hojas y se las pasó a Sofia–. Pero me gustaría que leyera esto, es una formalidad para que quede todo claro.

Sofia permaneció inmóvil.

–Mire, todo esto me parece ridículo. Les he hecho una petición y ha sido aceptada. Cinco millones de euros a mi cuenta. Que ahora además haya un contrato me parece demasiado. Haré lo que quiera. No hay nada que discutir.

–Sí, pero...

Savini levantó la mano para detener su intervención. El abogado calló de inmediato y le cedió a él la palabra.

–Señora... –le dedicó una sonrisa–, es sólo para que no haya ningún tipo de problema, para que quede más claro.

Sofia, a su vez, sonrió.

–Paga por follar conmigo, no puede estar más claro. Y ése es mi precio.

–Me parece que no es exactamente así. Quiere cinco días. Un millón de euros por cada uno de ellos. Usted decide dónde, usted decide cuándo.

–Sí, pero ¿cómo lo hago yo para desaparecer cinco días? Resultará extraño.

–No se preocupe. Se le proporcionará una coartada completa. Habrá varios conciertos durante esos días. Aparecerán artículos y noticias que harán que todo sea creíble. Serán cinco conciertos grandiosos, tanto como para que se paguen con cinco millones de euros.

–Naturalmente, sólo iré cuando vea el dinero en la cuenta.

El abogado Guarneri intervino de nuevo:

–Sí, de hecho tiene que decirnos en qué cuenta lo quiere.

–En la mía. Me imagino que ya deben saber cuál es; y si aún no lo saben, sólo tardarán un segundo en averiguarlo. –Miró a Savini; después continuó–: Bien, creo que nos lo hemos dicho todo. Queda claro que después de esos cinco días yo ya no estaré obligada a nada. Ustedes no se pondrán en contacto conmigo y yo no volveré a verlo nunca más.

Savini le sonrió.

–A menos que usted quiera...

Sofia se quedó un instante en silencio. Era verdad, él no la había vuelto a buscar. Había sido ella quien lo había hecho. Por primera vez, Sofia también sonrió con sinceridad.

—Tiene razón. A menos que yo quiera.

Le dio la mano a Savini. Después saludó al abogado con un gesto y salió.

Guarneri volvió al escritorio.

—No ha firmado nada. ¿Y si luego decide cambiar de idea?

Savini se sirvió un poco de agua.

—Es una mujer de palabra.

—¿Y si te equivocas?

Savini lo miró con una expresión divertida.

—Tú dijiste que no iba a volver. En cambio, él estaba seguro de lo contrario.

—Es verdad. Lo habéis hecho bien.

Savini terminó de beber.

—Yo encontré la noticia. Pero después él fue más lejos.

Sofia se levantaba temprano por la mañana y se iba a correr al parque. Volvía, se metía en la ducha, desayunaba con Andrea y volvía a salir en seguida. Paseaba mucho, iba al centro, se divertía. Se sentía ligera en aquella nueva dimensión, como una persona que espera una cita importante a la que sabe que no puede faltar. De vez en cuando se paraba delante de las tiendas más elegantes, se quedaba mirando algún vestido del escaparate y al final entraba y se lo probaba. Desfilaba, se miraba en el espejo, preguntaba el precio. Siempre le parecían demasiado caros. Una vez le entraron ganas de reír.

«¿Caros? Pero si dentro de poco voy a tener cinco millones de euros...»

Aquel día también salió de la tienda sin comprar nada. Aquel dinero no era para ella. Por eso podía aceptarlo. Había mencionado el tema en casa para preparar el terreno:

—¿Te acuerdas de Olja, mi profesora?

—Sí, claro...

—Está contactando con las empresas internacionales más importantes para ver si puedo hacer una gira mundial de conciertos... —Andrea sonrió, dejó de teclear en el ordenador y la miró con ternura. Cinco millones de euros. ¿Cuántos conciertos tendría que dar para reunir aquella cifra? Sofia adivinó lo que estaba pensando—. Oye, que hace poco me hicieron una oferta muy importante en Rusia... Me daban un montón de dinero, pero la rechacé.

—¿Y por qué?

–Porque hice una promesa. Y, sobre todo, porque entonces no tenía ningún motivo para aceptarla...

Andrea la miró con amor.

–Decidas lo que decidas, estaré contento. Y si lo consiguieras... –inclinó la cabeza a un lado–, lo estaría más todavía. De todos modos, todo esto era imprevisible, yo ni siquiera podía esperármelo... –Buscó algo en el ordenador, como para distraerse. Después habló de nuevo, en voz más baja y sin mirarla–: Pero es soñar con los ojos abiertos, sólo pensar en volver a caminar... No me parece posible, me está prohibido incluso tener esa esperanza... –Entonces levantó la mirada–. No puedo ser paralítico por segunda vez.

Sofia se sintió morir. Se quitó la ropa, el sujetador y las bragas y se metió en la cama a su lado. Lo abrazó, quería amarlo y ser amada. Deslizó la pierna izquierda sobre su vientre, notó su piel y, lentamente, su deseo. Entonces salió de la cama, bajó un poco la persiana, le quitó el ordenador y apartó la mesita. Después, excitada, se le subió encima. Empezó a moverse con lentitud, libre, abandonada, sin preocupaciones ni expectativas, sin pensar en su cita, en el pasado o en el futuro, y así, poco a poco, alcanzó el orgasmo. Lo hizo gimiendo, suspirando cada vez con más fuerza, casi gritando. Al final cayó encima de él, sudada, con todo el pelo hacia delante, la boca entreabierta, con la respiración acelerada y los labios húmedos, mojados. Él se los besó.

–¿Cómo estás, cariño? ¿Todo bien?

–Sí... –Todavía jadeaba–. Ha sido precioso...

Andrea sonrió.

–Me lo imagino.

Entonces ella se echó a reír y lo besó de nuevo. Luego se sumergió bajo las sábanas, le bajó el pijama y le dio placer con la boca hasta que oyó que él también gemía.

Un poco después, se tumbó de nuevo a su lado y lo abrazó. Permanecieron así, quietos, inmóviles, mientras su respiración volvía a la normalidad poco a poco. Silencio. Silencio en la habitación. Sólo se oía el palpitar de sus corazones. Algún coche a lo lejos. Una alarma aún más distante. Fuegos artificiales de quién sabe qué fiesta, un eco fuera de tiempo y sin ningún motivo especial.

Andrea rompió la quietud del momento:

—Cariño, gracias por todo lo que haces por mí.

Sofia no dijo nada. Se quedó callada. Por las mejillas comenzaron a caerle unas lágrimas, calientes, saladas. Le habría gustado detenerlas, saber aguantar, tal vez incluso sonreír, ser feliz y no sentirse culpable. Pero no lo consiguió. Cerró los ojos. Le habría gustado encontrarse lejos, ser una niña; eso es, una niña a la que se ama y punto, sin preocupaciones, sin responsabilidades. Una niña que tenía que lavarse los dientes, irse a la cama y soñar con lo más bonito que pudiera imaginar... Pero aquello no le estaba permitido. Aquella época había pasado. Entonces lo abrazó más fuerte, lo estrechó contra sí, con la esperanza de que no se hubiera dado cuenta de nada. Después se fue corriendo al baño. Y al día siguiente recibió la llamada.

## 33

Silvia, la secretaria, la acompañó hasta una habitación del último piso. La hizo entrar en una sala de espera muy elegante que no tenía nada que envidiar a los salones de las mejores revistas de decoración.

—¿Puedo traerle algo?

—No, gracias, muy amable.

—Muy bien. —Le sonrió al salir.

La secretaria no dijo ni hizo nada que la hiciera sentirse incómoda o fuera de lugar, se comportó como si aquélla fuera la primera vez que se veían. Y, sin embargo, Sofia estaba nerviosa. Tal vez porque ya no existía la posibilidad de dar marcha atrás, de pensarlo mejor. En su cabeza se agolparon Lavinia, y el sentido de culpabilidad, y la Iglesia, pero no tuvo tiempo de pensar en nada más, porque justo en aquel momento se abrió la puerta.

—Buenos días. ¿Cómo está?

El abogado Guarneri le tendió la mano.

—Bien, gracias.

—Le presento a Marina Recordato, mi asistente personal. La acompañará en las pequeñas cosas que tendremos que hacer para que todo vaya bien...

—Buenos días.

Marina Recordato era una mujer de unos cuarenta y cinco años, de pelo corto, con gafas y vestida con un traje de chaqueta gris a rayas. Tenía buen tipo, notó Sofia, y una manera refinada y elegante de moverse. Se preguntó de cuántos otros «asuntos» de aquel estilo se habría encargado, pero decidió que era mejor no pensar en ello.

—Por favor, sentémonos.

Sofia se sentó de nuevo en el sofá, el abogado en un sillón de piel delante de ella y su asistente al lado de Sofia. El abogado abrió una carpeta.

—Bien, se irá dentro de diez días. Éste es el contrato entre la Abu Dhabi Cultural Foundation y usted. Serán cinco conciertos muy importantes en Abu Dabi, la primera gran ocasión en la que la cultura irá por delante de la riqueza... —La miró sonriendo—. ¿Entiende la relevancia que tendrá su participación? —Sofia no tenía ganas de bromear. Guarneri se dio cuenta—. Bien, prosigamos. Tiene que firmar aquí abajo y quedarse una copia. Nosotros nos quedaremos tres. En realidad no estará en los Emiratos Árabes. Se le entregará un teléfono móvil con el que tendrá la posibilidad de llamar y recibir llamadas sin ningún problema. Dentro de tres días, daremos la noticia de este gran evento. Se creará una página web que se irá actualizando continuamente. Después de su primer concierto, se publicarán comentarios del público, que habrá disfrutado de la exhibición. Éstos son los cinco conciertos que dará...

Le pasó el dossier de prensa, que contenía un programa de mano impecablemente impreso. Cuando leyó las piezas que habría tenido que tocar, se quedó estupefacta: aquello era una verdadera provocación, pero, al mismo tiempo, por así decirlo, un meditado e inteligente mensaje codificado. ¡No se trataba de otra cosa que del legendario programa que Glenn Gould interpretó en 1957 en la Sala Grande del Conservatorio de Moscú! Era imposible no reconocerlo. En aquella época, Gould era un chico de veinticinco años, casi desconocido, que un par de años antes se había distinguido por una grabación especialmente brillante de las *Variaciones Goldberg*, de Johann Sebastian Bach. La noche de su primer concierto en Moscú la sala estaba casi vacía, pero la interpretación fue tan extraordinaria que en los días que siguieron se corrió la voz por toda la ciudad. Su segundo concierto, que tuvo lugar el 12 de mayo, sólo cinco días después del primero, fue un verdadero éxito. El conservatorio fue tomado al asalto, hubo centenares de personas que no consiguieron encontrar entradas y la policía tuvo que intervenir para aplacar los ánimos de los que se habían quedado fuera. Entre el público estaban Boris Pasternak y Maria

Yudina, la famosa pianista a la que Stalin adoraba. Sofia recordó una anécdota según la cual Stalin había oído a Yudina interpretar a Beethoven en la radio. En seguida quiso tener su disco. Cuando le dijeron que no era posible porque no existía ninguna grabación de la pianista, contestó: «La quiero mañana.» Y, en efecto, al día siguiente la grabación estaba lista.

El programa incluía fragmentos de Berg, Webern y Krenek y se cerraba con Bach —tres contrapuntos de *El arte de la fuga* y seis piezas de las *Variaciones Goldberg*—. La interpretación de Gould fue inolvidable, original y apasionante. De aquel concierto se realizó una grabación que Sofia poseía. Era la versión restaurada de la Glenn Gould Edition de Sony. Sofia se preguntó cómo se les podría haber ocurrido aquella idea y, sobre todo, de quién había sido. ¿Guarneri? ¿Savini? ¿Tancredi? Entonces se acordó de un artículo del *Corriere della Sera* que hablaba de aquel concierto en Moscú y pensó que, en el fondo, no era tan secreto...

—Si quiere cambiar algo del programa, no hay problema. —Guarneri había advertido su silencio.

—No, es un programa bonito —respondió ella.

El abogado la observó con intensidad, como si esperara un comentario, pero Sofia le sostuvo la mirada sin decir nada.

—Muy bien, entonces se lo podrá llevar a casa como recuerdo de esta experiencia.

Le pasó cinco programas impresos en un papel blanco muy elegante que llevaba un piano grabado en filigrana de oro en el centro. Lo abrió. En él aparecían todas las obras que Sofia habría tenido que interpretar aquella noche con una orquesta y bajo la dirección de un famoso maestro alemán. Se quedó sorprendida.

—Y cuando este director se dé cuenta de que el mundo habla de su concierto en Abu Dabi mientras él está en cualquier otro sitio, ¿qué ocurrirá?

Guarneri le dedicó una sonrisa.

—El director se ha mostrado muy contento de poder tomarse unas vacaciones de cinco días. Estaba muy estresado. Es muy aficionado al juego, quizá demasiado, teniendo en cuenta sus finanzas. Tenía una gran deuda, muy elevada, que hemos estado encantados de cancelar.

Quiere que sepa que está orgulloso de dirigirla, a pesar de que no la conoce personalmente.

—¿Y si un día dijera algo?

—Será su palabra contra la de los periódicos y la de una red de personas que habrán asistido a su concierto. —Entonces volvió a son-reír—. Nosotros intentamos resolver problemas, no crearlos... Aquí tiene los billetes de avión. —Su asistente los sacó de la carpeta y los dejó sobre la mesa—. Viajará en primera clase. Saldrá de Fiumicino el 20 de junio a las diez y media y regresará a Roma el 26, también en primera clase.

Sofia miró los billetes.

—Pero ¿de verdad son para Abu Dabi?

—Claro, usted irá a Abu Dabi y volverá también desde allí. En el aeropuerto la esperará un avión privado que la llevará a su destino real.

—¿Y cuál es?

—Eso es lo único que no sé. No me han dado la posibilidad de saberlo; tal vez temieran que cediera ante su insistencia.

Por primera vez desde que se conocían, Guarneri le pareció sim-pático.

—Bien, ya ha visto los billetes y también el contrato que tiene que firmar; ésta debería ser su cuenta corriente...

La asistente le pasó un documento bancario en el que aparecía impreso el Iban.

Sofia sacó del bolso su agenda, la abrió y comprobó los datos.

—Sí.

—Bien. —La asistente volvió a meter la hoja en la carpeta. Guarne-ri continuó—: Pasado mañana tendrá los cinco millones de euros en la cuenta. ¿Todo bien? ¿Tiene alguna duda, alguna pregunta?

Sofia lo pensó un momento.

—No, me parece que está todo muy claro.

—Un coche pasará a recogerla delante de su casa a las ocho del día 20 de junio. ¿Ésta es su dirección?

La asistente le mostró otro papel.

—Sí. Vivo ahí. Pero prefiero ir por mi cuenta. Cogeré un taxi, ¿es posible?

Guarneri parecía estar preparado para aquella eventualidad.

—Ningún problema. Tiene pasaporte, acuérdese de llevarlo...

—Sí, claro, sólo tengo que mirar que...

—Está en regla, caduca dentro de dos años. Dígame si lo que pone en esta hoja es exacto... —Se la pasó. Sofia leyó con rapidez. Estaban sus medidas: número de pie, su talla de ropa, sujetador y bragas. Luego encontró una especie de informe médico: posibles alergias, todas las revisiones que le habían hecho en los últimos años y cualquier otro detalle médico que tuviera que ver con ella. Estaba todo—. ¿Hay algo que nos hayamos olvidado? ¿Algo que ignoremos, algo que no sepamos, que se nos haya ocultado o, simplemente, que no hayamos tenido en cuenta pero que pudiera ser importante? Si es así, sería mejor que nos lo dijera. No nos gustaría que surgiera ningún tipo de problema...

—Creo que ustedes lo saben absolutamente todo de mí.

Guarneri no parpadeó. Entonces le pasó una pluma. Sofia firmó todos los contratos sin leerlos. Luego, se los devolvió.

—Bien, ¿puedo irme ya?

Guarneri repasó las hojas.

—Una última cosa. Tendría que acompañar a mi asistente, necesitamos unas cuantas fotos suyas.

Sofia no entendió a qué se refería exactamente, pero pensó que no le convenía complicar las cosas.

—Claro...

Guarneri se levantó y le estrechó la mano. Se inclinó para besársela apenas.

—Adiós, señora. No sé si volveremos a vernos, pero en cualquier caso ha sido un placer conocerla y habría sido un placer todavía mayor escucharla tocar de verdad.

Sofia sonrió.

—Gracias.

Le habría gustado responderle: «Tal vez haya modo y ocasión.» Pero vio que a los dos les quedaba claro que no volverían a verse nunca más.

Salió siguiendo a la mujer. Recorrieron un trecho del pasillo, llegaron delante del ascensor y ella lo llamó. Esperaron en silencio, con cierta incomodidad. Cuando llegó el ascensor, Marina Recordato la dejó pasar primero.

—Por favor.

Luego entró y pulsó el botón que llevaba a la segunda planta. Sofia se preguntó qué sabría la asistente de aquella historia. Quizá poco o nada. Por lo general, las personas poderosas saben cómo mantener sus secretos escondidos.

El ascensor se detuvo y Marina Recordato salió.

—Por favor, por aquí.

Caminó de prisa por el pasillo, giró al fondo a la derecha y entró en una gran sala. Allí había varias personas trabajando delante del ordenador. Algunos eran muy jóvenes y llevaban sudaderas y rastas en el pelo; había otros más mayores, con poco pelo y gafas de montura de color; también había varias chicas con aspecto alternativo y otras elegantes y modernas, al estilo neoyorquino.

Un tipo, que parecía ser el jefe de aquella especie de colectivo digital, acudió en seguida al encuentro de Marina Recordato.

—Aquí están, las estaba esperando. Por favor, vengan por aquí.

Marina y Sofia lo siguieron.

—Ah, sí, yo soy Steve. —Sonrió y le dio la mano a Sofia para presentarse.

—Encantada.

—Igualmente... Bien, por aquí. —Abrió una puerta e hizo que las dos mujeres se sentaran en una pequeña habitación. Enfrente, había un cristal y detrás, un panel con un chico que no tendría ni veinte años. Tenía todo el pelo rizado y llevaba una sudadera oscura y dos o tres *piercings*.

—¡Hola! —Levantó la mano para saludar de un modo un tanto rapero, como diciendo: «Estoy aquí y estoy listo.»

—¡Muy bien! Por favor —Steve se dirigió a Sofia—, siéntate aquí.

Había pasado a tutearla sin más preámbulos. El tipo del otro lado del cristal apretó el botón del interfono. Su voz, ligeramente distorsionada, llegó a la sala.

—Intenta quedarte lo más quieta posible. Muy bien, así. Sonríe... —Sofia sonrió. Se oyeron una serie de ruidos metálicos—. Muy bien, perfecta —continuó la voz desde el otro lado—. Gírate un poco hacia tu izquierda... —Sofia se dio cuenta de que el taburete daba vueltas y siguió las indicaciones—. Bien, así, sonríe... Perfecta. Ahora haz como si tuvieras un piano delante y estuvieras tocando... —Sofia extendió las manos y simuló tocar unos acordes—. Muy bien, pero tienes que simularlo, no que tocar. Aunque me imagino que debes de hacerlo bastante bien. —Sofia se volvió hacia Marina. Ella también sonrió. Entonces sí que sabían algo de toda su historia, al menos que sabía tocar—. Muy bien, perfecto. ¿Queréis ver si han quedado bien?

Dentro de la salita, en unas pantallas bastante grandes, proyectaron varias imágenes. Dentro de unos cuantos teatros, se veía a mujeres que tocaban, sentadas al piano, con centenares de personas delante. Sobre sus cuerpos habían montado la cara de Sofia. Todas aquellas imágenes resultaban perfectamente verosímiles. Aumentadas, reducidas, vistas de lado... Todas aquellas mujeres siempre eran Sofia. Se acercó con curiosidad. Habían montado las fotos que acababan de hacerle en aquellas imágenes y, además, habían elegido todos los detalles con extrema precisión: los vestidos, los anillos, los collares: todo lo que llevaba en la época en que daba conciertos, elementos recuperados de viejas filmaciones para crear la nueva versión virtual de Sofia.

Miró la última imagen con más atención.

—Por desgracia, esta pulsera la perdí hace tres años. No podría llevarla.

El chico del otro lado del cristal hizo un gesto de asentimiento con la cabeza. Entró directamente en la imagen y, poco a poco, hizo desaparecer la pulsera bajo sus ojos, igual que había sucedido en la realidad. Sofia examinó las otras imágenes. Todo el material estaba relacionado con diversos momentos de su vida: sus primeros éxitos, los viajes al extranjero, los últimos años durante los que tocó. Se preguntó cuántas cosas más tenían, además de aquellas fotos, pero no tuvo tiempo de continuar pensando.

—Pues ya podemos irnos...

—Sí, sí, claro. Adiós.

Sofia saludó a Steve y al chico del panel, cuyo nombre no conocía.

—Yo soy Martino... —dijo precisamente en aquel momento.

–Sofia, adiós. –Y luego salió de la habitación.

Marina Recordato la acompañó a la salida.

–Tenga, éste es su contrato... –Le pasó una carpeta rígida–. Dentro también encontrará mi número de teléfono personal por si tuviera algún problema, dudas, temores o necesitara alguna aclaración. Puede llamarme a cualquier hora. Sería muy útil si pudiera meter en la maleta los vestidos que se puso en aquellos conciertos, los que ha visto en las pantallas. Haría que las filmaciones en las que trabajaremos y que se colgarán en la red fueran más creíbles. Si no los tiene, háganoslo saber. Buscaremos la manera de hacernos con otros idénticos en poco tiempo.

–No se preocupe. Los llevaré.

–Estupendo. Pasado mañana le haremos llegar a su casa por DHL los billetes de ida y vuelta para el viaje. ¿A qué hora prefiere que se los entreguen?

–Me va bien entre las nueve y las doce, gracias.

–Perfecto... –Después se despidieron y Sofia salió del edificio.

Dio algunos pasos e inspiró profundamente. Le parecía como si hubiera escapado de un extraño sueño, o mejor, de una realidad virtual. Y, sin embargo, no era así. Todo aquello era verdad. Sólo había un pequeño detalle: en casa tendría que contar todo lo que no iba a suceder nunca.

# 34

Sofia deambuló por la ciudad con aquella carpeta en la mano. La apretaba fuerte, como si tuviera miedo de perderla y, sobre todo, se preguntaba cómo lo haría, qué iba a decirle a Andrea cuando se la enseñara. Pero la pregunta que más la atormentaba era: ¿la creería? Aquello caía sobre ella con todo su peso. En todos los sentidos. Tal vez porque era la primera vez que se veía obligada a decir una mentira de aquellas proporciones. Sí, de hecho, últimamente habían ocurrido muchas cosas que la habían cambiado, pero aquello era distinto. Viajaría a otro país, fingiría que iba a tocar en cinco conciertos por los cuales le pagaban cinco millones de euros, y, por encima de todo, pasaría cinco días con un hombre desconocido que la haría suya.

Se sonrojó y, de repente, le entró calor. Notó que la embargaba una excitación increíble. Se detuvo en un pequeño bar, como una turista extranjera, y se sentó fuera, a una mesa. Dejó la carpeta con los contratos sobre ella y se quedó con los ojos cerrados, imaginando. Y entonces vio a Tancredi, después de tanto tiempo, sonreía, la invitaba a beber algo, charlaba, le contaba cosas, levantaba una ceja al ver su indecisión...

Tancredi. Era un hombre muy guapo, pero frío, cínico a veces, distante. Un hombre lleno de fascinación y misterio, un hombre impenetrable. Aquello era: un hombre que no quería amar. Casi sonrió ante aquella repentina imagen. ¿Qué le habría ocurrido en la vida? ¿Por qué era así? ¿Demasiado dinero? ¿Un amor fracasado? Se echó a reír. «Soy demasiado romántica.»

Sencillamente debía de ser un hombre que se aburría.

—¿Puedo traerle algo?

Sofia abrió los ojos. Frente a ella había un chico joven que llevaba una bandeja con vasos sucios en la mano.

—Sí, gracias, un té.

—¿Lo quiere con leche o con limón?

—Con limón, gracias.

El chico desapareció dentro del bar y regresó al poco rato con una tetera caliente y, aparte, unos sobrecitos.

—Le he traído dos o tres: de melocotón, de arándanos y té negro inglés; así podrá elegir el que más le guste.

—Gracias. —Sofia pagó y dejó también una pequeña propina. Se quedó esperando tranquilamente a que el sobrecito de melocotón fuera tiñendo poco a poco el agua caliente de la taza. Luego le añadió una rodaja de limón y azúcar y empezó a bebérselo a pequeños sorbos. Tenía tiempo antes de la clase de música.

Sin poder evitarlo, volvió a sus pensamientos de antes. ¿Por qué era así aquel hombre? ¿Dónde pasarían los cinco días? ¿Qué iba a ocurrirle? ¿Y si ya no regresara, y si desapareciera para siempre? Empezó a preocuparse. Nadie conocía aquella historia. Entonces, mientras saboreaba el té, se le ocurrió una idea. Tenía que informar a alguien.

Pero ¿a quién? ¿A su amiga Lavinia? Impensable. ¿A Olja? No era justo que cargara con un peso tan grande y, además, ¿cómo la habría juzgado? ¿Qué pensaría de ella? Su relación era como la que tienen una abuela y una nieta. Olja la había visto crecer, siempre había tenido una excelente opinión de ella, la comprendió incluso cuando dejó de tocar. Pero en aquella ocasión no la entendería. ¿A sus padres? Todavía menos. Sería difícil de explicar, y su madre pensaría que al final ella tenía razón. Sonrió. Qué difícil es a veces meterse en la mente de los demás y hacer que entiendan tu punto de vista. Y de aquel modo se dio cuenta de que no tenía a nadie en quien confiar. La única solución era escribir toda aquella historia y enviársela a sí misma. Prepararía un sobre y se lo daría a Olja. Aquello no sería complicado. Le diría que se trataba de una sorpresa que quería darle a Andrea. Olja se lo creería. En caso de que no regresara, dos días después aquel sobre llegaría a su casa y descubriría todo lo que había pasado.

Llevaría la fotocopia de los programas, de los billetes del viaje, la dirección del bufete, los números de teléfono que tenía y la historia de cómo habían ido las cosas desde el encuentro en la iglesia hasta aquel día. Sí, ya estaba más tranquila. Se acabó el té. Sacó la agenda del bolso y empezó a escribir. Una hora más tarde, entró en una copistería e hizo algunas fotocopias. Compró un sobre y lo metió todo dentro. Lo cerró, escribió su nombre y apellido y su dirección en el anverso. Se dirigió a toda prisa a la escuela y buscó a Olja.

—Tendrías que enviar este sobre el 28 de junio.

—¡Por supuesto! —Olja lo cogió y leyó el nombre del destinatario—. Pero si es para ti.

—Sí, es una broma que quiero gastarle a Andrea.

—Ah —sonrió, divertida—. Tú siempre tienes ganas de bromear... Claudio Porrini está abajo, en la sala.

—Es verdad. —Miró la hora—. Voy en seguida. —Se dirigió a la planta baja, donde solía dar clase, y encontró al niño que la estaba esperando.

—Perdóname.

—Oh, no pasa nada. Estaba jugando a la Nintendo DSi...

Entonces se encogió de hombros y la apagó.

—Empecemos.

Aquel día las clases le parecieron más llevaderas que de costumbre. Uno tras otro, sus alumnos se fueron sucediendo. Cuando Elena, una de las mejores, interpretó el *Vals en la bemol mayor* de Chopin, el famoso *Gran vals brillante*, Sofia la interrumpió en seguida. Se sentó en su sitio y empezó a tocar.

—Mira —dijo.

Como maestra, a menudo corregía a sus alumnos o recreaba con la mano un pasaje concreto para que entendieran mejor cómo tenían que hacerlo, pero nadie la había visto sentada al piano. Todavía fue más impactante el hecho de que Sofia no girara las páginas de la partitura. Había memorizado a la perfección todos los valses de Chopin. En cualquier caso, lo más impresionante fue su toque, el uso del pedal, el fraseo, en resumen, todo lo que hace que incluso los pasajes más fáciles de las piezas de Chopin sean complicadísimos. Sofia, con una clase innata, los interpretó al teclado como si fuera un juego de niños. A la octava de sol que cerraba el pasaje la siguió un silencio sobrecogedor. Los ojos se le humedecieron.

—Maestra, pero ¿por qué llora? ¡Ha sido increíble!

Sofia le acarició el pelo a Elena.

—¿Tú no te emocionas nunca? ¿Cuando, por ejemplo, habías perdido algo importante que te gustaba mucho, como unos pendientes que te habían regalado tus padres, y de pronto los encuentras?

—¡Sí, es verdad!

—A veces lloras porque estás contenta. Venga, vete de aquí, que ya se ha acabado la clase.

Un rato después, ya estaba en el coche, de regreso a casa. Acababa de contarle a Olja, tal como le había sugerido Guarneri, que el bufete la había vuelto a llamar para proponerle dar cinco conciertos en otro país por una cantidad que no había podido rechazar. Aquel dinero iba a servir para hacer realidad su único deseo: devolverle a Andrea el uso de las piernas.

—Un gran cirujano japonés está estudiando nuevas intervenciones que conllevan el uso de células estaminales. Parece que es capaz de hacer milagros. Naturalmente, es muy caro. Ésa es la única razón por la que volveré a tocar, Olja. Con lo que gane Andrea tendrá la oportunidad de hacerse la operación.

—Sí. —Olja la miró con mucha ternura y le acarició la mejilla—. Te mereces todo lo que desees. —Vio que aquella vez ella no entraba en los planes, así que simplemente le dijo—: Pensaré en ti.

Sofia leyó en sus ojos el dolor por no poder asistir a su regreso a los escenarios. Con una sonrisa, Olja se limitó a dejar que se fuera, demostrando así que el verdadero amor sabe poner por delante a la persona amada.

Sofia deambuló por la ciudad antes de volver a casa. Estaba nerviosa. Quería tenerlo todo previsto para no equivocarse. Se preguntó: «¿Qué harías si de verdad tuvieras que dar esos conciertos? ¿Cómo te prepararías? Sólo será creíble si te muestras natural. —Entonces volvió atrás con la mente, borró todos los acontecimientos de la mañana e intentó vivir aquella situación de la manera más verdadera posible. Lo descubrió en seguida—: Estaría sorprendida, estaría contenta y entusiasmada. Volvería a creer en la vida y en sus infinitos recursos que, cuando menos te lo esperas, consiguen asombrarte.» Y de aquella manera, pensó en todo lo que haría. Al final, se marchó a casa.

—¡Cariño! ¡Tengo una noticia increíble!

—¿Qué ha pasado?

Andrea estaba en el salón viendo la televisión.

—¡Lo he conseguido! ¿Te acuerdas de que te hablé de una importante organización que me quería a toda costa para un festival ruso? Bueno, hoy han vuelto a llamarme. Están en contacto con unos árabes que se han mostrado muy interesados. Yo me he mantenido firme en el precio y ellos han aceptado: daré cinco conciertos y me darán cinco millones de euros. Parece un sueño. Pero es verdad. Es todo verdad.

Se arrodilló delante de él, lo abrazó con fuerza, estrechándolo contra sí, y empezó a llorar. No estaba fingiendo, simplemente era ella misma. Era Sofia frente a un error cometido mucho tiempo atrás, feliz por haber encontrado la manera de ser perdonada. Y, sobre todo, de volver a vivir. Lo besó en los labios. Andrea le sonrió.

—Cariño, no llores.

—Soy demasiado feliz. —Se levantó del suelo, recogió el bolso y fue a coger la carpeta. Andrea, mientras tanto, apagó la tele—. Aquí está, mira. —Se lo pasó. Andrea lo abrió y empezó a leer atentamente. Mientras tanto, Sofia fue a la cocina. Andrea siguió leyendo al tiempo que oía el ruido de la nevera—. ¿No es increíble? —La voz de Sofia le hacía compañía desde la otra habitación—. Es lo que necesitábamos... —Entonces entró en el salón—. Y volveré a tocar, por ti, por nosotros... Por todo lo que vendrá después.

Andrea dejó las hojas encima de sus piernas. Permaneció un instante en silencio.

—No quiero que vayas.

—¿Cómo? —Sofia acercó una silla, se puso frente a él y le cogió las manos—. Pero ¿qué dices, amor mío, qué quieres decir?

Andrea la miró a los ojos.

—No puedo creer que vaya a volver a caminar.

—¿Por qué no, cariño? ¿Por qué no iba a ser así? ¿No te parece posible? Hemos leído mucho sobre ese médico; Stefano también nos ha hablado de él. Ha tenido éxito en todo lo que ha intentado, es un genio de la cirugía. ¿Por qué no iba a ser posible también contigo?

Cogió las hojas con la mano.

—Porque todo esto me parece una broma del destino, es como si se estuviera riendo de mí. En la otra punta del mundo aparece un médico que, por casualidad, se ocupa de mi problema y cobra un montón de dinero. Entonces llegan unos millonarios árabes que están dispuestos a pagar mucho dinero precisamente por ti, por una pianista que no toca desde hace más de ocho años. Y, fíjate tú, están dispuestos a desembolsar justamente cinco millones de euros, una cantidad imposible, sin querer desmerecer tus cualidades. ¿Por qué iba a creérmelo? ¿No te parece una burla, una broma de pésimo gusto?

Sofia se levantó y se puso de pie frente a él.

—¿Y por qué motivo no te lo puedes creer?

—No, Sofia, no es verosímil. Parece un plan perfecto...

—No puede ser que haya nadie tan malo, tan cínico para montar una cosa así, no es pos... —De repente se interrumpió, se quedó en silencio, como si en un instante lo hubiera visto todo con claridad. «¿Y si ese médico no existe? ¿Y si fuera todo un montaje sólo para pasar cinco días conmigo? No. No puede ser.»

—¿En qué estás pensando? —Andrea la miró y empezó a escrutarla.

Sofia se percató entonces que aquella jugada era decisiva, tenía que apostar el todo por el todo. Ya pensaría más tarde si se trataba de una puesta en escena. No podía fallar, no en aquel momento.

—Sólo pienso en que hay que tener el valor de vivir.

Y se fue al dormitorio dando un portazo. Necesitaba tiempo, sólo un instante para recuperarse. Tenía la sensación de que se estaba precipitando hacia un abismo. Se dejó caer en el sillón y en seguida se puso las manos entre el pelo. «No. No puede ser. No puede haber llegado tan lejos. Si es así, lo denunciaré. O mejor aún, me marcharé con él y lo mataré...» Entonces oyó el chirrido de la puerta al abrirse lentamente.

—Cariño... —Apareció Andrea—. Perdóname, he sido muy insensible. Tú haces todo esto por mí, por nosotros, y yo no hago otra cosa que ponerlo en duda. Perdóname, por favor. —Sofia se le acercó y lo abrazó.

Entonces era Andrea quien lloraba–. Es que no me parece verdad. Es un sueño. Tengo miedo de despertarme de un momento a otro.

–Chisss... Todo es verdad, cariño, y nosotros somos afortunados de tener esta oportunidad... Tal vez nos la hayamos ganado. –Ya no sabía qué pensar. Ya no estaba tan convencida de sus palabras–. Sólo tenemos que ver si ese médico es realmente capaz...

Andrea se alejó de ella. Ya tenía otra cara, otro entusiasmo.

–Sí, he hablado con médicos del hospital. Ellos también han oído hablar de él. –Sofia se acordó de aquella sala llena de chicos que trabajaban con el ordenador, de cómo habían borrado al vuelo la pulsera de su muñeca. Aquellas personas eran capaces de convertir cualquier cosa en verosímil. Andrea continuó–: No puede no ser cierto. Incluso han entrevistado a personas que se han sometido a la operación, está todo en Internet... Hace varios meses que se habla de ello. Si no fuera cierto, ya habría salido todo a la luz. –Sofia se tranquilizó. Aquel médico no era virtual. Besó a Andrea en los labios y le sonrió–. Que te hayan ofrecido esa cantidad me parece algo increíble...

–Sí, para mí también lo es. No sé qué decir. Cuando pasan estas cosas, se puede simplemente ser feliz. Ven... –Se fue al salón, seguida de Andrea–. La he comprado para celebrarlo. –Sacó una botella de champán–. Venga, ábrela... Vivamos todo esto como si estuviéramos soñando con los ojos abiertos. Tal vez sea un camino largo, quizá no sea fácil, puede que surjan dificultades, pero debemos tener paciencia para aceptarlas cuando no podamos hacer otra cosa y fuerza para superarlas cuando sea posible... Quizá esta vez sea una de ellas. –Andrea abrió la botella. El tapón saltó hacia el techo y rebotó. Cayó lejos–. Es una buena señal. –Sofia sonrió y le pasó las copas que había cogido de la cocina. Andrea empezó a servir el champán mientras ella abría un paquete–. También he comprado una mimosa en la pastelería Cavalletti. Hoy quiero celebrarlo y, si cojo dos quilos..., bueno, ¡ya los perderé!

Andrea le pasó la copa mirándola a los ojos. Sofia dejó el pastel y la levantó. Permanecieron en silencio, a la espera de que uno de los dos encontrara las palabras adecuadas. Entonces fue él quien habló:

–Por todo lo que has hecho por nosotros. Y por tu amor, que, por lo que parece..., es milagroso.

Estaba conmovido. Sofia también estaba a punto de llorar.

—Ya estamos otra vez, uff...

Andrea se echó a reír.

—¡No, es verdad, tenemos que estar alegres, incluso tenemos un pastel!

Y brindaron entrechocando las copas con fuerza, haciendo danzar el champán. Se lo bebieron todo de un trago, hasta el final. Entonces cortaron la mimosa.

—Mmm, está riquísima.

—Sí.

Andrea seguía mirándola. Parecía una niña: separaba su trozo de pastel con la cuchara y volvía a llenarla en seguida. Luego se la llevaba a la boca y, apenas había tenido tiempo de tragarse el contenido, cuando ya volvía a coger otro trozo. Entonces advirtió que él la estaba mirando.

—¿Qué pasa?

—Me gustaría que me comieran como a ese pastel...

Sofia sonrió con la boca todavía llena.

—Deja que me la termine y después verás lo que te hago... —Y ella siguió comiendo, y él mirándola—. Pero ¿me vas a dejar comer en paz?

—Sí. Es que tengo un poco de miedo.

Sofia se puso seria de golpe.

—¿De qué?

—No me gustaría que cambiara nada entre nosotros, soy feliz así.

—¿Por qué tendría que cambiar?

—Un cambio a veces comporta otros cambios...

Sofia lo miró.

—Es un riesgo que debes correr... En todos los sentidos. —Entonces sonrió, le quitó el plato de las manos y empezó a comerse su trozo de tarta.

# 35

Al cabo de unos días llegaron los billetes por DHL. El momento se acercaba. Sofia intentó no pensar en ello. Cruzaba la ciudad y reparaba en cosas en las que nunca antes se había fijado: árboles, plantas, construcciones, monumentos, el color de las casas. Levantaba la mirada y descubría áticos preciosos. Los miraba maravillada y, sin embargo, siempre habían estado allí. Había pasado al lado de aquella belleza, de aquellos detalles, como si estuviera ciega. Se paró en una floristería y encargó varios ramos para casa. Eligió tulipanes, margaritas amarillas, ranúnculos de todos los colores y unos lirios de un intenso aroma.

—¿Me los pueden llevar hacia la hora de comer?

Después compró unas cuantas botellas de vino. Escogió tintos y blancos, unos magníficos Lacrima di Morro d'Alba Piergiovanni Giusti y Pinot Blanco Penon Nals Margreid que había visto destacados en una revista por su buena relación calidad-precio.

—Excelente elección —le dijo el dependiente de la bodega de al lado de su casa—. De verdad, es una excelente elección. Mucha gente paga centenares de euros por botellas de calidad inferior. Yo siempre lo digo: así no tiene ningún mérito acertar. Son nuevos ricos que escogen el vino para alardear cuando invitan a otros paletos que entienden todavía menos que ellos...

Sofia no supo qué responder, sólo asintió, y un par de veces añadió un mínimo:

—Sí, ya...

—En cambio, cuando se compran estos vinos se contribuye a que crezcan pequeñas bodegas de calidad, que se merecen mucho más que las otras.

—Sí, ya...

Entonces el hombre le entregó la bolsa. Sofia pagó y se despidieron. «Lo bonito de algunos dependientes —pensó Sofia— es que te cuentan su filosofía.»

Entró en casa divertida, feliz de haber sabido elegir, al menos en materia de vinos. En aquel instante sonó el teléfono. Lo buscó desesperadamente dentro del bolso, apartando los pañuelos, las llaves, el monedero, la agenda. Al final lo encontró. Número privado. ¿Quién sería? Todos. Cualquiera. Él. Su corazón empezó a latir a lo loco. ¿Por qué iba a llamarla? ¿Qué podría haber pasado? Inspiró profundamente y contestó.

—¿Diga?

—¿Señora Valentini?

—Sí.

—¿Sofia Valentini?

—¿Sí?

—Perdone que la moleste, soy Luigi Gennari. —Sofia permaneció en silencio. «Luigi Gennari... Me suena el nombre, pero ¿quién es? No me acuerdo.» La voz acudió en su ayuda—: Soy el director de su banco. —¡Ah, claro! Aquel tipo bajo, calvo y con bigotito que nunca se había dignado a mirarla. ¿Y por qué la llamaba en persona? Pues claro. En seguida lo entendió—. Perdone que la importune, pero creo que usted ya sabe... Sí, es decir, no creo que sea un error, quería decirle que...

—Sí, director. Han llegado a mi cuenta cinco millones de euros.

—Eso es, sí. Y queríamos saber si podríamos serle útiles de algún modo, si quiere invertirlos. Me encantaría volver a verla. He preparado varias posibilidades de inversión. O si quiere le envío a nuestro promotor financiero a su casa a la hora que usted prefiera... ¿Oiga?

Sofia sonrió. Todavía seguía allí. Aunque le habría gustado colgar. Se decidió por una táctica mejor.

—En los próximos días tendrían que llegar otros ingresos. Pero no me llame, ya me pondré en contacto con usted cuando tenga tiempo.

—Sí, sí, por supuesto. Discúlpeme.

–Está disculpado. –Y colgó. Bueno, por lo menos se había podido dar aquel gusto. En seguida se dirigió a un cajero del banco, introdujo su tarjeta, marcó el código sin que nadie la viera, en aquella ocasión con más cuidado, y fue hasta «Consultar saldo». No podía creerse lo que veían sus ojos. La cantidad estaba allí, en el centro de la pantalla: 5.019.843 euros. Sin querer, tapó todavía más la pantalla y miró a su alrededor. Entonces se rió de su excesivo celo. Pulsó algunas teclas y escogió la opción «Imprimir». Cuando el comprobante salió de la ranura, lo dobló varias veces y lo metió en un compartimento de su billetero. Un momento después, estaba de vuelta en casa.

–Mira... –Lo dejó sobre la mesa en la que Andrea estaba dibujando. Fue a parar justo encima del proyecto de una villa en Ladispoli. La cantidad que aparecía en aquel papel podría servir para comprar más de treinta casas como aquélla. Andrea cogió el papelito entre dos dedos como si fuera un preciado objeto, un pergamino encontrado en quién sabe qué antiguas excavaciones, una noticia que iba a asombrar al mundo. En realidad era el anuncio de su nueva vida.

–No me lo puedo creer. Han llegado de verdad. Era justo que el mundo reconociera tu talento, tu don no tiene precio. Cariño, todo gracias a ti... –señaló sus piernas–. Podría producirse un milagro. Tu corazón guiará cada una de las notas que toques. Gracias. –Entonces Sofia se quedó callada, no fue capaz de decir nada, ni de sonreír. Sabía que llegaría aquel momento y se había imaginado mil veces aquella escena, pero no le había servido de nada. Empezó a llorar. Lágrimas silenciosas, una tras otra, caían por sus mejillas sin espera, cada vez más grandes, dolorosas, tímidas, pero conscientes de aquel gran enredo, de aquella mentira oculta–. Cariño, pero ¿por qué lloras? –Andrea se impulsó hacia delante, se acercó a ella, la cogió de las manos, intentó consolarla–. No hagas eso, me pones en una situación difícil. No sé qué decir, cómo comportarme... Cariño, te lo ruego.

Sofia seguía llorando. Se había sentido especialmente frágil durante los días anteriores. «¿Por qué?», se preguntó. Andrea extendió la mano para intentar detener aquellas lágrimas.

–Por favor... –Pero, cuanto más hablaba, más lloraba ella. «¿Cómo puede ser tan ingenuo? –pensó–, ¿cómo no se da cuenta? Es otro precio el que voy a pagar, Andrea. Claro que no es por mi música, por mis dotes o cualidades... Me he vendido. Vendido.» Oír pronunciar aquella palabra en su mente le resultó todavía más doloroso. Se le dibujó una mueca en la cara. Andrea lo advirtió—: No importa. No vayas.

Y Sofia, en aquel instante, habría querido detener aquella farsa, despertarse de aquel sueño de cartón piedra, abrazarlo, contárselo todo, sentirse de nuevo libre, suya, sólo suya y de nadie más, a ningún precio...

Pero vio que no podía ser, habría sido una estupidez. Había llegado hasta allí y tenía que seguir adelante.

—No, todo va bien, cariño. —Sonrió volviendo a meterse en su papel—. Estoy emocionada, igual que tú.

Y se abrazaron. Se quedaron así, en silencio, durante un largo rato. Entonces Andrea se apartó de ella, le hizo una caricia y le sonrió.

—Irá todo muy bien, ya lo verás. Hemos tenido suerte. Sólo lo siento por una cosa...

—¿Cuál? —El corazón de Sofia empezó a latir rápidamente. «¿Y ahora qué me dirá? ¿De qué se ha dado cuenta? ¿En qué me he equivocado? Ya está, lo sabía...»

Andrea le cogió la mano, le dio la vuelta y puso la palma hacia arriba. Después posó los labios sobre ella y la besó. Desde allí abajo, levantó tan sólo la mirada, llena de amor.

—Me habría gustado mucho ir contigo.

## 36

Todo debía parecer verdad. No habría resultado natural si no lo hubiera hecho así. Y, sobre todo por su manera de ser y su carácter, no habría sido creíble. «¡Si tienen que ser las *Goldberg*, pues adelante!», se dijo Sofia. La obra más compleja, más difícil, más todo. Se decía que, más que inventarla, Bach sólo la había transcrito, porque en realidad la había compuesto Dios. Sofia era consciente de que Andrea estaba a pocos metros de ella, en la otra habitación, y de que la escucharía ensayar cada día. Se veía obligado a escuchar ocho horas de estudio. No quería transmitir la idea de que sólo cubría el expediente; en verdad estaba muy emocionada, porque, por primera vez después de muchos años, había llegado el momento de la prueba, de enfrentarse a ello.

Miró el teclado y la partitura abierta por la primera página, *Aria*, y sintió una especie de vértigo. Pero no se dejó tentar. No iba a leer las *Variaciones* desde la primera hasta la última página. Empezaría a estudiar una sola variación, la *N.º 26*. Nunca jamás habría conseguido preparar las *Variaciones* si no las hubiera incluido en su repertorio a la edad de dieciséis años y las hubiera interpretado en público en más de una ocasión cuando sólo tenía diecinueve.

Se miró las manos, las entrelazó y empezó con el ritmo adecuado, es decir, frenético. Cruces de izquierda y articulación virtuosa de escalas con la derecha. Hasta ahí todo bien. Y sí, la izquierda respondía, subía desde la tercera octava con prohibitivos y nimios adelantamientos a causa de un dedeo demasiadas veces estudiado y puesto a punto. La cabeza se le llenó de placer, ni siquiera se veía las manos, ella era aquella variación, era Bach, era el piano, era cada una de las teclas, era la mensajera de Dios. Tocaba la última nota con el meñique de la mano izquierda y, en seguida, otra vez desde el principio con la derecha. Última nota. Y vuelta a empezar. Sin parar.

Andrea, en la otra habitación, con los ojos brillantes, apartó la mirada de la pared y bajó la cabeza.

Hacia la hora de comer, Sofia se tomó un descanso y fue al conservatorio para estudiar cuatro horas en el Steinway. Después, por la tarde, había quedado con Ekaterina Zacharova. Le explicó su viaje y se pusieron de acuerdo para que la sustituyera.

—Te envidio, será una experiencia preciosa. —La abrazó. Parecía sincera.

—Tendrás que ocupar mi lugar a partir de hoy, tengo que estar completamente a la altura de esos cinco conciertos.

—Lo haré encantada, Sofia.

Se despidieron. Ekaterina se quedó mirándola, quieta en medio de la plaza, un poco envidiosa por la espléndida oportunidad que se le había presentado.


La mañana anterior a su partida, empezó a preparar las maletas. Tal y como la asistente del abogado Guarneri le había sugerido, cogió los vestidos que llevaba en las filmaciones que había visto en el despacho. Se los probó, todavía le quedaban bien. Tal vez ya no tocara como entonces, pero por lo menos no había engordado. Por la noche abrieron uno de los vinos blancos que había comprado, un Pinot Blanco Penon Nals Margreid, y comieron en silencio unos espaguetis con marisco seguidos de un excelente dentón al horno. Después, con tierna naturalidad, acabaron en la cama.

—Mmm, ¿sabes que lo que has hecho para cenar estaba riquísimo?

—¿De verdad te ha gustado o me estás tomando el pelo?

Sofia buscó la mirada de Andrea.

—En serio, te lo juro. La verdad es que estoy preocupado. ¡Nunca habías cocinado tan bien!

Ella le dio un empujón.

—Idiota. He hecho platos mucho mejores que los de esta noche, pero eres como todos los hombres...

—¿Qué quieres decir?

—Que cuando no lo tenéis todo bajo control, empezáis a daros cuenta de lo que podríais perder...

Andrea la miró con más atención.

—¿Por qué...? ¿Voy a perderte?

—Si hablas mal de cómo cocino, te la estás jugando.

—Siempre has sido la mejor cocinera de todas las que he conocido.

—No digas mentiras... —Sofia bajó de la cama y cruzó la habitación. Bajo la luz pálida de la luna su cuerpo se veía esbelto, sus senos llenos y redondos, las nalgas estrechas, fuertes, musculosas.

—Me estoy volviendo a excitar...

—Tenemos que dormir. Mañana salgo temprano...

Entró en el baño.

Andrea oyó correr el agua.

—Ya te echo de menos.

Sofia levantó la voz desde el lavabo.

—He dicho que nada de mentiras.

—¡Pero es verdad! —Sofia volvió al dormitorio y se tendió a su lado. Andrea extendió la mano y le acarició las piernas—. ¿Has cogido ropa bonita?

—Sí... Los vestidos para los conciertos y también ropa más sencilla.

Él siguió acariciándola, cada vez más arriba.

—¿El pasaporte?

—Está en la mesa del recibidor.

Subió un poco más y ella estiró las piernas. Oyó su suspiro, pero, con una sonrisa, continuó hablando:

—¿Has cogido algún jersey? A lo mejor hace frío.

—Sólo uno... Hará calor...

Andrea notaba cómo respondía al contacto de sus dedos.

—¿Me llamarás?

—No va a ser fácil. Me han dicho que me darán un móvil porque allí las líneas fijas no van muy bien. Además, nos moveremos a menudo, por lo que he entendido...

−Ah... −Andrea seguía acariciándola. Ella suspiró y cerró los ojos−. Ponte encima de mí... −En un instante, Sofia se colocó encima. Andrea la cogió con fuerza por las caderas−. Te echaré de menos, cariño.

−Yo a ti también...

Empezó a moverse cada vez más de prisa encima de él, empujó con fuerza el vientre hacia abajo. Estaba muy excitada. Cerró los ojos, echó la cabeza hacia atrás y alcanzó el clímax al mismo tiempo que él y dando pequeños gritos. Permanecieron quietos, en aquella cama deshecha de amor, para recuperar poco a poco las fuerzas.

Entonces Andrea habló:

−Cariño, durante estos días, cuando te he oído tocar de nuevo, me he emocionado. Ha sido precioso. Es una lástima que hayas perdido todo este tiempo.

−Tal vez todo lo que nos está pasando se deba a mi renuncia.

−Ya lo verás, tocarás muy bien. Serán cinco conciertos espectaculares. Ya no podrás detenerte.

Sofia lo miró en la penumbra de la habitación.

−Cariño, hablaremos de ello cuando vuelva.

−Sí. Tienes razón.

Un rato después, Andrea se durmió. Sofia preparó las últimas cosas, metió algo más de ropa en la maleta y volvió a la cama.

«Será tu nueva vida.»

«¿Qué ocurrirá a lo largo de estos cinco días?» Miró el reloj. Mañana a aquella hora estaría con él. Y empezó a sentir una extraña excitación. Fue como regresar a la infancia, a cuando se acercaba el momento de ir de vacaciones a la playa. Se reencontraría con sus amigos y, sobre todo, con un chico que le gustaba mucho y que sólo veía en verano. Notó que estaba emocionada, como a menudo le sucedía la noche antes de un concierto. No era sólo miedo o curiosidad. Sus conciertos eran un desafío, algo que tenía que llevar hasta el final de la mejor manera. Pero aquella vez se trataba de un reto distinto, con una compensación sin precedentes: cinco millones de euros. Ya estaban en su cuenta. Luego pensó en el porqué de aquel dinero. Entonces se sintió más segura, más relajada. Sólo cinco días con un hombre desconocido. ¿Qué podría perder? Pero aquella última pregunta no tenía respuesta. Así que al final ella también se durmió.

## 37

−Ha llegado el taxi. −Andrea corrió la cortina.

−Adiós, cariño. −Sofia se agachó sobre él, le dio un beso y luego le sonrió. Cogió la maleta, el neceser de mano y salió sin volverse. Al verla llegar, el taxista bajó del coche y colocó el equipaje en el maletero.

Sofia levantó la cara. Andrea estaba detrás de la ventana y movió la mano para saludarla. Ella le dedicó otra sonrisa y entró en el taxi. Un instante después, doblaron la esquina y desaparecieron, confundidos entre el tráfico. El taxista la miró por el retrovisor.

−¿Adónde vamos?

−Al aeropuerto de Fiumicino, por favor.

Sofia se recogió el pelo mientras circulaban. Lentamente, se hizo dos trenzas y las ató con unas gomas. Aquello le sirvió para engañar al tiempo hasta el aeropuerto. Después, pagó y bajó del vehículo. Encontró sin problemas el mostrador de la compañía aérea. Entregó el pasaporte y cargó las maletas en la cinta. Pasó el control de seguridad y se puso a dar vueltas por las tiendas esperando a que llegara la hora de su vuelo. Entró en una librería. Eran pocas horas hasta llegar a Abu Dabi, pero no sabía cuánto más tendría que volar después. Un libro le permitiría afrontar el viaje con más tranquilidad, la distraería. «¿Por qué no lo habré pensado antes? Tengo la casa llena de libros, muchos de ellos pendientes y que me gustaría leer.» Así que entró en la librería, dio una vuelta, miró algunos títulos y al final se decidió por un viejo clásico: *Ana Karenina*. Le habían hablado muchas veces de él, pero no se lo había leído nunca. Quién sabe lo que encontraría en aquel libro, tal vez una señal, algo relacionado con lo que iba a vivir. Pagó y salió. Se guardó el libro en el bolso y siguió mirando escaparates. Se distrajo contemplando unos bonitos bolsos. «Si viajara más a menudo, me compraría esa maleta con ruedas de Prada. Es preciosa y parece amplia además de cómoda. –La cerró–. Pero ¿cuándo tendré la oportunidad de volver a viajar?»

Se detuvo frente a una tienda de bañadores y pareos. En el escaparate había una foto de una playa blanquísima. «¡Es verdad! No he traído ningún pareo. Total, voy a estar sola con él. Si acaso le diré que me deje una camisa. –Entonces se echó a reír ella sola–. Bueno, me parece que lo del pareo debería ser la última de mis preocupaciones.» Pero, durante un momento, volvió a sentirse como una joven de diecisiete años que sale de casa por primera vez, que tiene mil temores, mil incertidumbres, que cree que no lo ha metido todo en la maleta y que seguro que se ha olvidado de algo fundamental para sus vacaciones. «¿Vacaciones? –Sofia acabó delante de un gran espejo. Se miró–. Tú no estás de vacaciones. No te vas de viaje para disfrutar de unas vacaciones. Te vas con él para hacer lo que él quiera, lo que desee, todo lo que pueda querer de ti por cinco millones de euros. Cinco días. Cinco días podrían durar muchísimo, podrían parecer infinitos; podrías no soportarlo, detestarlo. ¿Sofia? Pero ¿por qué te engañas? Es un hombre guapísimo, te gusta, te fascina, te excita. Lo que quieres es justificarte. Y no sólo eso: incluso te paga demasiado por acostarte con él. Pero ¿crees que todo esto él no lo sabe? Una persona que lo sabe todo de ti, tus secretos, tu cuenta corriente, que tiene tus fotos del pasado, de todos tus conciertos, ¿cómo quieres que no sepa eso también?»

Justo en aquel momento, oyó la llamada para su vuelo. Se dirigió rápidamente hacia la puerta de embarque, le mostró el billete y el pasaporte a la azafata y ésta la hizo pasar. Una vez a bordo, buscó su asiento y se acomodó en la gran butaca que tenía reservada en primera clase. Un asistente de vuelo se acercó para ofrecerle periódicos y una copa de champán.

–Gracias.

En cierto modo, aquellas «particulares» vacaciones acababan de empezar. El avión se separó del *finger*, se alejó por la pista, se situó en

espera de su turno y luego hizo una pequeña curva y avanzó con lentitud. Los motores empezaron a rugir, cogió velocidad y, un momento
después, estaba en el aire. Sofia vio el mar; las olas rompían en la playa, algunas se encrespaban en la costa. Poco después estaba entre las
nubes. Cogió el libro del bolso, empezó a leer y se relajó. Las palabras
discurrían veloces y le servían para distraerse. Le gustaba aquella es-
critura clásica.

Un rato más tarde, metió el billete en medio del libro y lo puso
en el reposabrazos de la butaca. Cerró los ojos y se durmió. De repente, un ruido la despertó. Se agarró con fuerza a los reposabrazos. Miró a su alrededor. Todos estaban serenos y tranquilos. Exhaló
un suspiro: nada, no pasaba nada raro, simplemente estaban aterrizando.

Bajó del avión, esperó las maletas y buscó la salida.

«¿Y ahora? ¿Cómo encontraré a quien me esté esperando? Y,
sobre todo, ¿habrá alguien esperándome? A lo mejor me ha gastado una broma. ¡Y si me quedo cinco días aquí, en el aeropuerto! ¡Sería
una broma de cinco millones de euros!»

–¿Señora Valentini?

–Sí.

Un hombre muy elegante, con traje oscuro y corbata azul, le sonrió mientras extendía los brazos para alcanzar sus maletas.

–La estábamos esperando. Por favor, permítame.

–Sí, gracias.

El hombre le indicó el camino.

–Por aquí. ¿Ha ido bien el viaje?

–Sí, muy bien.

–¿Desea algo, quiere un café?

–Si puede ser, un poco de agua...

–En el coche podrá tomar lo que quiera.

Una vez fuera del aeropuerto, un vehículo se acercó a la acera. Su
acompañante le abrió la puerta.

–Por favor.

Sofia subió al coche y él cerró la portezuela. El hombre colocó el
equipaje en el maletero y se sentó en el asiento del conductor que el
chófer acababa de dejar libre. Una vez al volante, se puso el cinturón

de seguridad y colocó la palanca del cambio automático en la posición D. El gran Mercedes S 5000 comenzó a circular en silencio.

—En la nevera que hay frente a usted encontrará todo lo que le apetezca. En el armario pequeño de abajo hay botellas de agua a temperatura ambiente y vasos.

Sofia abrió la nevera y cogió una botella de agua mineral. El Mercedes giró en una curva y se detuvo frente a una verja. Después de dejarla atrás, siguió su sigiloso camino hasta llegar delante de los hangares. En el centro de la pista había un jet G200 Gulfstream de lujo. El conductor bajó y le abrió la puerta.

—Por favor. Hemos llegado. —Sofia descendió del coche y se quedó desconcertada por el calor que hacía en aquel lugar. Al fondo de la pista brillaban algunos reflejos lejanos, parecían horizontes desenfocados sobre un gran desierto—. Es el calor, señora. —El hombre le sonrió y la acompañó cargando con sus maletas. Se detuvo delante de la pequeña escalera—. Por favor.

Justo en aquel momento una azafata apareció en la puerta del avión.

—Buenas tardes. —Sofia empezó a subir la escalerilla. La azafata le sonrió mientras la saludaba con una pequeña inclinación—. ¿Dónde quiere sentarse?

—Ah, aquí está bien.

Era un avión más grande que el del viaje a Verona, pero igual de elegante. El gusto de la decoración se apreciaba hasta en los más mínimos detalles. La tripulación era distinta. El comandante se presentó.

—Hola. Cuando quiera nos vamos.

Sofia sonrió y se encogió de hombros.

—Por mí ya nos podemos ir.

—Pues entonces despegamos. Usted es nuestra única pasajera.

Desde tierra, el conductor del coche la llamó:

—Si tiene que coger algo de su equipaje, ellos saben dónde está. Buen viaje.

Después quitaron la escalerilla y la puerta se cerró. Sofia se sentó en una gran butaca en medio del avión. Estaba junto a la ventanilla y al lado tenía un mueble bajo donde podía dejar el bolso. Se abrochó el cinturón. El avión se movió despacio; poco a poco, aceleró y levantó el vuelo. Ningún ruido. Nada. Era extremadamente silencioso.

Sofia vio que el Mercedes oscuro cruzaba la verja; después, una larga carretera en medio del desierto y palmeras cada vez más pequeñas. Al cabo de unos segundos, estaban ya en el cielo. El avión giró hacia la izquierda y se encaminó hacia el sol. Sofia notó que la potencia de los motores aumentaba; luego, nada. El aparato volaba atravesando brevísimos estratos de nubes y sólo ellas le daban una idea de lo rápido que iba.

La azafata se le acercó.

—Si quiere puede desabrocharse el cinturón. No encontraremos turbulencias.

—¿Cuánto falta para llegar, según usted?

—Bueno... Tenemos el viento a favor. El viaje será largo, pero haremos todo lo posible para que ni se dé cuenta.

Le habría gustado decirle: «Sí, pero ¿adónde vamos?» Sin embargo, ya sabía que como respuesta sólo habría encontrado una sonrisa. Decidió preguntarle sólo lo que la azafata podía decirle.

—¿Hay baño?

—Oh, claro. Tenemos dos. Puede usar el que está al fondo, a su espalda. —Sofia se levantó, la azafata la dejó pasar—. No lo dude, si necesita cualquier cosa, llámeme.

—De acuerdo, gracias.

Sofia abrió la puerta del baño. Tenía azulejos de mármol negro atravesados por vetas ligeramente más claras, un gran espejo, una ducha y una bañera de hidromasaje. El lavabo era de estilo japonés. En el otro lado había toallas blancas de lino. Cerró la puerta, se puso delante del espejo, se lavó las manos y se peinó. En aquel momento descubrió a su espalda un gran albornoz blanco, suave, esponjoso. Se acercó. Llevaba una «S» bordada. Debajo había unas zapatillas; se las probó. Naturalmente, eran de su número.

Poco después salió del baño y volvió a sentarse. En su mesa habían dejado un portafolios en el que podía leerse: «Sofia.»

La azafata se le acercó.

—Me han dicho que se lo dé y que usted ya estaba informada al respecto.

–Sí...

Lo cierto era que no sabía de qué se trataba. La azafata se alejó. Sofia abrió la cremallera. Dentro encontró un móvil y una hoja escrita a ordenador:

«Este teléfono es para usted. Podrá usarlo durante estos días para lo que quiera. Su número aparecerá como procedente de Abu Dabi. Los números que se han grabado en la tarjeta son a los que usted llama con más frecuencia.»

Sofia miró la lista. Efectivamente, seguido de la palabra «casa», aparecía su número; «casa papás», «Andrea», «Olja», «Lavinia», «Stefano». Tenían todos sus contactos, los habían transcrito allí, sobre aquel papel. No faltaba ninguno. Aquellos hombres eran peligrosos, podían llegar a los rincones más remotos de su vida, podían saberlo todo, comprarlo todo. Excepto una cosa. Y aquello la tranquilizó.

Retomó la lectura del libro. Más tarde, le sirvieron una comida ligera: salmón al vapor acompañado de patatas en juliana y seguido de una ensalada fresquísima. Para terminar, unos pastellillos franceses, todo ello acompañado de un excelente vino blanco, un Riesling Sommerberg Alsace Grand Cru. Se estaba tomando un café cuando el avión aterrizó. Se guardó el móvil en el bolso y se despidió de la azafata:

–Hasta la vista.

La esperaba una limusina oscura en la que cargaron su equipaje. El chófer la saludó con una sonrisa. Era un chico de piel oscura, debía de ser del lugar. Abrió la puerta, la hizo subir y después volvió a cerrarla. Se puso al volante de aquel precioso Bentley Mulsanne y arrancó.

Los asientos eran de piel y, naturalmente, no faltaba la nevera en el centro. Pero Sofia no tomó nada. Contempló el paisaje por la ventanilla. La vegetación de alrededor era densa; en los bordes de la carretera había plantas de hojas anchas. De vez en cuando, entre todo aquel verdor, aparecían grandes flores de colores. A lo largo del camino se cruzaron con hombres y mujeres envueltos en tejidos de distintos tonos: azul, beis, marrón, azul marino. Los saludaban levantando la mano con parsimonia y seguían su camino hacia quién sabía qué meta.

El coche tomó una última curva y a continuación enfiló una recta. Al fondo se veía el mar. A medida que el automóvil avanzaba, el escenario se iba ampliando. Se veía un mar azul, inmenso, sin fronteras, delante de una playa estrecha y larga, blanquísima. Cuando el coche llegó al final de la recta, giró a la derecha, recorrió unos centenares de metros y se detuvo delante de un embarcadero. La única embarcación atracada era una gran lancha. El chófer la acompañó. El ruido de las tablas de madera resonó bajo sus pies, acompañado tan sólo por el lento batir del mar.

El hombre que había a bordo de la lancha se asomó desde la cabina.

—Hola, señora. Venga. La pasarela es segura. —Le sonrió. Hablaba el italiano con dificultad, pero se le entendía. Sofia subió cogiéndose a la barandilla—. Por favor, siéntese donde quiera. El mar está un poco agitado, pero no se preocupe...

Sofia se sentó en un gran sofá situado al final de la popa; desde allí podía verlo todo. En un instante, izaron los cabos. El ruido de los motores aumentó, la lancha se apartó del muelle, empezó a planear casi en seguida y, al cabo de muy poco tiempo, alcanzó las sesenta millas por hora. Entonces el mar parecía más plano y la lancha volaba sobre aquella superficie azul. A veces seguía el compás de alguna ola y se balanceaba ligeramente. Sofia tenía el cabello al viento e intentaba sujetarlo, pero su pelo, rebelde, se le ponía delante de la cara y se la cubría. Entonces la vio. La isla. Grandes palmeras de anchas hojas verdes sobresalían en el centro de aquella franja de tierra que se iba acercando; otras, más pequeñas, se dirigían hacia el mar y allí, en la playa blanca, se doblaban con una reverencia, saludando de aquel modo la inminente llegada de los invitados. Ya faltaba poco. Al lado derecho se veían unas cuantas rocas, como si se hubiera cortado parte de la isla. Allí, el mar era más oscuro y la vegetación más densa. La lancha redujo la velocidad y giró dibujando una gran curva; se plegó cortando el agua y se dirigió hacia el único embarcadero que había, escondido hasta aquel momento detrás de una duna de arena bastante alta. Él estaba allí, de pie, y le sonreía mientras sostenía en la mano una rosa roja con un tallo muy largo.

Apenas atracó la lancha, la ayudó a bajar y, seguidamente, le dio la rosa.

—Bienvenida.

—Gracias... —Ella se ruborizó como una tonta.

Él, de manera inteligente, hizo como si no se hubiera dado cuenta.

—Ven, quiero enseñarte la isla.

Subieron en un coche eléctrico descapotable conducido por una chica mulata.

—Buenas tardes...

Se sentaron juntos detrás. Tancredi le sonrió.

—Cameron, por favor, muéstrale la isla a nuestra invitada.

—Por supuesto, señor.

El coche se movió, recorrió unos cuantos metros por un camino estrecho que bordeaba la playa y luego se adentró en la vegetación. Avanzaron entre grandes matorrales verdes muy tupidos, después llegaron a un claro y costearon un pequeño lago.

—Es de agua dulce y te puedes bañar en él, allí hay una cascada natural... —Desde una altura de cinco metros, caía muchísima agua. Rompía entre las rocas y se pulverizaba en el aire de manera que daba vida a un arcoíris. El vehículo volvió a internarse en la selva y salió unos momentos después—. Bien, ésta es la playa, es la más resguardada. Y allí abajo, en la costa, está la barrera de coral. —Una larga lengua blanca se extendía por lo menos durante tres kilómetros, varias palmeras ligeramente curvadas llegaban hasta el borde del mar. El coche pasó por delante de una pequeña pérgola muy elegante. Debajo había dos grandes tumbonas cubiertas con tela de yute—. Aquí se puede tomar el sol... Sin demasiada gente alrededor. —Un poco más lejos, una marquesina de gruesas cañas de bambú protegía una gran cocina. Había varias neveras, una encimera y una serie de fogones de hierro. Una pared alta recubierta de plantas exuberantes aislaba la playa de las miradas indiscretas de los que trabajaban en la cocina—. Aquí, si alguien tiene hambre o quiere beber algo...

Sofia sonrió.

—Me recuerda mucho a *El lago azul*.

—Sí, pero ellos llegaban allí siendo unos niños y además por casualidad. Mira, la playa termina ahí. Ahora daremos la vuelta... —Cameron tomó una curva con suavidad y se detuvo poco después. Entonces se le apareció. Estaba perfectamente integrada en todo aquel verdor y la roca–. Bueno, y ésta es la casa. Está justo en la punta. Aquí la isla se estrecha, así que se asoma hacia los dos lados. No es muy grande. Ven...

Entraron en un salón que tenía el suelo de madera clara. Las grandes vidrieras que lo presidían dejaban entrar el calor del sol del ocaso, que iluminaba los sofás de color castaño. En el suelo había una alfombra blanca, grande, muy suave. Detrás, una única vidriera a través de la que se veían la punta de la última playa, el mar y aquella esfera roja que se estaba zambullendo. A la derecha había un muro alto, de estuco veneciano blanco y crema, y varios cuadros iluminados por una ligera luz, fría y escondida en los propios marcos: un Gauguin y un Hockney, dos obras maestras del arte contemporáneo.

–Ven... –repitió Tancredi. Entraron en una cocina hecha íntegramente de acero inoxidable. Un cocinero de piel negra y tres ayudantes, todos ellos vestidos de blanco, la saludaron simplemente con una sonrisa–. Y aquí está el comedor.

Era una sala luminosa, casi suspendida en el vacío, con lamas blancas intercaladas con un cristal muy grueso en el suelo. Allí debajo empezaba la escollera; las corrientes del mar, en aquella parte de la isla, eran más fuertes. Las olas rompían bajo la habitación y subían hacia el cielo convertidas en grandes gotas blancas. Pero no se oía nada, la casa estaba perfectamente insonorizada.

Siguieron caminando.

–Aquí está mi despacho... –Abrió la puerta y entraron en otra habitación. Sofia se quedó asombrada por el sofisticado equipo estéreo y por el gran televisor de plasma–. Pero la verdad es que no me gusta hacer nada cuando estoy aquí... –A un lado había unos sofás de piel clara. Debajo, se veían la escollera y el mar. Prosiguió con la visita–: Ahora estamos yendo hacia la parte de atrás, donde están los dormitorios. Éste es el tuyo. –Abrió otra puerta. El suelo era de una madera muy clara, casi blanca. Había una gran alfombra lila, una puerta que daba a la playa y un gran armario a la izquierda. Su maleta y el neceser estaban sobre el banco de al lado–. Y éste es tu baño.

Sofia vio que una parte del techo estaba abierta y que entraba la luz del cielo, en el que flotaban unas nubes rosadas. Había una gran ducha, una bañera con hidromasaje completo y, a su lado, un asiento alargado sobre el que descansaba un suave almohadón claro recubierto de un rizo esponjoso. En una esquina había un antiguo sillón de madera con perlas y conchas incrustadas. Las toallas colgaban de la pared. Las había de todas las tonalidades de lila. Sin embargo, la pared era de un índigo muy claro. También había un gran espejo rodeado de un marco de plata. Cerca del lavabo, unas flores lilas perfumaban la enorme estancia. Todas las toallas, e incluso el albornoz, llevaban bordada la letra «S».

Tancredi le sonrió.

—Mi habitación es idéntica, sólo que puede que los colores sean más masculinos, pero si quieres nos la cambiamos...

—No, no, ésta está muy bien.

—Entonces te dejo. Voy a controlar algunas cosas. Descansa, date una ducha, llama por teléfono, haz lo que quieras... Deberían haberte dado un móvil.

—Sí.

—Perfecto, son las seis. Oficialmente, estás en un sitio con el huso horario de Abu Dabi. Así es todo más fácil. Si te apetece, cuando estés lista puedo ofrecerte un aperitivo.

Sofia sonrió.

—¿No habrá demasiada gente?

—No. No corres ese riesgo. Como mucho, te encontrarás conmigo...

## 38

Sofia se había quedado sola en la habitación. Se dirigió hacia la vidriera que daba al exterior, la abrió y salió al jardín. Las plantas estaban muy cuidadas. Una pequeña cancela de madera conducía a la playa. Había una bicicleta apoyada sobre el caballete. Vio que un poco más adelante había dos tumbonas bajo una marquesina y, en el jardín contiguo al suyo, idéntico mobiliario. Era como si fueran dos pequeñas villas colindantes, con una pasarela en medio −toda hecha de teca, ideal para pasear o ir en bicicleta− que serpenteaba a derecha e izquierda a causa de la vegetación y llegaba directa hasta el mar.

Volvió a entrar. Cerró la puerta y sacó el móvil del bolso. Lo pensó un poco. Luego se dio cuenta de que tenía un mensaje. Lo abrió.

«Antes de cada llamada, comprobar el ordenador que hay junto al televisor.»

Se acercó a la tele y lo vio. Apretó la barra espaciadora y la pantalla se iluminó en seguida. Indicaba la hora y la temperatura; una ventana en la parte superior mostraba el mapa meteorológico del país donde debería encontrarse. Debajo se leía su nombre. Pulsó sobre él y aparecieron varios reportajes televisivos con muchas fotos en las que se la veía bajar del avión y se anunciaban sus conciertos. También encontró artículos aparecidos en los periódicos de aquel país. Cogió el móvil y buscó el número que ya tenía grabado.

Andrea contestó al instante.

−¡Por fin! Hola, cariño, ¿todo bien? ¿Has llegado ya?

−Sí, todo muy bien. El viaje ha sido perfecto.

−Bueno, ya te echo de menos, ¿sabes?

—Yo a ti también. –Permanecieron un momento en silencio. Sofia decidió que debía decírselo–. Pero cuando regrese será increíble. Ya verás como estos cinco días pasan en seguida.

—Sí... –Después estuvieron charlando un rato–. ¿Qué tiempo hace?

—Se está bien. Debe de haber veinticinco grados como mucho.

—Así te broncearás sin quemarte.

—Si por la tarde estoy libre, iré un rato a la playa. Pero me parece que aquí el mar no es muy bonito...

—Qué bien que siempre pueda localizarte... Han sido muy amables al darte este móvil.

—Sí, y funciona bien. Se ve que tienen muchos problemas con las líneas fijas.

—¿Qué hacéis ahora?

—Iremos a ensayar. Después haremos una pausa para descansar y a las nueve empieza el primer concierto. No conozco al maestro... estoy un poco nerviosa.

—Irá muy bien. Si no terminas tarde, llámame luego.

—Los ensayos irán para largo y al terminar tal vez vayamos a cenar. Espero que queden contentos con su inversión.

—Estarán encantados, cariño, ya lo verás... Aunque hace mucho que no tocas, siempre serás la mejor. Piensa sólo en la música. Si al final no puedes llamar, hablamos mañana.

Sofia apagó el teléfono. Se quedó contemplándolo un momento. Exhaló un largo suspiro. Mentir. Para ella siempre había sido la cosa más difícil del mundo y, sin embargo, en aquel momento parecía que se le daba especialmente bien. Unas cuantas imágenes fugaces de Andrea asomaron a su mente: su sonrisa, ellos cenando, una velada tierna delante del televisor. Las alejó rápidamente. No era el momento. Se desnudó y se metió en la ducha. Poco a poco, bajo el agua caliente, consiguió relajarse. Distendió los músculos de los hombros, echó la cabeza hacia atrás y después la movió lentamente, primero hacia la derecha y después hacia la izquierda. El fuerte chorro de agua eliminó las últimas tensiones. Estaba lista.

Salió de la ducha, se puso el albornoz y se secó el pelo. Luego, desnuda ante el espejo, empezó a maquillarse de una manera ligera, sin estridencias: un poco de rímel, un toque de maquillaje, una línea finísima bajo los ojos...

Se detuvo. Vio un pequeño sobre en una esquina. Lo abrió. Dentro había una copia de unos análisis completos de Tancredi. Eran perfectos. Sonrió, en cierto modo había querido que estuviera tranquila. Fue a la maleta y sacó algo de ropa. Todavía no había decidido lo que iba a ponerse. Después abrió el armario para coger unas cuantas perchas y se sorprendió. Dentro había veinte espectaculares vestidos de Armani. Negros, blancos, plateados, azules oscuro, uno rojo... y también los zapatos más diversos, de muchas tonalidades para que combinaran con los colores de los vestidos y con tacones de varias alturas. En los cajones encontró preciosos conjuntos de ropa interior, de seda y de muchos otros tejidos, blancos, negros, azules, rojos. Naturalmente, todo era de su talla.

Un poco más tarde, salió de la habitación. El sol todavía no se había puesto. Una chica la estaba esperando. Le dedicó una sonrisa y la invitó a seguirla hasta el final del pasillo. Una escalera de caracol de madera clara y acero mate conducía a la terraza. La chica se detuvo allí y le hizo un gesto para que pasara. Sofia subió la escalera; una parte de la pared era de cristal y debajo se podía ver el mar. La otra, en cambio, era de roca. Poco después, se encontró en lo alto de aquella torre.

Tancredi estaba allí. Miraba al horizonte con las manos en los bolsillos de un espléndido traje azul muy oscuro.

Se volvió y sonrió.

—Pensaba que te pondrías uno de los tuyos.

—Si lo prefieres, iré a cambiarme. Pero he visto esos vestidos tan preciosos y he pensado que era una lástima no ponérmelos.

Tancredi se le acercó. Cada vez más. Se detuvo a un milímetro de ella. Permaneció en silencio. Sólo se percibía el sonido del mar lejano, el aroma de la naturaleza que los envolvía y, aun así, él inspiró su aroma. Luego le susurró al oído.

—No es verdad. Esperaba que te pusieras esto. —Ella sonrió. Sus miradas se cruzaron. Los colores de aquella puesta de sol acariciaban las mejillas de Sofia, su pelo, susurrado por el viento, se movía lento y delicado alrededor de su rostro. Tenía los labios entreabiertos, justo como Tancredi los recordaba, como los había visto danzar la primera vez que la vio con las notas de aquella coral en la iglesia. En aquel momento habría querido besarla, probar aquellos labios suaves como un melocotón, casi morderla, succionarla. Permaneció allí, observándola con avidez. Entonces ella lo miró decidida y curiosa, casi desafiándolo. Pero Tancredi se quedó quieto. Aquel titubeo lo pilló por sorpresa. ¿Por qué precisamente él, que nunca se había sentido inseguro ante mujeres incluso más bonitas que ella, se mostraba ahora tan indeciso? Continuó en silencio. No. No era verdad. Había mentido. Ninguna era más bonita que ella, y lo sabían sus ojos, su mente, su deseo, su corazón... Siguió mirándola durante un rato. Luego habló—: Decir algo en este momento podría estropearlo todo.

—Es cierto, y más aún si no hay necesidad de decir nada.

—Estoy contento de que estés aquí...

—Yo también, aunque creo que mis razones son otras. De todos modos, esta isla está fuera del alcance de mi imaginación, especialmente por el cuidado que se ha puesto en todos los detalles. ¿Es tuya?

—Sí, pero desde hace poco. Hará unos tres años. Y es la primera vez que vengo con una mujer. —Sofia lo miró con curiosidad, después empezó a reírse—. ¿Qué ocurre? ¿Qué te hace gracia?

—Estaba pensando en que es absurdo... —Movió el pelo sacudiendo la cabeza en un gesto de negación—. ¡No puedo creérmelo!

—¿El qué?

—¡Que me cuentes mentiras!

—No te he dicho ninguna mentira.

Sofia lo miró con una intensidad especial.

—Mira, a lo mejor no te ha quedado claro, pero tú me has comprado. Soy tuya durante cinco días por cinco millones de euros. Te lo han dicho, ¿verdad? No, porque puede que no lo sepas... pero me han hecho un ingreso.

Entonces fue Tancredi el que se sintió divertido.

—Me has hecho reír.

Se acercó a una botella de Cristal que estaba dentro de un cubo lleno de hielo, la sacó y, con rápidos movimientos, la descorchó.

Sofia se le acercó, ya estaba más relajada.

—Todas estas cosas románticas: la rosa, el champán, la privacidad de la isla... son bonitas, pero no son necesarias para que me vaya contigo a la cama. Puedes haber venido a esta isla con quien te parezca.

Él le pasó una copa llena de champán. Después sonrió levantándola hacia ella.

—Por tu risa, que te hace todavía más bella... Y por mí, porque ahora que digo la verdad tú no me crees. —Entrechocaron suavemente sus copas y el tintineo resonó en el aire. En aquel momento fue él quien la miró a los ojos con intensidad—. Es la primera vez que vengo a esta isla con una mujer, te lo juro.

Entonces sonrió y bebió.

Permanecieron sentados en dos grandes sillones mientras saboreaban el champán, uno junto al otro. El sol ya había desaparecido dejando una luz rosada sobre el mar. Mientras charlaban, se reían como dos personas anónimas que se están tomando un aperitivo en una ciudad cualquiera.

—Vamos a cenar, ¿te apetece?

—Con mucho gusto. ¿Y no reservamos?

Tancredi sonrió y la cogió de la mano.

## 39

La luna empezaba a elevarse en el cielo. Les habían preparado una gran mesa en la playa, donde no soplaba el viento. A su alrededor, unas largas antorchas plantadas en la arena la alumbraban.

Sofia se quitó los zapatos y los dejó en el camino que los había llevado hasta allí. Tancredi se dio cuenta e hizo lo mismo. Caminaron con los pies descalzos sobre la arena.

—Está fría...

—Un poco.

Entonces él apartó la silla para dejar que su acompañante se sentara y a continuación se sentó frente a ella. Los camareros aparecieron de la nada portando unos platos que descubrieron delante de ellos.

—Las gambas son muy frescas, las han pescado esta tarde para nosotros.

Sofia las probó.

—Están riquísimas.

Sirvieron otros mariscos aderezados con naranja y, a continuación, platos calientes de pescados muy variados. De tanto en tanto, aparecía a su espalda, desde la oscuridad, un camarero que llenaba las copas con un excelente Chardonnay Marcassin frío. Al *tartare* de lubina lo siguieron unas langostas a la parrilla.

Sofia y Tancredi se divirtieron comiéndoselas, intentando romper las pinzas, escarbando en los rincones más difíciles, dentro de la cáscara, para probar aquella carne tan tierna. Al final, con los postres, hubo un momento de duda a la hora de escoger.

—Me gustaría tomar este suflé de chocolate cubierto de cacao. —Sofia lo disfrutó como si fuera una niña. Estaba caliente, recién hecho, suave, y tenía un sabor impecable—. ¡Este cocinero es maravilloso!

Le sirvieron un Muffato della Sala de Antinori y dejaron a su lado un carrito antiguo de madera con muchos tipos de grapa, ron y güisquis añejos.

Después, el cocinero se acercó a saludarlos:

—¿Todo bien, señores?

—Excelente, hemos comido realmente bien.

—¿Podemos traerles un café? ¿Quieren algo más?

Tancredi miró a Sofia, que sonrió y negó con la cabeza.

—No, gracias.

—Muy bien, entonces hasta mañana.

Los camareros se reunieron con el cocinero y se alejaron juntos por la playa. Se perdieron en la oscuridad de la noche, pero volvieron a aparecer un poco más allá, cerca de un embarcadero iluminado. A aquel punto acudieron también otros sirvientes. Se oyó el ruido de varios motores que se ponían en marcha y, seguidamente, cuatro barcas se separaron del muelle. Sofia los miraba con curiosidad.

—Pero ¿adónde van, a pescar?

—No, se van a dormir.

—¿Adónde?

—A la isla de al lado.

—Pensaba que dormían aquí.

—No. No quiero a nadie en la isla. Excepto a ti, naturalmente.

—Ah... Creía que a mí también me ibas a echar.

—Tonta. —Le cogió una mano, le dio la vuelta y la miró—. Fueron estas manos en aquella iglesia... Es culpa suya.

—¿Por qué?

—Me hicieron soñar. —Y le besó la palma.

Sofia cerró los ojos y, por primera vez después de muchos años, se emocionó.

Más tarde, pasearon en silencio por la orilla. Las pequeñas olas iban y venían, arriba y abajo, la dulce respiración de aquel mar infinito.

Tancredi la cogió de la mano y ella se dejó guiar. Siguieron caminando así, juntos, como una pareja normal, y aun así ajenos a cualquier regla, indiferentes ante el momento, sin engañarse, mentirse, defraudarse... Perfectos por ser declaradamente imperfectos.

Sofia se dejó llevar y apoyó la cabeza sobre el hombro de Tancredi, él le rodeó la cadera con un brazo. Después se detuvieron y, en el silencio de aquella noche, bajo la luna ya alta, sus perfiles se dibujaron en el oscuro fondo azul hecho de pequeñas estrellas, de mar y tal vez de alguna tierra lejana, pero tanto, que no podía suponer un problema.

Sofia y Tancredi se miraron, se sonrieron sin ninguna timidez, sin ninguna preocupación. Como sólo un hombre y una mujer pueden hacer en ciertos momentos. Como si no existiera nada más. Como si lo que estaba a punto de ocurrir fuera la cosa más natural del mundo. Un beso. Un beso de varios sabores. Por un lado era buscado, sufrido, querido, deseado. Por el otro era disputado, evitado y, al final, incluso vendido. Sofia se abandonó así entre sus brazos, lo estrechó con fuerza. Sus labios, al principio, respondieron casi con pudor, con temor. Pero después, de repente, cobraron vida y se volvieron ávidos y, finalmente, desconcertados, asombrados por aquella pasión. Tancredi siguió besándola, apartándole el pelo del rostro, separándose a veces para mirarla a los ojos, para buscar una mirada que, tímida, escondida, intentaba evitarlo a toda costa. Hasta que se encontraron y volvieron a perderse en seguida, como si Sofia estuviera ante una desesperada, innegable verdad.

Entonces casi lo susurró.

—Cinco días. Cinco días y ya no seré tuya.

Él sonrió.

—Tal vez. Pero ahora sí lo eres. Y el primer día aún no ha acabado.

Sofia intentó rebelarse, pero él la estrechó entre sus brazos y volvió a besarla. Ella le mordió. Él continuó como si nada. Luego la cogió de la mano y ella lo siguió en silencio. Entraron en la casa. En los pasillos la luz era tenue. Tancredi la llevó a la única habitación donde no habían estado. Abrió la puerta. Dentro de la gran sala excavada en la roca había una piscina. Estaba hecha de cristal, y como suspendida sobre el mar más profundo de la isla.

—Está caliente. Podemos bañarnos.

Tancredi atenuó todavía más las luces. Los grandes arcos del techo apenas estaban ya iluminados. El suelo de madera estaba caliente. En una esquina había unos albornoces blancos y varias toallas. Allí al lado había dos tumbonas con esponjosos cojines encima, tan grandes como dos colchones.

Tancredi giró otro interruptor. Bajo la piscina transparente, el fondo se iluminó. En las paredes se veía el coral, en medio nadaban unos cuantos peces de colores, un poco más abajo flotaban varios pulpos. Las rocas seguían descendiendo y en el azul más profundo se veían lentas barracudas, meros que se asomaban desde algún escondrijo, un banco de peces ballesta que cambió inesperadamente de dirección: huyeron veloces ante la llegada de un pequeño tiburón. Era como estar dentro de un gran acuario, como estar metido en una jaula transparente en el fondo del océano.

Tancredi apagó las últimas luces. La luna, que atravesaba las grandes vidrieras, iluminaba la sala por momentos.

—¿Te apetece darte un baño?

—Pero ese tiburón...

Tancredi rió.

—Es un decorado, no hay ningún peligro. El único riesgo soy yo.

—Pues entonces no tengo miedo. —Sofia dejó caer el vestido al suelo. A continuación se quitó el sujetador y, al final, las bragas. Tancredi se quedó mirándola. Allí estaba, completamente desnuda delante de él, perfecta. Estaba de perfil, a contraluz se dibujaban los rizos de su pubis. Volvió la cabeza y lo miró. En la oscuridad divisó sus dientes blancos, una sonrisa—. No me mires.

Sofia bajó los escalones de la piscina; el agua estaba caliente. Después se zambulló hacia delante. Recorrió unos metros por debajo del agua y emergió más adelante. Estaba como suspendida encima de aquel azul infinito. Debajo, separados de ella por el gran cristal, pasaban infinitas variedades de peces. Sofia miró hacia el fondo. Era una sensación rarísima. Ella estaba inmersa en la oscuridad, como escondida, y allí abajo, iluminados por los focos, había mantas, peces de todas clases, grandes paredes de coral rojo.

Tancredi se desnudó y se zambulló también en la piscina. Poco después estaba junto a ella. Sofia le sonrió.

—Si pudiera contárselo a alguien, tampoco me creería.

—¿Te gusta?

—Es increíble. ¿Cómo se te ocurrió...?

—No lo sé, siempre lo había pensado pero creía que no podía hacerse. Un ingeniero me convenció de lo contrario.

—¿Y cómo?

—Me dijo: «Si lo ha soñado, entonces es que es posible.»

—Es una bonita filosofía.

—Sí, pero no sirve para todo.

En sus palabras había una extraña tristeza, pero, antes de que Sofia pudiera preguntar nada, Tancredi se le acercó. Estaban en una esquina de la piscina, cerca del mar abierto. Bajo ellos había un largo asiento de cristal. Tancredi la cogió por las caderas, la atrajo hacia sí y volvió a besarla. Sus piernas se rozaron. Le acarició un seno. Sintió su pezón, pequeño pero turgente, y fue descendiendo lentamente. Sofia abrió las piernas para dejarlo bajar un poco más. Empezó a acariciarla lentamente, la sintió temblar, se excitaba cada vez más con el contacto de sus dedos. Entonces Sofia también comenzó a acariciarlo. Notó los músculos de sus brazos, el pecho fibroso, fuerte, el vientre plano, los abdominales. Bajó un poco más y lo encontró listo, excitado, duro. Continuó acariciándolo. En poco tiempo, sus besos se transformaron en suspiros cada vez más fuertes, apasionados. Tancredi se puso encima de ella, le separó las piernas y, poco a poco, dulcemente, la penetró. Ella le rodeó la cintura con las piernas y se apoyó con los codos en el borde de la piscina mientras él se sostenía sobre sus piernas y empujaba dentro de ella, cada vez más adentro, con fuerza pero sin prisa. Por primera vez desde que estaba con Andrea, había otro hombre. Y lo sentía moverse encima de ella, dentro de ella, le apretaba las piernas, le hundía los dedos en la espalda, más abajo, aún más abajo, sobre los glúteos, sobre aquellos músculos fuertes que se contraían y empujaban mientras le daban placer.

Sofia dejó caer la cabeza hacia atrás, sus pechos afloraban por encima del agua, iluminados por la luz de la luna. Tancredi le besaba los pezones mientras seguía presionando. Entonces le puso las manos bajo los muslos, se los apretó con fuerza mientras seguía besándole los senos, el cuello, la boca. Sofia gemía cada vez más, completamente abandonada, llevada por la pasión, sintiéndolo dentro de ella, cada vez más fuerte, con el mismo ritmo, incansable. Al final, no pudo más.

—Estoy a punto. —Al oír aquellas palabras, él terminó a la vez que ella.

Permanecieron así, como desfallecidos, mojados de todo, de mar, uno encima del otro, en silencio, sintiendo sus respiraciones jadeantes. A su alrededor y debajo de ellos, el océano. En aquella esquina de la gran piscina, dos cuerpos desnudos, uno encima del otro, todavía calientes de amor. Sofia levantó la cabeza y lo miró. Él le acarició la cara para apartarle el pelo mojado. La besó. Fue un beso lento, suave, hecho de amor. Cuando Sofia se separó de él, no pudo resistir más. Era la pregunta que tenía guardada dentro desde aquel día, cuando descubrió todo su dinero y su poder, unidos a su belleza:

—¿Por qué precisamente yo? Por cinco millones de euros podrías haber tenido a cualquiera, a mujeres mucho más bonitas que yo.

Tancredi sonrió.

—Quizá porque me dejé influir por aquel ingeniero. Porque lo soñé... El problema es que soñé con los ojos abiertos.

Más tarde, se dieron juntos una ducha con agua caliente, se secaron, se pusieron los albornoces y se tendieron sobre una de las grandes tumbonas matrimoniales de cojines esponjosos. Tancredi abrió un Cristal helado que sacó de una nevera oscura, empotrada en la roca, y llenó dos copas altas. Empezaron a tomárselo, riendo, bromeando, hablando de recuerdos de la escuela y de algún viaje al extranjero hecho durante la juventud. Con sus historias se sentían cercanos, no tan distantes como cabría esperar. Después, el pecho de Sofia demasiado descubierto. Una mirada maliciosa. Aquel último sorbo de champán. Las piernas tocándose. Tancredi le metió la mano debajo del albornoz.

—Estás excitada otra vez.

—Y lo tuyo no es broma.

Y entonces, sin pudor, como si se conocieran de siempre, empezaron a acariciarse mirándose a los ojos, contemplando el sexo del otro, curiosos, con intención provocativa. Tancredi le abrió las piernas y empezó a lamerla sin detenerse. Ella le metió las manos entre el pelo y le empujó la cabeza más abajo. Intentó detenerlo cuando estaba a punto de llegar al orgasmo.

Cuando terminó, él se puso delante de ella, todavía excitado. Sofia empezó a acariciarlo y, mirándolo, lo acercó a ella. Se lo introdujo en la boca, comenzó a lamerlo lentamente y, después, con más fuerza, hasta el fondo, casi engulléndolo. Tancredi se separó de ella y volvió a tomarla. Comenzó por penetrarla lentamente, pero poco a poco lo fue haciendo cada vez más de prisa. Sintió que estaba a punto de acabar de nuevo. Luego se puso de lado e hizo que Sofia se subiera sobre él sin quitarse de debajo. Ella siguió moviéndose encima de él, caliente, excitada, cada vez más, cada vez más de prisa hasta que, con algunos gritos, volvió a alcanzar el orgasmo al mismo tiempo que él. Se dejó caer encima de Tancredi, sudada, aún ardiente, aún excitada y sorprendida por cómo iba la noche.

—No me lo puedo creer. Pero ¿es la langosta o es que has metido algo en el champán?

Tancredi le sonrió.

—Cinco días. Sólo cinco días. No me pidas ni uno más.

Más tarde fueron a la habitación de Sofia. Hicieron de nuevo el amor, de un modo todavía más atrevido y salvaje, sin límites, sin vergüenza, de nuevo extrañamente hambrientos, conociéndose mejor, descubriendo novedades. Él la tomó por detrás y ella lo animó:

—Así, continúa, así, más adentro, hazme gozar también así.

Mientras se acariciaba ella misma, llegó al orgasmo con él.

Se durmieron casi al amanecer. Cuando Sofia se despertó, era mediodía y estaba sola. Fue al baño, sonrió ante el espejo y alzó una ceja recordando todos los momentos de la noche anterior. Después encendió el ordenador. Increíble. Su página estaba llena de comentarios. Todos eran de felicitación por el excelente concierto. Al final, incluso había alguna breve respuesta suya. Leyó varios comentarios que llevaban su firma y se sorprendió por la manera en que habían escogido las palabras. Los habían escrito exactamente como lo habría hecho ella. Ya no le sorprendía nada. Miró el estado del tiempo en el ordenador y vio que no podía esperar más. Había llegado el momento. Sacó el móvil del bolso y marcó el número. A la segunda llamada, Andrea respondió.

—¡Cariño! Pensaba que ya no ibas a llamarme. ¿Cómo fue ayer?

—Muy bien.

—¡Genial, estupendo! ¡Y con lo cansada que estarías después del viaje! Me he metido en Internet y he leído un montón de comentarios. Incluso has podido responder a algunos... antes de llamarme.

—Lo sé... Pero los he escrito mientras desayunaba en la cama. He pensado que todavía estarías durmiendo.

—¡Sí! ¿¡¿Hasta mediodía?!?

—Bueno, como yo no estoy, a lo mejor aprovechas.

—¡Pero qué dices! Y oye, he visto que también hiciste un bis al final.

Sofia no se había fijado en aquello. Corrió hasta el ordenador, encontró en la esquina el programa del concierto, lo abrió y lo leyó rápidamente. Justo al final, encontró la mención del bis: Bach, la *Giga* de la *Tocata en mi menor*.

—Sí... —recuperó el aliento—. Toqué la *Giga*.

—Bien, me alegro mucho por ti, ¿has visto como al final no estabas tan oxidada?

Estuvieron hablando durante unos minutos. Algunas noticias de casa, algún comentario sobre el trabajo de Andrea y después Sofia decidió terminar la conversación:

—Bueno, tengo que colgar, dentro de un rato empiezan los ensayos de la tarde.

—De acuerdo. Llámame cuando puedas.

—Sí, cariño, hasta luego.

Cerró el móvil y se quedó mirándolo. Increíble, no tenía ningún sentimiento de culpabilidad. «¿Cómo es posible? ¿Será porque lo considero una especie de misión? En fin —sonrió—, ¡tampoco parece que esté haciendo demasiados sacrificios!» Se sorprendió por aquella extraña ironía sobre sí misma y también por el hecho de haber querido terminar de hablar con Andrea tan pronto. Por lo general, hablaban durante mucho rato y ella siempre le contaba muchas cosas, lo hacía partícipe de todo lo que le pasaba. Claro, aquella vez tampoco podía contárselo todo. Y se encontró de nuevo riéndose de sí misma. No. La verdad era otra. Tenía ganas de desayunar. Y, sobre todo, después de aquella noche, de volver a verlo.

# 40

—Buenos días, ¿has dormido bien? Te he dejado descansar...

Sofia se sentó frente a él y le sonrió desde detrás de las gafas de sol.

—Muy bien, gracias. Aunque tengo un poco de hambre...

Tancredi le mostró lo que había en la mesa.

—He hecho que prepararan para ti unos excelentes cruasanes franceses, huevos revueltos, zumo de naranja, café de tueste oscuro y leche fresca... Macedonia de fruta: piña, melocotón, mango, kiwi.

—Mmm... No lo resisto más. —Empezó a comer—. Está riquísimo. —Lo dijo con la boca llena.

Tancredi se echó a reír.

—Ya te dije que no miento. —Después le sirvió café y añadió un poco de leche—. ¿Lo quieres más claro?

—No, no, así está bien. Y sin azúcar, por favor.

Tancredi sonrió.

—Lo sé. Sólo azúcar de caña.

—Ah, claro, lo olvidaba. —Siguió comiendo. Devoró la piña y el mango, probó los huevos y los acompañó con unos pequeños triángulos de pan tostado que un camarero había dejado sobre la mesa—. Todavía está caliente.

—Gracias.

Al lado había una mantequilla francesa ligeramente salada. Sofia untó un poco en aquel pan todavía caliente y a continuación le dio un gran bocado.

Tancredi la observaba, divertido, admirándola mientras comía.

—Mmm... Está delicioso. Es como un sueño...

–Tú eres un sueño. Y es un espectáculo ver comer a una mujer con tanto apetito.

–Mmm, es verdad... –Se lamió incluso los dedos, metiéndoselos en la boca; jugaba adrede a comportarse como una niña mimada y, al mismo tiempo, sensual.

Tancredi se recostó en la silla.

–Se dice que por la manera de comer de una mujer puede saberse cómo se comporta en la cama...

Sofia se rió.

–Después de anoche, ¿hay algo que todavía no te haya quedado claro?

Tancredi la miró intensamente.

–Llevo toda la mañana pensándolo. Hay cosas que me han parecido un poco complicadas, me gustaría repetir algunas partes. Tengo dudas sobre si lo habré soñado...

Sofia hizo intención de servirse un poco más de café, pero Tancredi fue más rápido: cogió la jarra y se lo puso.

–Gracias... Bueno, podría ser, eres un gran soñador.

–Cuando es posible, ¿por qué no?

–¿Y si el sueño se convierte en pesadilla?

–Me despierto.

–¿Siempre consigues controlarlo todo? ¿Dominar tus sentimientos?

–Creo que sí. A lo mejor es que nunca he corrido ese riesgo.

Se quedaron en silencio. Entonces Sofia se quitó las gafas.

–Y no me estás mintiendo.

–Ya te lo he dicho. –Sus ojos parecían tan tranquilos como el mar plano y azul que estaba delante de ellos–: no digo mentiras.

–Sí, es verdad. Te creo, sobre todo porque no necesitas mentir. –Comió un poco de piña–. Es que eres tan independiente en todo que eres de las pocas personas del mundo que puede permitirse el lujo de no decir mentiras.

–No sé si me estás tomando el pelo.

–En absoluto. Es lo que pienso, y ¿sabes lo que se me está ocurriendo?

–¿Qué?

—Que debe de ser terrible estar contigo.

—¿Por qué? —Lo preguntó con un tono divertido—. ¿No estuviste bien ayer? ¿Hice algo mal? ¡Dímelo! Intentaré mejorar en los próximos días.

—Que son cuatro...

—En los próximos cuatro días.

—Eres tan rico...

—¿Y bien? ¿Es ése el problema?

Sofia se encogió de hombros.

—No sabría qué regalarte. ¡A mí me encanta hacer regalos! Lo tienes todo.

Tancredi la abrazó.

—No es cierto. Me has hecho el regalo más bonito. Estás aquí.

Entonces la besó.

Los siguientes cuatro días fueron completos, divertidos, curiosos, inesperados. No se pelearon en ningún momento. Hicieron el amor continuamente. Hablaron a menudo. De cosas sin importancia, de episodios divertidos que habían vivido, de amigos, de viajes, de las primeras historias de amor. Se conocieron un poco más. Fueron a pescar acompañados de uno de los mejores pescadores de la isla. Sofia tuvo tanta suerte que pescó casi en seguida un pez con un volantín.

—Tengo miedo, tira un montón...

—¡No lo pierdas, no lo pierdas!

Consiguieron subirlo a la barca. Era un gran mahi-mahi.

—Cuidado, no te acerques.

El pescador lo metió inmediatamente en la cesta. Por la noche el cocinero hizo preparar una sopa en una gran olla colocada en la playa con el mahi-mahi y otros pescados. Añadió cangrejos y mejillones. Lo hirvió todo y lo aderezó con aceite, pimienta y azafrán. Sofia, al probarlo, cerró los ojos.

—No doy crédito, está fantástica.

—El pez que has cogido es lo que la hace tan sabrosa.

—¡Entonces es que soy realmente buena!

Siguieron comiendo mientras bebían un excelente Montrachet 2005 de Romanée Conti. De segundo tomaron langosta al vapor con unas salsas suaves y un filete de cola de rape con salsa de naranja. Y al final, una vez todos hubieron abandonado la isla, estuvieron charlando en la torre mientras bebían un Château d'Yquem.

—¿Puedo hacerte una pregunta?

—Claro.

—¿Qué se siente al poder tenerlo todo?

—¿Cómo sabes que lo tengo todo? Quizá me gustara tenerte a ti para siempre y, sin embargo, es algo que no tiene precio.

—¿Es una pregunta?

—No. Porque ya conozco la respuesta.

Sofia lo miró.

—¿Qué pasó?

—¿Qué quieres decir?

—Normalmente me imagino a la gente como tú en su cuarto matrimonio, que también se está acabando, con otra mujer, mucho más joven que las anteriores, lista para ocupar el lugar de la última, y así sucesivamente. Tienen ochenta años y los ves en los periódicos a punto de casarse con veinteañeras. En cambio en ti hay algo que desentona, no pareces uno de ésos.

—¿He echado por tierra tus teorías?

—Has despertado mi curiosidad.

—¿Te cuento un cuento?

—No, simplemente dime la verdad. Si me la puedes contar.

—Digamos que he llegado a una conclusión: puede que esté mejor solo.

—No lo creo. Esta vez te estás mintiendo incluso a ti mismo. Imagínate lo bonito que sería compartir todo lo que tienes con una mujer... Divertirte con ella, quizá tener hijos y divertirte también con ellos. Hacer las cosas más sencillas. Tú tienes a tu alrededor un montón de gente que lo hace todo por ti, pero no piensas en lo bonito que debe de ser saber hacer algo y, un día, poder explicárselo a tu hijo. Sí, por ejemplo, enseñarle a pescar...

—¿Es una propuesta?

—Ya sabes que estoy casada.

Se quedaron un rato en silencio. Entonces él le hizo la pregunta más difícil:

—¿Y tú eres feliz?

Y ella encontró la única respuesta posible:

—Por ahora no me lo planteo.


A la mañana siguiente, salieron a bucear en aguas poco profundas. Se lo pasaron bien pescando estrellas de mar y grandes moluscos y jugando con un caballito de mar. Sofia lo siguió, intrigada por su extraño modo de nadar. Encogía y estiraba la cola.

—¡Nunca lo había visto!

Hicieron esquí acuático. Después, dieron una vuelta en bicicleta y, por la tarde, tomaron el té con unas excelentes galletas inglesas de mantequilla.

—¡Me parece que estoy cogiendo unos cuantos kilos!

—Aun así, sigues siendo preciosa.

—¡¿Cómo que aun así?! ¡Entonces es verdad! Qué desastre.

—Está bien, me sacrificaré. ¿Quieres perder alguno ahora?

Hicieron el amor en la torre, bajo la puesta de sol, allí donde no podían ser vistos por nadie. Más tarde, por la noche, después de un baño bajo la luna, lo hicieron en la playa, cuando ya no quedaba nadie que pudiera interrumpirlos.


Y llegó el último día.

Todo había ido muy bien: los comentarios en la página web, las fotos de los conciertos, las llamadas a casa. Andrea no sospechaba nada. Habían hablado poco por teléfono, sólo una llamada diaria hacia las siete de la tarde. Pero era normal, estaba muy ocupada. Salieron en velero y dieron la vuelta a la isla. La casa, vista desde el mar, era preciosa.

Un poco más tarde regresaron a tierra, atracaron el barco, se bajaron en el embarcadero y caminaron en silencio hasta llegar a una mesa que Tancredi había hecho preparar dentro de la selva, cerca del lago. Comieron allí, saboreando unos excelentes *tagliolini* con bogavante acompañados de un buen Sancerre Edmond. Sofia se saltó el segundo y tomó un postre, una *mousse*. El cocinero se había superado a sí mismo.

—Es realmente de ensueño. No es posible. —Probó un poco más. Se quedó con los ojos cerrados, con la cuchara en la boca, girándola como si fuera una piruleta—. ¡Yo creo que le añade alguna droga especial!

Tancredi se rió.

—Coge otra.

—¡No puedo!

—Total...

—Total, ¿qué?

—Total, lo hecho, hecho está. ¡Ni siquiera mis cuidados han podido limitar los daños!

Sofia resopló y se puso las manos en las caderas.

—¡Muy bien! Tienes razón. ¿Puedo comerme otra? —En un instante, devoró también la segunda—. ¡Ya se ha acabado, no vale! ¿Y no puedo llevarme al cocinero conmigo?

—Sí, podrías. Pero siempre te recordaría estos cinco días, y a ti no te gustaría.

Se quedaron callados.

Apareció el cocinero.

—Bien, señores, ¿puedo servirles algo más?

Sofia se levantó.

—No, gracias. Estaba todo perfecto.

En aquella ocasión fue Sofia quien cogió a Tancredi de la mano. Se encaminaron hacia la casa. Hicieron el amor en silencio. Con ternura. Tancredi la miraba, ella tenía los ojos cerrados. Cuando los abrió y lo miró, se volvieron ávidos, salvajes, como si hubiera desesperación en aquel acto, como si todo aquel sexo no fuera suficiente. Se mordieron. Como si aquellas marcas pudieran retener algo que ya, poco a poco, se estaba consumiendo.

Un poco más tarde, un helicóptero pasó sobre la isla mientras ellos, sudados, tendidos sobre aquella cama, el uno junto al otro, miraban el mar. Tancredi le acariciaba el final de la espalda, jugaba con aquellos dos pequeños hoyos que señalaban la última frontera. Después inspiró profundamente y le susurró en voz baja al oído, como una súplica:

—No te vayas.

Ella no contestó. Lo estrechó con fuerza. Después se levantó y fue al baño. Abrió el grifo de la bañera, dejó correr el agua para llenarla y puso unas sales perfumadas que la tiñeron de azul celeste. Cuando estuvo llena, se sumergió en ella por completo. Se tendió. Cerró los ojos, apoyó la cabeza en una grande y mullida almohada que le hacía de respaldo y se deslizó un poco más hacia abajo en aquella agua caliente y perfumada. Pensó en sus palabras. «No te vayas.» Exhaló un largo suspiro. No. El trato no había sido aquél.

—¿Puedo?

Sofia abrió los ojos. Tancredi estaba de pie, en la puerta del baño, con dos copas de champán.

Ella le sonrió con amabilidad.

—Por favor. Como si estuvieras en tu casa.

Él se metió en la bañera frente a ella y le pasó la copa.

—Perdóname. No tendría que habértelo pedido. —Entonces levantó la copa—. Por nuestra felicidad, allí donde esté.

Sofia esbozó una sonrisa y brindó con él. Se bebió la mitad de la copa y la dejó en el borde de la bañera. Lo miró y se deslizó hacia el otro lado. Acabó detrás de él y lo envolvió con las piernas. Le puso los brazos alrededor del cuello, los cruzó sobre su pecho.

—Chisss. Déjate llevar.

Tancredi lo hizo. Dejó caer la cabeza hacia atrás, sobre el hombro de Sofia, y cerró los ojos. Entonces incluso él se sorprendió por lo que ocurrió. Se lo contó.

# 41

Tancredi condujo su Porsche a toda prisa hasta su casa. Se desnudó, se metió debajo de la ducha y se secó en un momento. Se puso un traje oscuro y una camisa blanca, calcetines negros —que le provocaron una sonrisa al ponérselos— y luego se anudó unos Church's último modelo. Bajó corriendo, saltando los escalones de la casa de dos en dos, hasta que la encontró.

—Hola... —Claudine estaba quieta, de pie en la penumbra, apoyada contra la pared—. Estás aquí... Pensaba que estabas durmiendo.

—Te he oído llegar.

—Ah, perdona, te he despertado.

—No dormía.

—Mejor así, hermanita.

Le dio un beso en la mejilla. A continuación, antes de que saliera corriendo, ella lo detuvo.

—Tengo que hablar contigo.

—Hermanita, llego supertarde. ¿Podemos hablar mañana?

—No. —Se quedó callada y bajó la cabeza—. Ahora.

Tancredi le puso la mano bajo la barbilla e intentó levantársela, pero ella se resistió. Al final lo consiguió y la miró a los ojos.

—¿Es algo importante? —Claudine asintió, estaba a punto de llorar. Tancredi suspiró—. Hermanita, me quedaría... Pero tengo una cita que no puedo posponer.

—Todo se puede posponer.

—¡Pues entonces esta conversación también!

Permanecieron en silencio. Él vio que no podía dejar las cosas de aquel modo. Entonces Tancredi le habló con un tono más tranquilo.

—Ya verás como, sea lo que sea, al final se arreglará, estoy seguro. Duerme y mañana quizá lo veas de otra manera.

A continuación le hizo unas cuantas bromas, como siempre había hecho desde que era pequeño, y le arrancó una sonrisa. Lo habían decidido. Hablarían a la mañana siguiente. Después, Tancredi salió corriendo antes de que ella pudiera volver a retenerlo. Subió al Porsche, arrancó, dio la vuelta a la plazoleta y, derrapando sobre la grava, se fue de la villa a toda velocidad.

Claudine fue hasta la puerta de la casa, lo vio embocar rápidamente el último tramo de recta, salir por la verja y desaparecer en la noche. Volvía a estar sola. Sola. Únicamente se oían las cigarras a lo lejos. Todo estaba oscuro. Miró a su alrededor. Se sintió más aliviada. Había tomado una decisión. Era cierto, era como decía Tancredi. No hay nada en la vida que no pueda resolverse.

Respiró profundamente. Volvió a su habitación, abrió el cajón y las cogió. Era la única solución. A continuación salió. Tancredi las encontraría y lo entendería. Poco después regresó a la casa. En aquel momento oyó el ruido. Lo había hecho justo a tiempo. No podía esperar más. Se quitó los zapatos y, con los pies descalzos, subió rápidamente las escaleras. Caminaba intentando no hacer ruido, mirando hacia atrás de vez en cuando. Quizá la hubiera oído. Tenía que darse prisa. Aquella noche no. No lo soportaría. No podría. Abrió la puerta de la buhardilla. Lo hizo lentamente, con los ojos cerrados, preocupada por si chirriaba. Pero no fue así. Caminó de puntillas hasta la pequeña ventana que daba al tejado. Movió muy despacio el baúl, se encaramó a él y, en un instante, estuvo fuera. Hacía fresco, estaba oscuro y no había luna. Buscó en lo alto del cielo alguna estrella, pero no vio ninguna. Un viento ligero movía las copas de los árboles más altos. Pero sólo oía el ruido que hacían. A su alrededor todo estaba oscuro. No se veía nada. «¿Así es como será?» Sólo estaba segura de una cosa: su problema quedaría resuelto. No podía más. Sonrió por última vez. Dio tres pasos veloces. Y saltó.

## 42

Tancredi lloraba en silencio entre sus brazos, de regreso de aquellos recuerdos, mientras Sofia no sabía qué decir. Lo estrechaba con fuerza intentando consolarlo de algún modo.

—No fue culpa tuya, tú no podías hacer nada.

—Podría haberme quedado. Podría haberla escuchado.

—¿Por qué no lo hiciste? ¿No querías saberlo?

—Tenía prisa.

—Pero ¿adónde tenías que ir?

Se quedó callado, se avergonzaba de no haber sabido renunciar a sus intereses; no había sabido escuchar el último grito desesperado de su hermana.

—Una mujer. Había quedado con una chica.

Tancredi realizó una profunda inspiración. Había conseguido decirlo. Sofia le acarició el pelo.

—A todos nos gustaría volver atrás, todos tenemos al menos una cosa que arreglar. Pero no se puede. Hay que vivir con los remordimientos. Sólo se puede intentar olvidarlos o superarlos. Hacer algo que te permita sentirte mejor. Pero no podemos renunciar a la vida por algo que tal vez hubiera ocurrido de todos modos. —Y, sin querer, pensó en lo que a ella le gustaría arreglar, en su promesa, en la música que se había negado. Con lentitud, se situó frente a él y le cogió la cara con las manos. Tancredi la tenía inclinada hacia abajo, de la misma forma que Claudine aquella noche—. Mírame, Tancredi. —Entonces, poco a poco, él levantó el rostro y se encontró con sus ojos, y también con su sonrisa—. No tienes la culpa. Había algo en la vida de tu hermana que no iba bien...

—Pero ella quería contármelo y yo no le di la oportunidad.

—¿Y no dejó ninguna carta? Tal vez en aquella época escribiera un diario en el que explicara el porqué.

—Busqué por todas partes.

—Es extraño que no dejara nada. Cuando se está tan mal, se tiene la necesidad de escribir, de explicárselo por lo menos a uno mismo. ¿No había algún lugar que a ella le gustara mucho?

Tancredi permaneció en silencio. Había buscado por todas partes, le habría gustado más que nada saber lo que quería decirle su hermana.

—Nada. No dejó nada.

—Y tras la muerte de Claudine, ¿no sucedió nada raro?

—No. Todo siguió como antes, todo igual.

Y justamente aquello, al menos para él, fue lo más doloroso. Sus vidas siguieron como si no hubiera ocurrido nada. Fue como si les pareciera normal que Claudine se suicidara un día, como si de alguna manera todos lo esperaran. Y todos sabían que la culpa sería sólo suya.

Pero todo aquello, naturalmente, no consiguió decirlo.

Se quedaron así, delante de aquel mar, delante de aquella noche, delante de aquellas estrellas suspendidas sobre ellos, sin ninguna respuesta. Entonces Sofia lo besó dulcemente. Se separó de él y echó la cabeza a un lado. El cabello suelto le caía sobre el hombro. Lo miró con ternura.

—Tancredi, no fue culpa tuya. Es hora de volver a amar.

—¿Es un deseo?

Ella sonrió.

—Es un consejo.

Más tarde, cenaron en la torre, allí donde el mar era más profundo. Sofia se presentó con el vestido rojo de Armani. Llevaba el pelo recogido, un sutil collar de perlas y unos pendientes a juego. El mar estaba ligeramente agitado, un viento rebelde pero cálido mecía su vestido, su cabello. Era guapa, pensó Tancredi. Muy guapa. Guapísima. Tal vez incluso más porque aquélla era su última noche.

Comieron en silencio. De vez en cuando se oía el ruido de los cubiertos, cuando los dejaban sobre los platos con delicadeza, el sonido del cristal al servir el Chablis, el rumor de las servilletas cuando las cogían para limpiarse la boca. De vez en cuando, una ola más fuerte que las demás chocaba contra la pared, subía hasta arriba, hasta el borde, y mojaba una parte del ventanal, pero no a ellos. Cuando terminaron de cenar, el cocinero se presentó para saber si necesitaban algo más de él.

—No, gracias.

—¿Ha ido todo bien?

—Ha sido perfecto, como siempre.

Entonces se despidió. Un rato después, vieron las barcas que abandonaban la isla. Estaban solos.

—Ahora me gustaría pedirte una cosa... —La cogió de la mano.

—Dime.

—Ven conmigo. —Se dirigieron al salón. Tancredi abrió la puerta. Sofia se quedó asombrada. Lo habían llevado en el helicóptero por la tarde. En el centro, frente a las grandes vidrieras, iluminado desde arriba por una luz, había un piano negro de cola Steinway—. Me gustaría que tocaras. —Fuera, el mar estaba todavía más agitado, las olas rompían contra un lado de la casa. Pero no se oía nada. Sofia se quedó callada. En el silencio de la noche, tan sólo se veían aquellas gotas de agua que estallaban contra los cristales. Después inspiró profundamente, se volvió hacia Tancredi. Él estaba tranquilo—. Sólo si quieres.

Entonces ella le sonrió.

—Claro. Lo haré.

Sofia se bajó los tirantes y dejó caer el vestido al suelo. Después se desvistió del todo y caminó completamente desnuda. Se sentó en la banqueta, levantó la tapa y retiró el paño protector. A continuación se quedó quieta. En silencio. Fuera, el mar seguía agitado. Unas olas enormes golpeaban la gran vidriera y se rompían ante el silencio de aquella habitación. A la espera. Era como si quisieran entrar, como si también ellas quisieran escuchar la música que estaba a punto de sonar. Pero no era posible. Así que resbalaban hacia abajo, de nuevo hacia el mar y, detrás de los cristales mojados, aparecía la luna.

Sofia se dispuso a empezar. Desde niña la envidiaban por su extraordinaria capacidad de interpretar sin titubeos, en clave de bajo y en clave de violín, todo el fragmento que estuviera estudiando sin mirar el teclado ni un momento. Y, sin embargo, sintió un escalofrío. Visualizó inmediatamente las páginas de *Après une lecture de Dante*, de Franz Liszt, una de las piezas más difíciles del repertorio pianístico de todos los tiempos. Atacó las seis octavas en sentido descendente, majestuosas, definitivas. Y después llenó aquella sala de una lluvia de notas arrancadas del piano con una pasión estremecedora: escalas cromáticas, selvas de semicorcheas, acordes directos y contrarios a una velocidad impensable, potentes acordes respondidos con cruces de izquierda imposibles.

La piel de aquel precioso cuerpo empezó a brillar a causa del esfuerzo espasmódico. La cara, los hombros, los pechos ya empapados de sudor y las manos, en cambio, perfectas, secas, imparables. Arriba, la mirada clavada en una partitura de notas negras que no existía, que sólo ella veía, compás a compás, y que habría desanimado a cualquier pianista por bueno, por excelente que fuera. Y de pronto fue como si Liszt, el gran virtuoso, se hubiera sentado a su lado, casi atónito por el potencial que él mismo, autor y aclamado intérprete de aquella prodigiosa música, no había sabido ver, intuir.

El sonido del Steinway traspasaba aquella sala y Tancredi no podía pensar en nada −él, que siempre era perfectamente dueño de sí mismo incluso en las situaciones más difíciles y arriesgadas−. Aquella música le iba penetrando en el alma, aquella criatura al piano se había transformado. Ya no la controlaba, ya no era la dulce Sofia de las noches de amor, de las conversaciones apasionadas, de las risas cómplices. Por primera vez sintió el amor. No el que hay entre dos personas, sino el amor absoluto.

Cuando Sofia tocó el último acorde, Tancredi vio que el control que pensaba que ejercía sobre la vida de ella y de los demás era una ilusión y se sintió extrañamente aliviado. Entonces la miró de una manera nueva por completo, más serena, lúcida al fin. Era Ella, ella con mayúscula, ella y nada más. Se puso de pie, se acercó al piano y, con simplicidad, le acarició la mejilla. Dentro de poco, serían ellos dos de nuevo, pero tal vez nunca volvieran a ser los mismos.

−Me he emocionado como nunca en mi vida.

Sofia lo abrazó. Estaba completamente desnuda, le sujetaba los brazos detrás de la espalda, a la altura de la cintura, y, sin embargo, parecía todo natural, no había ninguna malicia a pesar de los pechos iluminados por la luna y los pezones túrgidos. Los dos estaban emocionados. Permanecieron en silencio un largo rato, hasta que Tancredi le dijo:

—Vamos a bañarnos a la piscina.

Un rato después, estaban en el agua. Sofia se relajó, poco a poco fue desapareciendo la tensión de aquella interpretación, de aquella dificilísima prueba. Nadó hacia él y lo besó. El agua estaba caliente, sus piernas se entrelazaron. En seguida sintió que su excitación, al igual que la de Tancredi, aumentaba. Hicieron el amor dulcemente, como suspendidos en el agua.

Más tarde, en la habitación, continuaron con pasión, sin decir una palabra. No obstante, cada mirada estaba llena de deseo, de sexo, de ganas. Era como si estuvieran llenas de mil palabras.

Cuando Sofia se despertó, estaba sola. Preparó la maleta. Bajó a desayunar para despedirse, pero sólo encontró una preciosa rosa roja de tallo largo. Había una nota a su lado.

«Por ti. Sólo por ti.»

Cuando acabó de desayunar, Cameron, la chica que la había recogido a su llegada, se presentó en la mesa.

—Cuando quiera la acompañaré a la playa.

—Gracias.

Un poco más tarde, el coche eléctrico se detuvo ante el embarcadero más grande. Una lancha la esperaba con el motor en marcha. Sofia se apeó y subió a bordo. Cargaron su maleta y su neceser. A continuación, la lancha partió, describió una curva y, poco a poco, se alejó de la playa siguiendo la costa en dirección a tierra.

Sofia se volvió y miró la isla. Tancredi estaba en la torre donde habían cenado la primera noche. Tenía las manos en los bolsillos y miraba hacia otro lado, hacia el sol.

## 43

El taxi se detuvo. Sofia pagó y bajó.

Se encontró sola en medio de la calle, parada delante de su edificio, con las maletas a sus pies. Cogió el ascensor y, poco después, se vio frente a la puerta. Metió las llaves en la cerradura y abrió. Andrea llegó al salón a gran velocidad e hizo que empezara a sonar la música del equipo que había allí.

—¡Ya estás aquí! ¡Bienvenida!

Sofia miró a su alrededor. Varias serpentinas colgaban desordenadas de la lámpara, había flores silvestres sobre la mesa, en el centro del salón. En un cartel rosa, Andrea había dibujado a Mickey y Minnie mirándose tímidos y enamorados. Encima había un corazón con sus nombres, «Andrea y Sofia». Vio unos pastelitos sobre la mesa y, al lado, una botella de excelente Bellavista Franciacorta.

Sofia miró todos aquellos preparativos, aquel intento de ser afectuoso. Se acercó a Andrea y lo besó en los labios.

—Te he echado de menos.

Y luego, sin poder evitarlo, rompió a llorar.

—¿Por qué lloras, cariño? No hagas eso. —Sofia se arrodilló y puso la cabeza sobre sus piernas. Andrea le acarició el pelo. Después miró las serpentinas que colgaban de cualquier manera de la lámpara, las flores silvestres en una esquina, a Mickey y Minnie con sus nombres dentro de aquel corazón. Sofia seguía llorando. Estaba contento de haberla sorprendido. La emoción siempre juega malas pasadas, sobre todo a quien, como ella, es sensible. Entonces sonrió y volvió a acariciarla—. Yo también te he echado de menos.

Los días siguientes no fueron fáciles.

—¡Pero qué morena has venido! ¿Te lo has pasado bien? ¿Qué tal el maestro alemán? ¿Era bueno?

Las respuestas eran sólo mentiras, pero no podía traicionarse. En el avión de regreso había encontrado una nota de prensa sobre todos sus conciertos. La leyó rápidamente y lo memorizó todo con facilidad. Eran una serie de apuntes sobre cómo podrían haber ido aquellos cinco días en Abu Dabi: lo que había comido, qué tiempo había hecho y también las particularidades de los mercados, las palabras más utilizadas por la gente en aquel idioma —hola, buenos días, buenas noches—, los hoteles más importantes, una exposición que podría haber visitado. Sofia no hizo nada más que repetir cuanto había leído en aquel informe.

Entonces llegó el momento más complicado.

—Eh, has comido mientras estabas fuera... Ven aquí... —Sofia se acercó a la cama—. Un poco llenita todavía me gustas más.

Él le acarició despacio las piernas, fue subiendo lentamente. Sofia cerró los ojos. Tenía que ser natural, creíble, desearlo. En cierto modo, se dejó llevar, pero hacer el amor le resultó muy difícil. No pensar en aquellos cinco días fue casi imposible. Y, durante un instante, se sintió culpable. Le pareció estar engañando a Tancredi.


Poco a poco las cosas volvieron a ponerse en su lugar.

Habían enviado la petición al Shepherd Center de Atlanta antes de que se fuera.

Apenas dos semanas después de su regreso, llegó la respuesta. Habían dado todos los pasos necesarios, siguieron el procedimiento y el hospital contestó positivamente. Al cabo de veinte días se realizaría la operación.

Sofia volvió a la escuela de música para matar el tiempo. Le pidió a Olja que le devolviera la carta que no había enviado y luego le contó algunas cosas de sus conciertos.

—En el último bis toqué la *Giga* de la *Tocata en mi menor* de Bach.

–¿Y...?

Sofia sonrió.

–Todo bien.

Olja la abrazó con satisfacción.

–Lo sabía. Eres una pianista excelente. Yo no quería que fueras la mejor, quería que fueras única. Y lo he logrado.

Y diciendo aquello, se alejó por el pasillo.

Sofia la observó mientras bajaba la escalera un poco vacilante pero feliz. Luego, en nada, llegó el día de partir.

# 44

Tancredi se encontraba en su despacho de Nueva York. Se estaba tomando un café mientras miraba las fotos de una carpeta. Se habían tomado en la isla. Había un centenar. Aparecía Sofia mientras se daba un baño, mientras se cambiaba, mientras paseaba bajo la puesta de sol y también su beso. El primer día, un fotógrafo había inmortalizado a escondidas diversos momentos, incluso con infrarrojos. En cambio, una vez en el dormitorio, fue él quien activó una cámara de vídeo. Pulsó un mando a distancia y encendió un gran televisor de plasma, después un lector de DVD y empezó a ver la filmación.

Ahí estaba. No llevaba nada encima. Era preciosa. Era excitante. La escuchó suspirar. La echaba de menos. Muchísimo. ¿La echaba de menos porque no era suya? La echaba de menos porque era ella. El interfono lo avisó de que tenía una visita. Lo apagó todo y, a continuación, cerró la carpeta.

—Hágalo pasar. —Davide abrió la puerta. Estaba visiblemente enfadado. Se detuvo delante de su mesa. Tancredi lo miró sorprendido—. Hola, amigo, ¿qué haces aquí? No sabía que estabas en Nueva York.

—He venido por ti. Querías un ático en Manhattan y lo estoy buscando.

—¿Y cómo va la búsqueda?

—Mal. Pero he encontrado esto. —Tiró una carta sobre la mesa. Tancredi la miró con curiosidad. Davide la señaló—. Léela.

La abrió.

Era la letra de Sara. «Cariño mío, no puedo seguir viviendo así.

Desde aquella noche en la piscina, me he dado cuenta de que ya nada podrá ser como antes...»

Tancredi la leyó hasta el final. No ponía su nombre en ningún sitio. Davide continuaba mirándolo.

—Es Sara. ¿No reconoces su letra?

—Sí. Parece la suya.

—Me imagino de quién está hablando, aunque no diga su nombre. Va dirigida a ti. ¿Por qué no me lo dijiste?

—¿Qué tenía que decirte?

—¿Te la follaste?

—¿A ti qué te parece?

—Podías conseguir a miles de mujeres. ¿Por qué precisamente ella? ¿Para tu colección?

Tancredi bebió un poco de café. El interfono sonó. Tancredi respondió:

—¿Sí? ¿Quién es?

—¿Me necesitas? —Era Savini.

—No, gracias. Todo va bien. —Cerró el interfono. A continuación exhaló un suspiro y se recostó en el sillón—. ¿Quieres sentarte?

—Prefiero seguir de pie. Te he hecho una pregunta. ¿Te la follaste?

—¿Ella qué te ha dicho?

—Me ha dicho que sí.

Tancredi se rió.

—¿Qué es lo que te hace gracia?

—Siempre ha odiado nuestra amistad. Creo que le molestaba, estaba celosa de nosotros, como si yo fuera tu amante.

—Ella te quería.

—Nunca ha amado a nadie. Me quería porque no podía tenerme.

—¿Por qué estás tan seguro?

—Porque soy amigo tuyo. Aunque hubiera sentido algo por ella, sentía algo más por ti. Y ella lo sabía. —Tancredi lo miró—. Lo siento, no me la follé. Y no porque no me gustara...

Davide lo miró en silencio durante un rato. Tancredi le sostuvo la mirada con tranquilidad. Estaba sereno, no había habido absolutamente nada. Davide exhaló un largo suspiro.

—Ahora entiendo algunas cosas.

Hizo intención de marcharse.

—Salúdala de mi parte.

—No sé dónde está. Se ha ido.

—No te olvides la carta.

—Fue ella quien me dijo que te la diera. Es para ti.

Davide salió de la habitación. Tancredi se quedó solo. De repente sonó el teléfono. Era su hermano. No tenía ganas de contestar, ya lo llamaría más tarde.

Se sirvió un poco más de café, cogió la carta de la mesa, la rompió y la tiró a la papelera. Después abrió la carpeta y se puso a ojear de nuevo las fotos. Sofia riendo. Sofia corriendo por la playa. Sofia montando en bicicleta. Sofia saliendo del agua con un bañador claro. Se le transparentaban los pezones, se veía su cuerpo, sus fuertes piernas. En una foto reía mientras se apartaba hacia atrás el pelo mojado. En otra aparecía sola, sentada en una tumbona, mirando al mar. Estaba como absorta, la rodeaba un halo de tristeza. Se había quitado sus grandes gafas de sol negras y miraba a lo lejos como si buscara, en algún lugar del horizonte, quién sabe qué respuesta. Observó aquella foto con más detenimiento. Sus ojos, su expresión. Era especialmente fuerte, intensa. ¿Qué le estaría pasando por la cabeza en aquel momento? ¿Estaría tomando una decisión? ¿Haciendo una elección? Dejó la foto.

Se acordó de aquella tarde. Habían charlado animadamente, como si se conocieran desde siempre. Aquella noche él se había abierto por primera vez, se lo había contado todo sobre Claudine. Sofia se había quedado en silencio y después había intentado ayudarlo. Habló durante mucho rato, intentó alejar de él aquel sentimiento de culpabilidad. Pero no era fácil. Se acordó de una frase que había dicho: «Es extraño que no dejara nada. Cuando se está tan mal, se tiene la necesidad de escribir, de explicárselo por lo menos a uno mismo.»

Claudine había querido contárselo a él. Había sido a él a quien había acudido, a su hermano. Pero su hermano no tuvo tiempo para ella. Y Tancredi no conseguía aceptarlo. No era capaz de perdonarse. Había muerto por su culpa. Él fue el último que la vio, el último que habría podido hacer que cambiara de idea.

Permaneció en silencio. Lo que le había dicho Sofia era cierto: él no quería amar. Pero había una verdad todavía mayor que aquélla: él no podía amar. No podía ser de nadie porque pertenecía a aquella culpa. Bebió un poco de café. El dolor lo había acompañado durante años, no se despegaba de él, nunca lo abandonaba. Giró lentamente el sillón y se encontró frente a la vidriera que daba a la Séptima Avenida. En la calle principal, a sus pies, el tráfico de la hora punta era lento. Una larga fila de taxis avanzaba a paso de tortuga por la derecha. Las aceras estaban atestadas de personas que caminaban de prisa. Allí abajo, en pocos metros cuadrados, se creaban todas las tendencias de la Gran Manzana. Y, sin embargo, nada cambiaba. En cierto modo, todo seguía siempre igual. Se acordó de otro fragmento de la conversación que había mantenido con Sofia:

«−Y tras la muerte de Claudine, ¿no sucedió nada raro?

»−No. Todo siguió como antes, todo igual.»

Sin embargo, aquello no había sido exactamente así. Había estado reflexionando acerca de toda la época que siguió a la muerte de Claudine. ¿Cómo podía no haberse dado cuenta? En efecto, sí que hubo algo raro, había tenido lugar un pequeño cambio, tal vez insignificante, pero tenía que comprobarlo. Salió del despacho y se reunió con Savini.

−¿Qué noticias tienes?

−Ya han llegado, se han alojado en la 539, en la quinta planta. Dentro de un rato le harán los análisis y los controles. Creo que la operación será mañana por la mañana a las nueve.

−De acuerdo. −Tancredi le pasó una hoja a Savini−. Quiero saberlo todo de esta persona lo antes posible: cuenta corriente, últimas compras, dónde vive, a qué se dedica... −Savini leyó el nombre. No le resultó desconocido. Pero decidió hacer lo que le había pedido Tancredi sin hacer preguntas−. Y después haz que preparen el avión.

−¿Nos vamos a Atlanta?

−No, cuando descubras dónde está esa persona, iremos a hablar con ella.

## 45

La habitación 539 del Hospital Shepherd Center de Atlanta estaba compuesta por tres piezas. La primera, la del paciente, era muy grande. Tenía una televisión en la pared, un armario y una preciosa vista al campo de golf Bobby Jones. En el salón de al lado, había un mueble bar, una mesa con cuatro sillas, otro televisor y un sofá para las visitas. La última era el baño. El servicio era impecable. Siempre había flores.

Uno tras otro, varios médicos fueron visitando a Andrea. Le explicaron los diversos pasos de la operación usando términos técnicos que él hizo que le repitieran varias veces para entender mejor en qué consistía. Después llegó el profesor. Mishuna Torkama era un hombre de baja estatura, pero cuando entró todos dejaron de hablar.

—Buenos días. El Shepherd Center está encantado de tenerlo aquí.

A continuación le sonrió con gran seguridad y, al instante, Andrea se sintió más tranquilo. Escuchó sus explicaciones. La operación era complicada, aquello no se podía negar. Usaban estaminales. La duración oscilaba entre las seis y las doce horas. En realidad era un tiempo estimado, ya que una de las intervenciones había durado cuatro horas y otra veinticuatro. Pero todas habían resultado un éxito. Tan sólo había muerto un paciente, pero a causa de complicaciones derivadas de la operación.

—Sin embargo, las otras intervenciones han tenido unos resultados excelentes y un tiempo de recuperación milagroso —concluyó

Mishuna Torkama sonriendo de nuevo. Su afirmación desvaneció cualquier duda–. Hasta luego. –Saludó y salió de la habitación.

Otros médicos les llevaron los resultados de los análisis, del electrocardiograma y de las demás pruebas que le habían hecho a Andrea los días anteriores.

–Así que no debería haber ningún problema. De todos modos, tiene que firmar estos papeles.

Un médico le hizo firmar el consentimiento informado, donde se enumeraban todas las posibles complicaciones. Andrea debía declarar oficialmente que estaba al corriente.

Cuando se marchó el último facultativo, se quedaron solos.

–¡Bien, me parece que le he entregado mi vida al patrimonio de la humanidad, o mejor dicho, a los experimentos de Mishuna Torkama!

–¿Por qué dices eso?

–Han querido quitarse de encima cualquier tipo de responsabilidad. Es lo mismo que decir: «Señores, vamos a probar a ver cómo va con este conejillo de Indias.»

Sofia intentó tomárselo a broma.

–¡Venga, no hables así! ¡Son profesionales! Además, no hay nadie que ponga su cuerpo a disposición de la ciencia y, en vez de que le paguen, tenga que pagar él.

–Sí... ¡Con lo que cuesta!

Sofia lo tranquilizó.

–Cariño, el profesor Mishuna Torkama lo hará muy bien. Estoy segura de que en este superhospital no hay ni una sola persona que no esté preparada...

Andrea pensó en aquel único caso de muerte. Se preguntó si aquel paciente también habría firmado todos aquellos papeles y si tuvo el mismo equipo que tendría él. Decidió que era mejor no decirle nada a Sofia. Había hecho de todo por llevarlo hasta allí. Había escrito al hospital, había reunido los documentos necesarios, había pensado hasta en el mínimo detalle. Y además había conseguido todo el dinero... Exhaló un suspiro. Tenía la esperanza de salir de allí con una nueva vida, aquello era lo único que contaba, no podía estropearlo todo con su cinismo.

–Tienes razón...

Le habría gustado añadir algo más, pero no le dio tiempo. Vinieron dos enfermeras. Entraron con una sonrisa.

—¿Andrea Rizzi? Ya estamos aquí, es la hora.

Andrea no contestó. También sonrió, pero estaba claro que no se sentía tan relajado como ellas. La situación se parecía más al formalismo de las ejecuciones capitales a la norteamericana que a una operación. Las dos enfermeras separaron la cama de la pared y desbloquearon las ruedas.

Andrea apenas tuvo tiempo de despedirse de Sofia.

Ella le apretó la mano con fuerza.

—Nos vemos luego, cariño. Te esperaré aquí.

Andrea empezó a sentir un sudor frío. Tragó saliva. Tenía la boca seca y sólo consiguió dedicarle una sonrisa forzada. Después empujaron la cama fuera de la habitación, comenzó su trayecto a través de un largo pasillo y desapareció en el ascensor. Andrea tenía a las enfermeras a su espalda. No podía verlas. Cerró los ojos e inspiró profundamente. Luego se abrieron las puertas del ascensor. Habían bajado muy por debajo de la planta que daba a la calle. Al final de otro largo pasillo en el que el aire era mucho más frío se abrieron dos grandes puertas y la cama hizo su entrada en la sala de operaciones.

El profesor Mishuna Torkama estaba en el centro de la sala. Tenía los brazos levantados y su asistente estaba acabando de ponerle los guantes.

—Ya está aquí nuestro amigo...

Una vez hubo entrado, varios enfermeros se acercaron a la cama en seguida y alrededor de Andrea se formó un círculo de batas azules. Le pusieron unos cuantos goteros y el anestesista lo avisó de que ya faltaba poco. Después, sobre aquella última mascarilla, reconoció los rasgos del profesor asiático.

—Dentro de poco se quedará dormido. Escoja el sitio adonde le gustaría ir. A la playa, a la montaña, a correr una maratón. Sueñe con lo que quiera... —Andrea se estaba durmiendo—. Porque si todo va bien, si nosotros... —el profesor miró a sus colegas—, si lo hacemos bien, su sueño se hará realidad.

Los otros se rieron. Alguien dijo algo más, pero Andrea ya no prestó atención. Al final se sintió sereno. Intentó mantenerse despierto, pero los ojos se le cerraban. «Una maratón. No será fácil. Estoy un poco desentrenado. Mejor unas vacaciones. —Volvió a abrirlos y lentamente los cerró—. Eso es, pasear junto al mar por una playa de esas de las que habla Sofia.» Y, depositando la máxima confianza en la posibilidad de una nueva vida, se durmió profundamente.

## 46

Maria Tondelli caminaba tranquilamente por la calle. Había hecho la compra en el nuevo supermercado GS. Lo habían abierto de un día para otro justo allí, a un kilómetro de donde ella vivía desde hacía ya cuatro años. Para ser un barrio nuevo de Turín, la zona estaba adquiriendo importancia y valor. Los últimos edificios que se habían construido se caracterizaban por su gran estilo y el cuidado de los detalles. Hasta allí incluso llegaba una nueva línea de trolebús que, con sus asientos de colores, era una excelente solución para desplazarse hasta el centro cómodamente y sin encontrar tráfico.

Sólo había un pequeño problema. A Maria Tondelli no le correspondía residir en un sitio como aquél. La casa donde vivía estaba fuera del alcance de sus posibilidades o, al menos, de las que debería haber tenido. Procedía de las Marcas y era la octava hija de una familia muy humilde. Su padre era pastor y su madre trabajaba como costurera en una tienda. Para ser más concretos, su familia vivía en un pueblecito cerca de Chiaravalle en el que toda la vida nocturna se focalizaba en un pequeño pub. Todos sus hermanos se habían quedado en el pueblo; iban tirando y habían entablado relaciones más o menos acertadas con algunas chicas del lugar.

En cambio, Maria Tondelli había sido una aventurera comparada con ellos. Dejó el pueblo y encontró un empleo.

Tancredi miró las hojas que Savini le había proporcionado. Había necesitado muy poco tiempo para obtener información sobre aquella mujer. Lo sabía todo: dinero, ganancias, cuentas, trabajos anteriores.

Durante una época salió con hombres mayores; cobraba por sus servicios hasta que –aquel cambio no quedaba muy claro– pasó a ser camarera en la villa Ferri Mariani. Trabajó para ellos durante tres años y luego, apenas dos semanas después de la muerte de Claudine, dejó el empleo. La policía, después de determinar que se trataba de una muerte por suicidio –como suele ocurrir cuando hay por medio una familia importante–, intentó cerrar el caso lo antes posible. Una atención prolongada por parte de los medios de comunicación no habría sido más que una falta de respeto ante el dolor de aquella pérdida.

Y así fue. Al cabo de muy poco tiempo, todo volvió a ser como antes y en los salones que solían frecuentar no volvió a hablarse más de aquello. Después de los funerales de Claudine, fue como si todo el mundo se hubiera puesto de acuerdo: nunca más se sacaría el tema. Así que fue natural que nadie se diera cuenta entonces. Pero unos diez días después de la muerte de Claudine, Maria Tondelli, una chica de baja extracción social procedente de las Marcas y que cobraba un buen sueldo, dejó la casa de los Ferri Mariani sin ninguna razón aparente. ¿Por qué? ¿Había ocurrido algo en su familia? ¿Echaba demasiado de menos a su novio? ¿Había decidido casarse? ¿Había encontrado un trabajo mejor? ¿Se había hecho especialmente amiga de Claudine y sufriría si se quedaba en aquella casa? Savini comprobó todos los documentos posibles, excavó en todas direcciones. Nada, no tomó la decisión de irse por ninguno de aquellos motivos ni por ningún otro que pudiera parecer válido de alguna manera.

Cuando Maria Tondelli se fue, Tancredi no se dio cuenta. Estaba destrozado por el dolor. Tanto era así que, en cuanto le fue posible, él también abandonó aquella casa. Pero si Tancredi sabía perfectamente por qué razón se había ido él, el motivo que había empujado a Maria Tondelli a marcharse le resultaba un misterio.

Tancredi volvió a mirar los papeles. Maria Tondelli era la propietaria de la casa donde vivía. Sin embargo, no le había tocado ni la lotería, ni la primitiva, ni ningún otro sorteo o apuesta. Savini también lo había comprobado. Aquella casa se la habían regalado. La había puesto a su nombre una sociedad fantasma y, en aquel caso, a pesar de las grandes dotes de Savini, no había sido posible encontrar el origen de la misma, pues había pasado demasiado tiempo. Pero lo más

raro e inexplicable era que Maria Tondelli seguía recibiendo un sueldo de la familia Ferri Mariani.

El Mercedes siguió a la chica durante varios metros; después, dejó
que se alejara. Maria sacó las llaves y entró en su casa.

Savini paró el motor.

—En principio, debería estar sola.

Esperaron unos minutos. A continuación, se presentaron en la
puerta y llamaron al timbre.

Maria gritó desde lejos:

—Ya voy...

Había empezado a preparar algo en la cocina, así que se secó las
manos en el delantal, se lo quitó y se dirigió a la puerta. Cuando al
abrir vio a Savini y a Tancredi, los reconoció en seguida. Durante un
momento, se quedó sorprendida. Luego, intentó cerrar la puerta. Pero
Savini fue más rápido que ella y la bloqueó con el pie. A través de
aquel resquicio que dejaba la puerta abierta, Tancredi miró a Maria
Tondelli. Cuando sus miradas se cruzaron, le sonrió.

—¿Te acuerdas de mí? —Lo dijo con una cierta dureza.

—No les había reconocido —mintió Maria. Entonces intentó justificarse—: Ha pasado tanto tiempo...

—Ya. No nos vemos desde que murió mi hermana. —Tancredi no
se anduvo con rodeos—. ¿Podemos entrar?

Los dejó en la puerta.

—No lo entiendo.

Savini sonrió.

—¿Quieres perder esta casa? ¿Quieres perder el dinero de la familia Ferri Mariani que te llega todos los meses? ¿Quieres que tus padres, Damiano y Manuela, y todos los de tu pueblo lo sepan todo sobre ti? ¿Que te ibas con viejos por dinero? ¿Quieres que añada algo
más?

Maria se quedó muda. Entonces comprendió que no le convenía
oponer resistencia y se echó a un lado para dejarlos entrar. Cerró la
puerta y los hizo pasar al salón.

—¿Quieren tomar algo?

—No, queremos saber lo que pasó y por qué.

Tancredi había ido al grano en seguida. Entonces, encima de la cómoda, vio algo que lo sorprendió. Aquello no se lo esperaba. Era una foto. En ella aparecía Maria Tondelli sonriendo. Se la habían hecho en aquel mismo salón. Junto a ella había una persona a la que nunca se habría imaginado encontrar allí.

Tancredi la cogió e intentó adivinar cuándo la habían tomado. Abrió el marco, sacó la foto y le dio la vuelta. No había ninguna fecha. Maria intervino:

—Ya hace muchísimo tiempo que no nos vemos.

Entonces ¿aquél era el secreto? ¿Habían sido amantes? ¿Por qué tenía que tratar a aquella mujer de una manera distinta, alejarla, regalarle una casa, mantenerla durante todo aquel tiempo?

—Si no hablas, lo perderás todo. ¿Qué te ha traído hasta aquí?

—Nada.

Savini le habló duramente:

—A lo mejor no lo tienes claro: te arruinaré la vida de todas las maneras posibles. ¿Por qué te dio esta casa? ¿Por qué te está manteniendo todavía? —Maria Tondelli permaneció en silencio. Savini volvió a intervenir—: Arruinaré a tu familia, a tus hermanos. Me pondré en contacto con todos tus examantes. Al final me rogarás de rodillas que pare...

Maria se dejó caer en el sofá, puso la cabeza entre las manos y empezó a llorar. Estaba desesperada. Tancredi y Savini le dieron algo de tiempo.

—¿Y bien?

Entonces la mujer empezó a hablar:

—La noche en que Claudine se quitó la vida... —miró a Tancredi—, usted pasó por la villa para cambiarse y luego volvió a salir.

Tancredi recordó aquel momento con dolor.

—Sí, y tú, como otros muchos miembros del servicio, estabas en tus dependencias. Pero no había nadie más.

Maria bajó la cabeza y exhaló un profundo suspiro. Siempre había sabido que antes o después ocurriría. Luego levantó la cabeza y miró a Tancredi directamente a los ojos para confesar aquella verdad que había escondido durante todos aquellos años.

—No, no fue así. Aquella noche, después de que usted se fuera, llegó él.

## 47

Habían pasado varias horas. En el silencio de aquella habitación de hospital, Sofia se había visto casi obligada a hacer balance de su vida: lo que le había salido bien, lo que le había salido mal, lo que todavía podía pasar y cómo había cambiado. Una reflexión que, por lo general, la mayoría de las personas no pueden hacer.

Tener el valor de parar, interrogarse y conocerse a fondo a sí mismas.

Hacía semanas que pensaba en aquellos cinco días. Era como si los reviviera continuamente. Se despertaba e intentaba recordar todos los detalles: el viaje, la llegada, el encuentro, el descubrimiento de la casa, las habitaciones, el salón, el aperitivo, la cena, el beso. Lo que vino después del beso. No daba crédito. Nunca se habría imaginado que pudiera vivir con tanta pasión una relación con un desconocido, una persona a la que no había visto antes. Vivirla con tanta intimidad, sin ponerse límites ni fronteras en nada de lo que había hecho, ni a su cuerpo, ni al de Tancredi. Vivirla sin ninguna inhibición, sin vergüenza, sin pudor. Nueva. Sí. Una Sofia nueva, descarada, libre, atrevida como nunca en su vida lo había sido, ni con nadie antes de Andrea ni con su marido. Era como si hubiera abierto una puerta y de repente se hubiera encontrado frente a una mujer con su mismo nombre, su mismo apellido, incluso con su mismo rostro y su mismo cuerpo, pero diferente en todo lo demás: el maquillaje, el pelo, la voz, el tono, la manera de hablar. ¿Dónde había estado durante todos aquellos años? ¿Por qué que nunca la había visto?

Salió de la habitación. Cerró la puerta despacio. Empezó a recorrer el pasillo. A través de la gran vidriera se veían varios rascacielos. Las nubes, a lo lejos, parecían estar suspendidas en medio de aquellos edificios. Siguió caminando. Sólo oía el sonido de sus tacones a lo largo del pasillo. No había nadie, ni una voz. Puertas cerradas, ninguna señal, ningún adorno, ninguna planta. Era un pasillo perfectamente limpio, frío.

Al llegar al final, vio una puerta cerrada con un cristal opaco. Allí dentro había alguien que se movía. Debían de ser las enfermeras de planta, las que arreglaban las habitaciones por la mañana, las que llevaban y recogían los carros de la comida. Estaban allí, listas para prestar su ayuda ante cualquier urgencia.

Sofia pasó de largo. Llegó hasta los ascensores. Leyó los letreros de las diferentes plantas. Cuando por fin la encontró, entró en el ascensor y pulsó un botón. Lo necesitaba. Al llegar a la planta que buscaba, salió y empezó a andar. Poco después, delante de aquella puerta, se detuvo. La abrió con lentitud, intentando no molestar a nadie. La capilla estaba casi vacía. Sólo había una anciana, al fondo a la derecha. Estaba de rodillas y movía un rosario entre las manos. Hacía ocho años que Sofia no ponía los pies en un lugar sagrado para rezar. La última vez había sido cuando operaron a Andrea a vida o muerte.

La mujer mayor salió de la capilla. Se sonrieron mutuamente, así, como por una especie de solidaridad, porque creían en la fe o en la esperanza, porque, en cualquier caso, estaban allí. Sofia se quedó sola, pero no tuvo el valor de arrodillarse. Se sentó en la última fila y agachó la cabeza, clavó la mirada en el suelo. La capilla era moderna. Tenía grandes ventanas rectangulares con mosaicos de diversos tonos de violeta. En el centro del vitral principal, había un Jesús estilizado. Un poco más abajo, se veía un gran crucifijo de hierro satinado con un Cristo cuyo cuerpo era de color carne, pero cuyo rostro apenas estaba dibujado. «Y, sin embargo, todo esto –pensó Sofia– tiene el mismo valor que en otras miles de iglesias repartidas por el mundo. El Señor que encuentras aquí es el mismo que el de la parroquia de al lado de casa. Pero, esté donde esté, ¿tendrá tiempo para ti? ¿Tendrá ganas de escucharte? ¿De hacerte caso?»

Sofia levantó la cabeza y observó al Jesús estilizado y, a continuación, al Cristo de la cruz moderna. Le pareció que la miraban con buenos ojos. Entonces, casi se avergonzó, porque sabía que Él ya estaba al corriente de lo que ella quería pedirle. Pero era como si quisiera oírselo decir con claridad, para no equivocarse. Así que Sofia lo dijo en su corazón, en voz alta a pesar de continuar en silencio. «Me gustaría ser feliz.» Y fue como si, de repente, el Cristo estilizado se hubiera acercado a ella y como si el Cristo moderno también hubiera bajado de la cruz y ambos hubieran ido corriendo a su encuentro. Estaban allí, de pie, delante de ella, para oír, para entender mejor. ¿Qué significa esa petición? «¿Me gustaría ser feliz?» Pero ¿qué quiere decir exactamente? Era como si la miraran a los ojos, como si hurgaran en su corazón, como si estuvieran allí para excavar, para buscar, para encontrar el verdadero significado de aquellas palabras.

Sofia bajó la cabeza y, en aquel instante, se sintió más sucia que nunca. Se avergonzó de lo que había pedido. Quería lavarse las manos, quería que su felicidad se la diera Dios directamente o, mejor, la muerte. Sí, porque si la operación no salía bien, ella sería libre. Sin tener que decir nada, sin dar explicaciones, sin ninguna responsabilidad. Y, sobre todo, sin tener que escoger.

Si Andrea moría, ella no tendría que sentirse culpable por ser feliz.

Entonces se imaginó ante un tribunal, sentada en el banquillo de los acusados. El juez invitó a la sala a guardar silencio. «¿Han llegado a un veredicto?»

«Sí, Su Señoría.» El jurado tenía la sentencia en la mano. La miró durante unos segundos y, a continuación, la leyó: «Inocente culpable.»

Sofia cogió el ascensor y volvió a la habitación 539. Se quedó allí, en silencio, sentada en el sofá, con la cabeza entre las manos. Oía pasar los segundos en el gran reloj que había colgado encima de la puerta. Cada uno de los sonidos de las manecillas la acercaba a un final.

Más abajo, mucho más abajo, en el frío de una sala de operaciones, el cirujano y sus ayudantes se movían alrededor de la mesa. Era como una partida en un tablero de juego. Pero sólo había un hombre que pudiera perder.

Habían transcurrido más de diez horas. Sofia sostenía un vaso en la mano. Lo acababa de llenar para beber cuando llamaron a la puerta de la habitación. Interrumpió el gesto a medio camino y dejó el vaso sobre la mesa que había a su lado.

—Adelante...

El pomo descendió lentamente y en el umbral apareció una enfermera. Era una mujer que no había visto antes. Se quedó un momento inmóvil, como si no supiera qué decir, como buscando las palabras adecuadas. Entonces el profesor se le adelantó.

—Ha ido todo muy bien.

Unas cuantas horas más tarde, entró la cama, transportada por otros enfermeros, que llevaba a Andrea dormido. Lo dejaron en su sitio y le colocaron bien el gotero. Después, el anestesista le dio unos golpecitos para comprobar que estaba efectivamente despierto, y Andrea reaccionó.

Todos salieron de la habitación de inmediato. Sofia se acercó a la cama. Andrea abrió los ojos poco a poco y la vio. Movió la mano hacia ella sobre las sábanas. Era como si la buscara, como si necesitara oír que todo era verdad. Entonces Sofia le cogió la mano y se la apretó con fuerza. Andrea cerró los ojos, sonrió más tranquilo y en aquel momento Sofia quiso morirse por lo que se había atrevido a pedirle al destino.

## 48

En la villa Ferri Mariani.

Sólo el silencio y el eco de aquellas estancias vacías. El gran salón con la chimenea en el centro. La escalera que subía hacia sus habitaciones.

Tancredi estaba allí abajo. Casi le parecía oír la alegría de las fiestas, el ruido de los platos, el vino, el champán, los dulces colocados en las mesas. Las celebraciones importantes: los dieciocho años de su hermano Gianfilippo, los de Claudine, los suyos. El eco de los recuerdos de una familia feliz.

—Venid, abramos los regalos, ya casi es medianoche...

Las muchas Navidades que pasaron juntos.

—Eso es, vamos a pintar los huevos. Los haremos como si fueran muchos personajes: el vigilante, la bailarina, un vaquero, una india... —Ellos, de niños, junto a sus padres, recortando papeles tintados para vestir los huevos de Pascua, pintándolos con acuarelas y pinceles, usando los rotuladores.

—Mirad, aquí hay embutido cortado a rodajas, salchichón. Y aquí tenéis una tarta de queso que he dicho que os hagan para vosotros...

Su madre, Emma, y sus atenciones.

—¡Pero, papá, no es justo! ¡Gianfilippo se está comiendo toda la *pecorella*!

—Tienes razón. Deja un poco de dulce para tu hermana...

Su padre, Vittorio, y sus intentos de que se pusieran de acuerdo.

—¡Pero, papá, la masa de almendras engorda, y ella ya está bastante llenita!

Se rió con aquel recuerdo. No era cierto. Claudine estaba delgada, siempre estaba en forma, era preciosa. Sólo lo dijo porque él también quería comer un poco. Era el más pequeño, y le parecía que lo tenían menos en cuenta.

Claudine. «¿Qué te pasó, Claudine? ¿Por qué te fuiste sin despedirte? Eso no se hace. No es justo. —Recordó aquella noche, el dolor por no haberse quedado a escucharla. Su última sonrisa cuando tal vez ya lo había decidido—. ¿Qué querías decirme, Claudine?»

Subió la escalera. Llegó al piso de arriba. Recorrió el largo pasillo que llevaba a los dormitorios: el suyo, el de Gianfilippo y, al final, en la última habitación del fondo, el de Claudine. Abrió la puerta lentamente. Había alguna telaraña, un poco de polvo. En aquella casa no vivía nadie desde hacía mucho tiempo. Sus padres residían en una villa de la Costa Azul. El clima era mejor allí y decidieron trasladarse porque su padre tenía problemas respiratorios. Se sintió culpable. Hacía por lo menos dos meses que no hablaba con ellos. En realidad, habían pasado seis. Después de la muerte de Claudine, nada había sido fácil entre ellos. Sólo hablaba con Gianfilippo de vez en cuando.

Entró en la habitación de Claudine. Estaba intacta. Todo seguía en el mismo lugar: los peluches sobre la cama, los muñecos en el escritorio, las cortinas de color fucsia con los lazos de un color más claro que las mantenían recogidas. Todo como siempre. Entonces, de repente, se dio cuenta de algo. Acababa de verlo en aquel momento, después de tantos años. Aquella habitación era la de una niña. Había pequeños objetos por todas partes: caramelos, muñecas, peluches, lápices con capuchones divertidos. Cuando Claudine se suicidó, tenía veinte años. ¿Cómo no se había dado cuenta antes? Claudine nunca había crecido. No quería crecer. Pero ¿qué la asustaba?

Abrió los cajones, hurgó entre sus cosas: fotos, frascos de perfume, unas llaves, muchos anillos sin valor, lápices de colores, gomas, postales, varias cartas. Ya había mirado y remirado todas aquellas cosas; las examinó una y otra vez al menos durante dos años después de lo ocurrido. Había leído y vuelto a leer aquellas postales y aquellas cartas miles de veces, pero nunca había encontrado nada, ni una pista, ni una preocupación, nada que pudiera hacer pensar en el motivo de su decisión. Entonces, de repente, se produjo lo que no había ocurrido durante todos aquellos años.

Tancredi miró el tablero lleno de fotos: recuerdos de las fiestas de los dieciocho años, la de Claudine, las de sus amigas, las de sus amigos; otros momentos de su vida: del colegio, de los pocos viajes, de los muchos veranos. Finalmente, se fijó en una imagen. En ella, Claudine era pequeña, tendría unos once años. La instantánea se la había hecho él. La quitó del tablero y la observó con más atención. Claudine sonreía, escondida entre las hojas; sólo se veían su rostro y las manos que mantenían apartadas las ramas. En un instante, viajó atrás en el tiempo. Hasta aquel día.

—¡Pero si es facilísimo!

—¡Pues yo no puedo!

Tancredi miraba aquella cámara fotográfica e intentaba entender cómo funcionaba.

—¡Tienes que apretar el botón de arriba, el de la izquierda!

—¿Éste?

—Sí, ése de ahí. —Claudine trepó al árbol sirviéndose de los travesaños de madera que había clavados en el tronco y que hacían las veces de escalera. Al llegar arriba se asomó—. Eso es. Ahora mira ahí dentro y enfócame. —Apartó las hojas que tenía delante y apareció con toda su sonrisa en medio de las ramas—. ¡Venga, dispara!

Tancredi apretó el botón.

—Ya está.

Claudine bajó del árbol de un salto. Su peso la impulsó hacia delante, pero consiguió no caerse; dio un paso y en seguida apoyó las manos en el suelo. Se levantó y se las limpió frotándoselas en los pantalones.

—Déjame ver. —Le quitó la Polaroid de las manos—. Sí, perfecta. —A continuación le rodeó el cuello con el brazo y empezaron a andar. Estaban en el bosque, al final del gran jardín, lejos de la casa—. Este lugar sólo lo conoces tú... Y no se lo debes decir a nadie. —Tancredi la escuchaba en silencio—. ¿Has visto las tablas que hay encima? Las he clavado yo sola, una por una. —Entonces Claudine se puso seria—. Si no me encuentras, sabrás que estoy aquí. Pero si se lo cuentas a alguien, no volveré a hablarte nunca más. ¿Lo has entendido?

—Sí.

Después lo soltó, se puso frente a él y lo miró a la cara.

—Jura que no se lo dirás nunca a nadie.

—Lo juro.

—A lo mejor un día te dejo subir.

—Pero ¿cómo lo has llamado? ¿Le has puesto nombre?

—Todavía no. Lo pensaré. Ahora vamos, que la cena ya debe de estar lista.

Tancredi caminaba por el sendero que conducía al bosque. Lo había llamado «La isla». Le puso aquel nombre después de ver los dibujos animados de Peter Pan. ¿Cómo era posible que no se le hubiera ocurrido? Era el único sitio donde no había mirado. Había revisado su ordenador, había buscado entre su correspondencia, en sus mensajes, una pista, un hecho, un porqué de la decisión que había tomado aquella noche. Pero «La isla» no se le había pasado por la cabeza. Tal vez porque nunca había estado allí, porque no habían vuelto a hablar de ello. Porque la había olvidado como si perteneciera a otra época, casi a otra persona.

Poco después, Tancredi se encontró allí abajo, a los pies de aquel árbol. Era como si estuviera viendo a Claudine con once años, subiendo, trepando por aquellas tablas, y haciéndole gestos para que la siguiera. Así que puso una mano en la primera tabla. Estaba mojada. Seguramente había llovido la noche anterior. Se percibía el olor de la lluvia, el aroma de la hierba aún fresca, el del musgo de aquellas tablas. Subió con cautela, con cuidado de mantener el pie contra la tabla para que no se separara del árbol. Ya no era tan ligero como entonces. Momentos después estaba en «La isla».

Las grandes tablas que hacían de suelo oscilaban bajo su peso, rechinaban, pero estaban bien sujetas. Los clavos se habían oxidado; los agujeros de la madera también acreditaban el tiempo que había pasado. Miró a su alrededor. Era como una pequeña casa. Claudine había hecho un buen trabajo. A saber cuánto tiempo había empleado en ello. A saber si lo había hecho ella sola. En el suelo había varias cajas de fruta hechas de madera. Debían de servir como asientos, ya que, un poco más allá, dos grandes tablones clavados entre sí hacían de mesa.

Entonces la vio. En seguida se le encogió el corazón. La cogió entre las manos. Estaba mojada, todavía húmeda, descolorida y gastada por la lluvia y el frío de todos aquellos años.

Peonía, así se llamaba su muñeca de trapo. Los botones le colgaban del pecho, se balanceaban tristes, sujetos por algún hilo suelto. Sólo en aquel momento, al dejarla sobre las maderas, advirtió que allí dentro había una cesta. Era de mimbre y tenía una cinta roja que la mantenía cerrada. La cogió, la puso sobre aquella mesa improvisada y la abrió. Una bolsa de plástico transparente protegía su contenido. Claudine había pensado en la posibilidad de que lloviera. Así que la había dejado allí a propósito... Pero no se imaginaba que fuera a pasar tanto tiempo. «Tal vez iba dirigida a alguien en particular. A lo mejor siempre ha estado aquí para mí.» Entonces, poco a poco, desenrolló la bolsa de plástico y la abrió.

Lo primero que encontró fue una carta. Reconoció su letra. Empezó a leerla.

«Hola Tancredi. Sólo tú podías llegar hasta aquí, y ahora entenderás lo que quería decirte, por qué me era imposible seguir adelante. Tenía cuatro, o tal vez cinco años, la primera vez que me prometí a él...»

Siguió devorando las palabras, leyendo una línea tras otra, esperando encontrar algo distinto en lugar de lo que ya sospechaba.

«Al principio incluso estaba contenta de recibir todos aquellos regalos.»

La respiración de Tancredi se fue volviendo más entrecortada.

«Todas aquellas atenciones...» Más agitada. «De sentirme más importante que vosotros dos... Pero luego comprendí que no era así.» Entonces se quedó helado y, en un instante, todo lo que había sido su infancia, aquel precioso castillo encantado, se desmoronó ante sus ojos.

«La primera vez que papá lo hizo fue terrible. Grité, pero estábamos solos. Lloré, me desesperé. El dolor fue enorme y no entendí nada.»

Siguió leyendo, como atontado. Cada palabra era como una puñalada, una herida, y luego otra, y otra más, allí, en el mismo punto, todavía más adentro, cada vez más dolorosa.

«Siguió así, y yo gritaba siempre, pero estábamos solos. Después me acostumbré, aunque todo fue cada vez más terrible. Empezaron los juegos. Pero yo no me divertía.»

Entonces Tancredi miró dentro de la bolsa y, de golpe, su rabia creció hasta el máximo. Cuando cogió aquellas fotos, no pudo creer lo que veían sus ojos. Los tenía como inyectados en sangre, le pesaban como una enorme losa, le quemaban como un hierro candente acabado de salir del fuego, como si aquella tremenda verdad lo estuviera marcando. Entonces oyó un grito y fue como si lo llevara grabado en la piel: culpable. Culpable por no haberlo entendido, por no haberse quedado aquella noche, por haberlo permitido durante años, por no haber sospechado nada. Culpable.

Pensó que se moría y lloró como si Claudine hubiera muerto por segunda vez.

Gregorio Savini paseaba por delante del Mercedes negro. Mataba el tiempo moviendo con el pie las matas de hierba mojada, haciendo rodar de vez en cuando alguna piedra hacia el borde del camino. Cuando lo vio llegar, no lo reconoció. Tenía la cara marcada y tensa. Rabia y dolor, odio y locura convivían en aquellos rasgos. Savini se encontró fuera de lugar, no supo qué decir, nunca lo había visto de aquella manera. Así que, simplemente, le abrió la puerta. Tancredi se dejó caer en el asiento de atrás. A su lado dejó una bolsa con algo dentro. Savini subió delante. Puso las manos en el volante, pero se quedó quieto, en silencio. No tenía valor para mirar por el espejo retrovisor. Entonces escuchó lo último que podría haberse imaginado.

—Quiero matarlo.

## 49

Cuando llegaron, ya se estaba poniendo el sol. Tancredi bajó del coche casi antes de que Savini lo detuviera. Se pegó al timbre de la puerta.

Una camarera fue a abrir; lo reconoció.

–Buenas tardes, señor...

Pero no pudo decir nada más, porque él entró corriendo, cruzó el salón, abrió una puerta tras otra: la del estudio, la de la cocina, la de un dormitorio, la de otro, la de un baño; hasta que llegó a la última.

Su madre estaba allí, sentada en un sillón. Al verlo entrar, sonrió.

–Tancredi, qué bien que hayas venido... –Con aire cansado se levantó, fue a su encuentro y lo abrazó–. A lo largo de estos últimos días te he estado buscando, pero no ha habido manera de encontrarte. Le dije a Gianfilippo que te avisara... –Se separó de él y lo cogió de la mano–. Mira... –Como haría una madre con su hijo más pequeño, lo condujo hasta aquella cama. Su padre, Vittorio, estaba allí, con los ojos cerrados. Una máquina resoplaba, un fuelle verde subía y bajaba mientras bombeaba oxígeno, mientras intentaba hacer que respirara a toda costa, que se mantuviera con vida. Varios goteros sostenían unas bolsas que colgaban a su lado, que se perdían en sus brazos, que lo alimentaban–. Ha entrado en coma.

Tancredi lo miró. Estaba allí, delante de él, inerme.

Tenía los ojos cerrados, aspecto sereno, incluso una especie de sonrisa iluminaba aquel rostro. Era como si se estuviera riendo de él, como si se estuviera divirtiendo con socarronería, como si dijera: «¿Has visto cómo es el destino, hijo mío? La vida a veces nos juega malas pasadas. Ahora que por fin lo sabes todo, no puedes hacer nada, no puedes castigarme. Y no sólo eso, ¿vas a contarlo? ¿Vas a darle ese disgusto a tu madre? ¿A tu hermano? No lo creo. No les dirás quién era en realidad tu padre, no les defraudarás. Deberás llevar siempre contigo el peso de esta verdad.»

—¿Has visto? Pobrecito, lleva así tres días. —Su madre se llevó la mano a la boca y empezó a llorar en silencio. Era una mujer a veces distraída, que a menudo había perdonado las infidelidades de Vittorio, pero que no tenía ni idea del terrible delito que había cometido—. ¿Y cómo es que has venido? ¿Has hablado con Gianfilippo? Le dije que te llamara.

Tancredi se quedó un instante en silencio. Miró de nuevo a su padre, su cara consumida, sus arrugas, aquellas manos inmóviles. Durante un momento, se las imaginó en movimiento. Entonces cerró los ojos horrorizado. Se volvió hacia su madre. Estaba allí, a su lado, sin culpa, con una inocencia que, unida a su vejez, la hacía parecer aún más frágil. Le sonrió.

—Sí, mamá, lo ha hecho. He venido en cuanto he podido.

En cuanto hubo pronunciado aquellas palabras, Tancredi sintió todo el peso de la mentira. Aquella mujer anciana, cansada, aquella mujer ilusa, quizá todavía enamorada de aquel hombre, no podía saberlo. No tenía que saberlo.

Entonces su madre lo abrazó de nuevo y lo estrechó con fuerza.

—Tu padre es fuerte... Pero esta vez tengo miedo.

Tancredi tenía los brazos caídos a los costados y, sin querer, se tocó el bolsillo de la americana. La carta, aquellas terribles fotografías, estaban allí, a un paso de su madre. Habría sido muy fácil enseñárselas para que viera con quién había estado viviendo, qué tipo de monstruo había dormido en su cama, quién se había aprovechado de su hija. Desde que tenía cuatro años y hasta aquella última noche en la que Claudine, exhausta, no sabiendo cómo afrontar el peso de aquella historia, no encontró otra solución. Se quitó la vida.

Claudine. Claudine, que no llegó a conocer el amor, que no había salido con ningún chico, que no había besado a nadie, que no había dicho «te quiero», que no había llorado al terminar una historia ni había celebrado otra que apenas empezaba. Claudine, que había vivido el sexo como una tortura, un castigo recibido de quien, más que nadie, tendría que haberla querido.

Entonces Tancredi abrazó a su madre y empezó a llorar. Y ella casi se sorprendió. Se separó de él, le secó las lágrimas, le acarició el pelo y le sonrió para intentar consolarlo.

—Venga, venga, no llores.

Tancredi, poco a poco, se fue controlando.

—Te quiero, mamá. Te llamaré pronto.

Y se fue llevándose con él aquel único dolor, el peso de la verdad.

## 50

—Sofia, mira... —El andador avanzaba lentamente. Andrea podía mover las piernas, progresaba despacio, un paso después de otro, sosteniéndose con fuerza con los brazos, arrastrando las piernas a veces. Pero llegaba incluso a doblarlas—. ¿Lo has visto? ¡Es como si volviera a ser un niño pequeño! —Sonreía feliz. Su entusiasmo llenaba la casa, era como si hubiera una nueva luz, casi se podía tocar la energía de aquella nueva vida. Sofia lo miraba sin dejar de sonreír. Andrea se apartó del andador y se dejó caer en el sofá—. Basta, ya no puedo más.

—No ha pasado ni un mes. Tienen que pasar por lo menos seis para que seas independiente y puedas caminar un poco más sin apoyarte. Ya te lo dijeron.

Andrea estaba completamente sudado.

—De todos modos, para mí ha sido un milagro. Cuando me llegó aquel boletín electrónico y supe lo del profesor, lo de sus estudios sobre las estaminales, que las introducía en la médula ósea... vi que era mi historia, no me lo podía creer... ¡Ésa es la grandeza de las redes de comunicación, de Internet! Lo critican mucho, pero nos permite estar informados continuamente.

Sofia le acarició el brazo.

—Sí... —Tenía las venas dilatadas por el esfuerzo—. ¿Quieres algo de comer?

—Sí, por favor.

Se levantó y fue a la cocina. Poco después, volvió con una botellita de Gatorade.

—Mientras tanto, tómate esto. Es como si cada vez que lo intentas jugaras un partido de fútbol sala.

Andrea sonrió.

—Y a lo mejor dentro de un año puedo jugarlo de verdad.

Seguidamente, le dio un largo trago a la botella.

Justo en aquel momento, llamaron al interfono. Sofia se levantó y contestó.

—Sí, te abro. —Regresó al salón en seguida—. Es Stefano, ya sube.

Andrea intentó ponerse de pie apoyándose en los reposabrazos del sofá. Poco a poco, lo consiguió.

Sofia le acercó la silla de ruedas, la sujetó con fuerza, y Andrea pudo dejarse caer sobre ella.

—Ya está.

Después, Sofia cogió una toalla y se la pasó por la frente.

—Total, vas a seguir sudando...

Llamaron a la puerta, ella fue a abrir.

—Hola.

Stefano estaba de buen humor.

—¿Está preparado nuestro campeón?

—¡Por supuesto!

Andrea empujó la silla de ruedas y se dirigió hacia la puerta, de manera que Stefano tuvo que apartarse rápidamente.

—¡Casi me pillas!

—Ya verás como antes o después lo conseguiré.

Entonces Stefano se dirigió a Sofia:

—Me ha dicho Lavinia que si os apetece venir a cenar el sábado a casa...

—Por qué no, tal vez la llame más tarde.

Luego cerró la puerta. Se quedó en el repentino silencio de aquella casa. Se sentó en la mesa y empezó a pensar. La vida y sus mil derroteros. Stefano se había ofrecido a acompañar a Andrea a fisioterapia todas las tardes. ¿Stefano el bueno o Stefano el que de alguna manera se sentía en deuda? Quizá el mérito se debiera a que la historia entre Lavinia y Fabio se había acabado. Lavinia y Stefano nunca habían hablado de aquella infidelidad, era como si no hubiera ocurrido. Habían hecho como si nada. La pareja seguía estando tan unida como antes, más que antes, felices como siempre. En el salón, Sofia miró a su alrededor. Vio algunas fotos de sus vacaciones, de su boda, y el andador. «¿Es así como quiero que sea mi vida? Esta segunda oportunidad que tiene Andrea, ¿significa algo diferente para mí?»

Se acordó de su madre, de cuando fue al parque con la maleta, encandilada, dispuesta a irse. ¿Y por qué no lo hizo? Porque él estaba casado y amaba a su mujer. Pero ¿es necesario estar siempre tan seguros, hay que tenerlo todo tan claro para atrevernos a abandonar lo que no nos gusta de nuestra vida, para tener una vida bella? Sí, una vida bella. Y ¿es la vida la que de repente decide ser bella para ti o eres tú el que puedes hacer que lo sea? Sin querer se acordó de las últimas palabras que había dicho Andrea, como de pasada. Acudieron a su mente, como un eco, resonaron en su cabeza como una nota disonante en toda aquella historia. «Cuando me llegó aquel boletín electrónico y supe lo del profesor...» Pero ¿cómo? Siempre había dicho que lo había encontrado él, que lo había descubierto navegando por Internet. Entonces Sofia cogió el ordenador. ¿Qué era aquello del boletín electrónico? Sólo había una persona que podía ayudarla.

—¿Qué quieres decir? ¿Que no damos clase pero tengo que ayudarte con esto?

Jacopo Betti, el chico de doce años obsesionado con la tecnología, miró a Sofia sorprendido.

—Sí, pero antes de la noche. Tengo que llevármelo a casa.

—De acuerdo... Lo haré. Como máximo dentro de dos horas estaré aquí.

Sofia continuó la clase con la joven Alessandra, una pequeña promesa con estilo propio. Al menos por saber hacer de la música clásica una verdadera moda.

—Me gustaría ser un poco como Giovanni Allevi.

—¿Qué quieres decir?

—Que es un genio, finge que no entiende nada y así puede dar las respuestas más incoherentes y, de paso, ganar un montón de dinero haciendo lo que más le gusta. Como dice mi hermano, «¡La ventaja de ser inteligente es que siempre puedes hacer el idiota!».

Sofia se rió.

—Pero ¿no crees que lo único que le ocurre es que siente una gran pasión por lo que hace?

Alessandra se encogió de hombros.

—Bueno, no lo sé. Cada vez hay menos gente que haga las cosas de manera sincera.

Sofia la miró con más atención. ¿Once años y ya estaba tan desencantada? ¿Cómo era ella a los once años? Amaba la música y punto; escuchaba discos de música clásica, los interpretaba al piano, intentaba desesperadamente repetir de oído conciertos imposibles. A los once años se divertía. A los once años era sincera.

Al rato, la clase terminó.

Sofia se había quedado sola en la habitación. Oyó que alguien llamaba. Abrió la puerta con curiosidad.

—Hola, quería despedirme. —Era Olja.

—¿Te vas a casa?

—Sí, pero a mi casa. Vuelvo a Rusia. —A Sofia se le encogió el corazón. Para ella había sido mucho más que una profesora. Se dio cuenta de que estaba a punto de echarse a llorar, le sucedía demasiado a menudo en los últimos tiempos. Olja le cogió la mano y se la estrechó—. No llores. Rusia está cerca. Hace poco inauguraron un nuevo tren. Por ahora se llama «17 18». Es como el viejo Orient Express. Yo me voy en él y tú podrás venir cuando quieras. Si decides insistir y te empeñas en volver a tocar, bueno, está claro que no seré yo quien te lo impida. Al revés, estaré encantada de ser...

—Mi maestra.

—Sí, tu maestra.

Y se sonrieron como dos amigas, sin que se notara la diferencia de edad, sólo un gran cariño.

Cuando Sofia se quedó sola, tocó algunos acordes al piano para matar el tiempo, pero al final advirtió que era tarde y se encaminó a la calle. Empezó a bajar la escalera cuando lo vio llegar corriendo.

—Eh, profe, perdona, pero no ha sido fácil. —Jacopo Betti estaba completamente sudado y llevaba su ordenador debajo del brazo—. ¡Toma! Está todo aquí. —Le pasó una hoja. Jacopo la miraba satisfecho—. ¡Martin Jay es el mejor *hacker* de toda Europa, para mí es el mejor del mundo! Si para él ha sido difícil, quiere decir que para cualquier otro habría sido imposible. Ha encontrado al que envió ese boletín electrónico; el nombre está escrito en ese papel. Si necesitas algo más, cuenta conmigo.

Le sonrió y se fue sin más, con los pantalones algo caídos. Aquel muchacho era una extraña mezcla entre rapero y *hacker* obligado por sus padres a enfrentarse con Chopin.

Sofia desplegó la hoja y, cuando vio el nombre, vaciló: «Nautilus.» La sociedad que estaba en el mismo edificio que el despacho del abogado Guarneri.

Así que fueron ellos los que sugirieron la operación. Ellos enviaron el correo electrónico a la dirección de Andrea y quizá fueran ellos quienes pusieran el precio. Reunir cinco millones de euros habría sido imposible para cualquiera, pero, al mismo tiempo, habían encontrado su punto débil: sólo así cedería y sería posible comprarla. Pero ¿por qué le dijo Andrea que había encontrado la noticia navegando por Internet? ¿Por qué no le comentó que había recibido un boletín electrónico? ¿Era una distracción o era una mentira? ¿Era posible que Andrea también supiera algo? ¿Y, entonces, qué sabía? ¿Lo sabía todo y lo había aceptado? Pero si Sofia lo había hecho por amor hacia Andrea, él había fingido sólo por sí mismo y por sus piernas. A ella la habían comprado, pero había sido él quien la había vendido.

Se quedó desconcertada. Verdades escondidas, aparentes, todo y lo contrario de todo. En aquel momento ya nada estaba claro, sólo estaba segura de una cosa: quería vivir una vida bella.

# 51

Estaba al otro lado de la calle. Habían pasado varios meses desde aquellos cinco días. No había vuelto a hablar con ella. No la había buscado más. Pero de su corazón, de su mente, no se había alejado ni un instante.

Había contemplado una y otra vez aquellas fotos, había desgastado las imágenes pasando y volviendo a pasar las filmaciones. Estaba hambriento de ella y, cuando la vio doblar la esquina del final de la calle, se quedó sin respiración. El corazón empezó a palpitarle con fuerza, cada vez más fuerte, tanto que casi se ahogó.

Sofia caminaba de prisa, lucía un abrigo largo de espiga gris y grandes bolsillos en los que tenía metidas las manos. Llevaba un bolso colgado del hombro izquierdo. Debajo, vestía unos pantalones grises de rayas, unas botas negras y un jersey de cuello cisne de color crudo. Llevaba parte del pelo recogido. Estaba guapa. Sugestivamente guapa y desenvuelta. Entonces marcó el número y se escondió en el portal de al lado, en la penumbra. Al otro lado de la calle, Sofia se detuvo. Abrió el bolso y hurgó entre sus cosas hasta que encontró el teléfono. En seguida vio el número. Nunca lo había borrado. En vez de hacerlo, lo grabó poniendo simplemente una interrogación en lugar del nombre. Se quedó quieta, inmóvil. Cerró los ojos y a continuación exhaló un suspiro. Hacía mucho tiempo que esperaba aquella llamada. Le habría gustado no recibirla, pero sabía que llegaría. Entonces abrió el teléfono. Se quedó en silencio. Oyó su respiración. Tancredi, al final de la calle, lejos de ella, en la penumbra de aquel portal, la observaba. Sonrió y luego le habló.

—Estaba... Estaba pensando en ti. —Sofia continuó con su silencio—. Estaba pensando en cómo te he echado de menos. Pero no durante estos últimos días. Sino siempre. Estaba pensando en que podríamos ser felices, en lo bonito que sería ser una pareja cualquiera, incluso aburrirnos en un sofá, mano sobre mano, delante de la tele. Estaba pensando en lo bonito que sería discutir, decidir dónde ir de vacaciones, quizá no ponernos de acuerdo. Y en lo bonito que sería dejarte ganar... O no. —Sofia sonrió. Tancredi la vio desde lejos y continuó—: Estaba pensando en que tenías razón. He descubierto que Claudine no se mató por mi culpa y, dentro de lo que cabe, estoy más sereno. He perdido mucho tiempo. Para mí siempre ha sido muy difícil, pero al final he entendido que he tenido suerte... Te he oído tocar. —Sofia bajó la cabeza. Movió los pies con embarazo. Después continuó escuchando—. Pero lo más importante es que tengo ganas de amar, y tengo ganas de amarte a ti. —Sofia siguió con su silencio—. Te esperaré en el bar de debajo de la iglesia, donde nos conocimos, donde no quisiste ir a tomar algo la primera vez que nos vimos. Te esperaré esta tarde... Estaré allí desde las siete. Y durante toda la noche nos estará esperando un avión que nos llevará a donde tú quieras. —Sofia exhaló un largo suspiro. Y él entendió que era como si le hubiera dicho: «¿No quieres decirme nada más?» Entonces simplemente añadió—: Te quiero.

Y cortó la llamada.

Sofia se volvió sobre sí misma y regresó a casa.

Andrea se sorprendió al verla.

—¡Hola! ¿Ya estás de vuelta, tan pronto?

—Me he olvidado una cosa. —Se fue a su habitación y abrió un cajón, cogió el pasaporte y se lo metió en el bolsillo.

Cuando regresó al salón, Andrea estaba allí, feliz como nunca lo había sido.

—Mira... —Levantó las manos separándolas del andador, inclinó el peso hacia delante y dio un paso, luego otro y al final un tercero. Doblaba las piernas y las estiraba de nuevo—. ¡Puedo hacerlo! ¡Puedo hacerlo!

Pero, de repente, estuvo a punto de caerse. En el último momento, agarró el andador con las dos manos, se balanceó hacia delante, se sujetó con fuerza y logró recuperar el control de las piernas y mantener de nuevo el equilibrio.

Sofia sonrió.

—Muy bien, estás haciendo grandes progresos. Te estás adelantando a las previsiones.

—Sí, es increíble. Soy muy feliz. En fisioterapia también me lo dicen... —Hasta aquel momento, no se había dado cuenta de que Sofia lo miraba casi sin escucharlo, de que su rostro tenía una velada tristeza, pero, al mismo tiempo, una nueva luz. Y en aquel instante lo entendió—. ¿Vuelves a salir?

Sofia asintió con la cabeza. Luego lo miró, le sonrió, se acercó, le dio un beso en la mejilla y salió del salón. A Andrea le habría gustado preguntar: «Pero vas a volver, ¿no?»

No le dio tiempo, oyó que la puerta de casa se cerraba. Ella, que normalmente llamaba el ascensor, bajó por la escalera a toda prisa, como si quisiera escapar de aquella casa lo antes posible, como si todavía pudiera recapacitar y tal vez volverse atrás. No. Ya no.

Sofia salió corriendo a la calle e inspiró profundamente. Miró hacia arriba, hacia el cielo. Tenía los ojos llenos de lágrimas, pero era feliz. Se metió las manos en los bolsillos y empezó a caminar de prisa. Tenía que apresurarse.

# 52

Tancredi estaba en el bar, sentado a una mesa.

Se había tomado ya el segundo capuchino. Rascó la poca espuma que quedaba en el fondo y se la llevó a la boca. Estaba amarga, sabía al café que se escondía entre aquella espuma ya fría.

Miró el reloj. Eran las siete y veinte. Se estaba retrasando. Las mujeres casi siempre se retrasan. Entonces, sonó su teléfono. Lo cogió del bolsillo de la chaqueta y lo abrió, sin siquiera mirar quién llamaba.

—¿Diga?

—Hola... —Era su hermano Gianfilippo—. Quería decirte que he tomado una decisión importante. —Pero era como si Tancredi no lo oyera, como si estuviera distraído, como si no pudiera comprender el significado de aquellas palabras. Evidentemente no era la llamada que estaba esperando—. ¿Has entendido lo que te he dicho? ¿Te acuerdas de Benedetta, aquella chica que te presenté? Bueno, pues está esperando un bebé. No sabes lo feliz que soy. Creo que ya empezaba a pensar que no iba a suceder, que nunca tendría una vida así, con una familia y todo lo demás... —Gianfilippo oyó un extraño silencio—. ¿Tancredi? ¿Estás ahí? ¿Me estás escuchando?

Al final contestó:

—Sí. Te he oído. Y me alegro por ti.

Estuvieron charlando un rato más. Gianfilippo le contó que habían decidido casarse, que ya habían elegido la iglesia e incluso le preguntó si quería ser el testigo. Pero Tancredi estaba lejos.

Gianfilippo se dio cuenta.

—Bueno, te veo distraído. Te llamaré pronto...

—Sí, por supuesto. Me alegro, te veo muy feliz.

Después colgaron. Entonces Tancredi miró de nuevo el reloj. Las siete y veinticinco. Es verdad. Las mujeres siempre se retrasan. Pero ella no era una mujer cualquiera. A continuación, sin pedir la cuenta, dejó dinero en la mesa y se dispuso a salir.

Dos chicas que estaban sentadas al fondo de la barra lo miraron, impresionadas por su atractivo. Una de las dos le dijo algo a la otra y ésta se rió. Tancredi no hizo caso, se levantó el cuello del abrigo y salió. El viento agitaba los árboles. Varias hojas rojas que había por el suelo se alzaron en un débil baile, como si de pronto se hubieran puesto de acuerdo, e hicieron un breve corro, una especie de danza, antes de caer un poco más allá. Tancredi empezó a andar y se acordó de un octubre feliz, alrededor del fuego, con su madre, su hermano y su hermana. Comían castañas asadas. Cuando parecían estar listas, las sacaban de una sartén llena de agujeros con una larga pinza de hierro y las dejaban caer en un gran plato. Competían por ver quién las cogía en el momento justo, cuando ya no quemaban, cuando se podían comer.

—¡Ah, ésta todavía quema!

La castaña cayó de las manos de Gianfilippo y acabó en el suelo. Claudine la recogió rápidamente y sopló encima para limpiarla y enfriarla a la vez. Le dio vueltas entre los dedos, repasándola.

—¡No vale, ésa era mía! —Claudine levantó la mano justo a tiempo, antes de que Gianfilippo se la quitara—. ¡Mamá, no es justo!

—No os peleéis, hay muchas.

Entonces Claudine le quitó la cáscara a la castaña y la mordió. Se comió la mitad. Estaba riquísima, dulce y caliente, en su punto ideal. Después se volvió hacia Tancredi. La estaba mirando. Le sonrió y, sin decir nada, se la metió en la boca. Tancredi cerró los ojos. Sí. Aquella castaña estaba riquísima. Fuera hacía frío. Era una preciosa tarde y delante de aquel fuego eran felices. Ingenuos y felices. Como a veces sólo se puede ser a esa edad.

Sofia oyó sonar el teléfono móvil. Lo apagó sin siquiera mirar quién era. A continuación, le quitó la batería y se lo metió en el bolso. Había llegado justo a tiempo. El tren empezó a moverse lentamente. Varias personas saludaron desde el andén a algún pasajero. Alguien lanzó un beso. El tren fue aumentando la velocidad poco a poco, salió de la estación y empezó a correr en la oscuridad de la noche. Sofia cerró los ojos y recostó la cabeza contra el respaldo. Al cabo de pocas horas llegaría a Milán y, desde allí, se reuniría con ella.

Cuando Olja lo supo, se volvió loca de alegría.

—¿En serio vas a venir a verme a Moscú?

—Sólo si a ti te parece bien.

—¡Pues claro! Serás mi invitada en la casa de la familia. Haremos una gira de conciertos por toda Rusia, desde Moscú a Vladivostok pasando por San Petersburgo y la isla de Ratmánov, ¡y de allí a Norteamérica!

Se echó a reír.

—Yo pensaba que iba a hacer turismo y tú sólo quieres hacerme trabajar...

—Tienes razón, entonces, cuando quieras, daremos conciertos, pero antes disfrutaremos de una buena temporada de vacaciones. Iremos a las termas de Kislovodsk, tomaremos las aguas de Narzan, el agua de la vida, hasta que hayas descansado. O podemos ir a una *banya* o, mejor, a la más importante de todas, a la de Sandunovskiye. Te atizaré de lo lindo con los *veniki*, como tiene que hacer una maestra con sus alumnas...

—¿Y qué son los *veniki*, maestra?

—Son ramas de abedul atadas.

Estuvieron charlando durante un buen rato, se rieron y bromearon sobre muchas otras cosas que pensaban hacer juntas. Después Sofia se fue a sacar el billete.

El tren viajaba a gran velocidad y ella se sentía serena, como hacía tiempo que no lo estaba. Miró por la ventanilla. Había anochecido y sólo se veía un gajo de luna y los campos que se alternaban con los grandes edificios. Todo pasaba a gran velocidad ante sus ojos. Después, el tren pasó por delante de un conjunto de viviendas. A través de una ventana iluminada, Sofia vio a una mujer que preparaba algo en la cocina. En el apartamento contiguo no se veía a nadie, sólo la luz de un televisor encendido. En el último balcón había un hombre; tenía los codos apoyados en la barandilla y fumaba un cigarrillo en la oscuridad. Un instante después, toda aquella gente ya no estaba. Los había dejado atrás. Ahora sólo había grandes colinas. Nunca había visto Rusia. Empezaría a tocar de nuevo. Tal vez volviera a enamorarse. Pero seguro que sería feliz. Era una segunda oportunidad. Su segunda oportunidad de vivir una vida bella.

# Piezas de música clásica citadas en el libro

Mientras escribía la novela, en más de una ocasión me encontré en la situación de escuchar en YouTube las piezas musicales que tocaban Sofia y sus alumnos. Son obras que me han acompañado durante meses y que al final han encontrado inexorablemente sus –por así decirlo– «mejores ejecutores». Me gustaría señalarlas:

Bach, Johann Sebastian
   *La Pasión según San Mateo* (p. 82, 84, 194)
   *Erbarme dich* – Marilyn Horne (p. 74)
   *Ich will hier bei dir stehen* (p. 77)
   *Invenciones a tres voces N.º 2 en do menor*, BWV 788 – Glenn
      Gould (p. 214)
   *Variaciones Goldberg*, BWV 988 – Glenn Gould (p. 274, 275, 293)
   *Tocata en mi menor*, BWV 914 – Glenn Gould (pp. 320, 336)
   *Suite inglesa en la menor*, BWV 807 – Ivo Pogorelich (p. 116)

Beethoven, Ludwig van
   *Sonata para piano, op. 109* – Daniel Barenboim (p. 232)

Chopin, Fryderyk
   *Vals en la bemol mayor, op. 64, N.º 3* – Tatiana Fedkina (p. 283)

Liszt, Franz
   *Après une lecture de Dante* – Lazar Berman (p. 20, 34, p. 333)
   *Doce estudios trascendentales* – Boris Berezovsky (p. 61)

Mozart, Wolfgang Amadeus
   *K 457 – Sonata para piano N.º 14* – Alfred Brendel (p. 214)
   *K 545 – Sonata en do mayor* – Christoph Eschenbach (p. 57)

Pachelbell, Johann
   *Canon* – arreglos de Funtwo (p. 57)

Prokófiev, Sergéi
   *Concierto N.º 3 para piano y orquesta en do mayor, op. 26* – Martha Argerich (p. 88)

Rachmaninov, Serguéi
   *Preludio en sol menor, op. 23, N.º 5* – Valentina Lisitsa (p. 226)
   *Concierto para piano y orquesta N.º 3, op. 30* – Olga Kern (p. 234)

# Me gustaría dar las gracias

Creo que un libro lo escribe sólo una persona, pero en realidad siempre son muchas las que intervienen. Tal vez algunas no se den cuenta y, sin embargo, están ahí. Espero no olvidarme de nadie. Todos los que me han ayudado, de una manera o de otra, a escribir o a mejorar este libro han sido muy amables.

Un agradecimiento especial para Stefano Magagnoli. Sus consejos musicales me han acompañado a lo largo de toda esta novela, me han emocionado, divertido y hecho descubrir cosas que no conocía. De algún modo, me han hecho crecer.

Gracias también a Michele Rossi. Vino a Roma en cuanto leyó el libro y me transmitió todo su entusiasmo y su profesionalidad a la hora de ayudarme a mejorarlo.

Otro agradecimiento especial para Paolo Zaninoni, Marco Ausenda y Angela De Biaso. Es un placer trabajar con ellos. Cuando les conté esta historia, en seguida la acogieron con gran entusiasmo. Y esto es fundamental para volver a casa y empezar a escribir. Pero lo más importante es que nunca lo perdieron.

Gracias a Paola Mazzucchelli, con quien pasé horas al teléfono revisando el texto. Sin embargo, se me pasaron volando. Gracias a Gemma Trevisani, Caterina Campanini, Andrea Canzanella y Cecilia Nobili. Un agradecimiento especial a Maria Cardaci, que, con gran celeridad, compagina perfectamente los textos.

Gracias a Rosella Martinello y a su modo de inventar una campaña entusiasta y brillante. Sus ideas siempre tienen ese toque especial...

Gracias a Annamaria Guadagni, que sintonizó de inmediato con esta nueva aventura. También a Federica Fulginiti y a todo el Departamento de Prensa.

Le doy las gracias al Departamento de Ventas. Cuando presenté este libro en Milán, me escucharon con atención y sé que algunos de ellos apreciaron mi elección. A todos ellos, gracias. Hubo algunos a los que no pude conocer bien, y lo lamento, porque todos son fundamentales. Se toman el libro en serio, y cuando es bueno, están tan contentos como si lo hubieran escrito ellos.

Mi agradecimiento a los libreros y a su tesón. Los imagino en sus tiendas, hablando con gente de todas las edades, intentando encontrar una historia adecuada para cada uno, para que siempre se pueda seguir leyendo.

Gracias a Ked y, más concretamente, a Kylee Doust. He echado de menos tus apuntes escritos, pero he usado todos los que me diste de palabra. Tenías razón.

Un agradecimiento especial y profundo a Marco Belardi. A menudo, por la noche, cenando, le leía páginas de la novela. Su entusiasmo me ha hecho compañía durante este viaje.

También me gustaría dedicar un agradecimiento especial a todos los amigos de Giuliopoli. El último verano pasé unos días realmente maravillosos en ese pueblo. Todas las mañanas daba un paseo y después me iba a escribir a una casa nueva en la colina. De vez en cuando, me tomaba un descanso, salía a la terraza y miraba el precioso paisaje. Allí escribí gran parte de este libro, y si hay algo bueno en él, estoy seguro de que mucho mérito lo tienen ellos. Gracias, Loreta y Romano.

Un agradecimiento especial para Mimmo Renzi. A veces viene a verme mientras escribo y entonces le digo que se siente frente a mí y le leo algún capítulo. Él cierra los ojos y escucha en silencio, con mucha paciencia, y no se duerme, porque cuando acabo siempre aporta alguna observación oportuna y útil.

Gracias a mi tía Annamaria Amenta. Durante aquella llamada telefónica noté un entusiasmo que me hizo olvidar todo mi cansancio, me hizo sonreír y me llenó de una nueva energía.

Otro agradecimiento especial para Ilaria Amenta. Con su gran sensibilidad hizo que no cometiera ningún error.

También me gustaría dar las gracias a todas aquellas personas que me conocen, que están conmigo, que me cuentan cosas sobre ellas, que me viven y se dejan vivir. Aunque algunas de ellas tal vez no lo sepan, han contribuido a escribir este libro.

Un agradecimiento lleno de afecto a toda mi familia. A Fabiana, a Valentina, a Luce y a mi gran amigo Giuseppe, al que muchos conocen como Pipolo, que siempre está conmigo.

Me gustaría dedicarle un último agradecimiento lleno de amor a Giulia. Además de hacerme el regalo más bonito de este mundo, el principito, me sonrió y, con esa sencillez que tanto le envidio, me resolvió un pasaje, el más importante.